DIE BEFREIUNG VON MORGAN

Die Mountain Mercenaries, Buch 3

SUSAN STOKER

EBENFALLS VON SUSAN STOKER

Mountain Mercenaries:
Die Befreiung von Allye
Die Befreiung von Chloe
Die Befreiung von Morgan
Die Befreiung von Harlow
Die Befreiung von Everly
Die Befreiung von Zara
Die Befreiung von Raven

Ace Security Reihe:
Anspruch auf Grace
Anspruch auf Alexis
Anspruch auf Bailey
Anspruch auf Felicity
Anspruch auf Sarah

Die Delta Force Heroes:
Die Rettung von Rayne
Die Rettung von Emily
Die Rettung von Harley

Die Hochzeit von Emily
Die Rettung von Kassie
Die Rettung von Bryn
Die Rettung von Casey
Die Rettung von Wendy
Die Rettung von Sadie
Die Rettung von Mary
Die Rettung von Macie
Die Rettung von Annie (Feb 2022)

SEALs of Protection:
Schutz für Caroline
Schutz für Alabama
Schutz für Fiona
Die Hochzeit von Caroline
Schutz für Summer
Schutz für Cheyenne
Schutz für Jessyka
Schutz für Julie
Schutz für Melody
Schutz für die Zukunft
Schutz für Kiera
Schutz für Alabamas Kinder
Schutz für Dakota

Die SEALs von Hawaii:
Die Suche nach Elodie
Die Suche nach Lexie (10 Aug 2021)
Die Suche nach Kenna (19. Oktober 2021)
Die Suche nach Monica
Die Suche nach Carly
Die Suche nach Ashlyn
Die Suche nach Jodelle

KAPITEL EINS

Archer »Arrow« Kane konnte kaum fassen, wie viel Glück die Frau gehabt hatte. Die Mountain Mercenaries waren in die Dominikanische Republik geschickt worden, um ein entführtes kleines Mädchen aufzuspüren, und hatten das heruntergekommene Haus, in dem sie sie gefunden hatten, noch mit einem weiteren Opfer verlassen. Nämlich einer Frau. Und noch dazu einer ausgesprochen bekannten Frau, die schon lange vermisst wurde.

Arrow behielt ständig Körperkontakt mit Morgan Byrd, damit sie in seiner Nähe blieb. Manchmal legte er ihr einfach nur die Hand auf den Rücken, manchmal nahm er ihren Arm, um ihr über Geröll und Steine zu helfen. Sie sah ihn nicht an, dankte ihm nicht und erwähnte auch sonst nicht, dass er sie anfasste, doch sie schien es zu begrüßen. Wann immer sie haltmachten, damit Black das Gebiet auf eventuelle Verfolger überprüfen konnte, lehnte sie sich in Arrows Richtung. Es war eine ausgesprochen subtile Geste, doch da Arrow ihr gegenüber wahnsinnig aufmerksam war, fiel es ihm auf.

Ball trug das kleine Mädchen, das zu retten sie in die

3

Dominikanische Republik gekommen waren. Sie war fünf Jahre alt und ihr Vater, der nicht das Sorgerecht hatte, hatte sie nach seinem gerichtlich genehmigten Besuchswochenende nicht zurückgebracht. Er war stattdessen mit dem Kind in sein Heimatland geflohen. Das war vor drei Monaten gewesen und ihre Mutter hatte alles getan, um ihre Tochter zurückzubekommen. Als Rex Wind von der Situation bekommen hatte, hatte er sofort um Freiwillige gebeten, die sich auf den Weg zu der kleinen Karibikinsel machten, um Nina nach Hause zu holen.

Black, Ball und Arrow hatten sich bereit erklärt mitzukommen. Ro war in den Flitterwochen, Meat lag mit einer Grippe flach und Grays Freundin tanzte bei einer Sondervorstellung in Denver, also hatte er dieses Mal abgesagt. Es sollte ein simpler Job sein, zumal Rex über Informationen zu dem allgemeinen Gebiet verfügte, in dem Ninas Vater sie festhielt. Aber dass sie Morgan am selben Ort gefunden hatten, machte die Sache kompliziert.

Arrow stand immer noch unter Schock. Morgan Byrd war seit etwa einem Jahr verschwunden. Sie war eines Nachts aus Atlanta verschwunden und trotz mehrerer glaubwürdiger Hinweise und eines Überwachungsvideos, auf dem zu sehen war, wie sie tanzte und sich in einem Nachtklub vergnügte, hatte sich in dem Fall nichts getan. Bis jetzt.

Wie um alles in der Welt sie in das heruntergekommene Haus in Santo Domingo geraten war, war Arrow ein Rätsel und im Moment war nicht der richtige Zeitpunkt, sie zu befragen. Aber sie hatte offensichtlich die Hölle durchgemacht. Sie war völlig verdreckt und ihr blondes Haar war verfilzt und schmutzig. Sie roch, als hätte sie wochenlang nicht geduscht – was wahrscheinlich auch der Fall war.

Trotzdem gab es etwas an ihr, das Arrow anzog. Es war

nicht ihr Aussehen – denn Gott wusste, dass sie in diesem Moment ziemlich übel aussah. Es war ihre ... Zähigkeit. Was auch immer sie durchgemacht hatte, es hätte sie eigentlich brechen müssen.

Arrow hatte schon viele Frauen und Kinder aus furchtbaren Situationen gerettet und viele waren fast irreparabel daran zerbrochen. Aber als er den stockdunklen Raum betrat, hatte Morgan sich nicht in einer Ecke verkrochen. Sie hatte das kleine Mädchen, das sie unter ihre Fittiche genommen hatte, mit einem stumpfen Messer beschützt. Die Waffe hätte nicht viel Schaden angerichtet, aber das spielte keine Rolle. Sie hatte sich zwischen das Kind und denjenigen gestellt, der den Raum betreten hatte.

Sie hatte weder geweint noch darum gebettelt, aus ihrem Gefängnis geholt zu werden. Selbst jetzt klammerte sie sich nicht an ihn. Versteckte sich nicht hinter ihm. Sie stand stoisch neben ihm, eine Hand auf Ninas Rücken, und versuchte, sie zu beruhigen und zu trösten.

Er war extrem beeindruckt von Morgan. Sie war anders als all die anderen Frauen, die er im Laufe der Jahre gerettet hatte. Es war, als könnte er ihre Entschlossenheit spüren. Er war stolz auf sie. Stolz darauf, wie sie sich für Nina eingesetzt hatte. Stolz darauf, dass sie nicht zerbrochen war. Außerdem fühlte er sich dieser Frau gegenüber mehr als Beschützer als allen anderen gegenüber, die er jemals gerettet hatte. Er konnte nicht alle Gründe dafür nennen, aber das Gefühl war definitiv da.

Arrow hätte wahrscheinlich den Emotionen widerstehen können, die er unter der Oberfläche brodeln spürte, wenn sie sich nicht bei jeder Gelegenheit unbewusst an ihn gelehnt hätte. Sie mochte nach außen hin hart und gelassen wirken, aber diese leichte verräterische Bewegung verriet etwas ganz anderes.

Unter ihrer Tapferkeit war sie zu Tode verängstigt. Arrow wollte sie in die Arme nehmen und trösten. Ihr sagen, dass er sie nach Hause zu ihrem Vater bringen würde, in Sicherheit. Aber er wusste aus Erfahrung, dass selbst das geringste Maß an Mitgefühl sie jetzt aus der Fassung bringen könnte. Also beschränkte er sich auf kleine Berührungen, stellte sicher, dass er an ihrer Seite blieb und ihr so viel Trost spendete, wie er konnte, während er gleichzeitig nach den kleinsten Anzeichen von Gefahr Ausschau hielt.

Nach dem, was sie durchgemacht hatte, was auch immer das gewesen sein mochte, wollte er nicht, dass irgendjemand oder irgendetwas sie erneut verletzte, bevor er sie nach Hause gebracht hatte.

»Entwarnung«, flüsterte Black leise, als er ohne ein weiteres Geräusch neben ihnen wieder auftauchte. Der Mann war ein Navy SEAL gewesen und konnte sich lautlos durch jede Art von Terrain bewegen. Arrow hatte sich schon lange daran gewöhnt, aber er spürte, wie Morgan neben ihm heftig zusammenzuckte, da Blacks Auftauchen sie überrascht hatte.

Aber sie gab keinen Laut von sich. Sie hatte sich gut darauf trainiert, still zu sein. Das hatte er schon in dem Raum bemerkt, in dem sie und Nina gefangen gehalten worden waren. Als er auf ihre Arme geschlagen hatte, um ihr das Messer aus der Hand zu schlagen, hatte sie nicht geschrien. Als das kleine Mädchen sich auf sie geworfen hatte, hatte Morgan nicht einmal den kleinsten Laut von sich gegeben, als sie auf ihrem Hintern gelandet war. Das hatte ihn überrascht und gleichzeitig schwer beeindruckt. Er und seine Teamkameraden hatten gelernt, sich absolut lautlos zu bewegen, aber es hatte ihn Jahre der Ausbildung bei den Marines und unzählige gefährliche Missionen gekostet. Die Frage, wie und warum Morgan gelernt hatte, lautlos zu sein, egal was kam, beunruhigte ihn.

»Wir müssen schnell sein«, sprach Black weiter. »Unser sicheres Versteck ist etwa einen Kilometer weit entfernt, aber wir liegen etwa eine halbe Stunde hinter unserem Zeitplan zurück. Die Stadt erwacht langsam zum Leben und wir wollen auf keinen Fall, dass jemand uns bemerkt und neugierig wird.«

Arrow presste die Lippen zusammen. Drei weiße Männer, die ganz in Schwarz gekleidet durch die Stadt liefen, mit einer Frau und einem Kind im Schlepptau, würden definitiv Aufmerksamkeit erregen. Die Art von Aufmerksamkeit, die sie nicht gebrauchen konnten. Er öffnete den Mund, um etwas zu sagen, aber Morgan kam ihm zuvor.

»Wir könnten uns aufteilen«, schlug sie leise vor. »Unseretwegen seid ihr langsamer. Wenn wir uns aufteilen, kommt ihr mit Nina schneller voran«, erklärte sie Ball mit einer Kopfbewegung in Richtung des Kindes, das mittlerweile auf seinem Arm eingeschlafen war.

Arrow konnte sehen, wie schwer es ihr fiel, das vorzuschlagen. Sie packte Ninas Hemd so fest in ihrer Faust, dass ihre Knöchel weiß hervortraten.

Black sah mit einer hochgezogenen Augenbraue zu Arrow. In der Sekunde, in der sie aus der Hütte getreten waren, aus der sie die beiden gerettet hatten, hatten Arrows Teamkameraden erkannt, dass er eine besondere Verbindung zu Morgan hatte. So funktionierte es manchmal bei ihren Missionen. Sie waren darauf trainiert, die Reaktionen der Frauen und Kinder zu beobachten, und wenn sie die geringste Neigung zeigten, einem der Männer mehr zu vertrauen als einem anderen, tat das Team, was es konnte, um das zu fördern. Vertrauen war ein großes Thema bei der Rettung von

Entführungsopfern. Und wenn ein Opfer auch nur einem von ihnen vertraute, machte das die Mission umso leichter.

Sie hatten Morgans Körpersprache so leicht gelesen wie er selbst. Ganz zu schweigen von der Art und Weise, wie er bei ihr blieb. Black fragte ohne Worte nach Arrows Meinung zu dem Vorschlag, sich zu trennen. Es bestand kein Zweifel daran, dass er derjenige sein würde, der bei Morgan bleiben würde.

Arrow drehte sich zu der Frau an seiner Seite um. Er überragte sie, da sie nur etwa einen Meter sechzig groß war. Mit seinen ein Meter fünfundachtzig war er es gewohnt, größer zu sein als die Menschen, die sie retteten, aber ihre geringe Körpergröße war eines der Dinge, die seine Beschützerinstinkte mehr als sonst weckten.

Er streckte langsam die Hand aus und strich mit den Fingerspitzen leicht über ihren Oberarm. Sie war mit einem schäbigen grauen T-Shirt bekleidet, aber er konnte die Wärme ihrer Haut durch den Stoff hindurch spüren. »Bist du dir sicher?«, fragte er sie. »Es würde es uns um einiges leichter machen, aber wenn du dich nicht von Nina trennen möchtest, finden wir eine andere Lösung.«

Sie hob den Kopf, um ihm direkt in die Augen zu blicken, und das gefiel Arrow außerordentlich. Sie hatte zwar Angst und war nervös, aber noch nicht so verschüchtert, dass sie ihn nicht direkt ansehen konnte.

»Mir ist jede Lösung recht, wenn Nina nur so schnell wie möglich in Sicherheit kommt.«

Arrow hatte gewusst, dass sie das sagen würde. Er wandte sich an Ball. Der ehemalige Marinesoldat stand geduldig neben ihnen. Er war einen Kopf größer als Morgan und hielt das kleine Mädchen in seinen Armen. »Wir treffen uns dort.«

Arrow sträubten sich die Nackenhaare, aber er ignorierte es vorerst. Er mochte es nicht, von seinen Teamkameraden getrennt zu sein, aber sich aufzuteilen war im Moment das einzig Richtige. Sobald sie im Unterschlupf waren, konnten sie ihre nächsten Schritte planen. Sie mussten sich mit Rex in Verbindung setzen und ihm Bescheid geben, dass Nina in Sicherheit war, aber auch, dass sie einen Überraschungsgast hatten.

Sie hatten den richtigen Papierkram, um Nina aus dem Land zu bringen, einschließlich ihres Reisepasses, neben anderen legalen Dokumenten, die sie benötigten, aber sie hatten nichts für Morgan. Sie hatten einen Jet gechartert, um nach Hause zu kommen, aber selbst dann konnten sie nicht einfach eine mysteriöse, nicht identifizierte Frau in das Flugzeug setzen und erwarten, dass die Behörden damit einverstanden waren.

»Seid vorsichtig«, erklärte Ball und sah sie mit intensivem Blick an.

Arrow wusste, was er damit meinte. Sie hatten keine Ahnung, was Morgan durchgemacht hatte. Wer sie entführt hatte. Warum sie festgehalten worden war. Was mit ihr geschehen war. Sie war im ganzen Szenario ein unbekannter Faktor. Über Ninas Vater allerdings wussten sie ziemlich gut Bescheid. Rex hatte Nachforschungen über ihn angestellt und ihnen alle verfügbaren Informationen mitgeteilt, bevor sie aufgebrochen waren. Aber Morgan war ein völlig unbekanntes Risiko.

Er nickte seinem Freund zu.

»Hast du dein Funkgerät?«, wollte Black wissen.

Arrow nickte erneut. Jeder von ihnen hatte ein Funkgerät, mit dem sie miteinander kommunizierten. Sie hatten eine Reichweite von ein paar Kilometern, aber für alles, was darüber hinausging, mussten sie spezielle Satellitentelefone benutzen.

Morgan machte einen Schritt auf Nina und Ball zu, zögerte aber, als Arrow seine Hand von ihrem Arm gleiten ließ. Da er wusste, dass sie die Berührung zu ihrer Beruhigung brauchte, folgte Arrow ihr und legte ihr die Fingerspitzen auf den Rücken. Er konnte spüren, wie angespannt ihre Muskeln waren, aber sie ging weiter auf Ball zu und stellte sich auf die Zehenspitzen. Sie konnte das Gesicht des schlafenden Kindes immer noch nicht erreichen, also beugte Ball sich nach unten.

Morgan berührte mit ihren Lippen Ninas Wange und trat zurück. »Kümmert euch gut um sie«, flüsterte sie. »Sie hat eine Menge durchgemacht.«

»Braucht sie einen Arzt?«, fragte Ball und stützte mit einer seiner großen Hände Ninas Köpfchen und hielt sie gut fest, als er sich wieder aufrichtete.

Morgan zuckte mit den Achseln. »Wahrscheinlich schon. Sie hat in letzter Zeit schlecht gegessen und über Bauchschmerzen geklagt. Ich bin davon ausgegangen, dass es sich nur um Stress handelt und die Tatsache, dass sie nicht viel zu sich genommen hat, aber sicher bin ich mir nicht.«

Ball nickte. »Black hat eine medizinische Ausbildung. Er wird sich gut um sie kümmern und ich weiß, dass ihre Mutter einen Arzt besorgt hat, der bereits auf sie wartet, sobald sie wieder in Amerika ist.«

»Und was ist mit dir?«, wollte Black wissen.

»Mit mir?«, fragte Morgan.

»Brauchst du einen Arzt?«

Arrow sah die sofortige Veränderung in ihrem Verhalten – und blinzelte überrascht. Alle Emotionen verschwanden aus ihrem Gesicht und sie schüttelte den Kopf.

»Nein, im Moment nicht.«

Er hätte sich gern mit ihr auseinandergesetzt. Ihr versichert, dass sie nicht an dem schuld war, was auch immer passiert sein mochte. Dass er dafür sorgen würde, dass sie die nötige medizinische Hilfe bekam. Aber ihr abweisender Ausdruck und die Leere in ihren Augen, ganz zu schweigen von der Tatsache, dass es immer heller wurde, je länger sie herumstanden und redeten, ließen ihn schweigen.

Black schien mit ihrer Antwort nicht glücklicher zu sein als Arrow, aber sein Teamkamerad gab keinen Kommentar ab. Er nickte lediglich und gestikulierte mit dem Kopf zu Ball. Innerhalb von Sekunden waren sie weg und verschwanden in den Schatten des extrem heruntergekommenen Viertels.

»Komm«, sagte Arrow und nahm ihre Hand in seine. Einmal mehr fiel ihm der Größenunterschied zwischen ihnen auf. Ihre Finger waren schlank und zierlich, während seine groß und schwielig waren. Er hatte die Handschuhe ausgezogen, die er vorhin getragen hatte, und er konnte fühlen, wie klamm ihre Handfläche war. Ein weiteres nonverbales Zeichen für ihre Nervosität, ihr Unbehagen und ihre Angst.

Ohne ein Wort des Protests nickte Morgan und folgte ihm, als er sich in die entgegengesetzte Richtung aufmachte, in die Black und Ball gegangen waren. Sie würden die Siedlung umrunden und den Unterschlupf von Norden her erreichen statt von Süden, wohin seine Teamkameraden unterwegs waren. Es war der längere Weg, aber er konnte sich schneller bewegen, da er sich keine Sorgen um ein Kind machen musste, das in Mitleidenschaft gezogen werden könnte.

Morgan stolperte ein wenig hinter ihm. Sie konnte nicht so gut sehen wie er, da er sein Nachtsichtgerät aufgesetzt hatte, aber auch diesmal gab sie keinen Laut von sich. Sie drückte lediglich seine Hand fester und vertraute ihm, während er sie durch dunkle Gassen und mit Müll übersäte Straßen führte.

Er hatte keine Ahnung, was ihr während des letzten Jahres widerfahren war, aber er schwor sich in diesem Moment, alles in seiner Macht Stehende zu tun, damit sie sich wieder sicher fühlte ... koste es, was es wolle.

KAPITEL ZWEI

Morgan hielt die Hand des Soldaten, so fest sie konnte. Sie wollte sich auf keinen Fall in diesem gottverlassenen Land verirren. Sie hatte keine Ahnung, wer die Männer waren, die mitten in der Nacht wie Engel aus dem Himmel aufgetaucht waren, aber es war ihr egal. Sie mochten Drogendealer oder Terroristen sein, und es würde keine Rolle spielen – solange sie Nina von dort weg und zurück in die Staaten brachten.

Die Tatsache, dass sie wussten, wer sie war, und sich bereit erklärten, sie mitzunehmen, war ein Wunder, soweit es Morgan betraf. Sie hätten Mafiosi sein können und sie wäre trotzdem mit ihnen gegangen. Alles war besser, als dort zu sein.

Morgan überlegte kurz, was mit den Männern passiert war, die sie und Nina gefangen gehalten hatten, verwarf den Gedanken aber gleich wieder. Sie waren Abschaum. Abschaum der übelsten Sorte. Sie hoffte, dass sie eines grausamen Todes gestorben waren.

Sie hatte keine Ahnung, wie die Namen ihrer Retter lauteten, aber es war nicht so, dass sie Zeit gehabt hätten, anzuhalten und Freundlichkeiten auszutauschen. Es war ihr egal, dass sie nicht ihretwegen gekommen waren. Als Nina sie angefleht hatte, Morgan mitkommen zu lassen, hatte sie das mit jeder Faser ihres Seins gewollt. Wahrscheinlich hätte sie ein bisschen zögerlicher sein sollen, da sie die beiden nicht kannte. Aber so wie sie gekleidet waren, ganz zu schweigen von den teuren Nachtsichtgeräten, die sie trugen, konnten sie auf keinen Fall mit den Mistkerlen unter einer Decke stecken, die sie als Geisel gehalten hatten.

Als sie in der Gasse über ein Stück Müll stolperte, schimpfte sie im Geiste mit sich selbst. Sie hätte besser aufpassen müssen. Nicht so tollpatschig sein. Sie wollte den Mann, der ihr half, nicht verärgern. Sie musste ihr Bestes tun, um ihm nicht in irgendeiner Weise zur Last zu fallen. Sie konnte es sich nicht leisten, dass er sich ärgerte und beschloss, dass er sie doch nicht mitnehmen wollte. So kurz vor der Rettung wieder in Gefangenschaft zu geraten hätte sie zerstört.

Ihr Retter hatte sie verletzt, als er sie dazu gebracht hatte, das grobe Messer fallen zu lassen, mit dem sie ihn im Haus bedroht hatte, aber verglichen mit dem letzten Jahr waren die blauen Flecke an ihren Armen nichts. Und nach diesem kleinen, scharfen Schmerz hatte er sich Mühe gegeben, sie nicht noch mal zu verletzen. Seit sie aus dem Haus geflohen waren, hatte sie seine Hände auf sich gespürt, die sie beruhigten und sie wissen ließen, dass er direkt neben ihr war. Dass er nicht zulassen würde, dass ihr etwas zustößt.

Sie erinnerte sich noch an seine Worte, kurz bevor sie gegangen waren.

Ich kümmere mich um dich, Morgan. Ich bringe dich nach Hause, koste es, was es wolle.

Er würde sich um sie kümmern.

Sie war sich nicht sicher, ob sie nach Hause zurück-wollte. Mit Atlanta verband sie nicht gerade gute Erinne-rungen. Es war schon lange her, dass sie sich sicher gefühlt hatte. Aber irgendwie gaben ihr die Worte dieses Mannes und seine Nähe die Hoffnung, dass sie wirklich in die Verei-nigten Staaten zurückkehren würde.

»Wie geht es dir?«, fragte er leise.

»Gut«, antwortete sie ganz automatisch.

Er blieb abrupt stehen und Morgan unterdrückte das Keuchen, das ihr aus Versehen entwischte, als sie gegen seinen Rücken lief. Er drehte sich um und legte ihr seine freie Hand auf die Schulter. »Nein, ich will es wirklich wissen. Wie geht es dir?«

»Es geht mir gut«, wiederholte sie. »Ich will nur von hier verschwinden.«

Er sah sie einen Moment lang ernst an. Morgan wusste nicht, wonach er suchte oder was er sah, wenn er sie anblickte, doch sie tat ihr Bestes, um stark und leistungs-fähig auszusehen, obwohl sie sich überhaupt nicht so fühlte.

»Ich heiße Archer Kane. Meine Freunde nennen mich Arrow«, erklärte er ihr. »Archer ... Arrow ... kein besonders origineller Spitzname, aber besser als manch anderer, den ich gehört habe.«

Morgan blinzelte überrascht. Sie war sich sicher gewe-sen, dass er ihre Lüge auffliegen lassen würde. »Äh ... hi.«

Er grinste. »Hi.«

Sie wusste nicht, warum er grinste, tat aber ihr Bestes, das Lächeln zu erwidern. Es war schon so lange her, dass sie einen Grund gehabt hatte zu lächeln, dass sie sich nicht sicher war, ob ihr Mund sich noch daran erinnern würde, wie es ging. Aber anscheinend gelang es ihr einigermaßen, denn er drückte ihre Hand und sagte: »Es ist nicht mehr weit. Wir machen einen großen Bogen und nähern uns dem Unterschlupf aus Richtung Norden. Wenn wir erst einmal dort sind, hole ich dir etwas zu essen und dann kümmern wir uns auch darum, dass du medizinisch versorgt wirst.«

»Es geht mir gut. Ich brauche keinen Arzt«, erklärte Morgan hektisch. Sie wollte auf keinen Fall, dass dieser Mann und seine Freunde sie näher begutachteten.

Er kniff die Augen zu Schlitzen zusammen. »Das besprechen wir, wenn wir im Unterschlupf angekommen sind.«

Sie presste die Lippen fest aufeinander. *Verhalte dich umgänglich. Verhalte dich umgänglich.* »Okay.«

Als hätte er gewusst, dass sie ihm sagen würde, was er hören wollte, verzog Arrow die Lippen zu einem Lächeln und schüttelte den Kopf. »Dann komm.«

Sie stapfte hinter ihm her und machte sich mehr Sorgen darüber, was er fragen würde, wenn sie den Unterschlupf erreichten, als um ihre Umgebung. Was sich als großer Fehler erwies.

In der einen Sekunde gingen sie durch eine schmutzige Gasse und in der nächsten waren sie von brutal aussehenden Männern umgeben.

Wieder prallte sie gegen Arrows Rücken, aber dieses Mal schlang er seinen Arm um ihre Taille. Er drehte sie, bis sie mit dem Rücken zum Gebäude auf der rechten Seite war und er vor ihr stand. Er ließ ihre Hand los und hatte beide Arme ausgestreckt, als könnte das die Männer davon abhalten, zu ihr zu gelangen.

Der größte Mann, der mit den langen, fettigen Haaren, sagte etwas auf Spanisch. Sie war seit fast einem Jahr im Land, aber sie verstand immer noch nicht viel von der einheimischen Sprache. Die Männer, die sie gefangen hielten, waren nicht gerade gewillt, ihr etwas beizubringen, und außerdem stellten sie keine Fragen, wenn sie mit ihr interagierten; sie bewegten sie einfach, wohin und wie sie sie haben wollten.

Zu ihrer Überraschung antwortete Arrow in einem sehr authentisch klingenden Spanisch. Weitere Worte wurden ausgetauscht, aber Arrow blieb die ganze Zeit über schützend vor ihr stehen. Morgan konnte spüren, wie sie zitterte, aber sie war entschlossen, Arrow nicht in die Quere zu kommen und ihn tun zu lassen, was er tun musste.

Sie fühlte sich schrecklich, weil sie nicht in Betracht zog, sich selbst zu opfern, um Arrow zu retten. Sie wollte nicht in ihre frühere Existenz zurückkehren. Auf keinen Fall.

Ein weiterer Mann lief die Gasse hinunter auf sie zu – und Morgan drehte sich der Magen um. Sie kannte diesen Kerl. Er hatte nicht einen Funken Mitgefühl in sich.

Kaum war er angekommen, sagte er etwas zu seinen Freunden – und alle vier griffen Arrow sofort an.

Morgan verschwendete keinen Atem mit Schreien. Niemand würde ihnen zu Hilfe kommen. Das hatte sie auf die harte Tour gelernt. Also tat sie das Einzige, was sie tun konnte – sie kämpfte. Arrow war gut, aber er konnte unmöglich alle vier Männer aufhalten.

Sie hob ein Metallrohr vom Boden auf und schlug es dem Mann, der ihr am nächsten stand, ohne einen Funken Reue ans Knie.

Er brüllte vor Schmerz und ging zu Boden.

»Lauf!«, schrie Arrow ihr zu, während er einem der Männer ins Gesicht schlug.

Morgan zögerte. Sie wollte fliehen. Oh Gott, wie sehr sie es wollte. Aber sie hatte keine Ahnung, wo der Unterschlupf war oder wohin sie gehen sollte. Und sie wollte auf keinen Fall auf sich allein gestellt in den Hinterhöfen von Santo Domingo sein. Sie würde sofort wieder eingefangen werden. Bei Arrow war sie am sichersten ... und sie konnte ihm helfen.

Sie schwang das Metallstück und traf erneut einen der Männer. Diesmal erwischte sie ihn am Arm. Bevor sie sich wieder aufraffen konnte, drehte er sich zu ihr um und schwang seine Faust. Sie duckte sich, aber er schaffte es trotzdem, sie seitlich am Kopf zu treffen. Sie ging auf die Knie und ließ dabei das Metallstück fallen.

Sofort tastete sie am Boden nach ihrer Waffe, aber es war zu spät. Der fünfte Mann, derjenige, den sie kannte, packte sie an den Haaren, zog sie vom Boden und hielt sie wie ein Schutzschild vor sich.

Er sagte etwas zu den anderen und alle hörten sofort auf zu kämpfen.

»Lass mich los«, fuhr sie den Mann an und wand sich in seinem Griff.

»*Cállate, puta!*«, entgegnete er und schlang einen Arm um ihren Hals.

Morgan wusste, *cállate* bedeutete *Halt den Mund*. Und sie ging davon aus, dass *puta* irgendeine abfällige Bezeichnung war, da sie im letzten Jahr oft so genannt worden war. Allerdings hatte sie keine Ahnung, was der Schwall von Worten, die aus seinem Mund kamen, sonst bedeutete.

Arrow zögerte nicht und seine Antwort klang genauso harsch. Sie geriet nicht in Panik, bis der Mann, der sie festhielt, rückwärts in die Gasse zurückwich.

Er brachte sie von Arrow fort. Weg von ihrer Sicherheit.

»Nein!«, schrie sie, plötzlich genervt davon, gegen ihren Willen durch die Gegend geschleppt zu werden. Sie war kleiner als die Männer und nicht so stark, aber sie war es leid, das Opfer zu sein. Sie wollte nicht mehr in dieses Haus zurück oder in ein ähnliches. Sie hatte Glück gehabt mit Arrow und seinen Freunden. Wenn sie wieder entführt wurde, würde sie beim nächsten Mal nicht mehr so viel Glück haben. Das war so sicher wie das Amen in der Kirche.

Sie kämpfte mit aller Kraft, während sich die Ereignisse des letzten Jahres wieder und wieder in ihrem Kopf abspielten. Sie hörte vage Grunzen und Kampfgeräusche, aber sie registrierte nichts wirklich. Der Mann zerrte sie weiter die Gasse hinunter in Richtung eines verbeulten schwarzen Fahrzeugs.

Da sie wusste, dass ihr Leben in diesem Wagen noch mehr zur Hölle werden würde, als es ohnehin schon war, fühlte Morgan Entschlossenheit in sich aufsteigen.

»Zur Hölle mit dir«, stieß sie aus, als der Mann sich bemühte, sie zu bändigen und gleichzeitig die Tür zu öffnen. Er schaffte es, den Griff anzuheben, aber Morgan trat mit dem Fuß aus und schlug die Tür zu.

Ihr Entführer murmelte ein paar Worte, die Morgan nicht verstehen konnte, aber sie hörte nicht auf, sich zu wehren. Schließlich gewann der Mann die Oberhand, obwohl sie mit aller Kraft kämpfte. Er legte seine Hand über ihre Nase und ihren Mund und drückte fest zu.

Morgan krallte sich an seiner Hand fest und versuchte, seinen Arm wegzuschieben, damit sie Luft in ihre Lunge bekommen konnte, aber er hielt sie zu fest. Mit seiner freien Hand griff er hinüber und öffnete die Wagentür. Gerade als sie dachte, sie sei erledigt, hörte sie jemanden rufen: »Runter!«

Ohne nachzudenken, versuchte Morgan, Arrows Befehl Folge zu leisten. Obwohl der Mann sie festhielt, ließ sie jeden Muskel in ihrem Körper erschlaffen.

Bei der plötzlichen Gewichtsverlagerung in seinen Armen fluchte der Mann und ließ ihr Gesicht lange genug los, damit Morgan die dringend benötigte Luft einatmen konnte.

Ihre Knie schlugen auf dem Pflaster auf und sie zuckte bei dem Schmerz zusammen, der durch ihren Körper fuhr. Im Verhältnis gesehen war es jedoch nichts. Instinktiv ließ Morgan sich ganz zu Boden fallen, kauerte sich über ihre gebeugten Knie und schlang die Arme um den Kopf.

Das Geräusch von Schüssen schien obszön laut in der schnell heller werdenden Gasse. Das Gewicht des Männerkörpers fiel auf sie herab und Morgan konnte spüren, wie Nässe durch das zerlumpte T-Shirt sickerte, das sie trug.

Kaum dass das Gewicht des Mannes sie unter sich erdrückt hatte, war es auch schon wieder weg.

»Komm«, drängte Arrow sie zur Eile.

Ihre Lunge brannte immer noch, aber Morgan zögerte nicht. Sie stand mit seiner Hilfe auf und dann liefen sie aus der Gasse heraus, die Straße hinunter und zwischen zwei nahe gelegenen Gebäuden hindurch. Arrow hatte sie bei der Hand genommen und Morgan hielt sich mit aller Kraft daran fest. Es fühlte sich an, als wäre er ihr einziger Rettungsanker in dieser schrecklichen Welt, in der sie sich seit einem ganzen Jahr befand. Sie wusste, dass sie kurz davor gestanden hatte, wieder entführt zu werden. Sie hatte keine Ahnung, wie Arrow den anderen vier Männern entkommen war, aber Gott sei Dank war es ihm gelungen.

Es war ihr sogar egal, dass er den gnadenlosen Mann erschossen – und hoffentlich getötet – hatte, der sie gefoltert hätte, bevor er sie an seine Freunde und Feinde gleichermaßen weitergegeben hätte. Es spielte keine Rolle, dass sie ein lebendiges, atmendes menschliches Wesen mit Gefühlen und Hoffnungen und Träumen war. Für sie zählte nur die Tatsache, dass sie eine Frau war.

Morgan unterdrückte das Schluchzen, das ihr zu entkommen drohte, und starrte auf Arrows Hinterkopf, während sie so schnell wie möglich durch die gefährlichen

Seitengassen von Santo Domingo eilten. Sie hatte keine Ahnung, wo sie waren, aber Arrow hatte für sie getötet – und er war das Einzige, was zwischen dem sicheren Tod und der Freiheit stand.

»Warte hier«, sagte er und drückte sie mit dem Rücken gegen eine Backsteinwand in eine der zahlreichen Gassen, durch die sie geflohen waren.

Morgan schüttelte den Kopf und zischte: »Nein! Ich bleibe bei dir.«

Als wüsste er, dass sie kaum noch durchhalten konnte, hielt Arrow inne. Er legte seine Hände auf ihre Schultern und beugte sich herunter, sodass ihre Stirnen sich fast berührten.

Morgan keuchte, es fiel ihr schwer, Sauerstoff in ihre Lunge zu bekommen. Sie umklammerte mit ihren Händen seine Unterarme. Sie würde ihn nicht loslassen. Auf keinen Fall.

»Ich muss dieses Gebäude überprüfen, um nachzusehen, ob wir uns dort verstecken können, ohne jemandem in die Quere zu kommen.«

»Ich komme mit.«

»Ich will nicht, dass dir etwas zustößt«, erklärte er ihr.

»Und das wird es auch nicht, weil ich nämlich immer an deiner Seite bleibe.« Ihr war durchaus klar, dass sie eigentlich gefügiger sein sollte. Dass sie alles, was er sagte und tat, ohne Widerrede akzeptieren sollte, damit er keinen Grund hatte, sie an jemand anderen weiterzugeben oder einfach abzuhauen. Aber das konnte sie nicht. Nicht, wenn es um so etwas Wichtiges ging.

Arrow seufzte und wandte dann den Blick in die Richtung, aus der sie gekommen waren. Und dann sah er genauso schnell wieder zu ihr. »Na gut. Aber verhalte dich leise. Tritt genau in meine Fußstapfen. Und wenn ich dir sage, dass du etwas tun sollst, tust du es sofort und ohne nachzufragen, verstanden?«

Morgan nickte schnell und ihr war fast schwindelig vor Erleichterung.

»Dann komm«, erklärte Arrow. Er nahm eine ihrer Hände und legte sie an den Bund seiner Hose. »Ich muss beide Hände freihaben«, lautete seine Erklärung.

Morgan hätte es vorgezogen, seine Hand zu halten, aber das war fast genauso gut. Er hatte sein Hemd in die Hose gesteckt, sodass sie seine Haut nicht spüren konnte, aber sie *konnte* die Wärme seines Körpers an ihren Fingern spüren. Der Morgen war warm und feucht, so wie die meisten Morgen in diesem tropischen Land. Es würde nur noch heißer werden, wenn die Sonne über dem Horizont aufstieg.

Morgan folgte Arrow und tat ihr Bestes, keine Geräusche zu machen, während sie sich an ihn klammerte. Sie betraten das baufällige zweistöckige Gebäude, ohne einen Laut von sich zu geben. Es war offensichtlich verlassen. Überall lag Gerümpel herum. Ausrangierte Holz- und Metallteile, Müll und sogar verrottende Lebensmittel. Es roch entsetzlich, aber Morgan nahm die Gerüche der Stadt kaum noch wahr.

Sie trat vorsichtig über den Müll und die Trümmer und versuchte, ihre Füße genau dorthin zu setzen, wo Arrow gegangen war, und lief ihm wieder einmal in den Rücken, weil sie nicht bemerkt hatte, dass er stehen geblieben war.

Er drehte sich um und legte seine Hände auf ihre Schultern. »Wir müssen uns hier eine Zeit lang verstecken«, erklärte er ihr.

Morgan blickte mit großen Augen zu ihm auf. »Aber ich dachte, wir wären auf dem Weg zu einem Unterschlupf, wo auch deine Freunde und Nina sind.«

»Dort wollen wir auch hin. Aber nach dem, was gerade in der Gasse passiert ist, müssen wir uns stattdessen erst mal verstecken. Ich glaube nicht, dass die Männer, gegen die ich gekämpft habe, bleiben, um mit der Polizei zu reden, aber die wird nach den Schüssen garantiert hier auftauchen. Und ich will mich auf keinen Fall mit der örtlichen Polizei auseinandersetzen müssen. Vor allem nicht, weil du dich nicht ausweisen kannst.«

Morgan hätte ihn gern gefragt, wie er sie aus dem Land schaffen wollte, aber momentan brannte ihr eine wichtigere Frage auf der Seele. Sie hasste sich selbst dafür, dass sie so große Angst davor hatte, zurückgelassen zu werden, doch sie konnte nichts dagegen tun. »Werden deine Freunde uns hier zurücklassen?«

»Nein«, erwiderte Arrow sofort. »Doch selbst wenn sie das täten, wäre es kein Problem. Ich habe Mittel und Wege, mich mit ihnen in Verbindung zu setzen und auch andere Leute in Amerika zu kontaktieren. Vielleicht müssen sie erst mal Nina herausschaffen, aber dann kommen sie zurück, um uns zu holen.«

Der Gedanke daran, dass Nina bald sicher und wohlbehalten wieder bei ihrer Mutter wäre, sorgte dafür, dass die Panik, die Morgan spürte, leichter unter Kontrolle zu bringen war. »Okay«, flüsterte sie.

»Allerdings sollten wir uns besser verstecken«, erklärte Arrow und sah sich um. »Wir können auf jeden Fall nicht in den ersten Stock, weil die halbe Treppe fehlt. Aber bei der Hitze wollen wir sowieso nicht auf dem Dach feststecken. Besser, wir bauen uns hier unten ein Versteck. Am besten finden wir etwas, das relativ natürlich aussieht, falls jemand hineinschauen sollte, aber es sollte trotzdem genügend Platz bieten, damit wir nicht darin ersticken.«

Morgan atmete tief durch und sah sich um. Überall

lagen haufenweise Schutt und Gerümpel herum. Allerdings sah sie nichts, worin sich zwei große Menschen verstecken konnten ... oder besser gesagt ein großer und ein mittelgroßer Mensch.

»Alles in Ordnung?«, fragte Arrow sanft.

Morgan blickte zu ihm hoch und nickte automatisch.

Er schüttelte ungläubig den Kopf. »Ich bin davon überzeugt, dass du das selbst dann behaupten würdest, wenn du den Kopf unter dem Arm trägst, nicht wahr?« Ohne auf ihre Antwort zu warten, nahm er sie bei der Hand und führte sie in eine Ecke des Raumes. »Bleib hier.«

Morgan hielt sich an ihm fest. »Wohin gehst du?«

Er hielt augenblicklich inne und drehte sich zu ihr um, um sie zu beruhigen. »Ich gehe nirgendwohin. Ich bleibe hier im Zimmer mit dir. Du wirst mich die ganze Zeit über sehen. Ich will nur mal nachsehen, woraus ich uns ein Versteck machen könnte.«

Morgan schämte sich für ihre Schwäche und zwang sich dazu, seine Hand loszulassen und zu nicken. »Okay. Sagst du mir Bescheid, wenn ich dir helfen kann?«

»Natürlich.« Er legte ihr eine Hand auf die Wange und strich ihr mit dem Daumen etwas weg. Morgan hatte keine Ahnung, was ... Schmutz vielleicht oder Blut oder etwas anderes, worüber sie überhaupt nicht nachdenken wollte. Letztendlich spielte es sowieso keine Rolle. Es war eine der wenigen freundlichen Berührungen, die sie im vergangenen Jahr erfahren hatte.

Dann drehte er sich um und begann leise damit, Holz und Metall aufzustapeln, was wie zufällig aussah, aber tatsächlich sehr präzise war. Morgan stand an der Wand und beobachtete ihn, ohne ihn aus den Augen zu lassen. Sie war am Verhungern, aber das Gefühl war nichts Neues. Meistens vergaßen ihre Entführer, ihr etwas zu essen zu geben, und erst wenn sie unterhalten werden wollten, gaben sie ihr so etwas wie eine Schüssel Bohnen ohne jegliches Besteck. Sie war schon lange nicht mehr so wählerisch, wenn es ums Essen ging. Sie aß alles, auch Dinge, die sie in ihrem früheren Leben nie angerührt hätte.

Wasser war nie ein Problem gewesen, denn der Raum, in dem sie gehalten wurde, hatte ein Waschbecken in der Ecke. Sie wusste nicht, wie sauber das Wasser war, aber es hatte sie am Leben gehalten – das war alles, was zählte.

Sie hätte im Moment getötet, um dieses Waschbecken zu haben. Nach allem, was passiert war, war sie extrem durstig. Aber sie war frei. Nun, gewissermaßen frei, und sie hatte sich selbst versprochen, Arrow nicht zur Last zu fallen oder ihn zu nerven.

»So, das dürfte reichen«, sagte er nach etwa einer halben Stunde mehr zu sich selbst als zu ihr.

Morgan sah sich das Konstrukt an, das er zusammengestellt hatte, und war beeindruckt. Es sah völlig unverdächtig aus und er hatte sich Mühe gegeben, die schmutzigsten Bretter ganz nach oben zu legen. Sie stellte fest, dass es darunter reichlich Platz gab, damit sie sich beide verstecken konnten.

Und da lächelte Arrow Morgan an und sie spürte, wie ihr Herz einen Satz machte, doch sie versuchte, das Gefühl zu verdrängen. Er tat nur seinen Job. Mehr nicht. Sie würde sich keinen Gefallen damit tun, wenn sie sich in ihren Retter verliebte. Sie glaubte sowieso nicht, dass sie noch zu einer normalen Beziehung fähig war. Nicht nach allem, was sie durchgemacht hatte.

»Sieht gut aus.«

Kaum hatte sie diese Worte ausgesprochen, hörten sie aus der Gasse schon laute Stimmen. Arrow war bei ihr, bevor sie noch einen klaren Gedanken fassen konnte. Er hob sie in seine Arme und trat schnell und geräuschlos über die Bretter in ihr Versteck. Dann stellte er sie ab und bedeutete ihr, sich zu verstecken.

Ohne zu zögern, setzte Morgan sich hin und rutschte so weit sie konnte unter all die Trümmer und rollte sich dabei auf die Seite. Arrow war direkt hinter ihr. Auch er legte sich hin und rutschte rückwärts, wobei er sie dazu zwang, das Gleiche zu tun, bis sie mit dem Rücken an der Wand ihres behelfsmäßigen Verstecks lag. Er legte sich so hin, dass er mit dem Gesicht zum Eingang ihres Verstecks lag und sie komplett vor allen Blicken verdeckte. Sie legte ihre Stirn an seinen breiten Rücken, bemerkte aber vorher noch, dass Arrow eine Waffe in der Hand hielt.

Und ihr Herz schlug jetzt fast genauso heftig wie gerade eben, als sie in der Gasse vor den Schlägern geflohen waren. Morgan tat ihr Bestes, um ihre Atmung zu beruhigen und kein Geräusch von sich zu geben. Es war heiß in dem Raum und es war unbehaglich, Arrow so nahe zu sein, dass sie seine Körperwärme spüren konnte, doch sie blieb völlig bewegungslos liegen.

Und nur Sekunden später wurde die Tür, durch die sie vor gerade mal einer halben Stunde gekommen waren, mit einem lauten Krachen eingetreten.

KAPITEL DREI

Arrow presste die Lippen zusammen und konzentrierte sich auf die kleine Öffnung zu ihrem Versteck. Er hatte nicht genügend Zeit gehabt, um es so authentisch zufällig aussehen zu lassen, wie er es sich gewünscht hatte, aber er hoffte, es würde reichen. Wenn derjenige, der gerade die Tür eingetreten hatte, im Raum herumging, würden sie definitiv entdeckt werden.

Hinter ihm bewegte Morgan sich nicht. Er konnte kaum spüren, dass sie atmete. Als der Typ in der Gasse sie gepackt hatte, hatte er rotgesehen. Was es noch schlimmer machte war die Tatsache, dass der Mann wusste, wer sie war. Nach dem, was er zu Morgan gesagt hatte, war ihre gemeinsame Zeit nicht angenehm gewesen. Er konnte sich kaum vorstellen, was sie im letzten Jahr durchgemacht hatte, aber als er den Mann sagen hörte, dass er es kaum erwarten konnte, sie zusammen mit seinen Freunden wieder flachzulegen, hatte Arrow die Fassung verloren.

Er hatte gekämpft wie ein Besessener und hatte es gerade noch zu ihr geschafft, bevor der Kerl sie in seinen

Wagen gestoßen hätte und verschwunden wäre, wahrscheinlich für immer.

Er hatte nicht vorgehabt, ihn zu töten, aber als er den
absoluten Schreck und die Verzweiflung in Morgans
Gesicht gesehen hatte, als der Mann versucht hatte, ihr die
Luft abzuschnüren, hatte er gehandelt, ohne nachzudenken.
Sie hatte genau das getan, was er von ihr brauchte, um es
ihm leichter zu machen, diesen Mistkerl zu töten ... und
schneller. Sie war mit Blut und Dreck besudelt, aber er
konnte nicht anders, als sie zu bewundern und ein gewisses
Gefühl von ... er wusste auch nicht so genau was ... zu
spüren.

Arrow hatte ehrlich gesagt keine Ahnung, wie er sich zu
ihr hingezogen fühlen konnte. Dies war weder der richtige
Zeitpunkt noch der richtige Ort, und sie war definitiv nicht
die Art von Frau, auf die er normalerweise stand, aber er
konnte nicht leugnen, dass Morgan Byrd etwas an sich
hatte, das ihn dazu brachte, jeden Mistkerl töten zu wollen,
der es wagte, Hand an sie zu legen.

Er schüttelte gedanklich den Kopf und konzentrierte
sich darauf zu übersetzen, was die Männer an der Tür
sagten. Er war sich nicht sicher, wie viele es waren, denn
von seiner Position unter den Trümmern aus klangen ihre
Stimmen gedämpft.

»Hier ist niemand. Suchen wir weiter.«

»Warte. Wir sollten uns umsehen. Vielleicht verstecken sie
sich.«

»Ganz sicher nicht. Sieh dich doch mal um – hier ist es ekelerregend. Hier ist niemand. Wir sollten sie lieber woanders suchen,
bevor sie verschwinden.«

»Wer ist dieser Kerl, der da bei ihr ist?«

»Keine Ahnung. Aber wenn wir sie verlieren, bekommen wir

unser Geld nicht. *Wir werden schließlich dafür bezahlt, dass sie hierbleibt und überlebt.*«

»*Und was ist mit dem Mädchen?*«

»*Vergiss das Mädchen! Sie spielt keine Rolle. Das ist Josés Problem. Wir brauchen die Frau.*«

»*Sie können noch nicht weit gekommen sein.*«

»*Wir sollten mit den anderen reden und dafür sorgen, dass alle die Augen offen halten. Sie können das Stadtviertel nicht verlassen, ohne gesehen zu werden. Wir werden sie finden.*«

»*Dieser Kerl ist allerdings ein Problem. Wir müssen uns um ihn kümmern.*«

»*Oh, das werden wir. Es wird ihm noch leidtun, dass er sich jemals eingemischt hat.*«

Arrow hörte gedämpfte Rufe von draußen.

»*Kommt schon!*«, klang eine Stimme anscheinend aus dem Flur. »*Sie sind sicher hier entlanggelaufen!*«

Nach ihrem plötzlichen Verschwinden lastete die Stille schwer auf dem Raum. Arrow spürte, wie Morgans Herz heftig an seinem Rücken pochte, und er hoffte, dass sie nicht plötzlich Platzangst bekommen und ausflippen würde. Doch er hätte sich keine Sorgen darüber zu machen brauchen. Sie bewegte sich kein Stück. Sie war wie erstarrt. Rührte keinen Muskel. Er war davon überzeugt, dass sie nicht verstand, was die Männer sagten, da sie nicht einmal zusammenzuckte, als sie darüber sprachen, dass sie dafür bezahlt wurden, sie am Leben zu halten.

Arrow verstand allerdings nicht *warum*. Was für ein Interesse hatte jemand daran, sie in die Dominikanische Republik zu verschleppen und als Geisel zu halten? Das ergab keinen Sinn. Denn die Person, die für ihre Entführung verantwortlich war, wusste mit Sicherheit, wie schlecht sie behandelt wurde, und anscheinend war es ihr egal.

Er wunderte sich nicht darüber, dass die Einheimischen taten, was man ihnen aufgetragen hatte. Santo Domingo war eine arme Stadt in einem armen Land. Wahrscheinlich bekamen sie das Zehnfache von dem, was sie in einem normalen Beruf verdient hätten. Es war also kein Wunder, dass sie Morgan unbedingt finden und in das nächste Höllenloch werfen wollten. Denn wenn sie sie verlören, bedeutete das gleichzeitig, dass sie nicht bezahlt werden würden ... mal ganz abgesehen von all den anderen Dingen, die sie wahrscheinlich noch mit ihr angestellt hatten.

»Sind sie ...«

Arrow drehte sich schnell um und hielt ihr den Mund zu, um Morgans leise Worte abzuwürgen. Sie wehrte sich nicht gegen ihn, sondern zuckte nur zurück und sackte dann gegen ihn. Er hatte nicht vorgehabt, sie zu erschrecken, aber er hatte keine Ahnung, ob noch jemand da war und darauf wartete, dass sie einen Fehler machten und sich verrieten. Der Einsatz war offensichtlich viel höher, als er zuerst geglaubt hatte. Sie war nicht nur ein Entführungsopfer – hier war viel mehr im Spiel.

Er kannte Leute, die andere dafür bezahlten, jemanden zu töten. Um sie zu entführen und verschwinden zu lassen. Aber jemanden dafür zu bezahlen, sie aus dem Land zu entführen, am Leben zu erhalten und ihr dabei monatelang das Leben zur Hölle zu machen, erforderte eine besondere Art von Wahnsinn. Es ergab keinen Sinn und Arrow mochte keine Dinge, die keinen Sinn ergaben.

Er nahm seine Hand von ihrem Mund und streichelte leicht ihre Wange als Entschuldigung. Als hätte sie verstanden, was er sich nicht traute, laut auszusprechen, vergrub Morgan ihr Gesicht schweigend an seiner Brust und umklammerte seine Weste mit ihren unzähligen Taschen. Sie gab keinen weiteren Ton von sich.

Einmal mehr durchströmte ihn die Bewunderung, die Arrow für diese Frau empfand. Sie war nicht in Panik verfallen; nicht wirklich. Sie hatte nur einmal die Fassung verloren, als sie dachte, er würde sie in der Gasse zurücklassen. Er verstand das. Nach dem, was sie durchgemacht hatte, und nachdem sie unerwartet gerettet worden war, würde er an ihrer Stelle seinen Retter auch nicht aus den Augen lassen wollen.

Sie hatte nicht geweint. Hatte nicht nach etwas zu essen oder zu trinken gefragt. War nicht ausgeflippt, als er einen Mann nur wenige Zentimeter von ihr entfernt erschossen hatte. Hatte keinen Laut von sich gegeben, als das Blut über sie gespritzt oder als der tote Mann auf sie gefallen war. Sie hatte sich nicht beschwert, als er angefangen hatte zu laufen, und sie hatte alles richtig gemacht, indem sie sich absolut still verhalten hatte, als sie fast entdeckt worden waren. Es war unnatürlich, wie gut sie mit allem zurechtkam.

Morgan wirkte fast so, als hätte sie eine militärische Ausbildung genossen, aber er glaubte nicht, dass das der Fall war. Er konnte sich nicht daran erinnern, dass in den Nachrichten davon die Rede gewesen war, dass sie Soldatin war. Nein, es war eher so, dass sie aus Selbsterhaltungstrieb handelte. Wahrscheinlich seit sie entführt worden war. Arrow hatte die blauen Flecke an ihren Armen und am Hals gesehen. Er hatte die Zeichen der physischen und psychischen Misshandlung gesehen, die sie erlitten hatte. Keinen Laut von sich zu geben sorgte vielleicht dafür, von der Person ignoriert zu werden, die sie gefangen hielt, anstatt ihre Aufmerksamkeit zu erregen ... wobei Ersteres natürlich vorzuziehen war.

Es brach ihm das Herz.

Und *das* verstand Arrow nicht.

Er war bei Hunderten von Rettungsaktionen dabei gewesen. Er hatte Hunderte von Frauen und Kindern in viel schlimmerer Verfassung als Morgan gesehen. Warum sollte gerade *ihre* Situation ihn mehr bewegen, als es je ein Fall in der Vergangenheit getan hatte? Warum brachte ihn der Gedanke daran, dass jemand diese Frau missbrauchte, dazu, dass er aus seinem Versteck hervorbrechen und die Männer aufspüren wollte, die gerade dort gewesen waren und über Morgan gesprochen hatten, als wäre sie ein Stück Vieh, und sie alle töten wollte? Das war nicht seine Art. Verdammt, das war nicht die Art der Mountain Mercenaries. Aber er konnte nicht leugnen, dass das Gefühl da war.

Er wartete weitere zehn Minuten, bevor er zu sprechen wagte, und als er es tat, waren seine Worte kaum mehr als ein Flüstern. »Ich glaube, sie sind verschwunden.«

Sie nickte sofort, sagte aber nichts.

»Wir können noch nicht weiter. Wir müssen bis heute Abend warten.«

»Okay«, flüsterte sie.

»Hast du verstanden, was sie gesagt haben?« Er musste sich sicher sein.

Sie schüttelte den Kopf.

»Es ging darum, dass sie nach dir gesucht haben ... nach uns. Sie haben auch alle ihre Freunde verständigt. Es ist zu gefährlich für uns, tagsüber unterwegs zu sein. Wir sind viel zu auffällig. Wir müssen uns versteckt halten, bis es dunkel ist.«

»Okay«, erwiderte sie erneut.

Arrow runzelte die Stirn. Er mochte es nicht, dass sie sofort nachgab, obwohl es so ziemlich das war, was er brauchte und was er erwartete. Entführungsopfer hatten es im Allgemeinen schwer, für sich selbst zu denken. Sie waren froh, wenn sie die Verantwortung für ihre Sicherheit auf jemand anderen abwälzen konnten. Es gab Zeiten, in denen Morgan sich stereotyp verhielt, aber dann tat sie so etwas wie eine Metallstange aufzuheben und sich in den Kampf in der Gasse zu stürzen. Er hatte die Erfahrung gemacht, dass Entführungsopfer, wenn sie die Chance dazu bekamen, entweder wegliefen, um sich in Sicherheit zu bringen, oder sie schalteten komplett ab und waren absolut keine Hilfe, wenn die Kacke am Dampfen war.

Morgan hatte weder das eine noch das andere getan. Er war ein wenig überrascht, dass sie jetzt so gelassen war. Besonders, da er ihr gerade gesagt hatte, dass sie gejagt wurden.

Während er um die Worte rang, die sie beruhigen würden, ertönte ein seltsames Geräusch aus dem Bereich, in dem sie ihren Kopf an ihn geschmiegt hatte. Erschrocken wich Arrow ein wenig zurück – und sah ungläubig auf Morgan hinunter.

Sie schnarchte.

Sie war tatsächlich an ihn geschmiegt eingeschlafen. Die Hitze war drückend, es bestand die Gefahr, dass sie von Männern erwischt wurden, die ihn töten und sie ganz sicher weiter auf übelste Weise missbrauchen wollten, sie musste hungrig und durstig sein, und doch war sie *eingeschlafen*.

Arrow starrte sie an und versuchte, sie einzuschätzen. Ihr blondes Haar, das er von Fotos aus dem Fernsehen kannte, war von Schmutz durchzogen und sah fast braun aus. Sie hatte überall blaue Flecke, die sich in verschiedenen Stadien der Heilung befanden, ihre Lippen waren trocken und rissig und von ihrer Kleidung ging ein komischer Geruch aus ... und er war noch nie in seinem Leben von einer Frau so beeindruckt gewesen.

Er schüttelte ungläubig den Kopf. Arrow konnte nicht glauben, dass sie schlief. Bei all den Missionen, auf denen er gewesen war, war das noch nie passiert. Kein einziges Mal. Die Frauen waren immer total aufgedreht gewesen. Sie waren sich ihrer Umgebung ständig bewusst und unruhig. Nicht eine hatte sich genügend entspannt, um zu schlafen, schon gar nicht, bevor sie in Sicherheit waren.

Arrow zwang seine Muskeln, sich zu entspannen, und lauschte auf seine Umgebung. Während die Minuten vergingen, katalogisierte er jedes kleine Geräusch und tat sie als Geräusche der erwachenden Stadt ab.

Er hatte keine Ahnung, wie lange er dort gelegen und Morgan im Schlaf gehalten hatte, aber schließlich taten die warme Luft und die an ihn gekuschelte Frau ihr Übriges ... und er fiel selbst in einen leichten Schlaf.

Er wachte auf, weil er auf dem Rücken lag und das Messer, das er immer an seinem Gürtel trug, an seiner Kehle spürte. Er öffnete die Augen und blickte in Morgans grüne Augen, mit denen sie ihn panisch und verwirrt betrachtete.

»Ich bin es«, flüsterte er beruhigend. »Arrow. Du bist in Sicherheit, Morgan. Wir konnten gestern Abend fliehen.« Er hätte sie problemlos entwaffnen können, doch er hielt still und hoffte von ganzem Herzen, dass sie sich daran erinnerte, wer er war.

Sofort erinnerte sie sich und nahm das Messer von seiner Kehle. »Es tut mir leid«, entschuldigte sie sich bei ihm. »Ich bin aufgewacht und wusste nicht, wo ich bin.« Sie rutschte von ihm weg, blieb jedoch auf der Seite liegen und beobachtete ihn vorsichtig.

»Es ist alles in Ordnung«, beruhigte Arrow sie. Dabei verschwieg er allerdings, dass sie erst der zweite Mensch war, dem es jemals gelungen war, ihn im Schlaf zu überraschen. Er war stolz darauf, jederzeit auf alles gefasst zu sein, doch als er neben ihr eingeschlafen war, hatte er sich anscheinend ein wenig zu sehr gehen lassen. Er verdrängte diese Tatsache erst mal, um sich später damit zu beschäftigen. »Ich kann auch nicht gerade behaupten, dass ich es toll finde, hier zu sein.«

Sie runzelte fragend die Stirn.

»Ich bin kein großer Fan von beengten Räumen«, erklärte er ihr und überraschte sich damit selbst, da er das schon sehr lange niemandem gegenüber mehr zugegeben hatte. Sein Team wusste natürlich Bescheid, aber sonst niemand.

Sie antwortete nicht gleich, atmete aber schließlich durch und sagte: »Daraus kann ich dir keinen Vorwurf machen. Ich finde es auch nicht gerade toll, aber der Unterschied liegt darin, ob man sich selbst in einem beengten Raum verkrochen hat oder von irgendjemandem gezwungen wurde, sich dorthin zu begeben, wo man nicht sein will.«

Diesmal war es Arrow, der die Stirn runzelte. Meinte sie damit vielleicht die Tatsache, dass er sie dazu gezwungen hatte, in ihr behelfsmäßiges Versteck zu kriechen?

Und als hätte sie seine Gedanken gelesen, legte sie ihm eine Hand auf den Arm und sagte: »Damit meine ich nicht dich und nicht diese Situation. Außerdem ist unser Versteck an einer Seite offen, das ist etwas völlig anderes, Arrow. Wirklich etwas völlig anderes.«

Arrow schluckte und machte sich innerlich selbst Vorwürfe, weil er vorschnell Schlüsse gezogen hatte, während er gleichzeitig seine Wut auf denjenigen unterdrückte, der sie misshandelt hatte, und fragte: »Wie geht es dir?« Arrow richtete sich auf und setzte sich mit verschränkten Beinen in ihrem kleinen Unterschlupf hin, hob das Messer auf, das sie fallen gelassen hatte, und steckte es wieder in die Scheide an seinem Gürtel. Er musste sich zwar vorbeugen, doch es fühlte sich gut an zu sitzen.

»Es geht mir gut.«

»Hast du Hunger?« Arrow sah, wie sich ihre Nasenlöcher kurz aufblähten, bevor sie gleichgültig mit den Achseln zuckte.

»Es geht schon.«

»Eins müssen wir jetzt gleich mal klarstellen«, bemerkte Arrow streng, ohne sie aus den Augen zu lassen. »Du musst aufhören, mich anzulügen. Ich kann keine Gedanken lesen. Falls du verletzt bist, muss ich es wissen. Wenn du Hunger oder Durst hast, muss ich es wissen, damit ich etwas dagegen tun kann. Wenn du nicht mit mir sprichst, könnte das diesen gesamten Einsatz gefährden. Hilf mir dabei, dir zu helfen, Morgan.«

Doch anstatt sich aufzuregen, schienen ihre Augen grüne Funken zu sprühen, als sie sagte: »Essen ist mir egal. Genauso wie Wasser. Oder eine Dusche oder die Tatsache, dass ich ein paar blaue Flecke bekomme. Ich will einfach nur von hier weg. Mehr nicht. Wenn das bedeutet, dass ich eine Zeit lang hungern muss, kein Problem. Wenn es bedeutet, dass ich ein wenig warten muss, bevor ich etwas zu trinken bekomme, dann ist das eben so. Aber ich möchte auf keinen Fall, dass du unnötige Risiken eingehst, um mich zu versorgen, und dabei gefangen genommen wirst. Wir wissen doch beide, dass ich ohne dich keine Chance hätte. Also geht es mir gut. Ganz wunderbar. Großartig.«

Arrow musste daraufhin lächeln. Das war die Frau, die er in so kurzer Zeit kennengelernt hatte. Die praktische, bodenständige Morgan Byrd, die er so sehr bewunderte.

»Wenn ich dir also sagen würde, dass ich ein paar Protein-riegel in der Tasche habe, hättest du kein Interesse daran.«

Sie schluckte und leckte sich ihre ausgetrockneten Lippen. »Doch, ich hätte Interesse daran«, erwiderte sie einfach.

Arrow beugte sich vor und zog einen der Nahrungser-satz-Riegel aus seiner Tasche. Es gab inzwischen Hunderte davon auf dem Markt, aber egal, wie viele er probiert hatte, sie schienen ihm alle grausam zu schmecken. Aber er konnte nicht leugnen, dass sie verdammt gesund waren. Er ging nie auf einen Einsatz, ohne ein paar davon in seine Taschen zu stecken. Sie hatten ihm in der Vergangenheit schon buchstäblich das Leben gerettet.

Bevor er ihr einen Riegel gab, sagte er: »Ich habe übri-gens nicht vor, dich aus den Augen zu lassen, bis du in Sicherheit bist, Morgan. Ich werde mein Bestes tun, dass wir zusammenbleiben – selbst wenn es darum geht, Nahrungs-mittel und etwas Wasser zu besorgen. Ich fühle mich nicht wohl bei dem Gedanken, dich alleine zu lassen, zumindest nicht, bis wir wieder auf heimischem Boden sind. Außerdem verschwinden wir heute Abend aus unserer fantastischen Unterkunft und suchen meine Teamkamera-den. Und wenn ich dabei ein Wörtchen mitzureden habe, sitzt du innerhalb von vierundzwanzig Stunden bis zum Hals in einem Schaumbad.«

Doch anstatt sich über diese Aussicht zu freuen, sah Morgan eher nachdenklich aus.

»Was ist?«, wollte Arrow wissen.

Sie hob den Blick und sah ihm in die Augen, und Arrow kam sofort der Begriff *Alte Seele* in den Sinn. In ihrem Blick schienen Tausende von Jahren Lebenserfahrung zu liegen.

»Ich hatte sehr viel Zeit, über alles nachzudenken, was mir passiert ist, und ich bin mir nicht sicher, dass ich in

Sicherheit bin, selbst wenn wir wieder zu Hause sind. Was, wenn mir so etwas noch mal passiert?«

Arrow runzelte die Stirn. »Das ist ziemlich unwahrscheinlich.« Er sprach die Worte ganz automatisch aus, doch tatsächlich *könnte* es durchaus wahrscheinlich sein. Schließlich wusste er nicht, wer sie überhaupt entführt hatte und warum. Und die Tatsache, dass jemand Leute dafür bezahlte, Morgan an der Flucht zu hindern, bedeutete, dass derjenige ein großes Interesse daran hatte, sie genau dort zu behalten.

Er dachte an Allye, eine der Frauen seiner Teamkameraden. Sie war nicht einmal, sondern zweimal entführt worden. Jemand, der so entschlossen war, einen Menschen zu kontrollieren und zu missbrauchen, könnte auf jeden Fall ein zweites Mal eine Entführung durchziehen, wenn es ihm so wichtig war.

Morgan sagte nichts, sondern sah ihn einfach nur weiterhin an.

»Es ist nicht so, als würde ich vermeiden, über die Sache zu sprechen. Meine Teamkameraden und ich wollen jedes kleinste Detail darüber wissen, was vor einem Jahr passiert ist. Alles, woran du dich erinnern kannst, könnte uns dabei helfen, die Verantwortlichen für deine Entführung zu finden. Doch leider ist jetzt nicht der richtige Zeitpunkt dafür. Wir sind zwar momentan in Sicherheit, aber trotzdem wäre es besser, wenn wir uns vorläufig möglichst still verhalten.«

Morgan nickte und hob den Proteinriegel an ihren Mund. Er sah ihr mehrere Minuten dabei zu, wie sie daran knabberte, als würde sie sehr lange Zeit damit auskommen müssen.

Arrow konnte nicht anders, als ihr zu versichern: »Ich

habe noch weitere Proteinriegel. Du musst nicht so sparsam damit umgehen.«

Sie seufzte und wandte verlegen den Blick ab. »Ich weiß, dass ich eigentlich nicht wählerisch sein sollte. Und was ich jetzt gleich sagen werde, lässt mich als undankbar und Nörglerin erscheinen ... aber das Ding schmeckt wirklich nicht sonderlich gut.«

Arrow tat sein Bestes, um bei ihren Worten nicht laut loszulachen. »Da stimme ich dir zu. Ich weiß, dass manche Leute die Riegel mögen, aber ich habe wirklich jede Sorte davon ausprobiert und keine davon schmeckt mir richtig. Ich würge die Dinger nur herunter, wenn es keine Alternative gibt.«

Sie rümpfte die Nase. »Und momentan gibt es wohl keine Alternative, was?«

»Sieht so aus. Du brauchst die Kalorien und die Nährstoffe. Und das sind noch nicht mal die schlimmsten Nachrichten.«

»Was denn?«, fragte sie und sah ihn endlich an.

»Ich habe kein Wasser dabei, mit dem du das Ganze runterspülen könntest.«

Sie verzog erneut das Gesicht, lächelte ihn dann aber an. »Das ist schon okay. Ich kann damit umgehen.«

Arrow blinzelte. Er hatte sie vorhin lächeln sehen, aber da hatte er dem wenig Beachtung geschenkt. Es gefiel ihm, echte Belustigung in ihren Augen zu sehen. Selbst dieses winzige Lächeln veränderte ihre ganze Miene. Der Schmutz und der Dreck schienen zu verschwinden.

Die Gedanken, die ihm durch den Kopf gingen, waren fast so etwas wie eine Offenbarung, falls Arrow jemals eine gehabt hatte.

Er wollte alles in seiner Macht Stehende tun, um dieses Lächeln auf ihrem Gesicht zu erhalten. Um sie zum Lachen zu bringen. Um sie entspannt und ohne Sorgen zu sehen. Er wollte nicht, dass sie sich Sorgen darüber machen musste, ob derjenige, der sie entführt hatte, es ein zweites Mal schaffen würde, sobald sie nach Hause kam. Ob die Schläger in Santo Domingo sie aufspüren und in ihre ganz persönliche Version der Hölle zurückschleppen würden.

Warum sie?

Warum gerade jetzt?

Arrow hatte keine Antworten – nur das Gefühl, dass er in diesem Moment hier sein sollte. Nicht Black. Nicht Ball. Nicht irgendjemand anderes aus dem Team. Sondern *er*.

»Das weiß ich doch«, sagte er schließlich leise. »Ich werde mein Bestes geben, um uns Trinkwasser zu besorgen, sobald es einigermaßen sicher ist, von hier zu verschwinden.«

»Okay«, sagte sie. »Danke.« Sie hob den halb gegessenen Proteinriegel. »Bei dem Ding brauche ich wirklich etwas Wasser«, neckte sie ihn und schenkte ihm ein weiteres kleines Lächeln.

Ohne nachzudenken, hob Arrow die Hand und strich ihr mit dem Handrücken über die Wange.

Sie erstarrte, das Lächeln verschwand von ihrem Gesicht und ihre Augen waren weit aufgerissen.

Arrow schalt sich selbst dafür, dass er ihr Angst gemacht hatte, und ließ sofort seine Hand sinken. »Wenn du den Riegel aufgegessen hast, solltest du versuchen, noch einmal zu schlafen, wenn du kannst. Hier drin wird es nur noch heißer werden und ich bin mir nicht sicher, was uns heute Abend erwartet.«

Sie nickte zustimmend.

Eine Stunde später lag Arrow wieder auf der Seite, Morgan an seine Brust geschmiegt. Nachdem sie die Hälfte des Proteinriegels gegessen und sich für satt erklärt hatte, aß er den Rest und sie legten sich wieder in ihrem Versteck hin. Innerhalb weniger Minuten schnarchte Morgan erneut, obwohl sie behauptet hatte, nicht müde zu sein.

Arrow schlief dieses Mal nicht. Er blieb wach und wachte über die Frau in seinen Armen. Niemand würde ihr etwas antun. Nicht, solange er für sie verantwortlich war.

KAPITEL VIER

Morgan hielt den Atem an und hielt inne, als Arrow seine Hand mit geballter Faust hochhielt. Bevor sie ihr Versteck verlassen hatten, hatte er ihr kurz erklärt, was seine Handzeichen bedeuteten. Die meisten waren selbsterklärend oder sie erinnerte sich an einige ihrer Lieblingssendungen im Fernsehen, die sie vor ihrer Entführung immer geschaut hatte.

Sie war wieder völlig desorientiert aufgewacht, aber dieses Mal war Arrow wach gewesen, als sie die Augen geöffnet hatte. Er hatte sie sofort beruhigt und dafür gesorgt, dass die Angst schneller verflog als beim letzten Mal. Morgan glaubte nicht, dass sie das Grauen beim Aufwachen jemals loswerden würde. Sie hatte die letzten ... wie viele Tage auch immer es gewesen sein mochten ... jeden Tag in Angst gelebt. Irgendwann hatte sie das Gefühl für die Zeit verloren. Zwischen dem Transport von Baracke zu Baracke und der Gefangenschaft in fensterlosen Räumen war es unmöglich gewesen, die Tage zu zählen.

Nach dem, was Arrow und seine Freunde gesagt hatten, war es mindestens ein Jahr gewesen.

Ein Jahr.

Zweiundfünfzig Wochen.

Dreihundertfünfundsechzig Tage.

Es war schwer zu glauben, weil es sich *so* viel länger anfühlte. Wie eine Ewigkeit.

Sie fühlte sich, als wäre sie um ein Jahrzehnt gealtert.

Nina war vor einer Woche in ihr Zimmer gebracht worden. Es war das erste Mal, dass die Männer, die sie als Geisel hielten, jemand anderen in ihr Zimmer gesteckt hatten. Morgan war erleichtert, dass sie sich nicht für Nina zu interessieren schienen ... zumindest nicht auf *sexuelle* Weise.

Morgan hatte von dem Moment an, in dem Ninas erschrockener Blick den ihren traf, versucht, sich um sie zu kümmern. Das kleine Mädchen war so erleichtert gewesen, jemand anderen Englisch sprechen zu hören, dass Nina sich an Morgan als eine Art Ersatzmutter gehängt hatte. Nach dem, was Morgan aus dem kleinen Mädchen herauslesen konnte, war sie von ihrem Vater ins Land gebracht und dann größtenteils allein gelassen worden. Man hatte sie in ein Zimmer mit ein paar Spielsachen gesteckt, sie durfte nur auf die Toilette, und dann war sie, wie Morgan, von einem Haus zum anderen geschoben worden, ohne mit jemandem kommunizieren zu können.

Morgan hatte Ninas Vater einmal getroffen. Er war vorbeigekommen, um mit seiner Tochter zu reden, und es war mehr als offensichtlich, dass der Mann sich nicht um ihr Wohlbefinden kümmerte. Er hatte ihr gesagt, dass ihre Mutter sie nicht mehr wollte und dass sie von nun an in der Dominikanischen Republik leben würde. Er wollte Nina bei ihrer Großmutter auf der anderen Seite des Landes unterbringen, während er in der Hauptstadt lebte und Geld für ihren Unterhalt verdiente.

Nina war darüber nicht glücklich gewesen und hatte angefangen zu weinen. Ihr Vater hatte sie geohrfeigt und ihr befohlen, mit dem Weinen aufzuhören. Morgan war dem kleinen Mädchen zu Hilfe geeilt und hatte dafür ihre eigene Tracht Prügel kassiert.

Nach dem, was Morgan sich zusammengereimt hatte, war Ninas Vater mit einigen der Männer bekannt, die Morgan als Geisel hielten, und er hatte geplant, das Mädchen in ihrer Obhut zu lassen, während er Geld verdiente, damit sie in die Stadt reisen konnten, in der seine Mutter lebte.

Morgan überließ Nina das meiste von der angebotenen Nahrung und dem Wasser, da es offensichtlich war, dass sie entweder vorher nicht genügend bekommen hatte oder zu traumatisiert gewesen war, um viel zu essen oder zu trinken. Morgan ging auch kampflos mit den Männern mit, die sie abholten, um zu versuchen, die körperliche Gewalt, die das kleine Mädchen mit ansehen musste, zu minimieren, und sie schlief zwischen Nina und der Tür. Das kleine Mädchen war aufgebracht darüber, von seiner Mutter getrennt zu sein, aber sie war nicht sexuell missbraucht worden. Zumindest nicht, soweit Morgan das feststellen konnte, Gott sei Dank.

Das Auftauchen von Arrow und seinen Freunden mitten in der Nacht war das Wunder gewesen, für das sie gebetet hatte, seit sie entführt worden war. Es hatte ein Jahr gedauert, aber *endlich* war jemand gekommen. Sie waren nicht ihretwegen gekommen, aber das war letztendlich auch egal. Sie war jetzt frei ... und sie würde alles tun, was nötig war, damit das so blieb.

Nachts durch die Straßen von Santo Domingo zu schleichen hätte beängstigend sein sollen. Aber mit Arrow war es nicht ganz so schrecklich. Der Mann hatte etwas an sich, das in ihre angeschlagene und geschundene Psyche eindrang und ihr ein Gefühl der Sicherheit gab.

Er war fast dreißig Zentimeter größer als sie und seine hellbraunen Augen und sein dunkles Haar fielen nicht so sehr auf wie ihr blondes. Die Tatsache, dass es kurz geschoren war, machte ihn allerdings unverwechselbar, denn es gab nicht viele Menschen in diesem Land, die ihr Haar im Militärstil trugen, wie Arrow es tat. Aber es waren wahrscheinlich die schwarze Hose, das schwarze Hemd, die schwarze Weste und die Taschen, die mit wer weiß was gefüllt waren, die am meisten auffielen. Er war offensichtlich weitaus robuster als die wenigen Leute, denen sie bisher auf den Straßen begegnet waren.

Morgan wusste nicht, wie alt er war, aber sie schätzte ihn ein gutes Stück älter als ihre sechsundzwanzig … nein … siebenundzwanzig Jahre. Vielleicht in den Mittdreißigern. Sie vermutete, dass er eine Art ehemaliger Soldat war, einfach aufgrund seines Auftretens und seiner stillen, geübten Art, sich zu bewegen. Es würde sie nicht überraschen herauszufinden, dass er schon einmal einen Kampf erlebt hatte.

Aber das Entscheidende war, dass sie sich bei ihm sicher fühlte. Wenn ihre Finger nicht in seinem Hosenbund steckten, hielt er sie bei der Hand. Morgan hatte keine Ahnung, wo sie waren oder wohin sie gingen, aber sie war zufrieden damit, sich von ihm führen zu lassen. Er hatte wieder sein Nachtsichtgerät aufgesetzt, und jedes Mal, wenn sie über ihre eigenen Füße stolperte, war er da, um sie aufzufangen.

Arrow drehte sich zu ihr um und schob sich das Nachtsichtgerät auf die Stirn. »Ich möchte, dass du hier wartest, während ich ein Ablenkungsmanöver starte.«

Sofort hielt Morgan seine Hand noch fester. Sie hätte am liebsten den Kopf geschüttelt. Geweint und ihn angefleht, sie nicht zurückzulassen, doch sie zwang sich dazu, ihn loszulassen und zu nicken.

Anscheinend war es ihr nicht so gut gelungen, ihre Angst zu verstecken, denn er nahm ihr Gesicht in beide Hände. »Ich lasse dich nicht lange allein, Morgan. Aber ich muss das durchziehen. Soweit ich die Sache überblicke, sind wir umzingelt. Sie sind leider nicht so dumm, wie ich gehofft hatte. Ganz offensichtlich haben sie erwartet, dass wir versuchen, durch die Maschen zu schlüpfen, wenn es dunkel ist. Und das ist noch nicht alles, sie sind nämlich verzweifelt.«

»Warum?«, flüsterte Morgan.

»Geld.«

»Geld?«

»Leider ja. Sie werden dafür bezahlt, dich hier festzuhalten.«

Morgan schüttelte verwirrt und frustriert den Kopf. »Aber ich bin ein Niemand«, erklärte sie. »Ich bin Imkerin, verdammt noch mal!«

Arrow blinzelte. »Imkerin? Wirklich?«

Sie nickte. »Ja. Ich habe eine Reihe von Bienenstöcken und sammle Honig. Ich verkaufe ihn online und an Geschäfte vor Ort ...« Sie verstummte und blickte auf den schmutzigen Boden zu ihren Füßen. »Zumindest hatte ich das mal. Ich bin schon so lange weg, dass meine Bienen wahrscheinlich gestorben oder weggeflogen sind, und alle meine Kontakte haben sicher schon längst jemand anderen gefunden.«

Sie spürte, wie er ihr den Finger unter das Kinn legte, und hob den Blick.

»Das finde ich echt cool«, sagte er und schenkte ihr ein kleines Lächeln.

Morgan konnte nicht umhin, es zu erwidern. Es war

tatsächlich ziemlich cool. Bereits von klein auf hatte sie keine Angst vor den Insekten gehabt. Sie war eher fasziniert von ihnen gewesen. Und als sie dann feststellte, wie wertvoll und wichtig sie für die Gesellschaft und die Nahrungskette waren, hatte sie sich dazu entschlossen, ihren Teil zu ihrer Erhaltung beizutragen, auch wenn es nur ein kleiner Teil war.

»Ich weiß nicht, wer hinter der Entführung steckt, aber ich verspreche dir, dass ich es herausfinden werde.«

Sie hätte ihn gern gefragt, warum ihn das interessierte. Aber schließlich sah man einem geschenkten Gaul nicht ins Maul. Tatsache war, dass sie eine Riesenangst davor hatte, nach Hause zurückzukehren. Wenn tatsächlich jemand die Männer vor Ort bezahlte, damit sie dafür sorgten, dass sie in der Dominikanischen Republik blieb, würde sie wahrscheinlich sofort wieder entführt werden, kaum dass sie zu Hause angekommen war. Sie wusste nicht, wem sie vertrauen konnte ... mal abgesehen von Arrow und seinem Team.

»Wir müssen reden«, erklärte er weiter. »Ich muss alles über deine Familie erfahren, deine Ex-Freunde, Freundinnen, Kollegen bei der Arbeit, Lieferanten ... verdammt, selbst über den Typen, der deine Einkäufe im Supermarkt einpackt. Und mein Team und ich werden dann herausfinden, wer dich aus dem Weg räumen möchte und warum. Aber zuerst einmal müssen wir dich aus dieser Gasse und aus dem Land herausschaffen.«

Morgan nickte. »Und damit uns das gelingt, musst du wieder so tun, als seist du der Unsichtbare, und das kannst du nicht, wenn ich dir wie eine Dreijährige am Rockzipfel hänge, was?« Sie versuchte, sich über die Situation lustig zu machen, um ihre Nervosität und ihren Widerwillen, ihn gehen zu lassen, zu überspielen.

»Falls du dich dadurch besser fühlst«, sagte Arrow, »ich möchte genauso wenig von dir weggehen, wie du hier allein zurückgelassen werden möchtest. Aber ich schwöre dir bei meiner Ehre, dass ich zurückkommen und dich holen werde. Nichts wird mich davon abhalten.«

»Das kannst du nicht versprechen«, erklärte sie ihm.

»Das kann ich. Und das habe ich gerade getan«, versicherte er ihr erneut.

Morgan atmete tief durch. »Okay, und wo soll ich mich verstecken?«

Arrow verzog das Gesicht. »Es ist sicher nicht gerade das Ritz.«

Morgan schaute sich um und sah ein paar große, dunkle Umrisse, aber sie konnte keine Details ausmachen. Es war erstaunlich, wie wenig Licht es in Santo Domingo gab. Sie nahm an, dass es an der Armut lag. Sie war an Straßenlaternen und sogar Lichter an der Außenseite von Gebäuden gewöhnt, aber hier war einfach alles so dunkel.

Arrow legte seine Hand auf ihren Arm und führte sie neben einen Plastikbehälter. Der Geruch, der von ihm ausging, war entsetzlich, aber Morgan war das egal. Je mehr es stank, desto besser war es für sie, denn dann würde sich niemand die Mühe machen, es zu untersuchen. Offensichtlich war Arrow der gleichen Meinung.

»Ich weiß, dass es ziemlich ekelhaft ist, aber die Tatsache, dass dieses Restaurant auf Fisch spezialisiert ist, kommt uns zugute, weil hier ein Haufen übel riechender Müll produziert wird. Und ich habe nicht vergessen, dass ich dir ein heißes Bad versprochen habe. Nach dieser Geschichte bin ich dir das Doppelte schuldig.«

Es war offensichtlich, wie schlecht er sich fühlte, weil er sie neben verrottenden Fischgedärmen versteckte, doch sie schüttelte energisch den Kopf. »Du schuldest mir gar nichts, Arrow. Wenn überhaupt, schulde ich *dir* etwas.«

»Wir haben jetzt keine Zeit, darüber zu streiten, aber du kannst mir glauben, du bist mir überhaupt nichts schuldig. Schließlich bist du nicht freiwillig hier. Du kannst nichts dafür, dass du entführt und missbraucht wurdest. Du wolltest nichts von alledem hier.«

Morgan dachte einen Moment über seine Worte nach. Dann trat plötzlich wieder ein alter Teil ihrer Persönlichkeit an die Oberfläche. Er hatte recht. Sie hatte viel Zeit gehabt, darüber nachzudenken, und selbst wenn sie damals in Atlanta eine Dummheit begangen hatte, hatte sie nicht verdient, was mit ihr geschehen war. »Du hast recht. Ich will nicht hier sein. Also schuldest du mir *tatsächlich* etwas. Ich hätte gern ein Schaumbad mit Kamille. Falls du das besorgen könntest, wäre ich dir dankbar.«

Als Arrow leise lachte, stellte Morgan erstaunt fest, dass sie sich bereits viel besser fühlte. Natürlich steckten sie immer noch in einer schlimmen Situation, doch die Tatsache, dass sie in einer heruntergekommenen Gasse mitten in der Karibik gemeinsam lachen konnten, ließ alles nicht mehr ganz so schlimm erscheinen. Es war vor allem die Tatsache, dass sie gemeinsam mit *Arrow* lachte, die alles besser machte.

»Abgemacht«, erklärte er. Und dann überraschte er sie sehr, als er sich vorbeugte und sie auf die Stirn küsste. Doch bevor sie darauf reagieren konnte, wich er bereits zurück und wandte sich der überquellenden Mülltonne zu. »Dann wollen wir mal sehen, wie wir dir das Ganze einigermaßen erträglich machen können.«

Viel konnten sie nicht tun und so dauerte es nur Minuten, bevor sie sich unter einem Haufen Unrat versteckte. Sie war ziemlich klein, sodass es kein Problem darstellte, sich hinter der breiten Plastikmülltonne unter ein paar Zeitungen, Fischabfällen und sonstigem Müll zu verstecken. Arrow baute ihr aus Karton einen Gesichtsschutz, damit sie wenigstens dort nicht mit dem Müll in Berührung kam. Sie lag auf dem Rücken und kaum hatte Arrow den Karton über ihren Kopf gestülpt, wurde ihr klar, dass es völlig dunkel sein würde, dunkler selbst als gerade, wo sie durch die dunklen Gassen der Stadt gegangen waren. Außerdem wäre sie alleine. Sie wollte nicht, dass er ging, doch gleichzeitig wollte sie auch, dass er ging, damit er sich beeilen und so schnell wie möglich zurückkommen konnte.

»Bleib auf jeden Fall hier, egal was passiert, verstanden? Ich kann dich nicht sehen und dabei trage ich ein Nachtsichtgerät. Wenn du dich ruhig verhältst und dich nicht bewegst, wird jeder, der diese Gasse entlangkommt, einfach an dir vorbeigehen. Also bleib ruhig.«

Morgan nickte. Bei ihm hörte sich das so einfach an, aber ihr war klar, dass es ihr wahnsinnig schwerfallen würde, sich ruhig zu verhalten, falls tatsächlich jemand an ihrem Versteck vorbeikam. »Und was wirst du tun?«

»Weiß ich noch nicht. Aber ich werde mir etwas einfallen lassen.«

Sie wusste nicht, was sie darauf erwidern sollte, also starrte sie einfach nur zu ihm hoch.

»Du machst mich fertig, meine Schöne.«

»Ich mache doch gar nichts«, protestierte sie und war überrascht, dass er sie *schön* genannt hatte. Wahrscheinlich nannte er jede Frau so, denn momentan war sie alles andere als schön. Sie hatte sich seit Wochen nicht mehr im Spiegel gesehen, aber sie spürte, wie verfilzt ihr Haar war und wie schmutzig ihre Haut. Trotzdem fühlte es sich gut an, dass Arrow dieses kurze Wort verwendet hatte. Es war irgendwie tröstlich. Es war schon lange her, dass sie sich in der Gesellschaft eines *netten* Mannes aufgehalten hatte. Und das war Arrow auf jeden Fall.

»Ich weiß«, erklärte er. »Und gerade weil du nichts tust, bringst du mich um. Wenn du weinen, protestieren und dich mit mir streiten würdest, würde es mir das Ganze ein wenig erleichtern.«

Morgan sah zu ihm hoch und sagte, ohne eine Miene zu verziehen: »Wenn du möchtest, kann ich dich gern anschreien.«

Er lächelte. »Das ist wahrscheinlich keine gute Idee. Ich werde dich jetzt mit Müll zudecken«, warnte er sie. »Ich komme zurück, sobald ich kann. Bleib auf jeden Fall hier, egal was passiert, verstanden?«

»Ja. Ich bleibe einfach hier liegen und träume davon, ein riesiges Steak zu verdrücken. Ich habe nämlich das Gefühl, dass ich nie wieder Appetit auf Meeresfrüchte haben werde.«

Arrow starrte sie mit einem Blick an, den sie nicht deuten konnte, bevor er nickte. Er stülpte ihr den Karton über den Kopf, wodurch sie sich sofort beengt und unbehaglich fühlte. Sie hörte das dumpfe Geräusch des Mülls, der darauf gestapelt wurde und sie komplett unter sich begrub.

Morgan schloss die Augen und dachte an alles Mögliche, nur nicht daran, wo sie war und was geschah. Sie dachte über ihre Bienen nach. Fragte sich nicht zum ersten Mal, ob sie noch lebten, ob sich jemand die Mühe gemacht hatte, den Honig in ihren Bienenstöcken zu leeren. Sie dachte an ihre Mutter. Sie musste so besorgt um sie sein. Morgan hasste es, dass ihre Mutter die Qual durchmachen musste, dass ihr einziges Kind entführt worden war.

Sie war überrascht gewesen, dass ihr Vater derjenige

war, der die Presse dazu gedrängt hatte, den Fall nicht in Vergessenheit geraten zu lassen.

Morgan hatte ihr ganzes Leben lang um die Anerkennung ihres Vaters gerungen. Ihre Eltern hatten sich scheiden lassen, als sie noch klein war, und obwohl sie nicht bei ihm lebte, war er nie mit dem zufrieden gewesen, was sie tat. Ihre Noten, die Wahl ihrer außerschulischen Aktivitäten, ihre Freunde, sogar ihr jetziger Job. Er lebte in der Nähe von Atlanta, also sah sie ihn ziemlich oft, aber sie hatte immer noch nicht herausgefunden, wie sie seine Anerkennung gewinnen konnte.

Ihre Eltern waren schon sehr lange geschieden. Sie hatte von klein auf gelernt, mit ihrer Mutter nicht über ihren Vater zu sprechen und umgekehrt. Sie glaubte nicht, dass sie seit ihrer Kindheit auch nur ein Wort miteinander gewechselt hatten.

Morgan fragte sich, ob ihr Verschwinden ihre Eltern genügend zusammengeführt hatte, dass sie wenigstens miteinander reden konnten. Sie fragte sich, ob sie gemeinsam Pressekonferenzen gegeben und um Informationen über ihren Verbleib gebeten hatten.

Kopfschüttelnd verwarf Morgan den Gedanken. Sie konnte sich nicht vorstellen, dass ihr Vater oder ihre Mutter sich so gehen lassen würden, dass sie die Nähe ihres Ex-Partners ertragen konnten ... nicht einmal, wenn es um sie ging.

Zum ersten Mal seit Monaten dachte sie an die anderen Menschen in ihrem Leben, bevor sie entführt worden war. Sie war mit einem netten Kerl zusammen gewesen. Lane Buswell war ein paar Jahre älter als sie. Er war ein Hypothekenmakler und das komplette Gegenteil von ihr; vielleicht hatten sie sich deshalb so gut verstanden. Er hatte dunkelrotes Haar und grüne Augen und war für ihren

Geschmack nicht zu groß ... zumindest für ihren früheren Geschmack.

Morgan hatte immer wieder über die Nacht nachgedacht, in der sich ihr Leben verändert hatte, hatte ihre Handlungen analysiert und versucht zu entscheiden, ob sie etwas hätte tun können, damit die Sache anders ausgegangen wäre. Es war dumm, das Was-wäre-wenn-Spiel zu spielen, aber sie hatte viel Zeit gehabt, darüber nachzudenken.

Sie war an dem Abend mit Lane und einer Gruppe von Freunden unterwegs gewesen. Sie hatten einen Nachtklub besucht und sie war ziemlich früh gegangen. Sie war zu ihrem Wagen gegangen, den sie in einem öffentlichen Parkhaus geparkt hatte, und dort war sie entführt worden.

Morgan nahm an, dass Lane inzwischen eine Neue hatte, weil er überzeugt davon war, sie sei tot. Nicht dass sie es ihm verübeln könnte. Selbst in dem kleinen Haus, das sie gemietet hatte, wohnte wahrscheinlich schon jemand anderes. Sie war so glücklich darüber gewesen, als sie es gefunden hatte. Es verfügte nämlich über fünf Hektar Land, das sich perfekt für ihre Bienenstöcke eignete. Aber inzwischen waren ihre Sachen wahrscheinlich eingelagert oder verkauft worden.

An ihr altes Leben zu denken war extrem deprimierend und Morgan zwang sich, ihre Aufmerksamkeit wieder auf ihre aktuelle Situation zu richten. Sie war versteckt, ja, aber das bedeutete nicht, dass sie auch in Sicherheit war. Es reichte schon eine einzige Person, die mit ihren Entführern unter einer Decke steckte, und schon wäre sie wieder da, wo sie gerade hergekommen war ... oder schlimmer. Geld regiert die Welt und es bringt verzweifelte Menschen dazu, noch verzweifeltere Dinge zu tun.

»Bitte beeil ich«, flüsterte sie tonlos.

KAPITEL FÜNF

Arrow schlich lautlos zwischen zwei heruntergekommenen Gebäuden hindurch, hielt sich im Schatten auf und blieb von den beiden Männern, die in der Nähe standen, unentdeckt. In den zwanzig Minuten, seit er Morgan verlassen hatte, hatte er fünfzehn Männer gezählt, die in den Straßen und Gassen herumlungerten, ohne erkennbares Ziel, außer dass sie vielleicht nach ihnen Ausschau hielten.

Er hatte auch ein paar Gespräche belauscht. Etwa die Hälfte der Männer war der Meinung, dass Morgan schon lange weg war und sie sich auf einer sinnlosen Verfolgungsjagd befanden, und die andere Hälfte war überzeugt, dass die *Puta* noch in der Gegend war und sich nur versteckte.

Letzteres machte ihn nervös, denn er wollte auf keinen Fall, dass die Männer eine gezielte Suche starteten. Sie war gut versteckt, aber wenn verzweifelte Männer im Spiel waren, gab es so etwas wie vollständig versteckt nicht. Er wusste aus seiner Zeit bei den Marines und aus der Arbeit für die Mountain Mercenaries, dass kein Plan hundertprozentig narrensicher war. Er war nicht bereit, Morgans Leben zu riskieren, um es herauszufinden.

Er hatte die Lage erkundet, es war an der Zeit, seinen Plan in die Tat umzusetzen.

Arrow hatte sich im Laufe des Tages kurz mit Black und Ball unterhalten. Sie waren aus dem Armenviertel der Stadt herausgekommen, wo Nina und Morgan festgehalten worden waren. Sie waren in einem Hotel auf der anderen Seite der Bucht, wo normalerweise Kreuzfahrtschiffe andockten. Es war nicht gerade eine wirtschaftlich reiche Gegend, aber es war ein himmelweiter Unterschied zu dem Ort, an dem er und Morgan sich versteckt hatten.

Rex hatte sich ebenfalls gemeldet, und er und Meat arbeiteten an der Logistik, um Morgan aus dem Land zu bringen. Der Plan war, dass Arrow und Morgan sich heute Abend mit seinen Teamkameraden treffen sollten, aber wenn das nicht möglich war, hatten sie für Mr. und Mrs. Coldwater ein Zimmer in einem Mittelklassemotel gebucht. Ihre Tarnung würde sein, dass sie frisch verheiratet waren. Das würde ihnen eine Ausrede geben, das Zimmer nicht zu verlassen und darauf zu warten, dass Rex sein Wunder vollbrachte. Arrow hatte Morgan die Details nicht erzählt, da er hoffte, sie würden sich seinen Teamkameraden und Nina anschließen können.

Anscheinend ging es Nina nicht gut. Während Black und Ball so behutsam wie möglich vorgingen, war das Kind traumatisiert und fragte ständig nach Morgan. Arrow war entschlossen, alles zu tun, was er konnte, um Morgan und Nina wieder zu vereinen – um ihrer beider willen.

Arrow lächelte und erinnerte sich an eine seiner Unterhaltungen mit Morgan an diesem Tag. Sie hatten unter den Trümmern des Gebäudes gelegen und nachdem Morgan erwähnt hatte, wie elend die Hitze war, hatte er einen kleinen faltbaren Handventilator hervorgeholt. Sie hatte ihn ungläubig angeschaut und scherzhaft gefragt, was er denn sonst noch in seinen Taschen hätte. Er hatte darüber gelacht, aber es gelang ihm, ihr einen weiteren Proteinriegel zu geben, eine Nagelschere, als sie sich über den Zustand ihrer Fingernägel beklagte, und er hatte sogar einen zusätzlichen Schnürsenkel hervorgeholt, um den gerissenen in ihrem Schuh zu ersetzen.

Tatsächlich hatte er alle möglichen Gegenstände in seinen Taschen. Gegenstände, die während einer Mission von unschätzbarem Wert sein konnten, wie er im Laufe der Jahre gelernt hatte. Neben Lebensmitteln, Wasserreinigungstabletten, Nadel und Faden – mit denen man notfalls sowohl Stoff als auch menschliche Haut nähen konnte – und einem Vorrat an Bargeld für den Fall der Fälle, hatte er auch Dinge, die er sowohl zum Töten und Verletzen als auch zum Ablenken verwenden konnte.

Es dauerte weitere zwanzig Minuten, bis Arrow alles an Ort und Stelle hatte, aber als er fertig war, hatte er das befriedigende Gefühl, alles getan zu haben, was er konnte, um ihm und Morgan ein Zeitfenster zu verschaffen, unentdeckt aus diesem Teil der Stadt zu verschwinden.

Arrow kauerte zwischen zwei Gebäuden und wartete darauf, dass der erste Zünder losging.

Als dies geschah, sah er zu seiner Freude, dass die beiden Männer, die in der Nähe lauerten, auf den Knall zuliefen.

Als er sich auf den Weg zurück zu Morgan machte, hörte er die anderen Explosionen, die er ausgelöst hatte. Sie gingen genau zur richtigen Zeit los und lockten die Mistkerle hoffentlich von seinem und Morgans Fluchtweg weg.

In der Sekunde, in der er die Gasse betrat, in der er Morgan zurückgelassen hatte, konnte er spüren, wie sein Körper sich entspannte. Er konnte sehen, dass der Müllhaufen genau so aussah, wie er ihn vorhin verlassen hatte.

Er hockte sich hin und flüsterte: »Morgan? Ich bin's, Arrow. Es ist Zeit zu verschwinden.«

Er fegte die Fischköpfe und Gräten weg und hob das Stück Pappe auf, das er ihr um den Kopf gelegt hatte. Sie blickte zu ihm auf, die Pupillen riesig in ihrem Gesicht und der dunklen Gasse.

»Komm, meine Schöne.«

Unbeholfen kletterte sie unter den Abfällen hervor und als er mit den Fingern ihre Hand berührte, hielt sie sich daran fest, als würde sie sie nie wieder loslassen wollen.

In diesem Moment ertönte im Westen ein lauterer Knall. Das war die letzte Explosion, die er vorbereitet hatte, und hoffentlich diejenige, die alle Aufmerksamkeit davon ablenken würde, wo sie sein könnten, während die Verbrecher versuchten herauszufinden, was los war. Arrow hatte die Orte für die Explosionen sorgfältig ausgewählt. Er war nicht gegen das Töten, wenn es sein musste, aber er wollte auf keinen Fall jemanden willkürlich verletzen. Er hatte etwas C4 in der Nähe von verlassenen Gebäuden angebracht, wobei er sich vergewissert hatte, dass sich keine Hausbesetzer darin befanden, und er hatte einen Zeitzünder benutzt, um es zur Explosion zu bringen.

Der Lärm sollte hoffentlich die Polizei und die Feuerwehr herbeirufen und die Aufmerksamkeit derer auf sich ziehen, die nach Morgan suchten.

»Ich nehme mal an, dass du dafür verantwortlich bist?«, fragte Morgan.

Er konnte die Angst, aber auch die Erleichterung aus ihren Worten heraushören. Er war länger weg gewesen, als er es vorgehabt hatte, doch das war notwendig gewesen. Er hatte die kleinen Explosionskörper und Sprengladungen weiter auseinander platzieren müssen, als er es anfangs vorgehabt hatte. »Ich weiß gar nicht, was du meinst, meine

Schöne. Ich habe nur kurz einen Nachtspaziergang gemacht.«

Als sie lächelte, blitzten ihre Zähne weiß auf.

»Komm. Bleib direkt neben mir und sprich nicht. Ich bin mir ziemlich sicher, dass wir keine Probleme bekommen werden, aber ich möchte nichts riskieren.«

Morgan nickte und atmete tief durch. Sie blickte auf ihre Hände hinab und dann spürte er, wie sie ihn losließ. Er wollte gerade protestieren, doch dann legte sie ihre Hände erneut an seine Hose. Und selbst durch den Stoff seines Hemdes hindurch konnte er spüren, wie kalt ihre Finger waren. Er griff nach unten und positionierte ihre Hand so, dass sie an seinem Rücken lag.

»Halt dich gut fest, meine Schöne. Ein heißes Schaumbad wartet auf dich.«

Und dann ging er ohne ein weiteres Wort los, und zwar in Richtung Osten und in Richtung Sicherheit.

Es dauerte zwei Stunden, da Arrow extrem vorsichtig war, was die Route anging, die er nahm, aber schließlich standen sie vor dem Motel, im dem Rex ein Zimmer für sie reserviert hatte. Wenn es nach Arrow gegangen wäre, wäre er auch noch bis zu dem Hotel gegangen, in dem Black und Ball untergebracht waren, aber er konnte sehen, dass Morgan völlig am Ende war. Sie stolperte immer mehr und umklammerte seine Hose so fest, dass er spüren konnte, wie sich das Material in seine Haut grub.

Er war beeindruckt, wie gut sie sich bisher gehalten hatte. Er hatte mehrere Dutzend Male angehalten, einfach um zu lauschen und seine Umgebung in sich aufzunehmen, und sie hatte kein Wort gesagt. Hatte keine Fragen gestellt.

Sie hatte ihn tun lassen, was er tun musste, ohne ihn zu behindern. Er kannte nicht viele Leute, abgesehen von den Männern in seinem Team, die das Gleiche hätten tun können.

Mit jeder Minute, die verging, war Arrow mehr und mehr von der Frau an seiner Seite fasziniert. Aber er konnte es sich nicht leisten, unvorsichtig zu sein, bis sie wieder auf heimischem Boden waren. Man konnte nicht wissen, wer in den Plan eingeweiht war, Morgan in Santo Domingo als Geisel festzuhalten.

Draußen war es noch dunkel, aber als sie durch die Stadt gingen, erwachte sie. Es musste kurz vor Sonnenaufgang sein, aber als er Morgan anschaute, waren ihre Augen weit geöffnet und sie sah nicht im Geringsten müde aus. Er wusste jedoch, dass es eine Täuschung war. Die dunklen Ringe unter ihren Augen und die Art, wie ihre Schultern herabhingen, verrieten sie.

Ein Schwall von Gefühlen durchfuhr ihn. Wut auf denjenigen, der sie überhaupt erst in diese Lage gebracht hatte. Reue, weil er sie heute Abend so sehr gefordert hatte. Und Bedauern, dass er nicht früher angehalten hatte.

»Jetzt dauert es nicht mehr lange, meine Schöne, bis du bis zum Kinn in heißem Wasser liegst.«

Sie lächelte ihn an und Arrow stockte der Atem. Selbst völlig verdreckt und nach Fisch stinkend erleuchtete ihr Lächeln ihr ganzes Gesicht und machte sie zur schönsten Frau, die er jemals gesehen hatte.

»Wie wollen wir das Ganze denn durchziehen? Ich bin mir ziemlich sicher, dass selbst der dümmste Rezeptionist meinen Fischgestank bemerken wird. Niemand wird uns glauben, dass wir in den Flitterwochen sind.«

Arrow hatte ihr während ihres Marsches den Plan erklärt und dass ein Motelzimmer auf sie wartete, das sein

Verbindungsmann für sie reserviert hatte. Er hatte ihr gesagt, dass sie sich als Mr. und Mrs. Coldwater aus Kalifornien ausgeben würden.

»Vertraust du mir?« Es war eher eine Frage als eine Feststellung.

Sie sah ihn unverwandt an, während sie nickte.

Arrows Herz schnürte sich noch mehr zusammen, weil sie, ohne zu zögern, geantwortet hatte. Er legte ihr einen Arm um die Schulter und zog sie an sich. »Halte den Blick gesenkt und sieh niedergeschlagen aus«, bat er sie.

Morgan lachte leise. »Das sollte mir ziemlich leichtfallen.«

Er widerstand dem Drang, ebenfalls eine witzige Bemerkung zu machen. »Komm, versuchen wir unser Glück.«

Sie betraten die etwas heruntergekommene Eingangshalle des Motels und eine Glocke bimmelte über ihren Köpfen, als sich die Tür hinter ihnen schloss. Morgan schlang ihren Arm um seine Taille und klammerte sich an ihn. Sie hielt den Kopf gesenkt und er spürte, wie sie stolperte, als sie auf den Schreibtisch zugingen.

Arrow legte seinen Arm fester um sie und biss die Zähne zusammen, weil er wusste, dass sie nicht schauspielerte.

Ein schmuddeliger, verschlafen aussehender Mann erschien aus einem Hinterzimmer. »*Hola.*«

»*Hola*«, erwiderte Arrow. Und dann sagte er immer noch auf Spanisch: »*Wir haben ein Zimmer für Mr. and Mrs. Coldwater reserviert.*«

Ohne etwas zu erwidern, wandte der Mann sich seinem Computer zu und tippte ein paarmal auf die Maus neben der Tastatur. Dann hob er den Blick und sah von Morgan zu Arrow, bevor er auf Spanisch fragte: »*Bar oder mit Kreditkarte?*«

Ohne Morgan loszulassen, griff Arrow in seine Tasche und holte einen Stapel amerikanischer Dollars hervor, die er dort verstaut hatte, bevor sie das Gebäude betraten. Er wusste, wie viel Geld in diesem Teil der Welt bedeutete. »Bar.«

Die Augen des Hotelangestellten leuchteten auf und er konnte den Blick nicht von dem Geld abwenden.

Arrow erzählte ihm die Geschichte, die er sich ausgedacht hatte, und dass er und seine frisch Vermählte auf dem Weg zum Motel Probleme bekommen hatten. Sie hatten ein Taxi genommen, doch der Fahrer hatte sie auf eine Spritztour durch Santo Domingo mitgenommen und immer mehr Geld verlangt. Als er sie schließlich aussteigen ließ, war er mit ihren Koffern verschwunden und sie mussten kilometerweit zum Motel laufen. Arrow erklärte weiter, dass sie sich hinter Mülltonnen verstecken mussten, um sich vor den umherziehenden Banden von Schlägern zu schützen, die nach Einbruch der Dunkelheit unterwegs waren.

Der Rezeptionist schien nicht im Geringsten erschüttert zu sein. Ihn interessierte ausschließlich das Geld in Arrows Hand und Arrow erkannte, dass sein ganzes Gerede völlig unnötig war. Der Mann scherte sich einfach einen Dreck darum. Arrow wollte angewidert die Augen verdrehen, wollte ein wenig Mitgefühl für ihre Notlage einfordern, aber stattdessen überreichte er einfach das Geld. Es waren hundert Dollar mehr, als das Zimmer kostete, und der Angestellte nahm es ohne ein Wort entgegen.

Er überreichte ihnen einen altmodischen Schlüssel und erklärte ihnen, wo sich ihr Zimmer befand.

»Gracias«, erwiderte Arrow und nickte ihm zu. Doch der Mann war bereits wieder in dem Raum hinter der Rezeption verschwunden – das zusätzliche Geld tief in seiner Tasche.

Als sich die Tür hinter ihm schloss, fragte Morgan: »War er misstrauisch?«

Er hatte ganz vergessen, dass sie kein Spanisch konnte, und erklärte: »Nein. Sein einziges Interesse galt dem Geld.«

»Sehr gut.«

Arrow konnte sehen, dass Morgan erschöpft war. Er hatte es vorhin geschafft, eine Flasche Wasser für sie zu stehlen, aber er wusste, dass er ihr neben mehreren Gläsern Wasser auch etwas Richtiges zu essen geben musste. Es war heiß und sie hatten beide mehr als genügend geschwitzt. Sie mussten die verlorene Flüssigkeit schnellstmöglich ersetzen.

Sie gingen bis zum Ende der Reihe von Zimmern und er sperrte mit dem Schlüssel die vorletzte Tür auf. Als sie die Tür aufstießen, ärgerte sich Arrow über den Zustand des Zimmers. Es sah ziemlich sauber aus, obwohl die Einrichtung direkt aus den Achtzigern stammte, bis hin zu den kitschigen Bildern an den Wänden und der abgenutzten Decke auf dem Doppelbett.

Er starrte es einen Moment lang an, bevor ihm klar wurde, dass der Angestellte ihre Tarngeschichte definitiv geglaubt hatte. Rex hatte Arrow erzählt, dass er ein Zimmer mit zwei Betten reserviert hatte, aber außer, dass die alte Couch in der Ecke ein Ausziehbett war, hatte der Angestellte keinen Grund gesehen, ihnen mehr als ein Bett zu geben, da sie angeblich frisch verheiratet waren.

In der Erwartung, dass Morgan gegen die Unterbringung protestieren würde, war er etwas überrascht, als sie ihren Arm von seiner Taille löste und in Richtung Badezimmer ging. Als sie es erreichte, drehte sie sich um und fragte: »Musst du vielleicht kurz ins Badezimmer, bevor ich es in Beschlag nehme?«

Er lächelte und schüttelte den Kopf. »Nein, meine Schöne. Das Bad gehört ganz dir.«

»Danke.« Dann, ohne ein weiteres Wort, betrat sie den kleinen Raum und machte die Tür zu. Er hörte, wie das Wasser im Waschbecken fast sofort aufgedreht wurde, und er wünschte sich plötzlich, er hätte anhalten und ihr ein paar grundlegende Toilettenartikel besorgen können, wie eine Zahnbürste, Zahnpasta, Shampoo ... Kamillenschaumbad ...

Er schüttelte die lächerlichen Gedanken ab – sie waren damit beschäftigt gewesen, den Männern, die sie zurück in die Gefangenschaft zwingen wollten, einen Schritt voraus zu sein; sie hatten keine Zeit zum Einkaufen gehabt, um Himmels willen – und zog das kleine Funkgerät heraus, das er benutzt hatte, um mit Black und Ball zu kommunizieren. Er schickte eine kurze, verschlüsselte Nachricht, um ihnen mitzuteilen, dass sie im Hotel waren und sich am nächsten Tag mit ihnen treffen würden. Dann begann er, auf und ab zu gehen.

Unruhig zu sein war nicht Arrows Art. Er war normalerweise sehr ruhig. Er konnte in Kampfsituationen stundenlang auf den richtigen Zeitpunkt warten, um seinen Zug zu machen. Warum er also auf dem alten Teppich auf und ab ging, war ihm schleierhaft.

Er hörte, wie das Wasser in der Dusche angestellt wurde – und stellte sich sofort Morgan vor, wie sie splitternackt unter dem Wasserstrahl stand.

Er schüttelte von sich selbst angewidert den Kopf. Er musste sich zusammennehmen. Die arme Frau konnte es nicht gebrauchen, dass er sie anmachte. Gott wusste, was sie durchgemacht hatte; es konnte Jahre dauern, bis sie einen Mann in ihre Nähe ließ ... nicht dass er es ihr verübeln konnte.

Konzentriert auf seinen Hass auf Männer, die Frauen und Kinder ausbeuteten und missbrauchten, wurde Arrow aufgeschreckt, als er ein lautes Krachen aus dem Badezimmer hörte. Er setzte sich in Bewegung, bevor er überhaupt darüber nachgedacht hatte, was er da tat. Er hatte seine Pistole in der Hand und war in Sekundenschnelle im Badezimmer, bereit, jeden wegzupusten, der es wagte, Morgan zu entführen.

Er erstarrte bei dem, was er sah.

Ohne zu zögern, legte er seine Waffe auf den Waschtisch und zog seine Weste mit den unzähligen Taschen aus. Als Nächstes zog er sein Hemd aus, ließ aber sein Unterhemd an. Er zog seine Cargohose aus; zum Glück hatte er weite Boxershorts an und er hoffte, sie würde nicht übermäßig beunruhigt sein.

Morgan sagte kein Wort, starrte ihn nur mit großen Augen an, und Tränen liefen ihr über die Wangen. Sie sah erschöpft aus – und gebrochen. Und Arrow hasste das.

Sie war offensichtlich in der Wanne ausgerutscht und auf dem Hintern gelandet. Der Duschvorhang hing schief, sodass er freien Blick auf ihre zusammengekauerte Gestalt auf dem Boden der Wanne hatte. Arrow stellte schnell das Wasser vom Duschkopf auf den Wasserhahn um und drehte den Abfluss zu, damit das Wasser nicht ablaufen konnte. Er war überrascht, dass das Wasser noch heiß war, aber er wollte sich nicht beschweren.

»Rutsch nach vorn, meine Schöne«, sagte er leise.

Sie tat, was er verlangte, und zog dabei ihre Knie bis zur Brust. Arrow stieg hinter ihr in die Wanne und setzte sich. Er streckte seine Beine neben ihren Hüften aus und wartete.

Es dauerte eine Weile, aber schließlich, als das Wasser in der Wanne ihre Hüften bedeckt hatte und ihre Bäuche umspülte, setzte sie sich langsam zurück und lehnte sich an seine Brust.

»So ist es richtig«, murmelte er. »Entspann dich, Morgan. Bei mir bist du in Sicherheit.«

Sie seufzte und schloss die Augen. Sie hatte die Arme immer noch über der Brust verschränkt und es war ihm nicht entgangen, wie sie zitterten, während sie weinte.

Er riskierte es, zog ihre Hände nach unten, legte dann einen Arm um ihre Brust und hielt sie in seinen starken Armen.

Und das half. Er konnte spüren, wie sie sich völlig entspannte, an ihn schmiegte und ihre Hände auf seine Knie an ihren Seiten legte. Ihre Brust hob sich vor Schluchzen und ihr Atem ging stoßweise, während sie weiter weinte. Ohne ihre Tränen zu kommentieren, hielt er sie einfach fest und wartete, bis das Wasser fast über den Rand der kleinen Wanne floss, bevor er mit seinen Füßen die Wasserhähne zudrehte.

Schließlich hörte sie auf zu weinen und lag einfach schlaff in seinen Armen. So blieben sie einige Minuten schweigend sitzen, bevor er sanft fragte: »Alles in Ordnung? Du hast dich nicht verletzt, als du hingefallen bist, oder?«

Sie schüttelte den Kopf, sprach aber nicht.

Arrow seufzte. Er wollte sie zum Reden drängen, aber trotz der Tatsache, dass sie mit ihm in der Badewanne lag, waren sie im Grunde immer noch Fremde. Er mochte die blauen Flecke nicht, die sich in verschiedenen Stadien der Heilung überall auf ihrem Körper befanden. Es gefiel ihm nicht, dass er ihre Rippen sehen konnte. Und es gefiel ihm definitiv nicht, dass ihre Knie aufgeschürft und geprellt waren. Aber er würde auf keinen Fall verlangen, dass sie mit ihm redete. Er wollte so sehr, dass sie ihm vertraute, aber sie musste es freiwillig tun; er konnte sie nicht dazu zwingen.

Das Wasser kühlte ab und Arrow benutzte seinen Fuß, um das heiße Wasser aufzudrehen, damit es wieder wärmer wurde. Er tat dies noch zweimal und ließ jedes Mal Wasser ab, bevor er den Wasserhahn aufdrehte.

Schließlich sagte Morgan: »Ich bin jetzt bereit, aus der Wanne zu steigen.«

Arrows Körper war steif vom Liegen in der engen Wanne, aber er stöhnte nicht auf, als er aufstand. Er schnappte sich ein Handtuch und hielt es Morgan hin. Er drehte ihr den Rücken zu, um ihr Privatsphäre zu geben, und zog sein durchnässtes Unterhemd aus. Er trocknete sich so gut wie möglich ab und wartete, bis sie signalisierte, dass sie wieder angezogen war, bevor er sich wieder zu ihr umdrehte.

»Ich bin so weit«, sagte sie leise.

Arrow drehte sich um – und ihm stockte der Atem.

Sie war schon schmutzig und zerzaust schön gewesen, aber sauber und mit ihrer Haut gerötet von dem warmen Wasser war sie hinreißend. Ihr Haar brauchte noch eine Menge Arbeit. Er konnte sehen, dass Morgan ihr Bestes getan hatte, um es mit der kleinen Flasche Shampoo, die das Hotel zur Verfügung gestellt hatte, sauber zu bekommen, aber einige verfilzte Stellen mussten entweder herausgeschnitten oder sehr vorsichtig und langsam entzaust werden.

Sie sah ihn mit ihren großen grünen Augen an und wartete darauf, dass er etwas sagte oder tat. Sie hatte das Handtuch um ihren Oberkörper gewickelt und hielt es mit einer Hand fest. Er konnte sehen, dass seitlich ein Schlitz blieb, weil es nicht groß genug war.

Arrow streckte die Hand aus und hob sein anderes Hemd hoch. Es war nicht gerade sauber, aber es roch um einiges besser als ihre Kleidung. »Wenn du möchtest, kannst du das anziehen. Ich werde unsere Sachen schnell hier waschen, während du es dir im Bett gemütlich machst.«

Als sie sich nicht bewegte, sondern ihn einfach weiterhin anstarrte, entgegnete Arrow: »Ich weiß, dass es nur ein einziges Bett gibt, aber glaub mir, wenn ich dir sage, dass es eigentlich hätten zwei sein sollen. Anscheinend hat der Rezeptionist uns unsere Geschichte abgenommen, dass wir frisch verheiratet sind, und es tut mir leid. Wenn du möchtest, kann ich auf dem Boden schlafen oder ich kann an der Rezeption ein anderes Zimmer verlangen, wenn dir das lieber ist. Ich ...«

»Das Zimmer ist perfekt«, unterbrach Morgan ihn. »Und ich will auch nicht, dass du auf dem Boden schläfst. Ich würde mich sicherer fühlen, wenn du mit mir im Bett schläfst.«

»Dann werde ich das tun«, versicherte Arrow ihr.

»Ich ...« Sie machte eine Pause und fuhr sich mit der Zunge unsicher über die Lippen. »Ich kann meine Sachen selbst waschen.«

»Das weiß ich doch, meine Schöne. Aber lass mich dir diesen Gefallen tun. Ich möchte mich um dich kümmern.«

»Das tust du doch. Und hast es die ganze Zeit über getan«, erklärte sie ihm. »Aber ich bin weder schwach noch hilflos, trotz allem, was gerade eben passiert ist.« Sie machte eine Geste in Richtung Badewanne hinter ihr, doch sie wandte den Blick nicht von ihm ab.

Arrow konnte nicht anders und lachte leise. Als er ihren verwirrten Ausdruck sah, erklärte er ihr schnell: »Ich lache dich nicht aus. Ich lache darüber, dass du auch nur einen Moment lang denken könntest, dass ich dich für schwach und hilflos halte. Morgan, bitte glaub mir, du bist großartig. Ich habe schon viele Frauen gesehen, die in deiner Situation stecken, und die meisten von ihnen können damit nicht so gut umgehen, wie du es tust. Ich mache ihnen keinen Vorwurf daraus, natürlich nicht, aber viele von ihnen haben sich hysterisch verhalten. Sie haben geweint, gezittert, nicht zugehört, wenn wir ihnen gesagt haben, wie sie sich zu ihrer eigenen Sicherheit verhalten sollen. Und falls während ihrer Rettung auch nur eine Kleinigkeit schiefging, endete das oft damit, dass sie komplett zusammenbrachen. Du hingegen hast alles richtig gemacht. Du bist nicht in Panik geraten, hast einen kühlen Kopf behalten, und selbst, als du Angst hattest, hast du dich nicht gehen lassen. Dank der letzten halben Stunde mache ich mir viel weniger Sorgen über deinen Geisteszustand.«

»Warum machst du dir weniger Sorgen, obwohl ich einen Zusammenbruch hatte?«, wollte sie wissen und hielt ihr Handtuch fester umklammert.

»Weil du reagierst. Weil du fühlst. Ich hasse, was dir passiert ist, und ich weiß nicht einmal, was du alles durchmachen musstest. Aber alle Gefühle darüber zu unterdrücken wird auf lange Sicht nicht helfen. Wenn du weinen musst, dann weine. Wenn du gegen die Ungerechtigkeit dessen, was passiert ist, wüten willst, bin ich für dich da, damit du alles an mir auslassen kannst. Wenn du darüber reden willst, höre ich zu. Aber all deine Gefühle zu unterdrücken ist nicht der beste Weg, damit umzugehen.«

»Das hört sich ja fast so an, als würdest du aus persönlicher Erfahrung sprechen.«

»Ich war bei der Marine, meine Schöne. Ich habe ein paar Dinge gesehen und getan, die mich als Mensch grundlegend verändert haben. Es hat lange gedauert, bis ich gelernt habe, darüber zu reden und die Gefühle mitzuteilen, die in mir schwelten. Und dadurch ging es mir besser. Darüber zu reden ändert das Geschehene auch nicht, aber irgendwie hat es mir dabei geholfen zu verstehen, dass die

Dinge, die mir zugestoßen sind und die ich getan habe, mich nicht zu einem schlechten Menschen machen.«

»Ich bin noch nicht bereit, darüber zu reden. Und ich weiß nicht, ob ich es jemals sein werde«, gab sie zu.

»Nimm dir Zeit«, erklärte Arrow sanft. »Wir befinden uns jetzt weder am richtigen Ort noch ist es der richtige Zeitpunkt, aber ich bin mir sicher, irgendwann wirst du so weit sein, dass du das Ganze loslassen kannst. Aber du darfst auf keinen Fall denken, dass du schwach bist oder schlecht mit der Situation umgegangen bist. Du bist stark. Und du warst fantastisch. Ich bin verdammt stolz auf dich, dass ich nicht mal die richtigen Worte dafür finde. Und die Tatsache, dass du zugelassen hast, dass ich dich tröste, hilft mir auch dabei, besser mit dem klarzukommen, womit ich meinen Lebensunterhalt verdiene.«

»Wie meinst du das?«

»Ich habe nicht das durchgemacht, was du durchgemacht hast, doch ich bekomme die Auswirkungen ziemlich häufig zu sehen. Verstörte Frauen und Kinder, die so sehr missbraucht wurden, dass es das Vorstellungsvermögen eines normalen Menschen weit übersteigt. Ich habe gesehen, wie sie vor einer einfachen Berührung zurückschrecken. Ich habe gesehen, wie sie von mir zurückweichen, wenn ich versuche, ihnen in die Augen zu sehen. Oft begegnen sie mir und meinen Teamkameraden mit Misstrauen und Verachtung. Wir machen den Opfern natürlich keinen Vorwurf daraus, kein bisschen, besonders da wir großen Respekt und Mitgefühl für all diejenigen haben, denen wir helfen.«

»So hatte ich das noch gar nicht gesehen«, gab Morgan zu.

»Darüber solltest du auch gar nicht nachdenken«, erklärte Arrow ihr. »Aber die Tatsache, dass du es zugelassen hast, dass ich dich tröste, war ein echtes Geschenk. Vielen Dank. Also sprich bitte nicht mehr davon, dass du schwach oder hilflos bist, okay?«

»Ich werde es versuchen.«

»Sehr gut. Und jetzt ... ab mit dir. Kuschel dich unter die Decke, und sobald ich hier fertig bin, komme ich nach.«

»Vielen Dank.«

»Gern geschehen.« Arrow sah zu, wie Morgan aus dem Bad ging, und er brauchte einen Moment, um sich zu sammeln. Er war unglaublich wütend. Nicht auf Morgan, sondern auf die Mistkerle, die ihre Seele beschädigt hatten. Sie war stark, daran gab es keinen Zweifel, aber sie war definitiv verletzt.

Schnell wusch er ihr Höschen, ihr T-Shirt und ihre Jeans. Er tat dasselbe mit seiner Unterwäsche, aber nicht mit seiner Cargohose. Sie würde ewig brauchen, um zu trocknen, und er wollte es Morgan so angenehm wie möglich machen, während sie schliefen. Das bedeutete, nicht nackt zu sein, wenn sie zusammen in einem Bett lagen.

Als er ihre Kleidung zum Trocknen aufgehängt hatte, ging er zurück ins andere Zimmer. Er ging zur Tür und vergewisserte sich, dass sie fest verschlossen war. Er zog einen Stuhl davor, nur für den Fall, bevor er zum Bett hinübersah.

Morgan lag unter der dünnen Bettdecke; er konnte nur noch ihren Kopf sehen, der herausragte. Lächelnd ging Arrow hinüber und hob das Handtuch auf, das sie auf den Boden fallen gelassen hatte. Er hängte es im Badezimmer auf, bevor er auf die andere Seite des Bettes ging. Er legte sich auf die Decke und drehte sich zu Morgan um. »Ist das für dich so okay? Wenn es dir lieber ist, kann ich auch auf dem Boden schlafen.«

»Wie schon gesagt, es ist völlig in Ordnung«, erwiderte sie und drehte sich dann zu ihm um.

»Hast du genügend Wasser, falls du Durst bekommst?«, fragte Arrow.

Morgan nickte. »Ich habe in der Dusche vor meinem kleinen Zusammenbruch so viel davon getrunken, dass ich mich ganz aufgebläht fühle.«

Arrow gefiel nicht, wie sie ihren Gemütszustand beschrieb, doch er nickte nur. »Möchtest du vielleicht noch etwas essen? Ich hätte noch einen Proteinriegel. Später holen wir uns was Richtiges, aber ich möchte nicht, dass du hungrig einschläfst.«

»Ich habe keinen Hunger.«

Arrow blickte sie einen Moment lang an. Ihr Haar war auf dem Kissen ausgebreitet und bei dem bloßen Anblick hätte er am liebsten geweint und gewütet über das, was ihr zugestoßen war. Doch er riss sich natürlich zusammen.

»Würdest du ...« Sie sprach nicht weiter.

»Würde ich was?«, fragte er sie. »Ich würde alles tun, was du möchtest oder brauchst.« Und es überraschte ihn kein bisschen, dass das, was er gesagt hatte, zu hundert Prozent stimmte. Wenn sie irgendetwas brauchte, würde er Himmel und Hölle in Bewegung setzen, damit sie es bekam.

»Können wir wieder so einschlafen, wie wir es in unserem Versteck getan haben?«, bat sie ihn.

Er musste wohl verwirrt ausgesehen haben, denn sie erklärte: »Du hältst mich im Arm und ich drehe dir den Rücken zu?«

Arrow war von ihrer Bitte überrascht und brauchte wohl zu lange, um zu antworten, denn sie sagte: »Schon gut. Das ist zu viel verlangt. Vergiss es.«

Bevor das letzte Wort aus ihrem Mund kam, hatte er sich neben sie gelegt. Er half ihr, sich auf die Seite zu drehen, und legte seinen Körper um den ihren. Sie schmiegte sich perfekt an ihn. In seinen Armen fühlte sie sich noch winziger an. Ihre Persönlichkeit und Stärke hatten irgendwie dafür gesorgt, dass sie nicht ganz so klein gewirkt hatte, als sie durch die Stadt geeilt waren.

Sie seufzte zufrieden und schmiegte sich noch weiter an ihn.

Arrow fiel es schwer, die Verbindung zu dieser Frau nicht zu verlieren. Er wollte, dass sie ihm vertraute. Dem gesamten Team der Mountain Mercenaries war beigebracht worden, auf der Hut zu sein vor Opfern, die sich zu sehr an ihren Retter klammerten, aber ausnahmsweise dachte Arrow überhaupt nicht an seine Ausbildung.

Zum ersten Mal in seiner beruflichen Laufbahn spürte er, wie seine Objektivität dahinschwand.

Morgan fühlte sich zu gut in seinen Armen an.

Ihr Hintern, der sich an seine Leistengegend schmiegte.

Wie sich ihr Bauch unter seiner Hand anfühlte.

Die Tatsache, dass ihr Kopf in der Mulde seines Halses ruhte.

Einige Minuten vergingen und Arrow wurde klar, dass sie nicht schlief. Das sollte sie aber. Sie waren stundenlang angespannt gewesen und es war eine harte, anstrengende Flucht durch die Straßen von Santo Domingo zum Motel gewesen.

»Was ist los?«, fragte Arrow sie leise.

»Ich weiß nicht, was heute noch passieren wird, oder morgen oder nächste Woche. Das ganze letzte Jahr über bin ich davon ausgegangen, dass das, was mir passiert ist, nur ein böser Zufall war. Dass ich zur falschen Zeit am falschen Ort war. Aber ... nachdem ich einige der Dinge gehört habe, die du seit meiner Rettung gesagt hast, sowohl zu mir als auch zu deinen Freunden, weiß ich, dass es doch kein Zufall war. Dass jemand mich loswerden, aber offensichtlich nicht umbringen wollte. Das macht mir eine Heidenangst ... und ich will herausfinden, wer mich so sehr hasst. Hilfst du mir dabei?«

»Ja.« Arrow konnte ihr überhaupt keine andere Antwort geben.

»Jetzt?«

»Nein. Du brauchst deinen Schlaf, meine Schöne. Du bist in Sicherheit. Ich werde nicht zulassen, dass dir etwas zustößt. Aber ich möchte erst darüber reden, wenn mein ganzes Team anwesend ist. Ich weiß, dass du die anderen nicht kennst, aber sie sind wirklich die Allerbesten. Wenn jemand dir helfen kann, dann sie.«

»Okay.«

Arrow gefiel ihr abwesender Ton nicht. »Und außerdem möchte ich nicht über dein Leben in Georgia reden, weil ich egoistisch bin. Es gefällt mir, dich im Arm zu halten, und ich weiß, dass ich sauer werde und es dich stresst, wenn du jetzt über all die Menschen in deinem Leben nachdenkst, die dich vielleicht loswerden wollen. Und ich will nicht, dass du alles zweimal erzählen musst und dann erneut gestresst bist, also genieße ich es lieber, dich entspannt im Arm zu halten und nicht nervös. Wenn dir das recht ist.«

»Ich will nur sicherstellen, dass jemand alle nötigen Informationen über mein Leben hat ... nur für den Fall«, erklärte sie.

»Das verstehe ich. Aber Morgan, du musst mir glauben, wenn ich dir sage, dass ich es ernst meine. Ich werde dich gesund und sicher aus diesem Land herausschaffen. Das schwöre ich dir bei meinem Leben. Ich werde nicht ohne dich gehen.«

Und das schienen genau die Worte zu sein, die sie brauchte, denn er spürte, wie sich jeder Muskel in ihrem

Körper entspannte. Endlich. Sie schmiegte sich in seine Arme und seufzte tief.

»Du kannst mir glauben, dass ich von jedem erfahren möchte, den du jemals getroffen hast, egal für wie belanglos du diesen Menschen hältst, einfach, damit wir einen guten Überblick über jeden haben, der vielleicht ein Problem mit dir hat. Aber im Moment möchte ich, dass du in dem Wissen schläfst, dass ich hier bin und über dich wache.«

»Aber was, wenn mich *tatsächlich* ein Unbekannter entführt hat?«, wollte sie wissen.

»Das ist zwar möglich, aber unwahrscheinlich«, erklärte Arrow ihr ehrlich. »Ein Unbekannter hätte sich nicht all die Mühe gemacht, dich hierzubehalten ... und noch dazu lebend. Ich verspreche dir, dass wir schon sehr bald darüber reden werden. Aber könntest du jetzt versuchen zu schlafen?«

»Okay.«

»Okay«, erklärte auch Arrow.

Und von einem Moment zum anderen war Morgan eingeschlafen. Und fast sofort begann sie damit, auf ihre niedliche Art zu schnarchen.

Arrow allerdings schlief nicht. Er machte kein Auge zu. Er nahm seine Verantwortung und seine Versprechen ernst. Niemand würde dieser Frau auch nur ein Härchen krümmen, wenn er ein Wörtchen mitzureden hatte. Er und seine Teamkameraden würden herausfinden, welcher Mistkerl vorgehabt hatte, diese wunderbare Frau zu zerstören ... und dann würden sie *ihn* zerstören.

Morgan Byrd wäre frei, um ihr Leben zu leben, wie sie es wollte. Dafür würde er sorgen oder bei dem Versuch sterben.

KAPITEL SECHS

Stunden später war Morgan sofort wieder wach, so wie es das ganze letzte Jahr über der Fall gewesen war. Sie konnte es sich nicht leisten, langsam aufzuwachen. Sie musste immer bei vollem Bewusstsein sein.

Als sie sich im Bett aufsetzte und die Decke bis zum Kinn hochzog, seufzte sie erleichtert auf, als sie Arrow an dem schäbigen Schreibtisch in der Ecke sitzen sah. Er fummelte an dem Radiowecker herum und hatte überall auf dem Schreibtisch vor sich Teile davon liegen.

»Was machst du da?«, fragte sie ihn leise.

Er hob den Blick und Morgan stellte überrascht fest, dass ihm eine leichte Röte in die unrasierten Wangen stieg. »Du bist wach«, stellte er fest.

»Das bin ich.«

Arrow lächelte. »Ich konnte nicht schlafen, wollte dich aber nicht wecken und dich ja auch nicht alleine lassen. Und ich musste ein wenig nachdenken, und das kann ich am besten, wenn meine Hände beschäftigt sind.«

»Also hast du beschlossen, den Radiowecker auseinanderzunehmen?«

Er lächelte. »Ich bin Elektriker in Colorado Springs. Ich bastle gern an Sachen herum. Ich habe das Radio eingeschaltet, damit keine Geräusche von draußen dich stören, damit du länger schlafen kannst, allerdings habe ich keinen Sender mit gutem Empfang bekommen. Und da dachte ich, ich kann den Radiowecker vielleicht reparieren.« Er zuckte mit den Achseln. »Eins führte zum anderen ... und jetzt sind wir eben an diesem Punkt angelangt.«

Morgan blickte von seinem verlegenen Gesichtsausdruck zu dem Haufen Kabel und Plastik auf dem Tisch vor ihm. Sie konnte ihn sich nur zu gut als kleines Kind vorstellen, das ständig irgendwelche Sachen zerlegte, um zu sehen, wie sie funktionierten. »Und hast du herausgefunden, warum du keinen klaren Empfang bekommen hast?«

»Nein«, erklärte er grinsend.

Morgan erwiderte sein Lächeln. Die Muskeln in ihrem Gesicht fühlten sich steif an, da sie schon so lange nicht mehr gelächelt hatte, dass sie fast vergessen hatte, wie es ging.

»Ich wollte dich sowieso in zehn Minuten wecken«, erklärte Arrow, schob die Einzelteile des Radioweckers beiseite und stand auf. »Wir müssen los und uns mit den anderen treffen.«

Morgan nickte.

»Deine Kleider sind fast trocken. Du kannst duschen und dich anziehen. Und dann ziehen wir los, besorgen uns erst mal etwas zu essen, das leckerer ist als die Proteinriegel, und ziehen dann in ein anderes Hotel um. Black hat gesagt, er hat Toilettenartikel für dich dabei, darunter auch eine große Flasche Haarspülung. Wenn du mir vertraust, kann ich dir dabei helfen, dein Haar zu entwirren, damit wir es nicht abschneiden müssen.«

Sie hob eine ihrer Hände schützend an ihr Haar, als

könnte sie das davor bewahren, es abschneiden lassen zu müssen. Schon gestern in der Dusche hatte sie festgestellt, dass es zum Problem werden würde. Es war schon so lange nicht mehr gebürstet oder gekämmt worden, dass sie sich nicht sicher war, ob man es retten konnte. Eigentlich war es lächerlich, sich darüber Gedanken zu machen – schließlich war sie am Leben und die Haare würden nachwachsen –, doch plötzlich kam ihr der Gedanke, ihr langes, blondes Haar zu verlieren, wie der Tropfen vor, der das Fass zum Überlaufen bringen würde. Und dabei hatte sie schon genügend durchgemacht.

Sie zwang sich dazu, die Hand sinken zu lassen, und schwang ihre Beine aus dem Bett, während sie murmelte: »Okay.«

Bevor sie aufstehen konnte, war Arrow bei ihr und ging vor ihr in die Hocke. Er berührte sie nicht, doch der ernste Ausdruck auf seinem Gesicht sorgte dafür, dass sie innehielt und ihm in die Augen sah.

»Wenn es dir lieber ist, können wir auch einen Friseur für dich suchen.«

Überrascht blinzelte sie. »Einen Friseur? Hier?«

»Jawohl. Ich habe keine Ahnung, wo wir einen finden werden, aber ich kann Meat bitten, einen für dich zu besorgen. Er ist einer meiner Teamkameraden zu Hause. Er ist ein Computergenie und ich habe keinen Zweifel, dass er es schaffen würde. Wir könnten den Friseur bitten, ins Hotel zu kommen. Das ist wahrscheinlich sowieso die bessere Idee. Ich werde mich umgehend mit ihm in Verbindung setzen ...«

Morgan legte Arrow die Hand auf den Arm, als er gerade aufstehen wollte, sodass er mitten im Satz abbrach. »Ich vertraue dir und möchte, dass du das machst«, sagte sie. »Es ist nicht nötig, einen Profi hinzuzuziehen. Ich will hier nur so schnell wie möglich weg. Außerdem vertraue ich niemandem außer dir und deinen Freunden.«

Arrow war bei ihrer Berührung sofort wieder in die Hocke gegangen. »Okay, obwohl ich mir lieber meine eigene Hand abhacken als dir wehtun würde, meine Schöne. Und dazu gehört auch alles, womit ich dir seelisch schaden könnte.«

»Ich weiß. Ist schon in Ordnung. Es sind ja nur Haare. Die wachsen nach.«

»Tu das nicht«, befahl er ihr. »Tu nicht so, als würde es dir nichts ausmachen. Du hast jedes Recht dazu, wegen deines Haares traurig zu sein.«

Morgan sah ihn lange an, bevor sie sich zugestand zu nicken. »Danke.«

»Danke mir nicht. Du musst mir für nichts danken, das ich tue, um dir zu helfen. Denn erstens ist es genau genommen ja mein Job, aber andererseits hat die Tatsache, dass ich dir helfe, *nichts* mit meinem Job zu tun. Und jetzt geh schon duschen. Und sei vorsichtig. Es ist da drin ziemlich rutschig.«

Bei dem letzten Teil lächelte er und Morgan konnte nicht anders, als schief zu grinsen, als er sie an ihren kleinen Zusammenbruch letzte Nacht erinnerte. Sie wollte ihn fragen, was er damit meinte, dass ihr zu helfen nichts mit seinem Job zu tun hatte. Meinte er damit, dass er anderen Frauen, die er rettete, normalerweise nicht so sehr half, wie er ihr half? Aber das konnte sie nicht nachvollziehen. Obwohl sie ihn erst seit Kurzem kannte, hatte Morgan das Gefühl, dass er alles daransetzte, dass jede Frau sich in seiner Gegenwart wohlfühlte.

Sie wusste also nicht, was er meinte ... aber sie war sich nicht sicher, ob sie für die Antwort bereit war, falls sie ihn fragte. Sie war noch nicht einmal zwei volle Tage in Freiheit.

Sie empfand für ihren Retter nichts anderes als Dankbarkeit ... oder doch?

Arrow drehte ihr respektvoll den Rücken zu, als sie aufstand, um ihr Privatsphäre zu geben. Sein Hemd reichte ihr zwar bis zu den Oberschenkeln, aber es war trotzdem eine rücksichtsvolle Geste. Sie schlüpfte ins Bad und schloss die Tür.

Sie vermied es, sich im Spiegel zu betrachten, zog sich schnell aus und stieg unter die Dusche. Sie wusste, dass sie zu lange unter dem heißen Wasser stand, aber es fühlte sich so gut an und es war ein Jahr her, dass sie sich waschen konnte, ohne sich Sorgen machen zu müssen, dass jemand ins Zimmer platzen und sie unvorbereitet erwischen könnte.

Innerhalb von zwanzig Minuten waren sie angezogen und verließen das Hotel. Arrow hatte sich nicht die Mühe gemacht, dem Angestellten mitzuteilen, dass sie auscheckten, aber er hinterließ einen Zwanzigdollarschein unter den Resten des Radioweckers, den er auseinandergenommen hatte. Er hatte ihr mitgeteilt, er hätte es wieder zusammenbauen können, aber das hätte mehr Zeit gekostet, als sie hatten.

Nach einigen Minuten, als Arrow kein weiteres Wort sagte, fragte Morgan: »Wohin gehen wir?«

Er nickte mit dem Kinn, um die Richtung anzuzeigen. »Auf die andere Seite der Bucht. Aber zuerst ... Mittagessen.«

Morgan wusste, dass es schon nach Mittag war. Sie waren in den frühen Morgenstunden im Hotel angekommen und er hatte sie ausschlafen lassen. Sie war hungrig, aber sie hatte es ehrlich gesagt verdrängt, weil sie sich fühlte, als hätte sie das ganze letzte Jahr über Hunger gehabt. Ihre Entführer hatten ihr genügend Nahrung gegeben, um sie am Leben zu halten, aber das war auch schon alles. Sie hatte nicht einmal daran gedacht, Arrow um etwas zu essen zu bitten, weil sie sich so daran gewöhnt hatte, abgewiesen oder ausgelacht zu werden, wenn sie um Nahrung bat.

Entschlossen, diese Gewohnheit zu brechen und um das zu bitten, was sie brauchte, wenn sie es brauchte, sagte Morgan: »Solange es kein Fischrestaurant ist.«

Arrow hielt inne und starrte sie an.

Als er plötzlich seine ganze Aufmerksamkeit auf sie richtete, fühlte Morgan sich unbehaglich und versuchte, seinem Blick auszuweichen und sich nicht für ihren etwas unpassenden Witz zu entschuldigen.

Doch dann umspielte ein Lächeln seine Mundwinkel. Bei Tageslicht schienen seine weißen Zähne sogar noch heller zu sein. Er sagte: »Dein Wunsch ist mir Befehl, meine Schöne.« Dann drückte er ihre Hand und ging weiter. »Während du geduscht hast, habe ich mich mit Meat in Verbindung gesetzt. Er hat eine kurze Suche in der Region vorgenommen und uns die beste Route vorgeschlagen, um zu Ball und Black zu gelangen. Außerdem hat er bereits Essen für uns bestellt. Wenn wir ankommen, steht es schon für uns bereit.«

»Im Ernst?«, fragte sie. »Ist so was überhaupt möglich?«

Arrow lachte leise. »Mit Meat ist nichts unmöglich. Mit seinem Computer ist er wirklich ein Genie ... er ist zwar nicht so gut wie Rex, aber andererseits bin ich davon überzeugt, dass Rex mehr Kontakte zum Untergrund hat als die Russenmafia.«

»Rex?« Morgan versuchte, sich alle Namen seiner Freunde zu merken, aber es war nicht so einfach.

»Ja. Rex ist so was wie unser ... Anführer, wobei mir kein

besseres Wort einfällt. Er ist derjenige, der bestimmt, welche Einsätze wir ausführen.«

»Also ist er derjenige, der bestimmt hat, dass ihr Nina retten sollt?«

»Genau. Nina und ihre Mutter stammen aus Colorado Springs. Sie hat erfahren, was wir tun, und war verzweifelt genug, sich mit ihm in Verbindung zu setzen. Er hat sich ihren Fall angehört, ein paar Nachforschungen angestellt und sich dann bereit erklärt, ihr zu helfen.«

»Wow. Also hat sie ihn einfach angerufen?«

»Nein. So funktioniert das nicht. Sie hat dafür gesorgt, dass der Polizist, der für den Fall ihrer vermissten Tochter verantwortlich ist, sich mit ihm in Verbindung setzt. Rex ist bei der Polizei und Privatdetektiven wohlbekannt. Er nimmt nicht jeden Fall an. Er kümmert sich nur um diejenigen, zu denen es genügend Informationen gibt und die eine große Chance auf Erfolg haben.«

Das musste Morgan einen Moment sacken lassen, dann sagte sie: »Als ich dir meinen Namen genannt habe, wusstest du sofort, wer ich bin. Du hast gesagt, dass mein Vater seit meinem Verschwinden alles darangesetzt hat, mich zu finden. Hat auch er diesen Rex kontaktiert? War mein Fall zu risikoreich und deswegen ist niemand gekommen, um mich zu retten?«

Arrow hielt so abrupt an, dass Morgan fast gegen ihn gelaufen wäre, wenn er sich nicht umgedreht und sie bei den Schultern genommen hätte. »Nein, Morgan. So war das nicht.«

Sie schüttelte den Kopf. »Woher willst du das wissen?«

»Ich weiß es eben.«

Er sprach diese Worte mit solcher Überzeugung aus, dass Morgan ihm gern geglaubt hätte, doch sie konnte es nicht. »Ich bin so verwirrt. Mein Vater und ich verstehen uns nicht besonders gut. Er hat meine Mutter betrogen, als ich klein war, und deshalb haben sie sich scheiden lassen. Ich habe ihn gesehen, als ich aufwuchs, aber er war definitiv ein Wochenend-Vater. Er war nie wirklich für mich da. Ich verstehe nicht, warum er derjenige war, der in den Nachrichten erschien und darauf drängte, dass ich gefunden werde, wenn ich die meiste Zeit nicht sicher war, ob er mich überhaupt *mochte*. Aber wenn er so verzweifelt war, mich zu finden, wie du sagst, hätte er dann nicht alle Möglichkeiten ausgelotet? Hätte die Polizei ihm nicht von Rex erzählt? Hat er die ganze Zeit gelogen und wollte nicht, dass ich gefunden werde, sondern hat nur so getan?«

»Ich habe keine Antwort für dich, meine Schöne«, erwiderte Arrow. »Aber ich werde mir die Antworten besorgen. Ich weiß ohne den geringsten Zweifel, dass Rex sich um deinen Fall gekümmert hätte, wenn er davon erfahren hätte. Er hätte alles dafür getan, dich zu finden.«

»Warum?«

Arrow presste einen Moment lang die Lippen aufeinander, als würde er mit etwas kämpfen, bevor er sagte: »Ich werde dir jetzt etwas erzählen, das keiner meiner anderen Freunde weiß. Und ich möchte, dass das Ganze vorläufig zwischen uns bleibt. Geht das?«

Sie nickte, ohne zu zögern.

»Ich gehöre zu einer Gruppe, die sich Mountain Mercenaries nennt. Rex ist der Anführer. Er schickt mich und meine Teammitglieder auf Einsätze, um Frauen und Kinder aus prekären Situationen zu retten. Missbrauch, Entführungen, Terrorismus – alles Mögliche. Meine Freunde wissen jedoch nicht, warum er die Gruppe gegründet hat. Warum es ihm so wichtig ist, Frauen zu helfen. Der Grund besteht darin, dass seine eigene Frau verschwunden ist. Er tat alles, was er konnte, um sie zu finden, aber die Polizei

sagte, sie hätte keine Spuren. Die Privatdetektive, die er angeheuert hatte, verloren ihre Spur, als sie aus den Vereinigten Staaten gebracht wurde. Der Fall endete in einer Sackgasse und er konnte niemanden finden, der ihm helfen konnte.«

»Oh mein Gott«, hauchte Morgan. »Hat er sie je gefunden?«

Arrow schüttelte langsam den Kopf. »Soweit ich weiß nicht. Er hat während der Suche nach ihr sehr viel gelernt, zum Beispiel darüber, wovor das Gesetz die Leute schützen kann und wovor nicht. Er hat gelernt, wie man sich unauffällig verhält und wie man Informationen von Leuten erhält, ohne Spuren zu hinterlassen. Diese Informationen nutzt er, um anderen zu helfen. Er war wirklich am Boden zerstört, als er niemanden mit den nötigen Fähigkeiten und dem erforderlichen Wissen finden konnte, um seiner Frau zu helfen, also *wurde* er zu einem solchen Menschen. Nur leider ist es ihm bisher immer noch nicht gelungen, *sie* zu finden.«

»Woher weißt du das? Hat er es dir gesagt?«

»Er redet nicht viel über sich. Tatsächlich haben meine Kameraden und ich ihn noch nie persönlich kennengelernt. Er hatte uns alle zu einem Einstellungsgespräch zusammengerufen und als er dann nicht auftauchte, dachten wir, er hätte uns an der Nase herumgeführt. Doch ganz offensichtlich hatte er uns die ganze Zeit über beobachtet, denn Stunden später hat er uns kontaktiert und uns eine Anstellung bei den Mountain Mercenaries angeboten.«

»Aber du bist nicht wirklich ein Söldner«, erklärte Morgan. »Du bist eher so was wie ein Retter.«

Daraufhin musste Arrow aus irgendeinem Grund lachen.

»Was ist?«

»Wusstest du, dass Allye und Chloe das Gleiche zu Gray und Ro gesagt haben?«

»Wer?«

Er winkte ab. »Ich werde dir später von ihnen erzählen. Jedenfalls kennen wir Rex nicht persönlich. Wenn er uns anruft und uns mitteilt, auf welchen Einsatz wir gehen, hat er seine Stimme digital verändert. Doch eines Abends hat er mich nach einem Einsatz angerufen. Wir waren in Venezuela gewesen, um einige Frauen zu retten, die entführt worden waren, nachdem sie auf Jobanzeigen als Haushaltshilfe reagiert hatten. Die meisten von ihnen waren lateinamerikanischer Abstammung, aber wir hatten Rex erzählt, dass sich darunter auch eine Amerikanerin befand, die bei unserer Ankunft noch da war. Wir haben nach ihr gesucht, konnten sie aber nicht finden. Rex rief mich an und hat mir alle möglichen Fragen nach der verschwundenen Amerikanerin gestellt. Wie sie aussah, wie groß sie war, solche Sachen eben. Als ich zugab, dass ich es nicht wüsste, flippte er aus. Er hat mich wirklich fertiggemacht, was sonst gar nicht seine Art ist. Also fragte ich ihn, warum ausgerechnet diese Frau so wichtig sei. Und zu meiner Überraschung hat er mir daraufhin von seiner verschwundenen Ehefrau erzählt. Dass er die Suche nach ihr nie aufgegeben hatte. Dass er sich bei jedem neuen Fall fragte, ob er vielleicht eine Verbindung zu seiner eigenen verschwundenen Frau finden würde.«

»Oh mein Gott, das ist ja schrecklich«, entgegnete Morgan leise. »Wie lange wird sie denn schon vermisst?«

»Ich bin mir nicht sicher. Wir arbeiten jedenfalls schon seit ein paar Jahren für ihn. Und ich würde sagen, dass es mindestens ein paar Jahre davor passiert ist.«

»Glaubst du, dass sie noch lebt?«

Arrow sah ihr fest in die Augen und entgegnete:

»Glaubst du, irgendwer dachte, *du* seist noch am Leben, nachdem ein Jahr ohne weitere Hinweise vergangen war?«

Morgan musste schlucken. Das stimmte natürlich. Ihr Vater hatte sein Bestes gegeben, damit sie nicht in Vergessenheit geriet, doch alle anderen schienen ihre Entführung vergessen zu haben. Sie dachte an ihre Freunde, ihren Ex-Freund, ihre Mutter ... hatten sie sie alle abgeschrieben, weil sie dachten, sie sei tot? Was für ein deprimierender Gedanke.

»Um jedenfalls zum Punkt zurückzukommen, Meat kümmert sich um die Dinge, die mit dem Computer zu tun haben. Er gibt uns Zugriff auf Überwachungsvideos, kann sich bei Bedarf in E-Mail-Konten einhacken ... und er kann online einen Unterschlupf für uns finden, der Tausende von Kilometern von Colorado Springs entfernt ist und gleichzeitig Mittagessen für dich und mich bestellen.«

Morgan hätte gern mehr über Rex und seine vermisste Frau erfahren. Sie hätte gern weiter über ihren eigenen Fall geredet. Doch sie erkannte, dass Arrow dringend das Thema wechseln wollte. Also nickte sie. »Okay. Und was hat er für uns bestellt?«

»Ich habe keine Ahnung. Er hat mir nur eine Adresse geschickt. Aber ich kann dir versprechen, dass es keine Meeresfrüchte sind.«

»Wenn ich ehrlich sein soll, würde ich alles essen. Seit ich hier bin, habe ich gelernt, nicht mehr wählerisch zu sein. Wäre ich das nämlich, wäre ich schon längst verhungert. Aber ich muss zugeben, dass ich froh darüber bin, wenn ich keinen Fisch essen muss.«

Daraufhin beugte Arrow sich vor und legte seine Lippen auf ihren Scheitel. Er legte seine Arme nicht um sie. Er bedrängte sie nicht unnötig. Morgan wusste, sie hätte sich wegducken können und er hätte es zugelassen. Aber ihn so nahe bei sich zu haben fühlte sich gut an. Richtig.

Sie versuchte, sich einzureden, dass er sie verlassen würde, sobald sie wieder in den USA waren, aber sie wusste, dass sie sich selbst belog. Arrow behandelte sie nicht so, wie er andere Opfer nach ihrer Rettung behandelt hatte. Sie spürte es tief in sich. Sie hatte keine Ahnung, was auf sie zukommen würde. Sie wusste nur, dass sie sich bei ihm so wohlfühlte, wie sie es schon seit Langem nicht mehr getan hatte.

»Du verblüffst mich immer wieder, Morgan«, flüsterte er in ihr Haar. Dann wich er ein wenig zurück und fasste sie erneut bei der Hand. »Komm. Sehen wir nach, was Meat uns zu essen besorgt hat. Und dann gehen wir zu Nina. Sie braucht dich. Sie kommt nicht gut mit der Situation zurecht.«

Zwanzig Minuten später starrte Morgan ungläubig auf die Neonlichter an der Fassade des Gebäudes.

»Das Hard Rock Café?«, fragte sie lachend.

Arrow zuckte mit den Achseln. »Ich habe dir doch gesagt, dass es sich nicht um Fisch handelt.«

Morgan fühlte sich, als wäre sie in einen Kaninchenbau gekrochen. Das alles war doch sicher nicht ihr Leben, oder?

Ohne ein weiteres Wort zog Arrow sie an der Hand zur Tür.

Doch sie hielt ihn auf und weigerte sich, einen weiteren Schritt zu tun.

»Was ist?«, fragte Arrow alarmiert und sah sich um, ob Gefahr bestand.

»Ich gehe nicht da rein!«, zischte Morgan.

»Und warum nicht?«

»Warum nicht? Sieh mich doch mal an! Ich bin ekelerregend! Ich stinke noch immer nach Fisch und wahrscheinlich hängt mir der Geruch noch bis in alle Ewigkeit in den Haaren.«

»Hast du Hunger?«, fragte Arrow.

Sie starrte zu ihm hoch und biss sich auf die Wange, bevor sie zugab: »Ja.«

»Dann gehen wir rein. Ich werde dich nicht draußen lassen, Morgan, also schlag es nicht einmal vor. Keiner wird etwas sagen. Meat hat bereits das Essen für uns bestellt. Wir müssen nur zum Tresen gehen und es abholen. Ich bezahle und wir sind weg. Das Ganze dauert höchstens zehn Minuten.«

Sie hätte gern weiter widersprochen, doch leckere Düfte kamen aus dem Restaurant und sie konnte nicht widerstehen. »Mir gefällt die ganze Sache nicht«, erklärte sie ihm.

»Dessen bin ich mir durchaus bewusst. Und ich wünschte, ich könnte dich ins Restaurant begleiten, als hätten wir eine Verabredung. Du würdest ein schickes, schwarzes Kleid tragen, das viel zu viel Bein zeigt und einen tiefen Ausschnitt hat, den ich den ganzen Abend lang anstarren würde. Und ich wünschte mir, ich wäre gerade ein anderer Mann, der nicht mit acht Waffen bewaffnet wäre, mit denen man einen Menschen töten kann, meine bloßen Hände dabei nicht mitgezählt. Aber wäre ich *tatsächlich* ein anderer Mann, würde ich dich jetzt wahrscheinlich hier draußen stehen lassen und du wärst angreifbar und verletzlich für jeden, der zufällig vorbeikommt – oder für jemanden, der gezielt Ausschau nach einer Amerikanerin hält, derer er verzweifelt habhaft werden will. Und deswegen gehen wir jetzt zusammen rein. Und ich werde dich vor jedem beschützen, der denkt, er könnte dich mir wegnehmen. Wir holen uns das Mittagessen, das Meat für uns bestellt hat, und gehen direkt zum Hotel, wo du Nina wiedersehen kannst und wir anfangen können, Nachforschungen anzustellen, wer hinter all dem steckt, was du im letzten Jahr durchgemacht hast. Und anschließend kümmern wir uns darum, dass dein wunderschönes Haar wieder schön gemacht wird, okay?«

»Ich glaube, ich habe noch nie ein kurzes schwarzes Kleid besessen«, platzte sie heraus.

Und plötzlich war der ernste Ausdruck in seinem Gesicht einem Blick gewichen, den sie nicht deuten konnte. Als sie diesen Blick sah, musste sie tief durchatmen. Es war ein sehr intensiver Blick und es fühlte sich fast so an, als könne er damit direkt in ihr Gehirn eindringen und all ihre Unsicherheiten und Zweifel durchschauen.

»Dann werde ich dafür sorgen, dass du eins im Schrank hast, *wenn* ich dich um eine Verabredung bitte. Und jetzt komm schon, ich bin am Verhungern.«

Und damit folgte Morgan ihm in das legendäre amerikanische Restaurant.

Genau zehn Minuten später verließen sie es durch die gleiche Tür. Morgan trug eine riesige Tüte mit Speisen. Arrow hatte sich entschuldigt und gesagt, er würde sie normalerweise tragen, aber er wollte beide Hände freihaben, nur für den Fall. Sie hatte schnell nach der Tüte gegriffen, froh darüber, dass er es sich zur Aufgabe machte, sie zu beschützen. Da machte es ihr überhaupt nichts aus, das Essen zu tragen.

Ihr lief das Wasser im Mund zusammen, als sie den Bürgersteig entlanggingen und versuchten, sich unter die anderen Touristen zu mischen, die sich dort tummelten. Sie fragte sich, warum Arrows Freunde sich nicht im Marriott Hotel in der Nähe des Hard Rock Cafés verschanzt hatten, aber sie fragte nicht danach. Er hatte für alles seine Gründe und bisher hatte alles geklappt, also wollte sie ihn nicht infrage stellen. Dies war eine ganz andere Gegend als die, in der sie festgehalten worden war. Hier war es eher touristisch, und so fühlte es sich ein bisschen sicherer an.

Doch sie wusste, dass sich die Dinge auch nur einen Block weiter sehr schnell ändern konnten. In einer Sekunde waren sie von Ausländern im Urlaub oder Geschäftsleuten umgeben und in der nächsten waren sie in den Slums.

Sie gingen mehrere Häuserblöcke in Richtung Uferpromenade, bevor sie links abbogen und auf ein Gebäude zusteuerten, das in diesem armen Land völlig fehl am Platz wirkte.

»Ein Casino?«, fragte sie ungläubig.

»Ja«, erwiderte Arrow. »Es ist das perfekte Versteck.«

»Wir können einfach in der Masse untertauchen, was?«

»Genau.«

Arrow sah sie mit solchem Stolz an, dass sie spürte, wie sie errötete. Sie gingen unter dem hell erleuchteten Neoschriftzug hindurch, das das Gebäude zum Hotel und Casino erklärte, und begaben sich direkt zu den Aufzügen. Morgan ging davon aus, dass Arrow wusste, in welchem Zimmer seine Freunde waren, und war überrascht, als er den Knopf zum obersten Stockwerk drückte.

»Ich bin davon ausgegangen, dass sich das Zimmer auf einer der unteren Etagen befindet, damit wir leichter fliehen können, falls wir es müssen.«

»Das stimmt natürlich, aber je höher unsere Etage liegt, desto schwieriger ist es, uns zu überraschen. Black hat überall auf den Treppen und in den Aufzügen kabellose Kameras installiert. So leicht schleicht sich niemand an uns heran.«

»Und wenn sie gar nicht vorhaben, sich heranzuschleichen, sondern stattdessen einen Frontalangriff wagen?«, wollte Morgan wissen.

Und wieder schien Arrow von ihr beeindruckt zu sein. »Dann werden sie das ziemlich bereuen. Glaub mir, zwischen mir, einem ehemaligen Marinesoldaten; Black, einem Navy SEAL; und Ball, einem knallharten ehemaligen Offizier der Küstenwache ... wird niemand dich oder Nina in absehbarer Zeit in die Finger bekommen.«

Morgan wusste, dass er sie mit seinen Worten beruhigen wollte, und das gelang ihm auch. Zu wissen, dass die anderen beiden Männer genauso in der Lage waren, sie und Nina zu beschützen, wie Arrow es war, half ihr dabei, sich zu entspannen ... wenn auch nur ein bisschen.

Als sie den Flur entlanggingen, öffnete sich eine Tür und ein kleines Mädchen lief heraus. Sie rannte so schnell auf Morgan zu, wie ihre Beine sie trugen.

Morgan ließ die Tüte fallen, öffnete ihre Arme und fing Nina auf. Glücklicherweise war Arrow da, um sie zu stützen und zu verhindern, dass sie auf ihrem Hintern landete.

Nina sagte kein Wort, aber Morgan konnte spüren, wie sie in ihren Armen zitterte.

»Komm schon, meine Schöne. Schaffen wir euch erst mal ins Zimmer«, flüsterte Arrow ihr ins Ohr.

Morgan nickte und stand mit seiner Hilfe auf, legte ihre Arme unter Ninas Hinterteil und hielt sie an ihre Brust gedrückt, während sie den Flur in die Richtung entlangging, aus der das kleine Mädchen gekommen war.

Ein extrem großer Mann, sogar größer als Arrow, stand in der Tür von Zimmer siebenhundertachtundvierzig. Er hatte blondes Haar und seine Augen waren eisblau. Morgan erschauderte, nachdem sie ihm auch nur einen Moment lang in die Augen gesehen hatte. Er war fast unheimlich, aber sie konnte sehen, dass Arrow entspannt mit ihm umging, also wusste sie, dass sie von dem Kerl nichts zu befürchten hatte.

Der andere Mann im Raum war nicht so groß wie seine Teamkameraden. Er hatte schwarzes Haar und braune Augen und starrte sie mit einem intensiven Blick an. Er war auch nicht so muskulös wie seine Freunde, aber sie hatte das Gefühl, dass er der Gefährlichste im Bunde war. Woher sie das wusste, konnte Morgan nicht sagen, aber sie machte sich eine mentale Notiz, ihn niemals zu verärgern.

»Schön, dass du da bist«, sagte der größere Mann zu Arrow.

»Geht mir auch so, Ball. Ist hier alles gut gelaufen?«, wollte Arrow wissen.

Morgan folgte jeder ihrer Bewegungen mit den Augen, während sie sich mit Nina auf dem Arm ans Ende eines der Betten setzte.

»Sie war ziemlich ... durch den Wind«, erklärte der andere Mann. Morgan nahm an, dass es sich um Black handeln musste.

»Musste sie medizinisch behandelt werden?«, fragte Arrow und ging vor Morgan und Nina in die Hocke.

Morgan sah ihm in die Augen, als Black antwortete: »Nicht, soweit ich das überblicken konnte. Aber ich wollte ihr nicht noch mehr Angst machen, indem ich sie mir so eingehend betrachte, wie ich es gern getan hätte.«

Morgan versuchte, das zu verstehen, was sie nicht aussprachen. Nina hatte sich die beiden tödlichen Männer wahrscheinlich angesehen und dann zugemacht. Black hatte sie nicht ausziehen wollen, um sie zu untersuchen, da er sie dadurch vielleicht noch mehr traumatisiert hätte, als es ohnehin schon der Fall war.

Nina wimmerte und Morgan nahm sie fester in den

Arm. »Pssst, meine Kleine. Es ist alles okay. Das hier sind die guten Jungs. Sie werden dir nicht wehtun.«

Das kleine Mädchen drehte den Kopf, bis es Morgan in die Augen sehen konnte. »Nicht so, wie es die bösen Männer mit dir gemacht haben?«

»Nein, meine Kleine. Sie haben uns vor den bösen Männern gerettet. Siehst du? Ich bin hier und es geht mir gut. Ich konnte sogar duschen. Wärst du nicht auch lieber sauber?«

Sie spürte Arrows Hand auf ihrem Knie und selbst diese kleine Berührung gab ihr Sicherheit. Sie gab ihr die Stärke, Nina dabei zu helfen, mit ihren Dämonen fertigzuwerden.

Das kleine Mädchen nickte.

»Wie wär's, wenn wir erst mal was essen?«, schlug Arrow vor. »Ich weiß, dass Morgan Hunger hat, und den habe ich auch. Würdest du gern sehen, was wir zum Mittagessen besorgt haben?«

Nina legte ihre Wange an Morgans Schulter und starrte Arrow mit großen Augen an.

Morgan seufzte. »Ist schon okay, Nina. Er ist nicht wie dein Vater. Er wird dir nicht wehtun, wenn mal was danebengeht.«

»Wird er dich zu irgendetwas zwingen, wenn du etwas essen möchtest? Wie es diese anderen Männer getan haben?«, fragte das kleine Mädchen leise und auf eine Art, die es mehr als offensichtlich machte, dass Morgan alles in ihrer Macht Stehende getan hatte, um die Entführer von Nina fernzuhalten.

Sie beachtete die bestürzten Ausdrücke der Männer im Zimmer gar nicht und konzentrierte sich stattdessen auf das kleine Mädchen in ihren Armen. »Nein. Du bist hier in Sicherheit. *Ich* bin hier in Sicherheit. Das hier sind die guten Jungs«, versicherte sie ihr erneut. Sie zeigte auf Arrow.

»Und das hier ist Arrow. Er heißt mit Vornamen Archer. Daher der Spitzname. Das Wort ›Archer‹ bedeutet ›Bogenschütze‹, das ist jemand, der mit Pfeil und Bogen schießt.«

»So wie Prinzessin Merida?«

Morgan lächelte. »Genau wie Prinzessin Merida.« Sie blickte hinüber zu Arrow, der amüsiert, aber verwirrt aussah. »Sie ist die Heldin in dem Zeichentrickfilm *Merida – Legende der Highlands*«, erklärte sie ihm.

»Den Film habe ich noch nie gesehen«, gestand Arrow. »Ist der gut?«, fragte er Nina.

Sie nickte schnell. »Sie ist wirklich mutig.«

Morgan grinste, als Nina das Offensichtliche aussprach.

»Also ist sie wie du, was?«, fragte Arrow. »Ich wette, sie wäre wahnsinnig stolz darauf, wie mutig *du* dich verhalten hast.«

Nina antwortete nicht, aber Morgan sah, dass sie über das nachdachte, was Arrow gesagt hatte. Sie sprach weiter: »Black und Ball gehören auch zu den guten Jungs. Sie werden dir nichts tun. Sie werden nur dafür sorgen, dass du wieder zu deiner Mommy kommst.«

»Ich vermisse meine Mommy«, wimmerte Nina.

»Das weiß ich doch, meine Kleine. Aber damit du sie wiedersiehst, müssen wir tun, was Black, Ball und Arrow uns sagen. Sie sorgen dafür, dass die bösen Jungs uns nicht erwischen. Allerdings müssen wir auch auf uns selbst achtgeben. Das bedeutet, dass wir uns sauber halten und die Sachen essen müssen, die sie uns bringen.«

»Ich habe Hunger«, flüsterte Nina.

»Ich auch. Sollen wir nachsehen, was sie uns zum Mittagessen mitgebracht haben?«

Nina nickte.

Morgan hob den Kopf und bemerkte, dass Arrow sie mit einem merkwürdigen Blick ansah. »Was ist?«

Er schüttelte nur den Kopf und griff nach der Tüte vom Hard Rock Café. Er zog einen Karton nach dem anderen heraus, bis praktisch das ganze Bett davon übersät war.

»Wow«, sagte Morgan leise. »Dein Freund Meat ist wohl davon ausgegangen, dass wir sehr großen Hunger haben, was?«, fragte sie.

Black lachte leise. »Er weiß eben, wie es ist, wenn man sich in einem fremden Land befindet und sich nach gutem alten amerikanischen Fast Food sehnt.«

»Also damit kennt er sich wirklich bestens aus«, bemerkte Morgan. Es gab Pommes, einen Hamburger, Hühnchen, Kartoffeln, einen Caesar Salad mit Hühnchen, Käsemakkaroni, drei Steaks, einen Hotdog und zum Nachtisch drei Stück Schokoladenkuchen. »Das sind genügend Gerichte für eine ganze Woche!«

»Nicht für drei ausgewachsene Männer und euch beide«, erklärte Arrow ihr. »Haut rein«, sagte er und stupste sie mit dem Knie an. »Nehmt euch, was ihr wollt. Wir essen dann, was übrig bleibt.«

Um ehrlich zu sein, wollte Morgan alles. Beim bloßen Anblick all der leckeren Speisen lief ihr das Wasser im Mund zusammen. »Was möchtest du essen, Nina?«

Das kleine Mädchen wählte den Hotdog, ein paar Pommes und etwas Hühnchen. Morgan nahm den Hamburger, Pommes frites, die Hälfte des Salats und die Hälfte eines Stücks Kuchen. Sie wusste, dass sie niemals alles aufessen konnte, aber es einfach vor sich zu haben war himmlisch.

Dreißig Minuten später waren von den Speisen nur noch ein paar Pommes und ein paar Bissen Schokoladenkuchen übrig. Nina war nach der Hälfte der Zeit eingeschlafen. Black sagte, dass sie aus Angst vor ihm und Ball in der Nacht zuvor kaum geschlafen hatte.

Morgan fühlte sich, als würde sie platzen, so satt war sie,

aber sie konnte sich nicht erinnern, jemals zufriedener gewesen zu sein. Zwei Tage zuvor hätte sie nie gedacht, dass sie einmal in einem Hotelzimmer in einem Casino in dem Land sitzen würde, das zu ihrem Gefängnis und schlimmsten Albtraum geworden war. Nicht nur das, sie fühlte sich auch sicher und beschützt. Das grenzte schon fast an ein Wunder.

Ihre Lider fühlten sich auf einmal schwer an und ihr war sogar ein bisschen kühl in dem klimatisierten Zimmer.

Gerade als sie sich entschlossen hatte, sich neben Nina zu legen und selbst ein Nickerchen zu machen, sagte Black: »Rex möchte wissen, wohin wir dich bringen sollen, nachdem wir Nina nach Hause zu ihrer Mutter gebracht haben.«

KAPITEL SIEBEN

Arrow funkelte seinen Freund an, weil er Morgans entspannte Stimmung ruiniert hatte. Es war das erste Mal, dass er sie komplett entspannt gesehen hatte, aber Blacks Worte ließen sie erstarren und die Sorgenfalten auf ihrer Stirn waren zurückgekehrt.

Ohne nachzudenken, streckte er die Hand aus und legte sie auf ihr Knie. Nina schlief tief und fest auf dem Bett neben ihr, sie saß in der Mitte des Doppelbetts mit dem Rücken gegen das Kopfteil und er saß auf der Bettkante in der Nähe ihrer Hüfte.

»Ich ... ich würde sagen, zurück nach Atlanta«, erwiderte Morgan zögerlich.

»Bevor du eine Entscheidung triffst, sollten wir uns vielleicht mal über die Leute in deinem Leben unterhalten und darüber, wer eventuell hinter deiner Entführung stecken könnte«, erklärte Arrow sanft.

Morgan nickte, aber er bemerkte, dass sie vor Aufregung auf ihrer Lippe kaute.

Er wollte hinübergreifen und ihre Lippe befreien und über das misshandelte Stück Haut streichen, aber er unterließ es ... allerdings musste er sich wahnsinnig zusammenreißen.

»Morgan, wäre es dir recht, wenn ich den Rest des Teams zusammentrommle und die anderen mithören, während wir uns darüber unterhalten?«, fragte Black. »Wir arbeiten am besten, wenn wir uns gemeinsam Gedanken machen.«

Sie nickte, hörte aber nicht auf, auf ihrer Unterlippe herumzukauen.

Arrow hielt es nicht mehr aus. Er hob die Hand und befreite mit dem Daumen ihre Lippe. »Wenn du immer noch Hunger hast, hole ich dir gern noch etwas anderes zu essen«, neckte er sie.

Sie sah ihn überrascht an und schüttelte dann den Kopf. »Nein, ich bin voll. Ich habe gerade mehr gegessen, als ich sonst in einer ganzen Woche bekommen habe.«

Als er das hörte, wäre Arrow am liebsten in die Stadt zurückgekehrt und hätte die Mistkerle gejagt, die sie und Nina gefangen gehalten hatten. »Du kannst den anderen genauso sehr vertrauen, wie du mir vertraust«, erklärte er ihr leise. »Ich würde ihnen mit meinem Leben vertrauen. Verdammt, das habe ich sogar schon mehr als einmal getan.«

»Wie viele sind es denn noch?«, fragte Morgan.

Arrow blinzelte überrascht, doch dann wurde ihm klar, dass er ihr bis jetzt noch nie von den anderen erzählt hatte. »Drei. Oder vier, wenn man Rex mitzählt. Sie heißen Gray, Ro und Meat. Über Meat habe ich dir schon ein bisschen was erzählt. Er ist unser Computerguru, stellt aber auch die schönsten Möbel her, die du je gesehen hast. Gray ist Steuerberater, wenn er nicht gerade seine Freundin Allye zu einer ihrer vielen Tanzaufführungen begleitet. Und Ro ist Mechaniker. Er und Chloe haben sich vor nicht allzu langer

Zeit kennengelernt, als er ihr dabei half, ihren kriminellen Bruder dingfest zu machen.«

Sie starrte ihn einen Moment lang an. Dann sagte sie: »Oh ... äh ... okay. Ich kann damit umgehen, wenn noch drei oder vier weitere Leute mithören. Ich hatte nur Angst, dass du sagst, es handelt sich vielleicht um zehn oder sogar mehr Typen, die alle von meiner Demütigung erfahren würden.«

Ball hatte sich an die gegenüberliegende Wand gelehnt, aber bei ihren Worten stieß er sich von der Wand ab und kam auf sie zu. Arrow bemerkte, dass Morgan bei der schnellen Bewegung zusammenzuckte, aber sie verbarg es schnell und hob ihr Kinn in einer fast trotzigen Weise. Er war stolz auf sie, dass sie nicht klein beigab, aber er hasste es, dass sie anscheinend das Gefühl hatte, sich vor seinen Freunden schützen zu müssen.

»Nichts von allem, was dir passiert ist, ist demütigend«, erklärte Ball mit leiser Stimme. »Du hast nicht darum gebeten, entführt zu werden. Du hast nicht darum gebeten, hierhergebracht zu werden. Du hast nicht um das gebeten, was dir passiert ist, während du hier warst. Um ehrlich zu sein, widern mich Männer an, die ihre Größe und Stärke dazu benutzen, Kindern und Frauen wehzutun. Besonders jemandem, der aussieht wie du.«

»Der aussieht wie ich?«, hakte Morgan nach.

»Ja, wie eine Disney Prinzessin. Für jemanden, der einer Frau wie dir wehtut, besteht wirklich *keine* Hoffnung mehr. Kein Fünkchen Hoffnung.«

Arrow hätte daraufhin gern leise gelacht, doch als er Morgans Gesichtsausdruck sah, beherrschte er sich. Ball hatte recht. Sie sah *tatsächlich* aus wie eine Prinzessin aus einem Disneyfilm. Klein und zart ... aber er wusste aus eigener Erfahrung, dass sie Nerven aus Stahl hatte.

»Ich werde zuerst mal Rex anrufen«, erklärte Black. »Es setzt sich dann mit den anderen in Verbindung.«

»Und ich räume auf«, bot Ball an und begann, die leeren Essensbehälter und den Müll wegzuräumen.

Arrow drehte sich zu Morgan. Sein Knie streifte ihres und er war dankbar dafür, dass sie nicht zusammenzuckte. »Falls es dir zu viel wird, kannst du eine Pause machen«, erklärte er ihr.

»Es geht mir gut«, entgegnete Morgan sofort.

»Okay, solange dir klar ist, dass es sich nicht um ein Verhör handelt«, betonte Arrow.

Sie atmete tief durch und sah hinüber zu Nina, die immer noch tief und fest schlief, und dann wieder zu ihm. »Ich weiß. Ich will die ganze Sache noch mehr geklärt wissen als du, Arrow. Um die Wahrheit zu sagen, habe ich eine Todesangst davor, nach Hause zurückzukehren. Ich muss immer daran denken, dass die Person, die für das alles verantwortlich ist, dort auf mich wartet. Natürlich hat sie nicht erwartet, dass ich entkommen würde, aber nun, da es mir gelungen ist zu fliehen, wird der Verantwortliche nur umso mehr darauf erpicht sein, mich hierher zurückzu- schaffen. Ohne die Hilfe von dir und deinen Freunden würde ich auf jeden Fall erst dahinterkommen, wenn es zu spät ist. Und obwohl ich es nicht gerade kaum erwarten kann, euch von all den Fehlern in meinem Leben und all den Dummheiten, die ich gemacht habe, zu erzählen, so ist mir doch durchaus klar, dass ich es muss. So ist es eben.«

»Morgan, ich ...«

»Ich war noch nicht fertig«, unterbrach sie ihn. »An jedem einzelnen Tag während des letzten Jahres wollte ich aufgeben. Wollte ich einen Weg finden, mich umzubringen, damit ich mich nicht mit dem auseinandersetzen muss, was ich durchmache. Aber dann wurde mir klar, dass niemand je erfahren würde, was mit mir passiert ist, wenn ich das täte. Meine Mom, meine Freundinnen, Lane und sogar mein Dad würden sich immer fragen, was mir zugestoßen ist. Ich wollte ihnen diese Bürde nicht auferlegen. Also tat ich, was ich konnte, um mich durch die Depression zu kämpfen. Ich lebte von Tag zu Tag. Eine Stunde nach der anderen. Manchmal sogar eine Minute nach der anderen.

Ich weiß, dass ein Teil meiner Gefühle auf die Situation zurückzuführen ist, aber ... ich habe noch nie jemandem so vertraut wie dir. Wenn du denkst, dass es das Beste ist, wenn ich nicht nach Atlanta zurückkehre, bin ich sogar erleichtert, und ich werde gehen, wo immer du mich hinschickst, wenn ich dadurch in Sicherheit bin. Du und deine Freunde sind die Experten hier. Ich bin bereit, alles zu tun, was nötig ist, um der Sache auf den Grund zu gehen, damit ich mein Leben weiterleben kann.«

Arrow war noch nie zuvor so sehr von jemandem beeindruckt gewesen. Das hatte er ihr auch schon zuvor gesagt, doch jedes Mal, wenn sie etwas sagte, erstaunte sie ihn mehr und mehr. Er vermutete, dass er bereits bis über beide Ohren in sie verliebt war, doch es war noch zu früh, um jetzt auch noch auf seine Gefühle zu sprechen zu kommen. »Wir werden der ganzen Sache auf den Grund gehen, damit du hinziehen kannst, wo du möchtest, und tun kannst, was du möchtest.«

»Vielen Dank.«

»Und du musst mir nicht danken«, erklärte er ihr, nahm ihre Hand und küsste ihre Handfläche, bevor er ihre Finger schloss, als würde er ihr helfen, den Kuss festzuhalten. »Die Tatsache, dass du dazu in der Lage bist, dein Leben zu leben, ist Dank genug. Ich bin so froh, dass du nicht aufgegeben hast.«

»Bist du bereit?«, fragte Ball.

Arrow sah Morgan mit hochgezogener Augenbraue an.

Sie atmete tief durch und wandte den Blick nicht ab, als sie erwiderte: »Ich bin bereit.«

»Morgan?«, sagte eine körperlose Stimme, die digital verändert worden war, aus dem unheimlich modern aussehenden Telefon, das Black am Fußende des Bettes abgestellt hatte. Er hatte ihr zuvor erklärt, dass es sich um eine Art Telefon handelte, das nicht gehackt werden konnte.

»Ja. Ich bin hier.«

»Mein Name ist Rex. Und ich möchte dir als Erstes sagen, wie froh wir sind, dich gefunden zu haben.«

»Das ist nett. Wenn ich allerdings wetten müsste, würde ich sagen, dass ich noch froher bin als ihr«, erklärte Morgan.

Das Geräusch mehrerer Männer, die leise lachten, kam vom anderen Ende der Leitung und ertönte auch im Raum.

»Ich bin Gray«, sagte eine tiefe Stimme. »Es tut mir leid, dass ich und der Rest der Gruppe jetzt nicht bei euch sein können.«

»Das ist schon okay«, versicherte Morgan ihm.

»Ich bin Ro«, erklärte ein Mann mit englischem Akzent. »Wenn du irgendwas benötigst, brauchst du nur zu fragen, und wir werden es für dich besorgen.«

»Und ich bin Meat«, bemerkte der andere Mann. »Wenn es dir recht ist, werde ich ein paar Suchanfragen vornehmen, während wir uns unterhalten. Wenn ich dir also wie aus dem Nichts merkwürdige Fragen stelle, bitte hab Geduld mit mir. Ich versuche dann nur, Informationen zu bestätigen, die ich während unseres Gesprächs mithilfe des Computers herausfinden konnte.«

»Das weiß ich wirklich zu schätzen«, erklärte Morgan ihnen allen. »Aber ehrlich gesagt bin ich gar nicht so interessant. Ich habe ein stinknormales Leben geführt. Ich habe wirklich keine Ahnung, was für einen Grund jemand hätte, mir so was anzutun.«

»Es ist unsere Aufgabe, sich Gedanken darum zu machen«, erklärte Rex ihr. »Deine Aufgabe ist es, uns alles zu erzählen, egal wie albern oder unbedeutend es dir vorkommt.«

Arrow gefiel der gestresste Ausdruck auf Morgans Gesicht überhaupt nicht, doch er konnte nicht viel dagegen tun. Sie brauchten Informationen. Und diese Informationen konnten sie nur von ihr bekommen. Und bevor sie diese Informationen nicht hatten, tappten sie im Dunkeln. Er streckte seine Hand aus und legte sie auf ihre, die sie auf ihren Bauch gelegt hatte. Alles in ihm wurde ganz weich, als sie sich daraufhin merklich entspannte. *Er* war dazu in der Lage gewesen, dass für sie zu tun. Er schwor sich, alles Nötige zu tun, um ihr die ganze Sache zu erleichtern.

»Erzähl uns von dem Tag, an dem du entführt wurdest«, befahl Rex.

»Puh«, sagte Morgan leise. »Er geht wohl direkt ans Eingemachte, was?«

»Es ist immer am leichtesten, wenn man das Schwierigste zuerst hinter sich bringt«, erklärte Rex, der sie offensichtlich gehört hatte.

Morgan atmete tief durch und begann dann zu erzählen. »Es war ein ganz normaler Abend, zumindest dachte ich das. Ich bin mit ein paar Freunden ausgegangen und wir ...«

»Mit wem?«, fragte Meat. »Und wohin?«

»Mit Sarah Ellsworth und ihrem Freund Thomas Huntington. Und dabei waren auch noch Karen Garver und ihr Freund Lance Buswell, sowie mein damaliger Freund Lane Buswell. Wir waren in einer Disco in der Innenstadt, die sich Harlem Nights nennt.«

»Und Lance und Lane sind Brüder?«, fragte Black.

Morgan nickte. »Ja, Lance ist vier Jahre jünger als Lane, aber sie stehen sich trotzdem ziemlich nahe.«

»Was machen sie beruflich?«, wollte Meat wissen.

»Also ... Lane ist ein Hypothekenmakler und sein Bruder arbeitet bei einer Art Baufirma, glaube ich. Ich erinnere mich nicht an den Namen, tut mir leid.«

»Kein Problem. Den finde ich heraus«, versicherte Meat ihr. »Und ihre Freundinnen? Was kannst du uns über die Mädchen erzählen?«

»Karen ist in meinem Alter und besitzt einen eigenen kleinen Laden. Sie verkauft umweltfreundliche Lebensmittelspezialitäten und Kosmetik und Kerzen und so. Sie war eine meiner ersten Kunden, als ich anfing, den Honig meiner Bienen zu verkaufen. Wir sind seit ein paar Jahren befreundet und ich war diejenige, die sie mit Lance bekannt gemacht hat. Sarah ist ein paar Jahre jünger als ich. Ich habe sie eines Abends kennengelernt, als ich mit Lane aus war. Sie war Barkeeperin in der Kneipe und wir haben uns gut verstanden. Ihren Freund Thomas kenne ich nicht so gut. Sie sind erst seit Kurzem zusammen und wenn ich ehrlich bin, war er immer ziemlich distanziert. Er hat nie so getan, als würde es ihm Spaß machen, mit uns rumzuhängen. Als wären wir unter seiner Würde oder so.« Morgan zuckte mit den Achseln. »Aber ich kann mir nicht vorstellen, dass einer von ihnen mir etwas antun würde.«

»Manchmal ist es gerade der Mensch, den man am wenigsten unter Verdacht hat, der einen am meisten hasst«, erklärte Rex mit völlig emotionsloser Stimme. »Und was ist an jenem Abend passiert? Wie haben sie dich entführt?«

»Also, wie gesagt, wir waren im Harlem Nights. Es war ein Donnerstag und wir nahmen an, dass der Laden nicht so voll sein würde, da es kein Wochenende war, aber wir lagen falsch. Der Laden war voll, wir konnten uns kaum bewegen. Wir haben es geschafft, einen kleinen Tisch in einer hinteren Ecke zu ergattern, aber die Musik war so laut, dass ich schreckliche Kopfschmerzen hatte. Ich wollte früh gehen, aber die anderen amüsierten sich noch. Ich wollte keine Spaßbremse sein, also sagte ich ihnen, sie sollten bleiben und wir würden das dann irgendwann später wiederholen.«

»Dein Freund hat zugelassen, dass du alleine gehst?«, fragte Arrow ausgesprochen wütend. Und es machte ihn noch wütender, als Morgan ihn bei dieser Frage überrascht ansah.

»Natürlich. Wir sind sogar mit zwei Fahrzeugen gekommen.«

»Sag mir jetzt aber bitte, dass er dich wenigstens zu deinem Wagen gebracht hat«, bat Arrow.

Morgan schüttelte den Kopf. »Er hat es mir angeboten, aber ich habe ihm gesagt, er solle bleiben und Spaß haben.«

»Was für ein Idiot«, bemerkte jemand am anderen Ende der Leitung.

»Sprich weiter«, erklärte Black. »Beachte die Kommentare aus den billigen Rängen gar nicht.«

»Es war nicht seine Schuld«, verteidigte Morgan Lane. »Wir hatten uns auseinandergelebt und damals waren wir kaum noch mehr als Freunde, obwohl wir noch nicht offiziell miteinander Schluss gemacht hatten. Ich hatte das Gefühl, dass er ein Auge auf eine der Bedienungen in der Disco geworfen hatte, und ich glaube, dass er genauso erleichtert war wie ich, als ich endlich gegangen bin. Jedenfalls habe ich den Klub dann verlassen und bin zu meinem Wagen gegangen. Ich hatte in einem öffentlichen Parkhaus unweit des Nachtklubs geparkt. Es waren mehrere Leute unterwegs und mir ist niemand Verdächtiges aufgefallen, sodass ich mich nicht unwohl fühlte, als ich allein zum

Wagen ging. Mit dem Schlüssel in der Hand kam ich bei meinem Wagen an. Ich öffnete das Schloss und setzte mich. Und das ist ... das ist das Letzte, woran ich mich erinnere. Entweder hat mich jemand von der anderen Seite angegriffen oder befand sich bereits auf dem Rücksitz meines Wagens, denn kaum hatte ich mich hingesetzt, hat derjenige mich außer Gefecht gesetzt.«

Arrow spürte, wie ihre Hand zu zittern begann, also nahm er ihre Hand zwischen beide seiner Hände. Er hielt sie fest und wurde mit einem kleinen Lächeln belohnt, bevor sie weitersprach.

»Eine Zeit lang wachte ich regelmäßig auf und fiel dann wieder in Ohnmacht. Ich weiß nicht, wie viel Zeit vergangen ist. Ich dachte, ich würde träumen. Ich erinnere mich an Stimmen, Leute, die miteinander stritten, aber ich wusste nicht, in welcher Sprache, ich konnte nicht verstehen, was sie sagten. Meine Entführer mussten mich allerdings dann völlig außer Gefecht gesetzt haben, denn als ich schließlich aufwachte, war ich völlig durchgeschwitzt und befand mich in einem fahrenden Fahrzeug. Ich glaube, es handelte sich um einen dieser Umzugswagen. Es war stockdunkel und ich befand mich in einer Art Käfig. Ich weiß nicht, wie lange wir unterwegs waren, doch als die Tür sich schließlich öffnete, kam ein Mann in Polizeiuniform auf mich zu. Ich flehte ihn an, mir zu helfen, doch er sagte kein Wort – er hob nur eine Pistole und schoss auf mich.«

Arrow fuhr auf und Ball stellte die Frage, die ihm auf der Seele brannte. »Er hat was getan, verdammt noch mal? *Auf dich geschossen?*«

»Mit so einer Art Pfeilpistole«, erklärte Morgan schnell. »Ich habe den Pfeil so schnell ich konnte herausgezogen, doch es war zu spät. Das Mittel, mit dem er getränkt war, arbeitete ziemlich schnell, sodass ich wieder bewusstlos wurde. Jedenfalls geschah das mehrere Male. Ich schätze, dass ich tagelang in diesem Käfig festsaß. Es war mir nicht mal erlaubt, auf die Toilette zu gehen.«

Erneut senkte sie den Blick und wieder hatte Arrow das Bedürfnis, zu dem Haus zurückzukehren, in dem er Nina und Morgan gefunden hatte, und alle umzubringen.

»Sie haben mich schlimmer behandelt als einen Hund«, sprach sie weiter. »Ich bekam nur eine Flasche Wasser am Tag und nur gelegentlich gaben sie mir etwas zu essen. Irgendwann musste ich wohl in ein Flugzeug verladen worden sein, doch zu diesem Zeitpunkt war ich bereits so fertig mit der Welt, dass ich kaum noch wahrnahm, was um mich herum vorging. Und so landete ich hier in Santo Domingo ... und irgendwann seid dann ihr aufgetaucht.«

Arrow runzelte die Stirn. Sie ließ eine Menge aus ... ungefähr ein Jahr. Und so sehr er sich auch wünschte, er könnte es ihr ersparen, alles noch einmal zu durchleben, mussten sie doch alles erfahren. Nicht nur, um herauszufinden, wer hinter ihrer Entführung steckte, sondern auch, um ihr zu helfen, das Ganze zu verarbeiten.

»Wurdest du die ganze Zeit über in demselben Haus festgehalten?«, fragte Ro.

»Nein. Ich wurde ... herumgereicht ... anders kann man es nicht nennen. Ich stand unter Medikamenteneinfluss und wurde eine Zeit lang in einem Haus festgehalten, doch dann wurde ich wieder in den Käfig gesteckt, in einen Wagen verfrachtet und zu einem anderen Haus gebracht. Ich weiß nicht, worüber meine Entführer sich unterhielten, da ich kein Spanisch spreche. Ich wünschte, ich hätte es wenigstens ein paar Jahre lang als Schulfach belegt – dann hätte ich vielleicht wenigstens *etwas* verstanden. Ein paar der Männer waren netter als die anderen. Einige gaben mir öfter etwas zu essen als andere und sie haben mich nicht ...

ihr wisst schon. Doch ich wurde regelmäßig alle paar Wochen weitergereicht, bis ich langsam anfing, die Männer wiederzuerkennen, in deren Besitz ich mich befand.«

»Was meinst du damit?«, fragte Gray.

»Es war so eine Art wechselnder Zeitplan«, erklärte Morgan ihnen. »Insgesamt waren es zehn. Nach einer Weile erkannte ich sogar die Räume, in denen sie mich hielten.«

»Hmmm. Okay, es gab also eine Gruppe von zehn Männern, die für deine Bewachung verantwortlich waren, und dann wurdest du zur nächsten Person auf der Liste verfrachtet. Ziemlich intelligent«, stellte Gray fest. »Diese zehn Männer teilten sich wahrscheinlich das Geld, das sie dafür bekamen, dich hier festzuhalten.«

»Wir müssen dich in ein Krankenhaus schaffen«, erklärte Rex. »Wir sollten dich untersuchen lassen, besonders aufgrund dessen, was du durchmachen musstest, während du dich in der Gefangenschaft dieser Männer befandst.«

»Nein!«, erklärte Morgan nachdrücklich. »Ich will einfach nur aus Santo Domingo verschwinden.«

»Morgan ...«, begann Rex, und obwohl seine Stimme digital verändert war, konnte man das Mitgefühl hören, das daraus sprach.

»Pass auf. Ich bin keine Närrin«, erklärte Morgan bestimmt. »Mir ist durchaus bewusst, dass ich auf Krankheiten untersucht werden muss, die sie eventuell auf mich übertragen haben, doch was ich mir auch eingefangen habe, wird nicht über Nacht verschwinden, selbst wenn ich noch heute Abend einen Arzt aufsuche. Ich habe ja auch gar nichts gegen einen Arztbesuch einzuwenden, aber nicht heute Abend. Und nicht *hier*.«

Einen Moment lang herrschte Stille im Raum. Arrow spürte, wie die Wut seine Brust zusammenschnürte.

Morgan hatte ihnen nichts erzählt, von dem sie nicht ohnehin schon ausgegangen waren, aber auf einmal schien es ihn persönlich zu betreffen. Er bedauerte, dass er bei der Rettung nicht auf weitere ihrer Entführer gestoßen war. Er wollte sie alle tot sehen. Jeden Einzelnen von ihnen.

»Ich verstehe deinen Widerwillen, aber wir könnten Rex jeden Arzt, den du aufsuchst, überprüfen lassen, ob er vertrauenswürdig ist. Und du hast recht, heute Abend einen Arzt aufzusuchen wird kein Problem plötzlich verschwinden lassen, aber es *könnte* verhindern, dass eine etwaige Krankheit schlimmer wird«, bemerkte Arrow so sanft er konnte.

»Bitte«, flüsterte sie. »Ich kann das nicht. Nicht hier.«

Arrow seufzte und nickte. Ihm gefiel ihre Entscheidung nicht, doch er konnte sie nicht dazu zwingen, einen Arzt zu besuchen.

»Erzähl uns von deinen Eltern«, erklärte Rex schließlich und wechselte das Thema.

Arrow war erleichtert. Es fiel Morgan nicht leicht, über ihre Zeit in der Gefangenschaft zu reden. Niemand stellte ihr Fragen zu all den Dingen, die sie in den Händen ihrer Entführer durchgemacht hatte. Es war ihnen ohnehin klar. Er machte sich eine mentale Notiz, sie dazu anzuhalten, eine Therapeutin aufzusuchen, sobald sie zurück in Amerika waren ... aber zuerst einmal müsste sie einen Arzt aufsuchen.

»Meine Eltern?«, fragte Morgan und blinzelte verwirrt. Es war ein ziemlich drastischer Themawechsel, doch Arrow wusste, dass Rex ihn vorgenommen hatte, um sie aus den schlimmen Erinnerungen zu reißen, die ihr jetzt sicher durch den Kopf gingen.

»Ja. Sie sind doch geschieden, richtig?«

»Ja. Das kann man wohl sagen. Meine Mutter hasst

meinen Vater und mein Vater ist auch kein großer Fan meiner Mutter. Sie haben geheiratet, als sie noch ziemlich jung waren, und ich nehme an, dass es eine Weile ziemlich gut lief, doch als ich auf die Welt kam und alles schwieriger wurde, haben sie sich auseinandergelebt. Mein Vater hat meine Mutter betrogen und sie hat es ihm mit gleicher Münze heimgezahlt. Die Scheidung dauerte ewig, da sie sich um jedes kleinste Detail stritten. Zum Schluss musste mein Vater für den Unterhalt meiner Mutter aufkommen, worüber er ausgesprochen wütend war, wohingegen meine Mutter wütend darüber war, dass er jederzeit das Recht hatte, mich zu sehen, da er ebenfalls für meinen Unterhalt bezahlte. Ich stand meinem Vater nicht sehr nahe, da ich mit den schrecklichen Geschichten aufgewachsen war, die meine Mutter über ihn erzählte. Ich verbrachte normalerweise die Wochenenden bei ihm, doch als ich noch ziemlich klein war, weinte ich die ganze Zeit über und rief nach meiner Mutter. Erst während des Studiums wurde mir klar, wie sehr die schlechte Meinung meiner Mutter über meinen Vater mich beeinflusst hatte. Danach gab ich mir Mühe, ihn besser kennenzulernen.«

»Und hat das funktioniert?«, wollte Arrow sanft wissen.

Morgan zuckte mit den Achseln. »Irgendwie schon. Ich meine, wir standen uns immer noch nicht sehr nahe. Aber wir haben uns beide Mühe gegeben. Er war mit seinem Job als Finanzleiter eines Fortune-500-Unternehmens beschäftigt und ich war mit dem College und meinen Freundinnen beschäftigt und dann damit, mein Imkergeschäft zum Laufen zu bringen.«

»Und wie stand es um eure Beziehung, als du entführt wurdest?«, wollte Meat wissen.

»Die Beziehung war freundlich. Ich rief ihn nicht ständig an, um mit ihm zu plaudern, aber *wenn* wir zusammen zu Mittag aßen oder so, gab es keine Spannungen zwischen uns«, sagte Morgan.

»Und was ist mit deiner Mutter?«, fragte Meat.

»Was soll mit ihr sein?«

»Was hielt sie davon, dass du versucht hast, eine bessere Beziehung zu deinem Vater aufzubauen?«, führte Meat aus.

»Das war für sie in Ordnung. Ich meine, schließlich war ich erwachsen. Sie wollte nicht wissen, wann ich mich mit ihm traf oder worüber wir gesprochen hatten, doch schließlich gab sie zu, dass er mein Vater war und immer sein würde, und es deshalb gut war, eine Beziehung zu ihm zu haben.«

»Was macht deine Mutter beruflich?«, wollte Ball wissen.

»Sie ist Zahnarzthelferin.«

»Aber ihr habt nicht den gleichen Nachnamen, nicht wahr?«, fragte Meat.

»Nein, nach der Scheidung hat sie wieder ihren Mädchennamen Jernigan angenommen. Sie wollte eigentlich auch meinen Namen offiziell ändern lassen, doch mein Vater setzte sich durch und ließ das nicht zu«, erklärte Morgan.

»Weißt du, wo dein Vater in der Nacht der Entführung war?«, fragte Meat.

Morgan legte die Stirn in Falten und schüttelte den Kopf. »Nein. Ich habe keine Ahnung. Wir standen einander nicht nahe genug, um solche Dinge voneinander zu wissen. Ich hatte in der Woche zuvor mit ihm zu Mittag gegessen, aber damit hatte es sich auch schon.«

»Den Polizeiakten kann ich entnehmen, dass er kein Alibi hat. Zumindest keins, das sich überprüfen lässt«, erwiderte Rex. »Er verließ die Arbeit gegen sechs, was durch seine Magnetkarte bestätigt wurde, und sein Wagen wurde auf einer Überwachungskamera beim Verlassen des Parkhauses gesehen. Er sagt, er sei direkt nach Hause gefahren und war die ganze Nacht allein, aber wieder gibt es niemanden, der bestätigen kann, dass er die Wahrheit sagt.«

»Ihr glaubt, mein *Vater* steckt hinter der Entführung?«, fragte Morgan ungläubig. »Das kann nicht sein.«

»Warum nicht? Ninas Vater hat sie aus dem einzigen Zuhause entführt, das sie jemals gekannt hatte, und hatte nicht vor, sie wieder dorthin zurückzubringen«, sagte Black. »Solche Dinge passieren, Morgan. Und zwar ständig.«

»*Mein* Vater hat damit nichts zu tun«, erwiderte sie mit Nachdruck.

»Du hast doch selbst gesagt, dass du ihn nicht so gut kennst«, erklärte Rex ohne einen Hauch von Mitgefühl in der Stimme. »Vielleicht hat er es getan, um sich an dir zu rächen, weil du ihn all die Jahre ignoriert hast. Oder er tat es, um es deiner Mutter heimzuzahlen, dass sie ihn betrogen hat. Menschen können einen Groll für eine sehr lange Zeit hegen, Morgan. Wir können niemanden ausschließen.«

»Okay«, fauchte Morgan und funkelte das Telefon am Fußende ihres Bettes an. »Dann könnte es genauso gut Lane gewesen sein, weil er nicht wollte, dass ich jemand anderen kennenlerne, obwohl er mich nicht mehr liebte. Oder vielleicht war Lance in mich verliebt und wollte mich ganz für sich alleine haben, oder er war sauer, dass ich im Begriff war, mit seinem Bruder Schluss zu machen. Nein, jetzt weiß ich es – vielleicht haben Karen und Sarah sich gegen mich verbündet und wollten mir einfach nur Angst machen, doch die Sache geriet außer Kontrolle. Oder vielleicht hat mich damals einfach jemand auf der Tanzfläche gesehen und kurzerhand beschlossen, mich zu entführen.«

Sie atmete schwer, als wäre sie einen Kilometer bei voller Geschwindigkeit gelaufen.

Arrow murmelte: »Ganz ruhig, meine Schöne.«

Morgan stürzte sich daraufhin auf ihn. »Nein! Das ist doch verrückt.«

»Nur weil wir einen Namen erwähnen, bedeutet das noch längst nicht, dass wir ihn als Verdächtigen in Erwägung ziehen«, erklärte Meat beruhigend.

»Und warum sprichst du es dann überhaupt an?«, gab Morgan aufgebracht zurück. »Ich meine, man könnte genauso gut jeden Einzelnen beschuldigen, dem ich je Honig verkauft habe, oder den Obdachlosen, dem ich immer etwas Geld gegeben habe, wenn ich meinen Vater in der Stadt getroffen habe, oder meinen Lehrer aus der siebenten Klasse, in den ich verknallt war, als ich zwölf war. Du könntest genauso gut meine Mutter beschuldigen oder meinen Postboten oder den Türsteher im Klub an jenem Abend. Wo hört das auf? Wann fängt die Liste an, kleiner zu werden? Wenn du meinen eigenen Vater beschuldigst, mich entführt zu haben, könnte es buchstäblich jeder sein, mit dem ich jemals in meinem Leben Kontakt hatte.«

»Das stimmt haargenau«, erklärte Rex streng. »Es könnte *tatsächlich* jeder sein, Morgan. Je eher du das verstehst, desto eher wirst du in der Lage sein, klar zu denken und uns zu helfen, die Sache zu klären. Menschen können böse sein. Einige verstecken es nur viel besser als andere. Wir zeigen noch nicht mit dem Finger auf jemanden. Wir reden nur. Wir versuchen, Informationen über die Leute zu bekommen, die dir am nächsten stehen, damit wir sie ausschließen können. Wir würden unseren Job nicht machen, wenn wir jemanden ausschließen würden, nur weil du nicht glaubst, dass er dahinterstecken könnte. Wir sind gut in dem, was wir tun, weil wir keine emotionale Bindung zu den Hauptverdächtigen haben.«

Arrow sah Morgan unverwandt an. Er hätte nicht

wegschauen können, selbst wenn sein Leben davon abgehangen hätte. Er wollte sie in die Arme nehmen und ihr versichern, dass sie das schon hinkriegen würden. Dass sie in Sicherheit war. Aber er konnte nicht. Er hatte nicht das Recht dazu. Er musste dasitzen und zusehen, wie ihre Welt wieder einmal auseinandergerissen wurde.

Aber er hätte wissen müssen, dass sie tief in sich gehen und dieselbe Kraft finden würde, mit der sie die bisherige Tortur durchgestanden hatte. Sie schloss die Augen und holte tief Luft. Dann noch einmal.

Arrow wollte sich zurücklehnen, ihr etwas Raum geben, aber sie drehte ihre Hand in seiner und umklammerte ihn so fest, dass er wusste, dass ihre Fingernägel halbmondförmige Abdrücke auf seinem Handrücken hinterlassen würden.

»Ihr habt natürlich recht. Es tut mir leid. Es ist nur ... es ist nur alles etwas viel.«

»Das weiß ich«, erklärte Rex. »Und du schlägst dich tapfer. Und ich möchte dir noch einmal versichern, wie erleichtert und froh wir sind, dich gefunden zu haben. Ich will dich nicht mit Statistiken langweilen, aber ich nehme mal an, dass dir selbst klar ist, dass Leute, die so lange verschwunden sind wie du, normalerweise nicht gefunden werden, und falls doch, können sie normalerweise nicht mehr laufen und reden, falls du weißt, was ich meine.«

»Danke. Das tue ich«, erklärte Morgan ihm.

Nina begann, sich auf dem Bett zu winden und vor Angst zu stöhnen. Sofort wandte Morgan sich ihr zu und strich ihr mit der Hand über den Kopf. »Es ist alles okay«, sagte sie leise. »Du bist in Sicherheit. Schlaf ruhig wieder ein, meine Kleine. Ich bin bei dir.«

Ihre Worte halfen und Nina beruhigte sich wieder, ohne überhaupt ganz aufgewacht zu sein.

»Wie geht es ihr?«, fragte Gray leise.

»Ich weiß es nicht genau«, erwiderte Morgan.

»Sie hatte eine schlimme Nacht«, informierte Black alle Anwesenden. »Sie ist fast jede Stunde schreiend aufgewacht. Und nichts, was wir taten, half ihr, sie hatte einfach wahnsinnige Angst vor uns.«

»Morgans Anwesenheit hilft wirklich sehr«, fügte Ball hinzu. »Und die Tatsache, dass sie eine Frau ist, hilft ihr sicher dabei.«

»Aber das ist längst nicht alles«, widersprach Arrow. »Es handelt sich um Morgan. Sie hat Nina beschützt, als sie zusammen in diesem schrecklichen Haus waren. Nina weiß in ihrem tiefsten Inneren, dass Morgan das Einzige war, was zwischen ihr und schlimmen Dingen stand. Es wird eine Weile dauern, bevor sie sich weniger verletzlich fühlt.«

»Was uns zum nächsten Punkt bringt«, erklärte Rex, »und damit wieder zurück zu unserem eigentlichen Gespräch. Wohin bringen wir Morgan, wenn wir zurück in Amerika sind?«

Einen Moment lang sagte niemand etwas.

»Während des Gesprächs habe ich Ellie Jernigan überprüft«, meldete sich Meat zu Wort.

»Meine Mutter? Warum? Was ist mit ihr los? Geht es ihr gut?«, fragte Morgan.

»Es geht ihr ausgezeichnet«, beruhigte Meat sie schnell. »Aber sie lebt nicht mehr in Atlanta. Sie ist umgezogen.«

»Tatsächlich?«, fragte Morgan. »Wohin denn?«

»Nach Albuquerque, New Mexico«, sagte Meat. »Es sieht so aus, als wäre sie ein paar Monate, nachdem du entführt wurdest, dorthin gezogen. Anscheinend wollte sie weg von der Stadt, von deinem Vater und von der ständigen Berichterstattung über dein Verschwinden. Sie hat allerdings jede Woche die zuständigen Ermittler angerufen und wollte wissen, welche neuen Informationen sie haben und ob irgendwelche Hinweise auf dein Verschwinden vorliegen. Sie sagte einem Zeitungsreporter, sie sei nur in Atlanta geblieben, weil du dort warst. Sie hat einen Job bei einem Zahnarzt in Albuquerque angenommen und führt ein ruhiges Leben.«

»Wow. Ich hätte nie gedacht, dass sie umziehen würde«, bemerkte Morgan.

»Albuquerque ist gar nicht so weit von Colorado Springs entfernt«, erwiderte Arrow leise. »Nur fünf, vielleicht sechs Stunden Fahrt.«

Sie starrte ihn an und er stellte fest, dass sie ganz genau verstanden hatte, warum er das erwähnt hatte. Schließlich fragte sie: »Hat jemand meinen Eltern mitgeteilt, dass ich noch am Leben bin?«

»Noch nicht«, entgegnete Rex.

»Nach unserer heutigen Diskussion darüber, dass jeder meiner Freunde hinter meiner Entführung stecken könnte, fühle ich mich nicht so wohl dabei, zurück nach Atlanta zu gehen«, sagte Morgan. »Ich habe das Gefühl, dass ich immer über meine Schulter schauen und mich fragen würde, ob mir jemand folgt. Jedes Mal wenn ich mit Lane oder Karen oder irgendjemandem, mit dem ich früher gearbeitet habe, spreche, würde ich mich fragen, ob sie ein Komplott schmieden, um mich hierher zurückzubringen. Irgendwie gefällt mir die Idee, in einer neuen Stadt wie Albuquerque neu anzufangen. Ich war noch nie dort.«

»Es ist dort heiß und trocken«, erwiderte Black grinsend.

Morgan lachte leise und Arrow war erleichtert. Zwar war ihr Lachen nicht unbeschwert, aber immerhin gab sie sich Mühe. Er war so unglaublich stolz auf sie. »Glaubst du, deine Mutter hätte etwas dagegen, dass du bei ihr wohnst, bis du wieder auf die Füße kommst?«, fragte er Morgan.

Sie schüttelte langsam den Kopf. »Ich glaube nicht. Ich meine, an dem Tag, an dem ich ausgezogen bin, um zur Uni zu gehen, hat sie geweint. Selbst nachdem ich das Studium beendet hatte, wollte sie, dass ich wieder zu ihr ziehe. Sie hat mich immer wahnsinnig gern besucht und wir haben uns stundenlang über meine Bienen und mein Geschäft unterhalten. Ich kann mir nicht vorstellen, dass sie etwas dagegen hätte, wenn ich jetzt zu ihr ziehe. Besonders, da ich quasi von den Toten zurückgekehrt bin.«

»Ich rufe an und rede mit ihr«, meldete Gray sich freiwillig. »Ich werde ihr so viel wie möglich davon erzählen, wie es dir geht und wo du gesteckt hast. Und dann frage ich sie, ob es ihr recht ist, dass du wieder zu ihr ziehst, bis du wieder auf eigenen Füßen stehen kannst.«

»Aber wahrscheinlich sollte ich besser nach Atlanta zurückkehren«, entgegnete Morgan. »Zumindest eine Zeit lang. Nachsehen, wie es meinen Bienen geht. Mich um mein Geschäft kümmern. Wahrscheinlich sollte ich auch mal bei Lane vorbeischauen. Und meinem Vater. Ich muss ...«

»Wir kümmern uns um alles Geschäftliche, so gut es geht«, versicherte Rex ihr. »Natürlich wirst du deinen Vater und deine Freunde sehen wollen, aber mach dir keine Sorgen um deine Habseligkeiten und den rechtlichen Kram. Wir sorgen dafür, dass deine Sachen nach New Mexico geschickt werden. Und wenn etwas verkauft oder verschenkt wurde, besorgen wir dir neue Sachen.«

Arrow hasste den gequälten Gesichtsausdruck, den sie bei dem Gedanken daran bekam, dass ihre Sachen verkauft worden waren, doch sie riss sich zusammen und dankte Rex.

»Vielen Dank. Wahrscheinlich muss ich mich um die

Steuern für mein Geschäft kümmern, aber ich hoffe einfach nur, dass es meinen Bienen gut geht.«

»Ich helfe dir dabei, neue Bienen zu besorgen«, versicherte Arrow ihr. Er hasste die verdammten Dinger. Seit er als Kind eine Sendung über Mörderbienen gesehen hatte, konnte er fliegende Insekten, die Stacheln hatten, nicht ertragen – darunter Bienen, Wespen und Hornissen. Selbst bei Hummeln bekam er eine Gänsehaut. Aber für Morgan konnte er seine Abneigung überwinden.

»Vielen Dank«, flüsterte sie und sah ihn dankbar an. Arrow konnte sehen, dass sie am Ende ihrer Kräfte war.

»Ich glaube, wir sind mit dem Gespräch fertig«, erklärte er ihrem Verbindungsmann. »Morgan ist ziemlich müde und es war ein sehr langer Tag.«

»Verstanden«, sagte Rex. »Morgan, eine Frage noch ... würde es dir etwas ausmachen, kurz nach Colorado Springs zu kommen? Ich kümmere mich um alles, was du mir erzählt hast, aber wahrscheinlich habe ich später weitere Fragen. Nachdem du dich mit dem ganzen Team getroffen hast, können wir dich nach Albuquerque zu deiner Mutter eskortieren.«

»Okay, dagegen habe ich nichts einzuwenden«, bestätigte Morgan. »Aber wie wollt ihr mich aus dem Land schaffen? Schließlich habe ich keinen Ausweis.«

»Ich habe mit Rex zusammengearbeitet und wir haben eine Lösung gefunden«, versicherte Meat ihr. »Und nur für den Fall, dass jemand fragt ... du warst diejenige, die den Antrag auf eine Kopie deines Passes bei der amerikanischen Botschaft in Santo Domingo unterschrieben hat.«

Arrow war erleichtert, als er ein kleines Grinsen auf Morgans Gesicht bemerkte.

»Verstanden. Vielen Dank, Meat.«

»Du musst dich nicht bei mir bedanken, Liebes. Gib nur

gut auf dich acht und sorge dafür, dass du nach Hause kommst. Ich kann es kaum erwarten, dich kennenzulernen.«

»Das geht mir auch so«, erwiderte sie.

Nach ein paar weiteren Höflichkeiten beendete Rex das Gespräch. Sie hatten einen Flug für den nächsten Tag geplant. Sie würden Santo Domingo verlassen und direkt nach Colorado Springs fliegen, wo Ninas Mutter auf sie warten würde. Arrow nahm sich vor, mit Morgan darüber zu sprechen, was sie erwarten würde und wie sie mit der Presse umgehen sollte, aber jetzt wollte er erst mal, dass sie sich entspannte, und zwar in der Gewissheit, dass sie in Sicherheit war. In Sicherheit bei ihm.

»Würdest du gern ein Nickerchen machen?«, fragte Arrow sie.

»Ein Nickerchen würde mir sicher guttun«, erwiderte sie.

»Gut. Black und Ball werden losziehen und ein paar andere Dinge für dich und Nina besorgen. Mehr Toilettenartikel, ein paar Kleidungsstücke – solche Sachen. Hast du irgendwelche Marken, die du dir speziell wünschst?« Arrow hatte kurz mit seinen Teamkameraden gesprochen, bevor sie Rex angerufen hatten, und sie waren übereingekommen, nicht nur in die Gegend zurückzugehen, in der er und Morgan gejagt worden waren, um zu sehen, welche Informationen sie sammeln konnten, sondern auch die Einkäufe zu erledigen.

»Das ist doch nicht nötig ...«, wollte Morgan protestieren, doch Black unterbrach sie.

»Ich bin nicht sonderlich gut im Einkaufen«, erklärte er. »Ich bin schon froh, wenn ich alle paar Wochen meine Einkäufe im Lebensmittelladen erledige. Ich kaufe viel lieber online ein, aber für dich gehe ich gern in einen Laden und hole dir, was du brauchst, um dich wieder wie ein Mensch zu fühlen. Bitte lass uns das für dich tun, Morgan. Lass zu, dass wir dir helfen.«

»Also gut, wenn du es so sagst, wie kann ich da widersprechen?«, scherzte sie.

»Gar nicht«, entgegnete Black nachdrücklich. »Aber gewöhne dich nicht dran. Ich kann dir versichern, dass Allye und Chloe den Einkaufsdienst übernehmen, sobald wir wieder in Colorado Springs sind.«

»Das sind die Freundinnen von Gray und Ro, stimmt's?«, fragte sie.

»Ja«, erklärte Arrow. »Und sie sind genauso fantastisch und stark, wie du es bist.«

Und es freute ihn zu sehen, dass sich bei seinen Worten ihre Wangen röteten.

»Ich kann es kaum erwarten, sie kennenzulernen«, entgegnete Morgan leise. »Es ist schon lange her, dass ich die Gesellschaft von Frauen genießen durfte.«

»Hast du irgendwelche besonderen Wünsche, was wir besorgen sollen?«, fragte Ball.

Morgan schüttelte sofort den Kopf. »Nein. Es ist schon so lange her, dass ich etwas anderes als das hier getragen habe«, sie zeigte auf das T-Shirt und die zerrissene Jeans, die sie anhatte, »dass etwas anderes zum Anziehen fantastisch wäre. Aber ... Nina hat ein Faible für Elsa aus dem Film *Die Schneekönigin*. Wir haben ein paarmal über sie gesprochen, wie schön es wäre, wenn wir in dem stickigen Raum, in dem wir festgehalten wurden, einen Schneesturm aufkommen lassen könnten.« Sie lächelte. »Wenn du irgendwas finden kannst, das mit dem Film zu tun hat, würde das einiges dazu beitragen, dass sie euch mehr vertraut.«

»Betrachte es als erledigt«, erklärte Black. »Ich hasse es,

das Entsetzen auf dem Gesicht des kleinen Mädchens zu sehen, vor allem, weil wir ihr doch nur helfen möchten.«

Und damit nickten die beiden Männer zum Abschied und verschwanden durch die Tür des Hotelzimmers, sodass Morgan und Arrow mit der schlafenden Nina allein waren.

KAPITEL ACHT

Morgan wachte ein paar Stunden später auf und war kurz desorientiert und verängstigt. Ihr war tatsächlich kalt, was ungewöhnlich war, und das war der erste Anhaltspunkt, der sie darauf brachte, dass sie keine Gefangene mehr war.

Sie öffnete die Augen …

… und schrak sofort vor dem Mann zurück, der über ihr aufragte.

»Verdammt, Morgan. Es tut mir leid. Ich bin's. Arrow. Alles in Ordnung. *Verdammt.*«

Arrow. Morgan blinzelte und richtete sich langsam im Bett auf. Nina lag nicht mehr neben ihr und Arrow und sie waren allein im Zimmer.

»Bist du wach? Es tut mir leid, meine Schöne. Ich dachte, du hättest gehört, wie Nina aufgewacht und aufgestanden ist. Sie ist im anderen Zimmer mit Ball und Black … und das ist wirklich ein riesiger Fortschritt für sie. Sie haben das Video *Die Eiskönigin* und dazu passendes Spielzeug gefunden. Zurzeit ist sie also ein glückliches kleines Mädchen, das einen Film schaut und mit seinen Figuren spielt.«

Morgan wusste zu schätzen, dass Arrow redete, um ihr mehr Zeit zu geben, ihre Fassung zu erlangen. »Ich habe nicht mitbekommen, dass sie gegangen ist«, erklärte sie erstaunt. »Unglaublich. Als wir noch im Haus waren, bin ich sofort aufgewacht, wenn sie mir auch nur einen Zentimeter von der Seite gewichen ist. Ich durfte nicht zulassen, dass einer der Männer entschloss, er würde lieber sie nehmen als mich.«

Arrow setzte sich langsam auf die Bettkante und ließ ihr dabei sehr viel Platz. »Ich denke, es liegt daran, dass dir irgendwie klar ist, dass ihr beide in Sicherheit seid. Black und Ball würden niemals einer Frau oder einem Kind in ihrer Obhut etwas tun.«

»Das weiß ich. Es ist nur ...« Morgan sprach nicht weiter.

»Rex arbeitet mit einer Therapeutin, die sich auf Gewaltverbrechen an Frauen spezialisiert hat. Ich gehe davon aus, dass es dir wirklich guttun würde, mit ihr zu reden.«

Morgan wollte sofort widersprechen. Arrow sagen, dass es ihr gut ginge und sie mit niemandem darüber reden musste, was ihr passiert war. Aber sie wusste, dass sie sich etwas vormachte. Sie war durch die Hölle gegangen. Und wenn sie jemals ein normales Leben führen wollte, musste sie den Hass und die Angst in ihrem Herzen loswerden. Für ihre Entführer, für denjenigen, der hinter ihrer Entführung steckte, und sogar für sich selbst. Sie wollte stolz darauf sein, dass sie überlebt hatte. Aber im Moment konnte sie nur Abscheu empfinden.

Sie hasste es, dass sie getan hatte, was sie getan hatte. Sie hasste es, dass sie aufgehört hatte, ihre Entführer zu bekämpfen. Es war einfacher und weniger schmerzhaft, aufzugeben und sie nehmen zu lassen, was sie wollten, anstatt sich zu wehren.

Wenn das Gespräch mit jemandem sie davon überzeugen konnte, dass sie getan hatte, was sie tun musste, um zu überleben, und es ihr erlauben würde, eines Tages wieder Sex zu genießen und hoffentlich eine Beziehung mit einem Mann zu haben, dann würde sie es tun.

Als sie durch ihre Wimpern zu Arrow aufblickte, vermutete Morgan, dass er ein großer Grund dafür war, warum sie sich wieder normal fühlen wollte. Alles an ihm gefiel ihr. Seine Größe. Seine Muskeln. Seine Bartstoppeln auf den Wangen. Die Tatsache, dass er freimütig zugab, unter Klaustrophobie zu leiden. Die Art, wie er sie festhielt, wenn sie es brauchte, und wie er manchmal auch Abstand hielt. Er war erstaunlich feinfühlig, wenn es um sie ging, und die Art und Weise, wie er ihre Bedürfnisse so selbstverständlich an erste Stelle setzte, war ein berauschendes Gefühl. Seit so langer Zeit hatte sich niemand mehr um sie gesorgt.

Die Angst, dass sie diese Gefühle für ihn nur hegte, weil er derjenige war, der sie gerettet hatte, war das Einzige, was Morgan davon abhielt, sich in seine Arme zu stürzen. Aber sie wollte es; oh, wie sehr sie es wollte. Sie hatte sich schon ewig nicht mehr so sicher gefühlt, nicht so, wie sie es tat, wie wenn er sie festhielt.

»Okay«, sagte sie schließlich, nachdem viel zu viele Minuten vergangen waren. »Es fällt mir wirklich nicht leicht, darüber zu reden, was mir passiert ist, aber ich will mich davon nicht unterkriegen lassen. Ich möchte in zehn Jahren keine verrückte Obdachlose sein, die immer noch mit der Entführung zu kämpfen hat.«

»Und was *willst* du?«, fragte er ernst.

»Ich möchte eine Familie haben. Vielleicht ein kleines Mädchen, dem ich beibringen kann, sich durchzusetzen und Mitgefühl mit allen zu haben, die vielleicht anders sind als sie. Und ich möchte einen Sohn, dem ich beibringen kann, wie man selbstlos ist und andere beschützt.«

»Und einen Ehemann?«, wollte Arrow wissen.

»Den auch«, flüsterte Morgan und wandte den Blick ab, weil er sie so intensiv anstarrte. »Ich möchte jemanden, von dem ich weiß, dass er mir mit den Kindern und dem Haushalt hilft. Am liebsten würde ich meinen besten Freund heiraten, der mich zum Lachen bringt, selbst wenn alles schiefläuft. Ich will um Mitternacht in der Küche mit ihm einen langsamen Tanz hinlegen, einfach nur, weil wir es können. Ich will *leben*, Arrow. Jemand wollte mir die Möglichkeit dazu nehmen und ich weigere mich, das zuzulassen.«

Arrow sagte lange nichts, doch sie konnte die Sehnsucht und den Stolz erkennen, die aus seinen Augen sprachen, als er sie ansah. »Du wirst eine Familie bekommen«, erklärte er. »Ich kann mir nicht vorstellen, dass irgendwer oder irgendetwas dich von dem, was du wirklich willst, abhalten kann.«

»Danke«, flüsterte sie und fühlte sich berauscht, als sie sich in der Bewunderung in seinem Blick verlor. Es war lange her, dass sie in der Gesellschaft eines Mannes etwas anderes als Abscheu empfunden hatte. Sie war nicht annähernd bereit für irgendeine Art von Beziehung, aber sie konnte nicht leugnen, dass ihr gefiel, was sie sah, wenn sie Arrow ansah.

Er räusperte sich und sagte: »Eigentlich bin ich hergekommen, um dich zu fragen, ob du die verfilzten Stellen in deinem Haar loswerden willst. Die Jungs haben Haarspülung mitgebracht.« Er hielt eine weiße Flasche hoch.

Morgan fasste sich verlegen mit der Hand an den Kopf. Sie wusste, wie schlimm ihr Haar aussah, denn sie hatte es selbst im Spiegel gesehen. Sie wollte es eigentlich nicht abschneiden, fürchtete aber, dass das unumgänglich war.

»Wir können es ja mal versuchen. Auch wenn es wahrscheinlich nicht viel bringt«, erklärte sie ihm ehrlich.

Arrow stand auf und streckte ihr eine Hand hin. »Wir können es immerhin versuchen.«

Das gefiel ihr. *Wir.*

Sie nahm seine Hand und ließ sich von ihm aufhelfen. Als sie Hand in Hand in Richtung Badezimmer gingen, sagte Arrow: »Oh, und wo sie schon dabei waren, haben die Jungs dir und Nina auch ein paar Klamotten mitgebracht. Ich kann dir nicht versprechen, dass sie zur neuesten Mode gehören, aber ich kann die Dinge, die du da anhast, wirklich nicht mehr sehen.«

Morgan hielt plötzlich inne und Arrow drehte sich um, um nachzusehen, was das Problem war.

»Sie haben etwas zum Anziehen besorgt?«

»Ja. Jeans. Einen Jogginganzug. Schlafanzug. Unterhosen und einen Sport-BH. Und ein paar Sachen, von denen du auswählen kannst, was dir am besten gefällt. Nina haben sie dasselbe mitgebracht ... darunter auch ein T-Shirt mit Elsa aus *Die Eiskönigin*.« Er grinste wie ein Honigkuchenpferd.

Morgan spürte, wie ihr die Tränen in die Augen schossen, und sie presste sie fest zurück und versuchte, ihre Gefühle wieder in den Griff zu bekommen.

»Ist schon in Ordnung«, versuchte Arrow sie zu beruhigen. »Ich weiß, dass es dir wie sehr viel vorkommt.«

»Nein«, entgegnete Morgan, ohne die Augen zu öffnen, »es bedeutet mir die Welt. Seit Monaten hat niemand mehr etwas für mich getan. Zumindest nichts, wofür keine Gegenleistung erwartet wurde.«

Sie spürte, wie er ganz sanft mit den Fingern über ihre Wange strich, bevor er an ihrer Hand zog und sie dazu drängte, ins Badezimmer zu gehen. »Gewöhn dich schon mal dran, meine Schöne«, sagte er. »Denn es könnte mein neues Lebensziel werden, Dinge für dich zu tun.«

Morgan lachte. Irgendwie bereitete ihr der Gedanke, dass Arrow Dinge für sie tat, kein Unbehagen, wie es manchmal in der Vergangenheit der Fall gewesen war, wenn Männer sich Mühe gegeben hatten, um sie zu beeindrucken. Vielleicht lag es an ihrer Zeit in Gefangenschaft, dass sie die kleinen Dinge mehr zu schätzen wusste.

Arrow schnappte sich den Eiskübel auf dem Weg ins Bad. Morgan stand da und fühlte sich unbehaglich, als Arrow die Haarspülung auf den Rand der Badewanne stellte, dann stemmte er die Hände in die Hüften und begutachtete den Raum. Er drehte sich zu ihr um und gestikulierte in Richtung der Wanne. »Am besten setzt du dich da rein und ich setze mich auf den Rand und kümmere mich um dein Haar.«

»Äh ... also, ich weiß nicht ...« Morgan war sich nicht sicher, wie sie ihm sagen sollte, dass sie sich auf keinen Fall vor ihm ausziehen würde, trotz allem, was das letzte Mal zwischen ihnen in der Badewanne vorgefallen war.

Erstaunlicherweise errötete Arrow. »Ich wollte damit natürlich nicht sagen, dass du dich ausziehen sollst. Ich dachte mir, wenn wir damit fertig sind, kannst du das T-Shirt und die Hose wegschmeißen. Du kannst sie anlassen, während ich mich um dein Haar kümmere. Und wenn ich fertig bin, kannst du hoffentlich duschen und ich hole dir die Sachen, die die Jungs heute für dich gekauft haben.«

»Ja, das könnte gehen«, erwiderte Morgan voller Erleichterung.

Arrow machte einen Schritt auf sie zu und Morgan zwang sich, nicht zurückzuweichen.

»Ich würde nie absichtlich etwas tun, damit du dich unwohl fühlst, Morgan. Ich weiß, dass das schwer für dich ist. Und ehrlich gesagt ist es auch für mich schwer. Ich bin normalerweise kein sanfter Mann. Ich fluche zu viel und ich sage und tue Dinge, die in der anständigen Gesellschaft nicht respektabel sind. Ich mache mir nicht viel aus Mode. Aber ich werde alles tun, was ich kann, um dir den Übergang zurück in dein altes Leben so leicht wie möglich zu machen.«

»Ich bin mir gar nicht sicher, dass ich in mein altes Leben zurückkehren möchte«, platzte Morgan heraus.

Anstatt schockiert oder besorgt auszusehen, nickte Arrow einfach nur. »Das überrascht mich nicht. Du bist jetzt ein völlig anderer Mensch, als du es vor einem Jahr warst. Und das ist nichts Schlechtes. Du hast Dinge durchgemacht, die nur sehr wenige Menschen durchstehen, und hast es überlebt. Aber es hat dich zu einer völlig neuen Morgan Byrd gemacht.«

»Ich habe jetzt schon Schuldgefühle«, gab sie zu.

»Du darfst dir keine Selbstvorwürfe machen«, entgegnete Arrow sofort. »Du bist, wie du bist. Wenn deine alten Freunde damit nicht zurechtkommen, wirst du neue Freunde finden, die damit kein Problem haben. Du musst dich vor niemandem beweisen und du musst dich vor niemandem außer dir selbst rechtfertigen.«

»Danke«, flüsterte Morgan.

»Gern geschehen. Und jetzt komm.« Er streckte ihr die Hand hin. »Bringen wir es hinter uns.«

Morgan ließ zu, dass Arrow ihr über den Rand der Badewanne half, und setzte sich im Schneidersitz mit dem Rücken zu ihm hin. Sie spürte, wie er sich hinter ihr niederließ und seine Beine neben ihre Schultern stellte.

»So wirst du doch ganz nass«, warnte sie ihn.

»Ja«, stimmte er ihr zu.

Er streckte die Hand aus, drehte das Wasser auf und

wartete, bis es warm wurde, bevor er den Eiskübel damit füllte, den er in Reichweite hingestellt hatte. »Mach die Augen zu und leg den Kopf in den Nacken«, bat er sie.

Morgan tat, wie geheißen, und seufzte zufrieden, als das warme Wasser in Kaskaden über ihren Kopf lief. Es lief ihr auch über die Stirn ins Gesicht und auf das Oberteil, das sie trug, aber das war ihr egal. Innerhalb weniger Augenblicke war ihr Haar durchnässt und sie hörte, wie Arrow die Flasche mit der Haarspülung öffnete. Die Spülung fühlte sich kalt auf ihrer nun warmen Kopfhaut an, aber sie war erstaunt, wie geduldig und sanft Arrow war, als er sie in ihr Haar einarbeitete.

»Du bist aber ziemlich gut darin«, bemerkte sie nach einigen Minuten.

»Ich hatte ziemlich viel Übung.«

Morgan erstarrte. Oh verdammt, sie hatte nicht einmal gefragt, ob er verheiratet war oder Kinder hatte oder so was. Fühlte sie sich etwa zu einem verheirateten Mann hingezogen? Hatte sie die Signale, die er ihr sandte, falsch gedeutet? Und falls das der Fall sein sollte, warum benahm er sich dann so, als würde er sie mögen? Als wäre sie mehr als nur irgendeine Frau, die er rettete?

Doch bevor sie sich noch mehr verrückt machen konnte, erklärte er leichthin: »Meine Schwester ist rund sieben Jahre jünger als ich. Und sie war ein richtiger Wildfang. Sie lag ständig irgendwo und spielte im Dreck. Mein Vater starb, als ich noch klein war, und meine Mutter musste sehr viel arbeiten, um über die Runden zu kommen, also war es meistens meine Aufgabe, Kandi abends ins Bett zu bringen, und das beinhaltete eben auch, sie zu baden und ihr all den Schmutz aus den Haaren zu waschen.«

Morgan entspannte sich ein wenig. Dann drehte sie den

Kopf so, dass sie ihn ansehen konnte, und fragte: »Deine Schwester heißt Kandi?«

Arrow grinste. »Ja. Ich weiß auch nicht, was meine Mutter sich dabei gedacht hat. In der Schule wurde sie deswegen schonungslos gehänselt. Und jetzt dreh dich bitte wieder um, denn ich habe noch etwas zu tun.«

Morgan tat, wie geheißen, und konnte nicht umhin, leise zu lachen. »Kinder sind grausam, aber wenn jemand Kandi Kane heißt, ist das auch keine große Überraschung.«

»Sie muss dir überhaupt nicht leidtun«, erklärte Arrow. »Ich habe ihr beigebracht, sich zu wehren.«

»Da bin ich mir sicher.« Und plötzlich war Morgan wieder traurig.

»Was ist denn los?«, fragte Arrow, dem das natürlich sofort aufgefallen war.

»Ich habe mir immer Geschwister gewünscht«, erklärte sie ihm.

»Kandi ist eine ziemliche Nervensäge«, erklärte Arrow ihr. »Von mir aus kannst du sie haben.«

Morgan lachte erneut. Sie konnte an seiner Stimme hören, wie sehr er seine Schwester liebte. »Lebt sie auch in Colorado Springs?«

»Gott sei Dank nicht. Ich würde vor lauter Sorge um sie verrückt werden. Sie lebt in Michigan, bei meiner Mutter. Sie hat schon seit Jahren denselben Freund und ich drohe ihr ständig damit, dass ich komme und ihm den Hintern versohle, wenn er ihr nicht mal langsam einen Antrag macht.«

»Magst du ihn?«

»Ja. Er ist wirklich ein toller Typ. Er passt auch auf meine Mutter auf, weil ich nicht da sein kann. Ich schicke ihr Geld, aber das hilft ihr auch nichts, wenn sie im Sommer das Fliegengitter einsetzen oder im Garten den Rasen mähen muss. Ich hasse es, dass ich nicht für sie da sein kann.«

»Ich wette, sie ist stolz auf dich«, entgegnete Morgan.

»Das ist sie. Ich bin direkt nach der Highschool zur Marine gegangen. Ich wusste, dass sie etwas dagegen hatte, doch das hat sie mich nicht spüren lassen. Sie hat mich immer unterstützt, egal was ich mir vorgenommen habe. Und beim Militär habe ich auch meinen Abschluss gemacht. Sie hat mich die ganze Zeit über unterstützt.«

»Meine Eltern lieben mich auch, aber anders«, entgegnete Morgan.

»Wie meinst du das?«

Sie schloss die Augen, während Arrow mit den Fingern ihre Kopfhaut massierte, wobei er sein Bestes tat, um die hartnäckigen verfilzten Stellen in ihrem Haar zu lösen. »Es ist nur so, dass ich mein ganzes Leben lang ein Zankapfel zwischen ihnen war. Sie versuchen immer, dem anderen eins auszuwischen. Mein Vater hat viel Geld und hat es immer dazu benutzt, um meiner Mutter ein schlechtes Gewissen zu machen, dass sie sich für mich nicht die Dinge leisten konnte, die er sich leisten konnte. An Weihnachten war es am schlimmsten. Ich meine, natürlich habe ich das Spielzeug, die Klamotten und die Sachen gern genommen, aber ich wusste immer, dass mein Vater sie nur gekauft hat, um meiner Mutter eins auszuwischen. Und meine Mutter hat immer jede Gelegenheit wahrgenommen, um sich über meinen Vater zu beschweren. Sie kritisierte jede Frau, mit der er zusammen war, nannte sie blöde Schlampen und sagte mir ins Gesicht, dass mein Vater mich nicht wirklich liebte, sondern dass er mir all die Sachen nur kaufte, um *sie* zu nerven. Es war teilweise ziemlich ... hart.«

»Verdammt, meine Schöne. Es tut mir leid. Das ist wirklich schlimm.«

Sie zuckte mit den Achseln. »Ja. Aber irgendwann haben sie dann aufgehört, sich wie Dreijährige zu benehmen, und es wurde besser. Mein Vater fing an, mir Bargeld zum Geburtstag und zu Weihnachten zu geben, und ich musste nicht mehr versuchen, meine teuren Geschenke vor meiner Mutter zu verstecken. Und sie lernte, für sich zu behalten, wie verbittert sie war, wenn es um ihn ging.«

»Es freut mich, dass es irgendwann nicht mehr so schlimm war. Ich hasse es, wenn Kinder zwischen ihren Eltern stehen.«

»So wie Nina«, bemerkte Morgan.

»Genau.«

»Es ist doch wirklich nicht zu fassen, dass ihr Vater einfach beschlossen hat, sie zu entführen.«

»So was passiert ständig. Ich bin nur froh, dass wir ihren Fall so früh übernehmen konnten. So konnten wir sie schnell da rausholen.«

»Und mich auch gleich dazu«, flüsterte Morgan.

Sie spürte, wie Arrow sich zu ihr lehnte, und war überrascht, als sie seine Lippen an ihrer Wange spürte. Er sagte nichts, sondern wusch einfach weiter ihr Haar, aber Morgan wusste, dass sie rot wurde.

»Darf ich dich etwas fragen?«, platzte sie heraus, fest entschlossen, es hinter sich zu bringen.

»Natürlich. Du kannst mich fragen, was du möchtest.«

»Bist du verheiratet? Oder hast du eine Freundin?«

Sie hätte gern noch mehr gesagt. Nämlich, dass sie anfing, ihn wirklich zu mögen, und dass es besser wäre, dass er ihr gleich sagte, wenn er bereits vergeben war oder nach dieser Sache nichts mehr mit ihr zu tun haben wollte, da es ihr dann leichter fallen würde, sich jetzt von ihm fernzuhalten.

»Sieh mich an«, befahl Arrow ihr.

Sie wollte das nicht, doch dann straffte sie die Schultern und drehte sich um, sodass sie ihm in die Augen sehen konnte.

»Ich bin nicht verheiratet und ich habe auch keine Freundin. Ich hatte seit Jahren keine richtige Verabredung mehr und es ist schon ziemlich lange her, dass ich mit einer Frau geschlafen habe. Und ich empfinde etwas für dich, dass ich noch für keine andere Frau empfunden habe, Morgan. Und nein, ich kann dir nicht sagen, was es ist, da ich mir dessen selbst noch nicht ganz sicher bin. Aber ich will dich *unbedingt* wiedersehen, wenn wir wieder in Amerika sind ... und nicht nur, um mich davon zu überzeugen, dass es dir gut geht. Ich meine, dass natürlich auch, doch da ist noch mehr ... verdammt, ich weiß auch nicht, wie ich es erklären soll«, sagte er aufgebracht. Er ließ die Schultern hängen und wandte den Blick von ihr ab.

»Du erklärst es ganz gut«, versicherte Morgan und bei seinem Eingeständnis war ihr schon viel leichter ums Herz. »Ich bin allerdings kein Hauptgewinn. Momentan schwanke ich zwischen wahnsinniger Angst und wahnsinniger Wut auf die Welt wegen dem, was mir passiert ist. Aber ... wenn ich mit dir zusammen bin, macht mir alles viel weniger Angst. Ich vertraue dir mehr, als ich jemals zuvor jemandem vertraut habe, und ich glaube nicht, dass es daran liegt, dass du mich gerettet hast. Ich meine, natürlich vertraue ich Black und Ball ebenfalls, aber nicht so, wie ich dir vertraue. Ergibt das überhaupt Sinn?«

»Ja, meine Schöne, das tut es.« Arrow fuhr ihr mit seinen Seifenfingern ins Haar und steckte eine Hand in ihren Nacken, als sie zu ihm aufsah. »Es liegt ein ziemlich holpriger Weg vor uns«, gab er zu bedenken. »Du musst das Ganze erst mal verarbeiten und ich werde versuchen herauszufinden, wer dir das angetan hat ... mein Job und die

Tatsache, dass wir in zwei verschiedenen Städten leben ... das ist alles andere als einfach.«

Morgan schluckte und nickte, weil sie nicht wusste, was sie sagen sollte. Versuchte er, ihr eine sanfte Abfuhr zu erteilen? Versuchte er, sie zu warnen, dass es zwischen ihnen sowieso nicht funktionieren würde und dass sie sich gar keine Hoffnungen zu machen brauchte? Sie war sich dessen einfach nicht sicher. Und dabei half es auch nichts, dass es schon über ein Jahr her war, dass sie überhaupt über Beziehungen und die daraus entstehenden Probleme nachdenken musste.

»Aber davon mal ganz abgesehen«, sprach Arrow, »will ich es auf jeden Fall versuchen. Ich sehe etwas in dir, das ich noch in keiner anderen Frau gesehen habe. Ja, du weckst meinen Beschützerinstinkt. Ja, mir ist durchaus klar, dass ein Teil meiner Gefühle sicher aus der Situation entstanden ist. Aber um ehrlich zu sein, steckt meiner Meinung nach mehr dahinter. Ich möchte nämlich, dass du mir auch weiterhin vertraust. Dass du weißt, dass ich für dich da bin. Ganz egal, was du vorhast. Ob du weiterhin Honig von Bienen ernten oder in deinem Haus Socken stricken möchtest ... ich werde für dich da sein, dich unterstützen und dann Erfolge mit dir feiern. Ob als Freund oder mehr, bleibt abzuwarten. Aber ich hoffe, dass auch du für mich da sein wirst.«

»Ich habe Angst, dass ich deine Erwartungen nicht erfüllen kann«, gab sie leise zu.

»Darüber brauchst du dir keine Gedanken zu machen. Du hast meine Erwartungen schon übertroffen, meine Schöne. Du musst einfach nur du selbst sein. Alles andere werden wir schon in den Griff bekommen.«

Sie nickte, leckte sich über die Lippen und fragte: »Findest du, dass wir es zu schnell angehen? Ich meine, wir kennen uns erst seit zwei Tagen. Vielleicht ist es nur die Situation. Vielleicht stehen die Dinge anders, wenn wir wieder zu Hause sind.«

»Das ist durchaus möglich«, gestand Arrow ihr zu. »Aber ich glaube es nicht. Falls du denkst, ich hätte so eine Art Beschützerkomplex oder dass ich mich für dich verantwortlich fühle, weil ich dich gerettet habe, vergiss es. Ich habe schon unzählige Frauen gerettet. Und für die habe ich nicht einen Bruchteil dessen empfunden, was ich für dich empfinde, okay?«

»Okay.«

Er beugte sich vor und küsste sie auf die Stirn, bevor er fortfuhr: »Mir ist durchaus klar, dass wir es langsamer angehen lassen müssen. Dass es eine Weile dauern wird, bis wir zu wahrer Intimität bereit sind. Nebeneinander zu schlafen ist eine Sache, aber *miteinander* zu schlafen ist etwas völlig anderes. Ich gebe dir alle Zeit, die du brauchst, aber du solltest wissen, dass es diese Art von Beziehung ist, die ich mit dir haben möchte.«

»Das kannst du doch noch gar nicht wissen.«

»Ich weiß es aber. Und ich behaupte ja gar nicht, dass sich die Dinge zwischen uns nicht ändern können. Vielleicht stellen wir fest, dass wir lieber Freunde als Geliebte sein möchten, wenn wir wieder zu Hause sind. Oder dass wir einfach nicht zusammenpassen. Oder vielleicht wirfst du einen Blick auf mein überaus sauberes Zuhause und beschließt, dass du nichts mehr mit mir zu tun haben willst. Es könnte auch sein, dass Kandi dir eine der Horrorgeschichten aus meiner Kindheit erzählt und du schreiend davonläufst.« Er grinste, um ihr zu verstehen zu geben, dass er scherzte. »Aber es zählt nur, dass ich es probieren möchte.«

»Das möchte ich auch«, stimmte sie ihm zu. »Aber ich

glaube, dass ich viel mehr Altlasten mitbringe als du. Was, wenn wir niemals herausfinden, wer mir das angetan hat? Dann werde ich mein ganzes Leben lang auf der Hut sein und mich fragen, wann ich erneut entführt werde. Und meine Eltern sind nicht gerade Musterbeispiele ihrer Art.«

»Wir werden herausfinden, wer dich entführt hat«, entgegnete Arrow. »Und falls uns das tatsächlich nicht gelingen sollte, dann wäre das eben so. Dann bin ich an deiner Seite und passe ebenfalls mit für dich auf. Und mit deinen Eltern komme ich schon klar.«

Sie sahen einander lange an, bevor sie fragte: »Also ... gehen wir jetzt fest miteinander?«

Er lachte. »Diesen Ausdruck habe ich seit der achten Klasse nicht mehr gehört. Dann werde ich wohl lieber mal meinen Highschool-Ring hervorkramen und die dazu passende Jacke, damit alle wissen, dass du vergeben bist.«

»Vielen Dank«, flüsterte Morgan. »Wenn ich mit dir rede, habe ich jedes Mal weniger Angst. Bei dir fühle ich mich fast normal.«

»Weil du normal *bist*«, entgegnete Arrow. »Wir werden unsere eigene Normalität erschaffen – gemeinsam.«

»Das gefällt mir«, erklärte sie ihm.

»Gut. Und jetzt dreh dich um und lass mich weitermachen. Ich bin mit diesem Teil fast fertig. Es war gar nicht so schlimm, wie ich gedacht hätte.«

Es dauerte noch weitere fünfundvierzig Minuten und als er fertig war, saß Morgan zitternd auf dem Boden der Wanne, doch es war ihm gelungen. Ihr Haar war nicht mehr verfilzt, sondern fiel ihr frei über den Rücken.

»Und jetzt nimm eine Dusche, meine Schöne. Ich hole dir deine Sachen. Wenn du fertig bist, wirst du dich wie ein neuer Mensch fühlen.«

Und damit strich er ihr noch einmal über den Kopf und verließ das Badezimmer.

»Das tue ich bereits«, sagte Morgan, nachdem die Tür klickend hinter Arrow ins Schloss gefallen war.

Sie zog ihr Hemd und ihre Jeans aus und stand mindestens zehn Minuten unter der warmen Dusche, bevor sie sich einseifte, abspülte und das Wasser abstellte. Ein Stapel neuer Kleider lag auf dem Rand des Waschbeckens und sie starrte ihn einen langen Moment an, bevor sie sich abtrocknete und sich anzog.

Sie wischte den Spiegel ab und betrachtete sich. Sie sah so aus, wie sie sich in Erinnerung hatte. Ein bisschen dünner vielleicht, aber abgesehen davon würde ihr niemand ansehen, was sie durchgemacht hatte. Das schien sowohl ein Segen als auch ein Fluch zu sein, denn sie wusste, dass sie sich durch ihr Jahr in Santo Domingo grundlegend verändert hatte.

»Einen Tag nach dem anderen«, flüsterte sie sich selbst zu, bevor sie die Tür aufmachte und zu den anderen ging.

KAPITEL NEUN

Die Abreise aus Santo Domingo verlief erstaunlich problemlos. Das Privatflugzeug, das Rex für sie organisiert hatte, wartete am Flughafen. Morgan hielt Ninas rechte Hand in ihrer linken und Arrows linke Hand in ihrer rechten, als sie das Flugzeug bestiegen.

Nina war in der Nähe der Männer immer noch zurückhaltend, aber die *Frozen*-Spielzeuge, die Kleidung und der Film hatten dazu beigetragen, sie zu entspannen. Das kleine Mädchen zuckte immer noch zurück, wenn sie Leute sah, die sie nicht kannte, aber es schien zu helfen, sich an Morgan zu klammern.

Arrow hatte ihr erzählt, dass Black und Ball nichts Brauchbares gefunden hatten, als sie sich zu dem Haus zurückgeschlichen hatten, in dem sie sie und Nina gefunden hatten. Die beiden Männer sagten, das Haus sei durchwühlt und von innen heraus ziemlich zerstört worden. Alles in allem war es eine frustrierende Sackgasse gewesen.

Nach mehreren Stunden in der Luft landeten sie auf dem kleinen Flughafen von Colorado Springs. Arrow hatte

Morgan genau im Auge behalten, um sich davon zu überzeugen, dass es ihr nach allem, was passiert war, gut ging.

Kaum waren sie gelandet, klingelte Blacks Telefon. Er ging ran und sein Gesichtsausdruck verriet Arrow, dass der Anrufer ihm etwas sagte, worüber er nicht glücklich war.

Er legte den Hörer auf und erklärte, ohne lange um den heißen Brei herumzureden: »Das war Rex. Morgan, er hat deinen Vater angerufen und ihm die Situation erklärt ... und jetzt ist er hier.«

»Rex?«, fragte Morgan und legte verwirrt den Kopf schräg.

»Nein, dein Vater.«

Arrow legte Morgan eine Hand auf den Rücken, während sie im Gang des Flugzeugs standen und darauf warteten auszusteigen. Er spürte, wie sie zitterte, doch als sie sprach, war ihre Stimme ruhig und gleichmäßig.

»Im Ernst?«

»Ja.«

»Und was ist mit meiner Mutter? Bitte sag mir, dass sie nicht ebenfalls hier ist. Das wäre wirklich eine Katastrophe ... sie beide gleichzeitig am selben Ort zu haben.«

Black lachte leise. »Nein, soweit ich weiß ist sie jetzt nicht hier. Obwohl Rex sie natürlich ebenfalls angerufen hat, um ihr zu versichern, dass es dir gut geht.«

Morgan nickte und wandte sich an Arrow. »Mein Vater ist hier«, flüsterte sie.

»Ist das für dich in Ordnung?«

Sie nickte langsam. »Ja.«

»So völlig überzeugt scheinst du davon ja nicht zu sein«, bemerkte er.

»Es ist nur ...« Sie sprach leise weiter. »Ich kann auch nicht erklären, wie ich mich fühle.«

»Du freust dich darüber, ihn zu sehen. Aber du bist

nervös, weil es schon so lange her ist. Du hast Angst vor dem, was er sagen wird«, entgegnete Arrow.

Ihre Mundwinkel zuckten amüsiert. »Ja. Genau.«

»Du hast das Recht dazu, all das und noch viel mehr zu fühlen. Es gibt in dieser Situation kein Richtig oder Falsch. Du hast im letzten Jahr viel durchgemacht. Du hast dich verändert. Und er wahrscheinlich auch.«

»Werdet ihr Jungs ... werdet ihr in der Nähe bleiben? Bei dem Gedanken daran, jemanden aus meinem früheren Leben zu treffen, werde ich nervös. Mal im Ernst, es handelt sich um meinen *Vater*. Er wird kein Messer herausziehen und mich mitten auf einem öffentlichen Flughafen abstechen, aber trotzdem ...« Sie verstummte erneut.

»Natürlich bleiben wir in der Nähe«, erklärte Ball.

Gleichzeitig rief Black: »Aber auf jeden Fall!«

Arrow beugte sich vor und küsste sie auf die Schläfe. »Ich bleibe immer an deiner Seite, meine Schöne.«

»Danke«, sagte sie und es gefiel Arrow, dass sie sich kaum merklich an ihn lehnte. »Ich glaube nicht, dass mein Vater hinter der Entführung steckt, aber ich werde das Gefühl nicht los, dass es sich um jemanden handeln muss, den ich gut kenne.«

»Bleib ruhig«, besänftigte Arrow sie. »Denk jetzt nicht darüber nach. Entspann dich einfach und genieße es, zu Hause zu sein. Mein Team und ich werden dich beschützen. Es wird dir nichts passieren, okay?«

»Okay«, stimmte sie ihm zu.

»Eins noch«, sagte Black und bei dem Ausdruck auf seinem Gesicht bereitete Arrow sich auf das Schlimmste vor, »die Presse ist auch da. Ich nehme an, dass dein Vater sie gerufen hat, nachdem er herausgefunden hatte, dass du auf dem Weg nach Hause bist.«

Morgan fuhr sich mit der Hand durchs Haar. »Oh verdammt.«

»Du siehst gut aus«, versicherte Arrow ihr. »Entspann dich.«

»Ich kann nicht ... ich will nicht ...«

»Du kannst das«, erklärte Arrow. »Du schaffst das alles. Ignoriere sie einfach. Wahrscheinlich organisiert Rex ohnehin schon eine Pressekonferenz, in der all ihre Fragen beantwortet werden. Du musst einfach du selbst sein.«

»Und was, wenn ich gar nicht mehr weiß, wer ich bin?«, fragte Morgan.

»Eine Minute nach der anderen, meine Schöne«, erklärte Arrow. »Eine Minute nach der anderen.«

Sie nickte und er sah, wie sie tief durchatmete.

»Können wir jetzt gehen? Ich will Mommy sehen«, erklärte Nina, schlüpfte an Arrow vorbei und hielt sich an Morgans Hand fest.

»Wir sind fast so weit«, erklärte Ball. »Deine Mutter ist drinnen und kann es kaum erwarten, dich zu sehen.«

Das Lächeln, das über das Gesicht des kleinen Mädchens ging, war etwas Wunderschönes. Das war der Grund, warum Arrow und die anderen taten, was sie taten. Die Wiedervereinigungen erlaubten ihnen, die tiefen und dunklen Punkte ihrer Missionen zu überstehen. Die Freude und Erleichterung in den Gesichtern der Liebsten zu sehen war wertvoller, als er es in Worte fassen konnte.

Nach ein oder zwei weiteren Minuten verließen sie das Flugzeug und betraten das Rollfeld. Sie stiegen in einen kleinen Shuttlebus und dann waren sie im Terminal. In der Sekunde, in der sich die Tür öffnete, kreischte eine weibliche Stimme und Nina riss sich von Morgan los und rannte auf die Frau zu.

Arrow beobachtete lächelnd, wie Nina hochgehoben

und fast an der Brust einer großen Frau erdrückt wurde, die unkontrolliert schluchzte.

Dann hörten sie einen Mann sagen: »Morgan?«

Sie erstarrte an Ort und Stelle und Arrow wünschte sich nichts sehnlicher, als sie in seine Arme zu nehmen und sie vor der emotionalen Anspannung zu schützen, die sie im Moment so offensichtlich empfand.

Aber sie erwies sich als starke Frau, wie er es erwartet hatte. Sie straffte die Schultern und ging auf den Mann zu, der ihren Namen gesagt hatte.

Er war ein wenig kleiner als der Durchschnitt und obwohl Arrow wusste, dass er erst einundfünfzig war, sah er viel älter aus. Sein Gesicht war von Sorgenfalten gezeichnet und sein Haar war fast vollständig weiß. Er hatte Bilder von dem Mann aus früheren Jahren gesehen, als er mahagonibraunes Haar hatte. Der Stress, dass seine Tochter verschwunden war, hatte seinem Aussehen nicht gutgetan.

Aber es war die Erleichterung und die Liebe in seinen Augen, die dafür sorgten, dass Arrow sich ein wenig entspannte.

Er hatte schon vielen Mördern in die Augen gesehen und er würde fast alles darauf wetten, dass Morgans Vater unschuldig war. Natürlich hatte er auch viel Zeit gehabt, sich an die Rolle des trauernden Elternteils zu gewöhnen, und vielleicht war er ein ausgezeichneter Schauspieler. Deswegen würde Arrow den Mann im Auge behalten.

»Dad«, sagte Morgan und ging auf ihn zu.

Sie umarmten sich und Arrow sah, wie eine Träne über Mr. Byrds Gesicht lief, als er seine Tochter im Arm hielt.

»Ich habe nie aufgegeben«, erklärte er leise. »Ich habe jeden Abend darum gebetet, dass du irgendwo dort draußen bist und man dich findet.«

»Vielen Dank«, erklärte Morgan ihm.

»Du musst mir nicht danken«, schalt er sie sanft. »Ich bin dein Vater. Ich würde Himmel und Hölle für dich in Bewegung setzen.«

»Und was man so hört, hast du genau das auch getan«, scherzte Morgan und löste sich von ihm.

Mr. Byrd strich ihr übers Haar und sah ihr ins Gesicht. »Geht es dir gut? Ich weiß gar nicht richtig, was dir passiert ist. Ich weiß nur, dass du in Santo Domingo gefunden wurdest. Wie bist du dorthin gelangt? Haben sie dir wehgetan?«

Als Morgan zusammenzuckte, trat Arrow an ihre Seite. Er legte ihr erneut die Hand auf den Rücken und streichelte sie kurz mit seinem Daumen. »Später ist noch genügend Zeit für Fragen«, erklärte er Carl Byrd. »Wie wäre es, wenn wir jetzt erst mal von hier verschwinden? Vor der Tür warten die Journalisten und für Morgan ist es ein Albtraum, jetzt mit ihnen umgehen zu müssen.«

»Natürlich«, erwiderte Morgans Vater. »Ich bin so froh, dich zu sehen«, erklärte er seiner Tochter. »Überlass die Journalisten mir. Während des letzten Jahres bin ich ziemlich gut darin geworden, mit ihnen umzugehen. Und dann treffen wir uns im Broadmoor Hotel, okay? Ich habe uns eine Suite reserviert, damit wir viel Platz haben, wenn wir uns unterhalten. Und du hast ein Zimmer ganz für dich allein.«

Arrow beobachtete, wie Morgan schluckte und dann mit flehenden Augen zu ihm aufblickte. Es war verrückt, wie leicht er sie nach so kurzer Zeit lesen konnte, aber er wusste, ohne dass sie ein Wort sagte, dass sie auf keinen Fall die Nacht in einem Hotelzimmer mit ihrem Vater verbringen, geschweige denn mit ihm über ihre Erlebnisse sprechen wollte.

»Also eigentlich, Mr. Byrd, muss sie jetzt erst mal bei mir

bleiben. Es gibt ein paar Dinge in Bezug auf ihre Rettung zu besprechen.«

»Das kann doch sicher bis morgen warten? Sie hat viel durchgemacht und muss jetzt bei ihrer Familie sein«, erwiderte Carl ein wenig verärgert.

»*Sie* steht genau hier und ist durchaus dazu in der Lage, ihre eigenen Entscheidungen zu treffen«, erklärte Morgan mit Nachdruck. »Dad, ich liebe dich und ich bin wahnsinnig dankbar, dass du mich nie aufgegeben hast. Aber es ist alles so plötzlich passiert und es gibt ein paar Details, die ich noch heute Abend mit Arrow und seinem Team besprechen muss. Wir sehen uns morgen und dann überlegen wir uns, was wir der Presse mitteilen, okay?«

Und damit hatte sie ihrem Vater den Wind aus den Segeln genommen. »Okay, mein Schatz. Wir machen es so, wie du willst.«

»Danke, Dad«, sagte sie und nahm ihn fest in den Arm.

Carl räusperte sich und löste sich von ihr. »Wir brauchen eine Ablenkung. Ich gehe jetzt da raus«, sagte er und zeigte auf die Tür, die zum öffentlichen Teil des Flughafens führte, »und kümmere mich um die Journalisten. Würdest du ... mich vielleicht später anrufen?«

»Natürlich, Dad.«

»Ich liebe dich, mein Schatz. Ich hatte so gehofft, dich wiederzusehen, wusste aber nicht, ob das jemals der Fall sein würde.«

»Ich bin hier und bald geht es mir wieder gut«, erklärte Morgan ihm.

Carl nickte und presste die Lippen aufeinander, zog den Anzug zurecht, den er trug, und marschierte auf die Doppeltür zu, um sich den unerbittlichen Pressevertretern zu stellen. Nina und ihre Mutter waren weggebracht worden, während Morgan mit ihrem Vater gesprochen hatte. Arrow wusste, dass Rex die Mutter noch einmal kontaktieren würde, um sich zu vergewissern, dass es Nina gut ging. Wahrscheinlich hatte er auch schon ein Treffen mit dem besten Kinderpsychologen der Stadt für Nina arrangiert.

»Gehen wir?«, fragte Arrow Morgan.

»Ja.«

»Du hast gar nicht gefragt, wohin wir gehen«, bemerkte er.

Morgan zuckte mit den Achseln. »Es spielt auch keine Rolle. Ich vertraue dir.«

Genau das. Genau dieser Moment. Das war der zweihundertsiebenundzwanzigste Grund, aus dem Arrow sich Hals über Kopf in Morgan Byrd verliebte. Ihr war gar nicht bewusst, wie viel ihre Worte ihm bedeuteten.

Er nahm ihre Hand und drückte sie. Dann folgten sie Black und Ball in die entgegengesetzte Richtung, in der ihr Vater verschwunden war.

Morgan war erschöpft. Sie hatte im Flugzeug nicht wirklich geschlafen und das bewegende Wiedersehen mit ihrem Vater hatte ihr nur noch mehr Energie geraubt. Es war ihr egal, wohin Arrow sie brachte, solange er dort war.

Als ihr Vater vorgeschlagen hatte, dass sie mit ihm in seiner Suite im berühmten Broadmoor Hotel wohnen sollte, war sie innerlich in Panik geraten. Sie war nicht bereit, sich von Arrow zu trennen. Sie war nicht bereit, darüber zu sprechen, was ihr passiert war, schon gar nicht mit ihrem Dad. Seine ehrliche Reaktion, als er sie wiedergesehen hatte, sorgte dafür, dass sie ihn nicht verdächtigte, sie entführt zu haben, aber sie hatte das

Gefühl, dass es sich um jemanden handelte, der sie gut kannte. Deshalb war sie misstrauisch, wenn sie in der Nähe von jemandem war, dem sie mal nahegestanden hatte.

Glücklicherweise war Arrow ihr wieder zu Hilfe gekommen. Sie wusste nicht, ob sie wirklich über ihre Rettung oder die Zeit in Gefangenschaft reden mussten, aber im Moment war es ihr egal.

Sie hatten es aus dem Flughafen geschafft, ohne entdeckt zu werden, dank ihres Vaters, der die versammelten Medienvertreter abgelenkt hatte, und nun saß sie mit dem Team in einer großen schwarzen Limousine.

»Und wohin fahren wir jetzt *tatsächlich*?«, fragte sie, als sie es sich alle bequem gemacht hatten und losgefahren waren.

Black und Ball waren mit ihnen gemeinsam in die Limousine gesprungen. Für jemanden, der das gesamte letzte Jahr über von Männern missbraucht und terrorisiert worden war, fühlte Morgan sich bei den Mountain Mercenaries ausgesprochen wohl.

»Zu Gray nach Hause«, entgegnete Black.

»Verdammt.« Arrow seufzte.

Morgan sah ihn besorgt an. »Warum? Ist das etwas Schlechtes?«

»Nein, ganz und gar nicht«, beruhigte er sie. »Aber ich nehme an, dass Allye und Chloe auch da sein werden.«

»Genau wie Ro und Meat«, fügte Ball hinzu.

»Das ist keine gute Idee«, murmelte Arrow.

»Warum nicht?«, fragte Morgan und rang die Hände in ihrem Schoß.

Arrow bemerkte es – natürlich bemerkte er es und legte eine Hand auf ihre und drückte sie leicht. »Ich weiß nur nicht, ob es dir guttut, wenn du an deinem ersten Abend zurück in Amerika damit beschäftigt bist, neue Leute kennenzulernen. Das ist alles.«

»Anscheinend hofft Allye, dass Morgan über Nacht bleibt«, erklärte Black.

»Wie bitte?«, fragte Arrow. »Sie muss sich erst mal erholen und wieder eingewöhnen. Sie sollte sich keine Sorgen darum machen müssen, zu Gast bei jemand anderem zu sein und höflich sein zu müssen und solche Sachen.«

»Und noch mal, *sie* sitzt genau vor deiner Nase«, erklärte Morgan leicht verärgert. »Das ganze letzte Jahr über hatte ich es mit Leuten zu tun, die über mich geredet haben, als wäre ich gar nicht da, obwohl ich vor ihnen stand. Sie haben Entscheidungen über mein Leben getroffen, ohne mich zu fragen oder sich darum zu scheren, was ich davon hielt. Natürlich verstand ich sie nicht, aber *euch* verstehe ich sehr wohl. Und ich wüsste es wirklich zu schätzen, wenn ihr damit aufhören würdet.«

»Du hast natürlich recht. Bitte entschuldige«, erklärte Black sofort.

»Tut mir leid«, entschuldigte sich auch Ball.

Sie blickte Arrow erwartungsvoll an. Er starrte sie lange an, bevor er nickte.

»Also ... ich habe kein Problem damit, alle kennenzulernen. Ich möchte nicht wie ein zerbrechliches Stück Glas behandelt werden. Ich gebe zu, ich bin neugierig auf deine Freunde, seit ich mit ihnen telefoniert habe. Und in der Nähe von Leuten ... euren Freunden ... fühle ich mich im Moment sicherer. Ich nehme an, dass Allye mit Gray in dem Haus wohnt, zu dem wir fahren? Und Chloe ist mit einem deiner Teamkameraden zusammen, richtig?«

»Genau«, erklärte Arrow ihr. »Es tut mir leid, dass wir nicht mit deinem Vater besprochen haben, wo du deine erste Nacht verbringen wirst. Es tut mir sogar leid, dass wir es nicht mit dir besprochen haben. Ehrlich gesagt sind wir so daran gewöhnt, in solchen Fällen Entscheidungen zu treffen, dass ich nicht mal darüber nachgedacht habe. Also ... so sieht's aus. Wir fahren zu Grays Haus. Er lebt mit Allye zusammen. Das Haus ist riesig; es hat eine Million Schlafzimmer und genügend Sicherheitsvorkehrungen, sodass Gray mitbekommt, wenn ein Eichhörnchen auf seinem Grundstück pupst. Ich weiß, Allye würde sich freuen, wenn du über Nacht bleibst. Sie war in einer ähnlichen Situation wie du, aber nicht genauso ...«

»Wurde sie ebenfalls gefangen gehalten?«, wollte Morgan wissen.

»Sie wurde von einem Verrückten entführt, der von ihr besessen war und sie als Sexsklavin halten wollte. Gray hat ihr geholfen zu entkommen, doch sie wurde erneut entführt. Dann haben wir einen Einsatz gestartet und sie fast augenblicklich wiedergefunden.«

»Ich glaube, es spielt wirklich keine Rolle, ob jemand einen Tag lang oder dreihundertfünfundsechzig Tage lang als Geisel gehalten wird«, entgegnete Morgan. »Das Gefühl der Hilflosigkeit bleibt das gleiche.«

»Verdammt, bist du weise«, entgegnete Black mit einem kleinen Lächeln.

Morgan zuckte mit den Achseln. »Ich bin nur pragmatisch. Das habe ich auf die harte Tour gelernt.«

Arrow nahm ihre Hand und küsste ihre Handfläche, bevor er sie wieder zurück in ihren Schoß legte. »Du wirst den Rest des Teams und auch Allye und Chloe – sie ist mit Ro, unserem Engländer, zusammen – kennenlernen. Sie hat vor Kurzem ihren Bruder verloren und hat jetzt gar keine Familie mehr. Ich bin mir sicher, dass sie und Ro dich ebenfalls einladen werden, bei ihnen zu übernachten. Oder ich kann dich in ein Hotel bringen, wenn dir das lieber ist. Oder du kommst mit mir in meine Wohnung. Die ist zwar nicht so schön oder edel wie das Haus von Gray, aber auch dort wärst du in Sicherheit.«

»Muss ich das jetzt sofort entscheiden?«, fragte Morgan.

»Nein, und selbst wenn du dich entschieden hast, hast du jederzeit die Möglichkeit, deine Meinung zu ändern«, versicherte Arrow ihr.

»Vielen Dank.«

»Wir müssen über morgen und die Pressekonferenz reden«, bemerkte Black.

»Mal ganz abgesehen davon, dass sie dringend von einem Arzt untersucht werden sollte«, fügte Ball hinzu.

Arrow hielt eine Hand hoch, um seine Freunde davon abzuhalten, noch weitere Dinge zu sagen. »Jetzt feiern wir erst mal die Tatsache, dass Morgan sich in Freiheit befindet. Sie ist zurück zu Hause und bei Leuten, die sich um sie sorgen. Alles andere kann bis morgen warten.«

Black nickte und entspannte sich in seinem Sitz.

Morgan konnte sehen, dass der andere Mann frustriert war, aber sie rechnete es ihm hoch an, dass er die Sache auf sich beruhen ließ. Und Arrow hatte recht. Sie war überfordert und wollte auf keinen Fall darüber nachdenken, geschweige denn darüber reden, wie sie morgen mit der Presse umgehen sollte. Und auf gar keinen Fall wollte sie einen Arzt aufsuchen. Sie hatte keine Ahnung, was sie den Journalisten sagen sollte. Sie würden wissen wollen, was mit ihr geschehen war und wo sie das letzte Jahr über gewesen war. Wer sie ihrer Meinung nach entführt hatte und andere Dinge, auf die sie keine Antworten hatte. Allein der Gedanke daran bereitete ihr Kopfschmerzen.

»Tu das nicht«, sagte Arrow leise.

Sie sah zu ihm rüber. Bevor sie aus Santo Domingo

abgereist waren, hatte er sich rasiert, doch sein Bart war bereits ein wenig nachgewachsen, sodass er wie ein besonders harter Typ aussah. Er und die anderen trugen noch immer die schwarzen Cargohosen, die sie in der Karibik angehabt hatten, doch sie hatten ihre Einsatzwesten ausgezogen und die meisten ihrer Taschen geleert.

»Was soll ich nicht tun?«, fragte sie.

»Denk nicht über morgen nach. Immer eine Minute nach der anderen, okay?«

Sie lächelte. »Ja.«

Er erwiderte ihr Grinsen und Morgan tat ihr Bestes, um sich zu entspannen. Sie hatte diesen Männern ihr Leben anvertraut und sie hatten sie nicht im Stich gelassen. Es war lange her, dass sie mit Leuten zum Spaß abgehangen hatte … seit sie entführt worden war, um genau zu sein … aber das hier schien anders zu sein. Viel wichtiger. Sie wollte, dass Allye und Chloe sie so mochten, wie sie war. Nicht weil sie eine weitere Frau war, die die Mountain Mercenaries gerettet hatten.

Sie fuhren eine Weile und Ball erklärte, dass Gray nördlich von Colorado Springs in einer abgelegenen Gegend lebte, wo die meisten Häuser einen Blick auf den Pikes Peak hatten. Mit der Zeit sah sie immer weniger Gebäude und immer mehr Bäume. Sie fuhren eine Straße mit hohen Kiefern auf beiden Seiten hinunter und die Limousine bog in eine lange Einfahrt ein, die Morgan nicht einmal bemerkt hätte, wenn sie selbst gefahren wäre.

Dann starrte sie aus dem Fenster auf ein riesiges Haus. Die Männer, die mit ihr in der Limousine saßen, hatten mit der Größe des Hauses also nicht übertrieben. An der Seite des Haupthauses befand sich eine Garage, aber Morgans ganze Aufmerksamkeit galt den Menschen, die auf der Veranda standen.

Die Limousine hielt an und Black und Ball sprangen sofort heraus und ließen Morgan und Arrow zurück.

»Sie beißen nicht«, neckte Arrow sie.

Morgan wandte sich ihm zu. »Ich weiß. Aber ... was, wenn sie mich nicht mögen?«

»Meine Schöne, sie werden dich lieben. Und jetzt komm.« Und damit schob er sich zur Tür und hielt ihr die Hand hin. Morgan holte tief Luft und legte ihre Hand in seine. In der Sekunde, in der sich seine Finger um ihre schlossen, wurde sie plötzlich ganz ruhig. Mehr brauchte sie nicht.

Sie stiegen aus und gingen auf die Gruppe zu. Arrow behielt ihre Hand fest im Griff, als wüsste er, dass sie kurz davor war, zurück zur Limousine zu stürmen, und machte halt, als sie ein paar Stufen hinaufgestiegen waren und vor den anderen standen.

»Das ist Morgan Byrd«, verkündete Arrow. »Morgan, ich möchte, dass du die besten Freunde kennenlernst, die ein Mann haben kann.«

»Hi«, entgegnete Morgan leise. »Schön, euch alle kennenzulernen.«

»Nein, es ist schön, *dich* kennenzulernen«, erklärte Allye, dann trat sie vor und nahm Morgan herzlich in den Arm.

Morgan versteifte sich einen Moment lang, weil sie sich nicht sicher war, ob es ihr gefiel, von einer Fremden umarmt zu werden, doch Allye musste wohl gespürt haben, dass sie sich unbehaglich fühlte, denn sie ließ sie sofort wieder los und trat einen Schritt zurück.

»Ich bin Chloe«, sagte eine Frau mit glattem, schwarzem Haar und streckte ihr die Hand hin. »Wir sind alle so froh, dass es dir gut geht. Leider dürfen wir die Frauen, denen unsere Kerle helfen, nicht so oft kennenlernen, es ist uns also eine Ehre, das Empfangskomitee stellen zu dürfen.«

»Ich bin Gray«, erklärte ein Mann, der sie um einen guten Kopf überragte, und streckte ihr die Hand hin.

Morgan schüttelte die Hand, wobei sie mit der linken Arrows Hand fest umklammerte.

»Und ich bin Ro.«

Der Mann mit dem englischen Akzent war nicht viel kleiner als Gray, aber seine blauen Augen blitzten, sodass er weniger Furcht einflößend aussah.

»Und mich dürft ihr nicht vergessen«, erwiderte der letzte Mann. »Ich bin Meat. Also eigentlich heiße ich Hunter, aber diese Typen hier nennen mich Meat. Ich arbeite daran, deine Sachen wiederzufinden. Es sollte relativ einfach sein und ...«

»Meat«, warnte Arrow ihn.

Der andere Mann sah ein wenig verlegen aus, grinste aber weiter. »Entschuldige. Willkommen zu Hause, Morgan.«

»Danke.«

»Können wir jetzt vielleicht mal die Veranda verlassen?«, bat Ro.

Chloe wandte sich an Morgan und flüsterte laut: »Er ist ein wenig paranoid. Aber das kann man ihm nicht verübeln, wenn man bedenkt, dass die Mafia quasi einen Teil seines Hauses hat hochgehen lassen, um mich zu kriegen.«

»Die Mafia?«, fragte Morgan mit großen Augen.

»Das können wir alles drin besprechen«, erklärte Ro mit Nachdruck.

Chloe zwinkerte Morgan zu und diese entspannte sich trotz ihrer Worte ein wenig. Falls die andere Frau tatsächlich von der Mafia entführt worden war und jetzt eine solche Einstellung dazu hatte, bewunderte sie diese Frau jetzt schon. Sie hoffte, dass sie mit ihrer eigenen Situation genauso gut fertigwerden würde wie Chloe mit ihrer. Dann folgte Morgan der Gruppe ins Haus.

Ein paar Stunden später behielt Arrow den Blick auf Morgan gerichtet, während sie lächelte und mit Allye und Chloe scherzte. Sie waren in der Küche und räumten das Geschirr ab. Sie schienen sich prächtig zu amüsieren, kicherten und lachten, als würden sie sich schon seit Jahren kennen und nicht erst seit ein paar Stunden.

Er war sich nicht sicher gewesen, ob es richtig war, Morgan an ihrem ersten Abend hierherzubringen, aber es schien, als hätte sie recht gehabt. Sie war definitiv entspannter, als er sie zuvor erlebt hatte. Sie hatte sich sofort mit den anderen beiden Frauen verstanden, woran er nicht gezweifelt hatte. Sie waren sehr sympathisch und da sie so viel gemeinsam hatten, war es kein Wunder, dass sie sich gegenseitig anfreundeten.

Aber Arrow konnte auch sehen, dass der Stress des Tages Morgan wieder einholte, und zwar an den Falten auf ihrer Stirn. Sie hatte Kopfschmerzen, wollte es aber nicht zugeben.

»Es scheint ihr erstaunlich gut zu gehen«, bemerkte Gray leise.

»Ich glaube, dass sie einen Großteil dessen, was ihr passiert ist, verdrängt hat«, entgegnete Arrow. »Wir werden sehen, wie es ihr geht, wenn es alles zu ihr zurückkommt.«

»Sie kommt wieder in Ordnung«, erklärte Ro. »Sie ist stark.«

»Das bedeutet allerdings nicht, dass sie keine Hilfe braucht«, erwiderte Arrow.

»Das habe ich auch nie behauptet. Du hast recht, sie

wird Hilfe brauchen. Es wird ziemlich lange dauern, bis sie jemandem wieder ihr ganzes Vertrauen schenken kann. Sie muss mit jemandem über das reden, was mit ihr passiert ist, aber sie wird es schaffen. Das weiß ich jetzt schon«, entgegnete Ro.

»Ich habe die Leute in ihrem Leben mal etwas genauer unter die Lupe genommen«, erklärte Meat. »Wir müssen auch über sie reden.«

»Aber nicht heute Abend«, sagte Arrow.

»Natürlich nicht«, bemerkte der andere Mann. »Aber je schneller wir es tun, desto besser. Vielleicht direkt morgen nach der Pressekonferenz.«

»Sollten wir das vielleicht mal ansprechen?«, fragte Black.

»Ich bringe es morgen früh zur Sprache«, entgegnete Arrow. »Heute Abend ist sie bereits ziemlich am Ende ihrer Kräfte.«

»Ja, das sehe ich«, erwiderte Ball. Dann fügte er hinzu: »Du magst sie.«

»Wie bitte?«

»Du magst sie«, erwiderte er.

»Natürlich tue ich das. Sie ist fantastisch«, entgegnete Arrow.

»Du darfst dich nicht davor scheuen, ihr das zu verstehen zu geben«, erklärte Gray. »Ich habe den Fehler gemacht, davon auszugehen, dass zwischen Allye und mir nie etwas sein könnte, da ich sie auf einem Einsatz kennengelernt habe. Und *dann* habe ich den Fehler gemacht, davon auszugehen, zu wissen, was das Beste für sie ist, ohne überhaupt mit ihr darüber zu sprechen.«

»Ja, Morgan hat mich gleich am Anfang darauf hingewiesen, dass sie ihre eigenen Entscheidungen treffen kann«, bemerkte Arrow nachdenklich.

»Ich wusste doch gleich, dass ich sie aus irgendeinem Grund mochte«, neckte Gray.

»Bevor wir nicht herausgefunden haben, wer sie aus dem Weg schaffen wollte, kann sie nicht nach Atlanta zurückkehren«, stellte Meat fest.

»Was für Möglichkeiten hat sie dann?«, wollte Ro wissen.

»Sie könnte bei ihrer Mutter in New Mexico bleiben, oder bei ihrem Vater hier im Hotel, obwohl der bald wieder nach Georgia zurückkehren muss, da er dort sein Unternehmen hat. Sie könnte natürlich auch hier in Colorado Springs bleiben«, erklärte Meat.

»Da wir gerade von ihrer Mutter reden, wissen wir schon, wann *sie* hier auftauchen wird?«, fragte Gray.

»Rex sagte, er hätte Ellie Jernigan gestern angerufen und sie hat vor, morgen nach Colorado Springs zu kommen. Sie musste heute arbeiten, hat aber jetzt erst mal ein paar Tage frei«, erklärte Black.

»Und wann und wo sollen sie sich treffen?«, fragte Arrow. Er wollte sicherstellen, dass Morgan darüber Bescheid wusste. Er wollte sie auf keinen Fall übergehen. Er wusste, dass sie es kaum erwarten konnte, ihre Mutter wiederzusehen, da sie einander nahestanden, aber sie hatte emotional eine ziemlich schwere Zeit hinter sich und musste vorgewarnt werden.

»Ich weiß es nicht genau. Ich rufe sie an und finde es heraus. Vielleicht kann sie morgen zum *The Pit* kommen und uns dort nach der Pressekonferenz treffen«, schlug Black vor. »Ich weiß, dass sie sich mit ihrem Ex-Mann nicht versteht, also ist es wahrscheinlich besser, die beiden nicht zusammen vor den Medien auftauchen zu lassen.«

Arrow ging eigentlich davon aus, dass Carl und Ellie sich ihrer Tochter zuliebe wahrscheinlich zusammenreißen würden, wollte es aber lieber nicht riskieren. Vielleicht konnten sie Dave, den Barkeeper des *The Pit* bitten, den Laden kurz zu schließen, falls die Dinge zwischen Morgans Eltern aus dem Ruder liefen. »Das hört sich gut an.«

»Ich mag sie, Mann«, erklärte Gray leise.

Arrow grinste seinen Freund an. »Ich bin froh, das zu hören, allerdings wäre es mir auch egal, falls es nicht der Fall wäre.«

Gray lachte leise. »Davon bin ich auch nicht ausgegangen, aber mal im Ernst ... an der Art, wie du sie ansiehst, erkenne ich mich selbst wieder.«

»Inwiefern?«

»Du siehst sie so an, als würdest du dir lieber deinen eigenen Arm abhacken, als irgendetwas zu tun, das sie gefährdet.«

»Ja, so könnte man es ausdrücken«, murmelte Arrow.

»Du musst es allerdings langsam mit ihr angehen lassen«, warnte Ro ihn.

Arrow starrte seinen anderen Freund an. »Das ist mir durchaus klar, du Idiot.«

»Nein, ich meine es ernst. Es geht ihr wirklich erstaunlich gut. Man sieht, dass sie stark ist, aber irgendetwas steckt dahinter, das mir Sorgen bereitet. Erinnerst du dich noch an die Albinofrau, die wir aus Nightingales krankem Menschenzoo gerettet haben?«

»Ja, was ist mit ihr?«, fragte Arrow und runzelte die Stirn. Er erinnerte sich nur zu gut daran, wie sadistisch Gage Nightingale gewesen war. Er hatte die Frauen, die er entführt hatte, gefoltert und gezwungen, jede seiner Launen zu befriedigen. Die Frau, von der Ro sprach, war ohne Pigmente in Haut und Haar geboren worden, und Nightingale hatte sie seiner »Sammlung« hinzugefügt und alles getan, um sie zu brechen. »Soweit ich weiß, lebt sie wieder zu Hause bei ihren Eltern in South Carolina und es geht ihr gut.«

»Sie hat Selbstmord begangen«, erklärte Ro ohne Umschweife. »Rex hat es von ihrer Mutter erfahren, während ihr in der Karibik wart. Selbst ihre Mutter war der Überzeugung gewesen, dass es ihr gut geht, doch nachdem sie sie gefunden hatten, hat sie ihre Tagebücher gelesen. Es sah nur von außen so aus, als würde sie damit zurechtkommen, innerlich war sie völlig am Boden zerstört.«

»Morgan ist anders«, widersprach Arrow mit Nachdruck, wobei er den Blick zur Küche wandern ließ, um sich davon zu überzeugen, dass seine Worte der Wahrheit entsprachen.

»Wenn ihr jemand helfen kann, mit all dem fertigzuwerden, was ihr widerfahren ist, dann du«, erklärte Ro leise. »Gib ihr Raum, wenn sie ihn braucht, und lass sie reden, wenn sie es möchte, aber du darfst nicht zulassen, dass sie dich ausschließt.«

Arrow ließ die Schultern hängen. »Wie soll ich das denn machen? Ich kenne sie erst seit ein paar Tagen. Wahrscheinlich zieht sie nach Albuquerque zu ihrer Mutter. Und mein ganzes Leben ist hier.«

»Wo ein Wille ist, da ist auch ein Weg«, entgegnete Gray. »Allyes ganzes Leben war in San Francisco und trotzdem ist sie jetzt hier. Wir wissen nicht, in welche Richtung sich dieser Fall in den nächsten Wochen und Monaten entwickelt. Wenn du es wirklich ernst meinst und euch beiden eine Chance geben willst, dann musst du sie wissen lassen, dass du sie nicht aufgibst. Du musst sie anrufen. Ihr Nachrichten schreiben. Am Wochenende zu ihr fahren. So weit ist New Mexico ja auch wieder nicht entfernt.«

Arrow richtete sich auf. »Du hast recht«, erwiderte er mehr zu sich selbst als zu seinem Freund.

»Ich weiß«, entgegnete Gray hochnäsig. »Ich habe immer recht.«

»Du bist ein Idiot«, erklärte Arrow kopfschüttelnd und verdrehte die Augen.

»Aber sei vorsichtig«, fügte Black hinzu. »Hinter ihren hübschen grünen Augen lauern noch einige Dämonen.«

»Ich weiß. Das habe ich auch schon bemerkt«, erwiderte Arrow. Und das stimmte. Er erinnerte sich an das erste Mal, als er sie gesehen hatte, wie sie Nina mit einem Messer verteidigte, das sie irgendwie von ihren Entführern gestohlen hatte. Sie hatte entschlossen ausgesehen ... und verzweifelt.

Er wollte es bei Morgan langsam angehen lassen. Langsam, aber konsequent. Er plante, sie in jeder Hinsicht zu seiner Frau zu machen, aber er würde ihr die Zeit geben, die sie brauchte, um für die intimeren Teile einer Beziehung bereit zu sein.

Arrow merkte, dass ihn die Richtung seiner Gedanken nicht aus der Ruhe brachte. Er hatte gesehen, wie schnell sich sowohl Gray als auch Ro in ihre Frauen verliebt hatten. Anstatt ihre Beziehungen als Hindernis für ihre Arbeit zu sehen, machte es sie zu besseren Söldnern, dessen war er sich sicher. Sie waren sogar noch vorsichtiger, wenn sie auf einer Mission waren ... weil sie jemanden hatten, der zu Hause auf sie wartete.

Und Arrow wollte das auch.

Er wollte Morgan.

Gray stand auf und ging in die Küche. Er legte einen Arm um Allye. »Bist du bereit, für heute Schluss zu machen, meine Süße?«

Arrow hatte sich zu den anderen in der Küche gesellt und in die Nähe von Morgan gestellt. Er berührte sie zwar nicht, war ihr aber nahe genug, sodass sie auf jeden Fall wusste, dass er da war.

»Ja. Morgan sieht ziemlich müde aus. Ich glaube, es ist an der Zeit, dass sie nach Hause geht«, entgegnete Allye sanft.

Arrow riss den Kopf zu Morgan herum. »Nach Hause?«

Sie nickte. »Wenn das für dich in Ordnung ist.«

»Nur damit wir uns nicht falsch verstehen, du willst jetzt mit mir in meine Wohnung kommen?«

»Ja. Allye hat mir angeboten, dass ich hier bei ihr und Gray bleiben kann, und Chloe hat mir ebenfalls angeboten, bei ihnen zu übernachten, aber ... wenn es dir nichts ausmacht, würde ich lieber bei dir bleiben.«

»Für mich ist es auf jeden Fall in Ordnung«, versicherte er ihr und nahm ihre Hände in seine. Dann wandte er sich an Allye und Gray. »Danke, dass wir heute Abend herkommen durften.«

»Ja, es ist schon lange her, dass ich mich so ... entspannt gefühlt habe.« Morgan zögerte, bevor sie den letzten Teil sagte, doch niemand widersprach ihr.

Allye lehnte sich vor und umarmte sie, und dann tat Chloe das Gleiche. »Wir sehen uns morgen«, erklärte Chloe.

»Ach ja?«, fragte Arrow.

»Ja. Nach der Pressekonferenz und wenn ihr mit eurer Besprechung fertig seid, kommen wir ins *The Pit* und spielen eine Runde Billard. Morgan hat behauptet, sie sei ziemlich gut, also haben wir sie zu einem oder zwei Spielchen herausgefordert.«

»Du spielst Billard?«, fragte Arrow Morgan und zog überrascht eine Augenbraue hoch.

Sie errötete und zuckte mit den Achseln. »Ich habe früher mal gespielt. Allerdings weiß ich nicht, ob ich immer noch gut bin.«

»Ich bin mir sicher, dass du es immer noch draufhast, meine Schöne«, erklärte Arrow.

Sie grinste und wandte die Aufmerksamkeit dem Eingang der Küche zu, als die anderen Jungs sich ihnen näherten, um sich dem Gespräch anzuschließen. Arrow hätte nicht bemerkt, wie Morgan sich versteifte, wenn er nicht direkt neben ihr gestanden und ihre Hand gehalten hätte. Sie ließ sich kein Unbehagen im Gesicht anmerken, aber sie war definitiv nicht glücklich darüber, von mehreren großen Männern umzingelt zu sein.

Er bewegte sich, bis er zwischen seinen Freunden und Morgan stand, und gab ihr ein Zeichen, an der Theke entlangzurutschen. Sie tat dies wortlos, bis sie nicht mehr im Inneren des Raumes, sondern an dessen Außenseite standen.

Arrow wusste, dass die Jungs sofort verstanden, was er getan hatte. Allye und Chloe waren nicht ganz so aufmerksam, aber sie hatten auch noch nicht gesehen, was monatelange Gefangenschaft und diese Art von Missbrauch einer Frau antun konnten, wie es das Team getan hatte.

»Wir werden dann langsam mal gehen«, erklärte Arrow der Truppe. »Gray, vielen Dank für den heutigen Abend. Könntest du Rex sagen, dass ich ihn morgen früh anrufe, um die Details für die Pressekonferenz zu erfahren?«

»Natürlich«, erwiderte Gray. »Bis morgen.«

»Werdet ihr morgen etwa alle kommen?«, fragte Morgan.

»Selbstverständlich«, entgegnete Black. »Wir würden uns das auf keinen Fall entgehen lassen. Und wenn du schnell entkommen musst, werden wir für Ablenkung sorgen.« Er zwinkerte ihr zu, als er das sagte, um zu zeigen, dass er scherzte, aber Arrow wusste, dass er das durchaus ernst meinte. Sie würden alle Morgan beschützen, und zwar ohne Vorbehalte.

»Komm schon, meine Schöne. Du kannst dich sicher kaum noch auf den Beinen halten«, erklärte Arrow Morgan, dann winkte er und zog sie in Richtung Tür.

»Wie werden wir ... oh!«, machte sie, als sie vor die Tür traten. Die Limousine, mit der sie gekommen waren, stand noch immer in der Einfahrt. »Hat er etwa die ganze Zeit über hier gewartet?«, fragte Morgan überrascht.

»Wer? Der Fahrer? Selbstverständlich«, erklärte Arrow.

»Aber das ist doch so ... unhöflich«, rief sie. »Wir hätten ihn ins Haus bitten sollen.«

Arrow lachte leise. »Er ist es gewohnt, auf uns zu warten, meine Schöne. Außerdem wird er dafür bezahlt. Und es macht ihm überhaupt nichts aus.«

Als er sie aus dem Haus kommen sah, sprang der Fahrer sofort aus dem Wagen und öffnete ihnen die hintere Tür. Nachdem sie sich gesetzt hatten, machte er die Tür zu und ging wieder zur Fahrerseite.

»Trotzdem ist es unhöflich«, zischte Morgan.

Arrow grinste, schlang seinen Arm um Morgans Schultern und zog sie an sich. Er hatte es, ohne nachzudenken, getan und lockerte sofort seinen Griff, weil er nicht wollte, dass sie Angst vor ihm hatte, aber sie wehrte sich nicht. Stattdessen entspannte sie sich in ihm und legte eine Hand auf seine Brust.

Sie verharrten eine Weile so, während der Fahrer den Wagen startete und Grays Einfahrt entlangfuhr. Sie hatten etwa zwanzig oder dreißig Minuten Zeit, bis sie in seiner Wohnung ankamen. Er beugte sich vor und schnallte sie an, dann tat er dasselbe mit seinem Sicherheitsgurt. Dann zog er sie wieder an sich.

»Mach ruhig die Augen zu, meine Schöne. Du hast genügend Zeit, ein wenig zu schlafen, bevor wir zu Hause ankommen.«

Sie nickte und innerhalb von Sekunden hörte er sie leise schnarchen.

Zu spüren, wie Morgan sich an ihn lehnte, und zu wissen, dass sie in Sicherheit war, war ein unglaublich schönes Gefühl. Er schwor sich insgeheim, denjenigen aufzuspüren, der sie so sehr gequält hatte.

KAPITEL ZEHN

»Wenn du nicht bereit dazu bist, können wir auch sofort wieder verschwinden«, flüsterte Arrow am nächsten Morgen Morgan zu. Sie befanden sich in einem Büro, das mit dem Besprechungsraum des Colorado Springs Police Department verbunden war, wo die Pressekonferenz über ihre Rettung stattfinden sollte. Sie hatten besprochen, wie der Tag ablaufen würde, einschließlich eines Zwischenstopps in einer Privatklinik, damit sie sich von einem Arzt untersuchen lassen konnte, den das Team häufig für die Untersuchung von Frauen und Kindern nutzte, die sie gerettet hatten, und eines Gesprächs mit dem Team im *The Pit*.

»Alles in Ordnung«, versicherte sie ihm zum wiederholten Male.

Aber er wusste, dass dem nicht wirklich so war. Sie hielt seine Hand in einem Todesgriff umklammert und sie hatte an jenem Morgen ausgesprochen wenig gegessen mit der Begründung, ihr sei etwas flau im Magen.

Ihr Vater stand lächelnd auf der anderen Seite des

Raumes und unterhielt sich mit jedem, ohne zu bemerken, wie unwohl sich seine Tochter fühlte.

»Habe ich dir schon erzählt, wie ich einmal ein Briefing für ein paar hohe Tiere der Marine geben musste?«

Sie sah zu ihm hoch. »Du machst Witze.«

»Ich hatte riesige Angst. Ich war nicht vorbereitet und außerdem hatte ich mich am Abend zuvor betrunken. Ich hatte einen wahnsinnigen Kater und mir war klar, dass ich mich und meine Einheit blamieren würde.«

»Und wie ist es gelaufen?«, wollte Morgan wissen.

Arrow war froh, dass sie die Aufmerksamkeit jetzt auf ihn richtete und nicht auf das, was gleich passieren würde. Sie hatten an diesem Morgen mit Rex gesprochen und ihre Geschichte abgesprochen. Niemand wollte, dass die Mountain Mercenaries im nationalen Fernsehen herumgeisterten, aber sie mussten irgendwie erklären, warum und wie Morgan gefunden worden war. Ninas Mutter wurde gerade interviewt und bald wären Morgan und ihr Vater an der Reihe, ins Rampenlicht zu treten.

Arrow konnte es der Öffentlichkeit nicht verübeln, dass sie sowohl an Nina als auch an Morgan interessiert war. Entführungen machten Schlagzeilen, aber entführte Menschen lebendig und gesund wiederzufinden war eine *Sensation*.

»Ich ging nach vorn und hielt meine dreißigminütige Präsentation in fünfzehn Minuten«, erklärte er ihr. »Ich redete so schnell, weil ich nervös war und weil ich Angst hatte, mich mitten in der Präsentation zu übergeben, also ging ich meine Notizen und die einzelnen Punkte viel zu schnell durch. Als ich fertig war, vergaß ich sogar nachzuhaken, ob es noch Fragen gab. Ich nahm einfach meine Sachen und setzte mich hin.«

»Und hast du Schwierigkeiten bekommen?«, wollte Morgan wissen.

Arrow schüttelte den Kopf. »Tatsächlich sind ein paar der hohen Tiere zu mir gekommen und haben mir zu meinem ausgesprochen effektiven Vortrag gratuliert und ihre Begeisterung darüber zum Ausdruck gebracht, dass es eine gute Idee war, keine Fragen zuzulassen, damit keine Unklarheiten entstehen konnten«, erklärte er ihr. »Ein Typ sagte mir sogar, dass es unglaublich mutig war und den Eindruck vermittelte, dass ich alles im Griff hätte und dass ich mir dessen, was ich sagte, zu hundert Prozent sicher war. Und ich denke, du solltest es so machen wie ich.«

»Wie meinst du das?«

»Die Journalisten wollen die Geschichte von dir hören und ich weiß, dass viele Menschen in Amerika das auch wollen. Sie hören schon seit einem Jahr von dir, dank deines Vaters. Sie wissen alles über dein Leben. Sie haben das Gefühl, dich zu kennen. Sie werden erleichtert sein, dass es dir gut geht. Also geh da raus, danke allen für ihre guten Wünsche und Gebete. Sag ihnen, du bist dankbar, dass du gefunden wurdest. Dann erklär ihnen, dass die Dinge im Moment ziemlich hart für dich sind – erklär nicht, inwiefern – und dass du gern etwas Freiraum hättest, während du versuchst, dich wieder an dein Leben hier in den Staaten zu gewöhnen. Dann lächle, nicke in die Kameras und verlasse das Podium. Beachte die Fragen nicht und komm direkt zu mir zurück. Ich werde dich hier rausbringen.«

»Aber ich soll doch bleiben und Fragen beantworten«, sagte Morgan, obwohl Arrow genau sehen konnte, wie erleichtert sie war.

»Du bist hier niemandem *irgendetwas* schuldig, meine Schöne. Sollen die Ermittler die Fragen beantworten. Und dein Vater. Er hat jetzt seit einem Jahr Erfahrung mit der

Presse. Du kannst ihm also vertrauen, dass er damit klarkommt.«

Morgan biss sich auf die Unterlippe.

»Was ist denn?«, fragte Arrow.

»Was, wenn er derjenige ist, der hinter der Entführung steckt?«, flüsterte sie.

Arrow ließ ihre Hand los und legte eine Hand an ihre Wange. »Denk jetzt nicht darüber nach.«

Sie griff nach seinem Handgelenk. »Aber wie soll ich es lassen?«

»Deine einzige Aufgabe besteht darin, da rauszugehen, dein Ding zu sagen und zu mir zurückzukommen. Schaffst du das? Wir werden heute Nachmittag darüber reden, wer dahinterstecken könnte. Selbst wenn es dein Vater war, er wird nichts vor all den Kameras unternehmen. Er liebt das Rampenlicht so sehr, wie du es hasst. Erinnere dich einfach an mein jüngeres Ich, das vor Angst gezittert hat, als ich verkatert mit den Oberbossen der Marines geredet habe. Und tu, was ich getan habe. Täusche es vor, bis du es schaffst, meine Schöne.«

Daraufhin schenkte sie ihm ein kleines Lächeln. »Im Vortäuschen bin ich ziemlich gut.«

Arrow konnte einfach nicht anders und die Worte hatten seinen Mund verlassen, bevor er darüber nachgedacht hatte, was er da eigentlich sagte. »Mit mir wirst du niemals etwas vortäuschen müssen, meine Schöne. Du wirst so verzweifelt sein, dass du mich anflehst, es dir zu besorgen.«

Als ihre Augen vor Überraschung größer wurden, fluchte er.

»Verdammt, es tut mir leid. Vergiss, dass ich das gesagt habe. Ich bin wirklich ein solcher Idiot. Ich ...«

»Also, immerhin denke ich *jetzt* nicht mehr an die

verdammte Pressekonferenz«, sagte sie leise mit einem kleinen Grinsen und unterbrach so seine Selbstvorwürfe.

Arrow war erleichtert, dass er sie nicht verschreckt hatte. »Mir ist durchaus bewusst, dass das weder der richtige Ort noch der richtige Zeitpunkt ist, aber ... ich mag dich, Morgan. Sehr sogar. Und ich würde gern herausfinden, wo diese verrückte Verbindung, die zwischen uns besteht, hinführen könnte. Ich weiß, dass dein Leben momentan ein einziges Chaos ist, aber ich hoffe, dass du dazu bereit bist, mir darin einen Platz zu gewähren, egal welcher Art. Hauptsache, du schließt mich nicht aus.«

»Das ... das fände ich schön, aber momentan fühle ich mich völlig aus dem Gleichgewicht. Ich habe wirklich keine Ahnung, was in nächster Zukunft auf mich zukommt.«

»Was auch auf dich zukommt, ich bin da, um dir zu helfen. Schließlich gehen wir jetzt fest miteinander, richtig?«, erklärte er mit einem Grinsen. »Und ich glaube, seiner Freundin zu helfen ist eine der Voraussetzungen im Handbuch des Fest-miteinander-Gehens.«

Morgan grinste.

Arrow hörte, wie die Reporter ihre Stimmen erhoben, um Ninas Mutter mit Fragen zu löchern. Das kleine Mädchen war nicht vor die Kameras getreten – sie war mit ihrer Tante in einem anderen Raum –, aber nach dem zu urteilen, was Arrow am Rande mitbekommen hatte, war ihre Mutter erstaunlich gut mit der Presse umgegangen. Jetzt war Morgan bald an der Reihe.

Er zog sie in seine Umarmung und seufzte zufrieden, als sie ihren Körper perfekt an seinen schmiegte. Sie schlang die Arme um ihn und drückte ihn an sich. Sie roch frisch und sauber, ganz anders als vor ein paar Tagen, als sie zusammen unter Trümmern gelegen hatten, um sich vor ihren Verfolgern zu verstecken.

»Es ist so weit«, erklärte er ihr widerstrebend. »Du schaffst das. Erinnere dich an das, was ich dir gesagt habe. Halte deine Rede kurz und dann geh, ohne dich noch einmal umzudrehen.«

Morgan atmete tief durch. »Alles klar. Ich schaffe das.«

»Du schaffst alles«, erklärte Arrow, dann wich er ein wenig zurück, als sie sich umdrehte und auf die Tür zuging, die zum Presseraum führte. Sie stieg auf das kleine Podium, ihren Vater an ihrer Seite.

Kaum war sie außer Hörweite, trat Meat neben Arrow und erklärte: »Ich habe Nachforschungen über ihren Freund angestellt. Anscheinend hat er keinen Dreck am Stecken, was seinen Bruder betrifft, bin ich mir da allerdings nicht so sicher. Und diese Karen hat auch nicht gerade den besten Geschmack, wenn es um Männer geht.«

Arrow nickte, aber er hörte nur mit halbem Ohr zu. Seine Aufmerksamkeit war auf Morgan fixiert. Sie saß auf einem Stuhl hinter einem kleinen Tisch. Es blitzte ununterbrochen und er hasste es, dass sie das durchmachen musste. Er hatte nicht übertrieben, als er sie gefunden und ihr gesagt hatte, dass jeder wusste, wer sie war. Und deshalb brauchte jeder eine Art Abschluss für das, was sie durchgemacht hatte, denn dank ihres Vaters hatten sie es in gewisser Weise mit ihr zusammen durchgemacht.

Er hatte es immer und immer wieder gesehen. Mit Elizabeth Smart, Jaycee Dugard, Shawn Hornbeck und sogar Danielle Cramer. Die Öffentlichkeit war entsetzt über das, was die vermissten Kinder durchgemacht hatten, aber fasziniert von ihren Geschichten des Überlebens.

Arrow wusste, dass es bei Morgan nicht anders sein würde. Sie war kein Kind, aber mit ihrer zierlichen Statur und ihrem gequälten Blick würde sie in demselben Licht gesehen werden. Ganz zu schweigen von ihrer Verbindung zu Nina Scofield.

»Hast du mir überhaupt zugehört?«, fragte Meat.

»Ja, habe ich«, entgegnete Arrow, ohne Morgan aus den Augen zu lassen. »Aber momentan kann ich daran nichts ändern. Und ich kann jetzt auch nicht darüber reden, weil ich hier sein muss für den Fall, dass Morgan mich braucht. Ich kann auch nicht nach Georgia fliegen und mir Lane oder Lance Buswell schnappen und in einem Raum so lange windelweich prügeln, bis sie mir alles sagen, was sie wissen. Ich kann Karen nicht dazu bringen, mir alles über ihre Mistkerle von Ex-Freunden zu erzählen oder all die anderen in ihrem Leben, die eine Bedrohung für Morgan darstellen könnten. Ich kann nur darauf vertrauen, dass du und die anderen diese Dinge herausfindet, während ich mich darum kümmere, dass Morgan wegen dieser Sache nicht in eine Million Teile zerbricht.«

»Äh … okay. Verstanden«, erklärte Meat. »Aber du wirst immer noch in der Klinik vorbeifahren, wenn wir hier fertig sind, und sie später ins *The Pit* bringen, richtig?«

Arrow nickte. »Sie findet es nicht gerade toll, einen Arzt aufzusuchen, aber sie weiß, dass sie es hinter sich bringen muss. Ihre Mutter wartet hinterher im *The Pit* auf uns. Sie müssen einander wiedersehen. Jedes kleine Mädchen braucht seine Mutter, damit es ihm besser geht.«

»Das stimmt. Okay, Black und Gray sind auch gerade auf dem Weg hierher. Sie werden sich mit Dave zusammensetzen und dafür sorgen, dass das Hinterzimmer geschlossen bleibt, bis wir fertig sind. Allye und Chloe werden uns später am Nachmittag dort treffen und der Rest von uns kann sich um etwaige Probleme mit übereifrigen Vertretern der Presse kümmern.«

Arrow wandte den Blick lange genug von Morgan ab,

um Meat anzusehen. »Vielen Dank, Mann. Ich weiß es wirklich zu schätzen.«

»Ach, vergiss es«, erwiderte Meat. »Du würdest das Gleiche für mich tun. Außerdem sind wir ein Team und es gibt kein Individuum im Team.«

Arrow verdrehte die Augen. »Sag mir jetzt bitte nicht, dass du dir ein Poster mit diesem blöden Spruch bestellst.«

Meat lachte leise. »Das hatte ich eigentlich nicht vor. Aber jetzt werde ich es machen. Und ich werde es in einer Ecke im *The Pit* aufhängen. Vielleicht lasse ich auch ein Kissen damit besticken und schenke es dir zu deiner Hochzeit.«

»Erstens wird Dave niemals zulassen, dass man so einen Blödsinn in seiner Kneipe aufhängt«, erklärte Arrow in Bezug auf den griesgrämigen Barkeeper. »Zweitens, wenn du uns irgendetwas zur Hochzeit schenkst, das bestickt ist, versohle ich dir eigenhändig den Hintern.«

»Aber dass es tatsächlich zu einer Hochzeit kommt, dagegen hast du nichts einzuwenden?«, fragte Meat.

Arrow lächelte und wandte seine Aufmerksamkeit wieder Morgan zu. »Nein.«

Meat klopfte Arrow auf den Rücken und erklärte: »Das freut mich für dich.«

»Freu dich nur nicht zu früh«, warnte Arrow ihn. »Wir haben noch einen langen Weg vor uns.«

»Dann ist es ja durchaus als Vorteil zu betrachten, dass du so sturköpfig bist, was?«, erwiderte Meat. Dann wurde sein Gesicht ernst. »Falls irgendetwas passiert, schaff nur Morgan hier weg. Wir kümmern uns um alles andere.«

Arrow nickte. Das hatte er auch vorgehabt. Aber er war sich bewusst, dass seine Teamkameraden wussten, dass das der Plan war. Sie hatten einen ähnlichen Plan gehabt, als

Chloe sich der Presse gestellt hatte, nach dem, was ihr passiert war.

Die nächsten zwanzig Minuten waren die längsten in Arrows Leben. Er hasste es zu sehen, wie unangenehm es Morgan war, dass ihr Vater redete, als wäre er im Alleingang in die Dominikanische Republik geflogen und hätte sie eigenhändig gerettet. Er war ein ziemlicher Angeber und Wichtigtuer, aber Arrow nahm an, dass das damit zusammenhing, dass er Finanzleiter war, und außerdem mit der Freude darüber, seine Tochter wiederzuhaben.

Die Journalisten stellten ein paar Fragen, aber es war offensichtlich, dass sie sich zurückhielten, Morgan die wirklich pikanten Fragen zu stellen, die sie eigentlich beantwortet haben wollten. Dann war Morgan an der Reihe. Sie stand langsam auf und ging zu dem Mikrofon auf dem Podium.

Die Blitze der Kameras zuckten unaufhörlich und sie blinzelte im grellen Licht. Nachdem sie sich geräuspert hatte, sagte sie genau das, was Arrow vorgeschlagen hatte.

»Vielen Dank für Ihre Sorge und für jeden Hinweis, der nach meinem Verschwinden eingegangen ist. Zu wissen, dass niemand aufgegeben hat, mich zu finden, bedeutet mir sehr viel. Ich bin immer noch dabei, mich daran zu gewöhnen, wieder in den Staaten zu sein, und ich hoffe, dass mir jeder etwas Zeit gibt, um mit allem klarzukommen, was im letzten Jahr und in letzter Zeit passiert ist. Für diejenigen unter Ihnen, die einen geliebten Menschen vermissen, ist das Beste, was Sie tun können, niemals die Hoffnung aufzugeben, dass die Person wieder nach Hause kommen wird. Danke schön.«

Dann nickte sie den Kameras zu, drehte sich um und ging in Richtung Arrow.

Die Reporter verloren die Fassung, als sie merkten, dass

sie keine Fragen beantworten würde, und begannen, sie anzuschreien, als sie wegging. Einige versuchten, sich vor sie zu stellen, um sie am Weggehen zu hindern.

Arrow war sofort zur Stelle. Er schob eine Frau mit einem kleinen Aufnahmegerät aus dem Weg, während er auf Morgan zuging. Sie schaute mit großen grünen Augen, die mit Tränen gefüllt waren, zu ihm auf. Ohne ein Wort zu sagen, nahm er sie unter seinen Arm und machte sich mit ihr auf den Weg zum Ausgang.

Er spürte, wie sie ihren Arm um seine Taille legte, und sie vergrub ihren Kopf an seiner Brust, während sie gingen. Auf diese Weise konnte sie nichts sehen und Arrow fühlte, wie sein Herz durch das Vertrauen, das sie ihm schenkte, anschwoll. Im Moment war sie vielleicht noch nicht bereit für mehr als Freundschaft, aber sie würde es sein. Er wusste es.

Innerhalb weniger Augenblicke hatten Ball, Ro und Meat die Reporter so weit zurückgedrängt, dass Arrow mit Morgan durch die Seitentür entkommen konnte. Er bahnte sich schnell seinen Weg durch die Gänge des Polizeireviers und nickte den Beamten zu, an denen er vorbeikam. Niemand versuchte, mit ihnen zu reden oder ihm den Weg zu versperren. Er stieß die Hintertür auf und machte sich auf den Weg zu seinem ramponierten Pritschenwagen, der genau aus diesem Grund dort geparkt war.

Er hatte gehofft, dass die Dinge zivilisiert bleiben würden und sie nicht schnell abhauen müssten, aber die Erfahrung hatte ihn gelehrt, immer einen Notfallplan zu haben, nur für den Fall. Er half Morgan beim Einsteigen, bevor er zu ihr hinübergriff und ihr den Sicherheitsgurt anlegte. Sie schien ein wenig geschockt zu sein und Arrow wollte sich die Zeit nehmen, sie auf der Stelle zu trösten, traute sich aber nicht. Er musste sie von der Polizeiwache wegbringen, bevor jemand sie sah und versuchte, ihnen zu folgen. Die Presse war bei vielen Dingen nützlich, die die Mountain Mercenaries taten, aber dies war keiner von diesen Fällen.

Arrow lief um die Vorderseite des Wagens herum und sprang auf den Fahrersitz. Er ließ den Motor an und legte gleichzeitig den Sicherheitsgurt an. Er fuhr so ruhig wie möglich vom Parkplatz, um keine unnötige Aufmerksamkeit auf sie zu lenken. Die Limousine, mit der sie angekommen waren, stand immer noch vor dem Polizeirevier und diente als Ablenkung. Meat hatte Arrows Pritschenwagen zur Wache gefahren und ihn dahinter geparkt.

Als sie sicher vom Polizeirevier weg waren, sagte Arrow immer noch kein Wort. Er griff einfach hinüber und ergriff Morgans Hand. Sie verschränkte ihre Finger mit seinen und hielt sich fest. Da er wusste, dass sie etwas Zeit brauchte, um die Pressekonferenz zu verarbeiten, bevor er sie in die Klinik brachte, fuhr Arrow sie zum Memorial Park. Es war eine große Grünfläche mit einem großen See nicht allzu weit von der Polizeiwache entfernt.

Der Tag war wunderschön und er wusste, dass der Park überfüllt sein und niemand einen zweiten Blick auf sie werfen würde. Er fuhr in eine Parklücke und stellte den Motor ab. Er hielt weiterhin Morgans Hand und sagte kein Wort, sondern ließ sie den Morgen auf ihre eigene Weise verarbeiten.

»Das ist ja nicht gerade so gelaufen, wie wir es uns gedacht hatten«, sagte sie nach einer langen Weile.

Arrow lachte leise. »Das haben die Dinge eben so an sich, aber ich glaube, es ist ziemlich gut ausgegangen. Unter keinen Umständen hätten diese Geier es zugelassen, dass du ihren Fragen aus dem Weg gehst.«

»Mir wäre es lieber gewesen, wenn es so gelaufen wäre

wie bei dir und der Rede, die du vor den Marineoffizieren halten musstest«, entgegnete sie.

»Eigentlich habe ich dir nicht die ganze Geschichte erzählt«, gab Arrow zu.

Morgan sah ihn jetzt zum ersten Mal an, seit sie aus dem Wagen gestiegen waren. Ihm tat es unheimlich leid, als er den Schmerz hinter ihrem Blick bemerkte, er freute sich aber, als er auch Neugier darin entdeckte. »Im Ernst?«

»Ja. Die Offiziere hatten nichts dagegen, dass ich eine kurze Präsentation gab, weil sie für diesen Tag noch drei weitere Präsentationen gehabt hatten und sich zu Tode langweilten. Für junge Marinesoldaten wie mich war das die perfekte Gelegenheit, etwas zu lernen. Also war es ihnen egal und sie freuten sich sogar darüber, dass meine Rede so kurz ausfiel. Allerdings war es meinem Kommandanten *alles andere* als egal. Nachdem wir gegangen und wieder bei uns auf dem Stützpunkt angekommen waren, hat er mich so richtig zusammengeschissen und mir erklärt, dass ich eine Schande für das ganze Regiment sei und mein Vortrag der schlechteste war, den er in den zwanzig Jahren gesehen hatte, in denen er diesen Job ausübte.«

Morgan machte große Augen. »Und was ist dann passiert?«

»Ich hatte Glück, dass ich nicht um einen Rang degradiert wurde. Er machte mir einfach das Leben zur Hölle für den Rest der Zeit, die ich unter ihm diente ... und sorgte dafür, dass ich nie vergaß, was für einen Narren ich seiner Meinung nach aus mir gemacht hatte.«

»Also, ich bin jedenfalls froh, dass du mir *diesen* Teil der Geschichte nicht erzählt hast«, erklärte Morgan kopfschüttelnd und lachte leise. Dann wandte sie sich zu ihm um. »Vielen Dank.«

»Wofür?«

»Dafür, dass du bei mir warst. Dafür, dass du mich dort rausgeholt hast. Eigentlich ... für alles, was du bis jetzt für mich getan hast.«

Arrow löste seine Hand von ihrer und umfasste zärtlich ihren Nacken. Er beugte sich vor, bis seine Stirn an der ihren lag. Es fühlte sich an, als wären sie in diesem Moment die einzigen beiden Menschen auf der Welt. »Hör zu, meine Schöne. Ich werde immer für dich da sein. Egal, ob ich mir drei Kugeln für dich einfangen muss oder mir ein Bein weggeblasen wird. Ich werde alles in meiner Macht Stehende tun, um für dich da zu sein, wenn du mich brauchst.«

»Ist das nicht vielleicht ein bisschen extrem?«, sagte sie mit kleinem Lächeln, doch Arrow bemerkte, dass sie sich mit einer Hand fest an sein T-Shirt klammerte. »Vielleicht macht mir Zombie-Arrow mehr Angst als die Situation, in der ich mich befinde.«

Er grinste, entgegnete aber: »Was ich damit sagen will, ist ... du kannst auf mich zählen. Und wir sind uns ziemlich ähnlich.«

»Das wage ich zu bezweifeln«, erklärte sie.

»Doch, sind wir. Wir kämpfen für das, was wir wollen. Du hast darum gekämpft, am Leben zu bleiben und nicht verrückt zu werden, bis jemand dich findet oder du entkommen kannst. Und ich werde für *dich* kämpfen. Schließlich war ich ein Marinesoldat, Morgan. Wenn die Kacke am Dampfen ist, lassen wir uns von niemandem aufhalten.«

»Also glaubst du, dass es noch schwieriger wird?«, fragte sie leise.

»Ich weiß es wirklich nicht. Aber die erste Regel besagt, dass man immer mit dem Schlimmsten rechnen und auf das Beste hoffen muss.«

»Das finde ich ziemlich deprimierend.«

Diesmal war es an Arrow, leise zu lachen. »Ich hätte gedacht, dass gerade du dieses Sprichwort zu schätzen weißt.«

»Auch wieder wahr«, sagte sie und dann erklärte sie leise: »Ich habe Angst, Arrow.«

»Wovor?«

»Vor allem. Was, wenn meine Mutter nicht möchte, dass ich bei ihr lebe? Ich habe Angst davor, erneut entführt zu werden. Ich habe Angst, dass meine Gefühle für dich nur auf Dankbarkeit beruhen, weil du mich gerettet hast, und dass dir, sobald ich weg bin, klar wird, was für ein Wrack ich bin, und dass du deinen Glückssternen dafür dankst, dass ich aus deinem Leben verschwunden bin.«

»Du wirst niemals aus meinem Leben verschwinden«, versprach Arrow ihr. »Du hast deinen Weg bereits hier rein gefunden.« Er nahm ihre Hand und legte sie auf sein Herz. »Falls deine Mutter wirklich nicht will, dass du bei ihr wohnst, was ich stark bezweifle, kannst du hier bei mir bleiben. Ich kann nichts dagegen machen, dass du Angst davor hast, erneut entführt zu werden, außer dir zu versichern, dass mein Team und ich alles Erdenkliche tun, um herauszufinden, wer hinter der Entführung steckt, und dafür sorgen, dass die Person nie wieder die Möglichkeit bekommt, in deine Nähe zu kommen.«

Daraufhin atmete Morgan tief durch und nickte erneut.

Arrow löste seine Stirn von ihrer, legte einen Finger unter ihr Kinn und hob den Kopf an. »Darf ich dich küssen?«

Er lehnte sich nicht vor. Tat nichts, was sie unter Druck setzen könnte. Er wartete einfach nur.

Sie senkte ihr Kinn ein klein wenig.

Arrow lächelte und senkte den Kopf. Vorsichtig strich er

mit seinen Lippen einmal über ihre. Dann ein zweites Mal. Dann zog er sich zurück und sagte: »Vielen Dank.«

Sie blinzelte. »Das war's?«

»Was? War dir das nicht genug?«

Morgan runzelte die Stirn und schüttelte den Kopf.

»Warum küsst du *mich* dann nicht?«, forderte Arrow sie auf.

Er sah die Entschlossenheit in ihrem Blick aufflackern, bevor sie sagte: »Das werde ich.« Und dann lagen ihre Lippen auf seinen – und sie küsste ihn *richtig*.

Arrow war noch nie in seinem ganzen Leben so erregt gewesen.

Morgan küsste ihn, als hinge ihr Leben davon ab, als verzehrte sie sich nach ihm. Er folgte ihrer Führung und ließ sie die Kontrolle übernehmen. Als sie mit ihrer Zunge über seine Lippen strich, konnte er das kleine Stöhnen nicht unterdrücken, das ihm entwich. Er öffnete sich für sie und hielt sich fester an ihrem Nacken, als ihre Zunge in seinen Mund glitt.

Sie schmeckte wie das Pfefferminzbonbon, das sie sich kurz vor Beginn der Pressekonferenz in den Mund gesteckt hatte. Er wollte sie unter sich spüren, über sich, wollte in ihr sein. Aber er zügelte seine Lust und versuchte, den Moment als das zu genießen, was er war: zwei Menschen, die den ersten Schritt in den Rest ihres Lebens wagten.

Schließlich zog sie sich zurück und leckte sich über die Lippen, während sie ihn mit rosigen Wangen anstarrte. Als sie mit der Zunge über ihre Lippen strich, verspürte er den Wunsch, sie noch einmal zu küssen. Arrow begnügte sich damit, eine Hand zu ihrem Gesicht zu führen und mit seinem Daumen über ihre feuchten Lippen zu streichen.

»Das war fantastisch«, erklärte er ihr.

»Ich habe seit eineinhalb Jahren niemanden mehr geküsst. Zumindest nicht so«, platzte sie heraus.

»Wirklich?«

»Als ich ... du weißt schon ... da wurde nicht geküsst. Darum ging es ihnen nicht. Und davor, mit Lane, gaben wir uns kleine Küsschen auf den Mund, aber wir hatten uns schon seit Monaten nicht mehr *wirklich* geküsst.«

Arrow entgegnete: »Bei mir ist es auch schon eine Weile her, meine Schöne.«

Sie sah ihn skeptisch an.

»Im Ernst, ich hatte das letzte Mal eine Verabredung ...« Arrow machte eine Pause und versuchte, sich zu erinnern. »Ich weiß es wirklich nicht. Ich glaube neunzehnhundertvierundsechzig.« Er lächelte, um ihr zu zeigen, dass er scherzte.

Morgan verdrehte die Augen. »Ich bin keine Närrin, Arrow. Ich habe Augen im Kopf. Du bist wahnsinnig attraktiv. Es gibt auf jeden Fall Frauen, die sich dir an den Hals werfen.«

Arrow wurde ernst. »Nur weil eine Frau Interesse an mir zeigt, bedeutet das längst noch nicht, dass ich es erwidern muss. Und ich war viel zu beschäftigt mit dem Team und unseren Einsätzen und selbst meiner Arbeit als Elektriker, die ich nebenher auch noch mache, um mir über Frauen Gedanken zu machen.«

Sie sah so hoffnungsvoll aus, dass Arrow weitersprach. »Wenn ich also an jemandem interessiert gewesen wäre, hätte ich mir die Zeit für ihn genommen. Ich bin nicht so sehr mit meinem Job verheiratet, dass ich die Chance ausschlagen würde, jemanden zu finden, mit dem ich den Rest meines Lebens verbringen kann. Ich will das. Es ist vielleicht nicht cool, das zuzugeben, aber es ist wahr. Ich sehe, wie glücklich Gray mit Allye ist und Ro mit Chloe. Das will ich auch für mich. Aber niemand hat bisher meine Aufmerksamkeit erregt. Nicht so, wie du es getan hast.«

Sie schnaubte. »Genau. Ich habe deine Aufmerksamkeit erregt. Mit meiner tollen Frisur und meinen stinkenden Klamotten und Körpergerüchen.«

»Tu das nicht«, warnte Arrow sie. »Erniedrige dich nicht selbst. Willst du wissen, was ich gesehen habe, als ich dich zum ersten Mal getroffen habe?«

»Nein.«

Er sprach einfach weiter, als hätte sie nicht gerade seine rhetorische Frage beantwortet. »Ich sah eine Frau, die zu Tode erschrocken war, aber keine Angst hatte, sich für ein kleines Kind einzusetzen, das ihre Hilfe brauchte. Ich sah eine Frau, die durch die Hölle gegangen war, aber irgendwie leuchtete das Gute in ihr immer noch aus jeder Pore. Ich halte mich für einen starken Mann. Ich habe in meinem Leben schon viel Schlimmes erlebt und Dinge gesehen, die ich gern vergessen würde. Aber nichts hat mich auf den Schlag in die Magengrube vorbereitet, den ich bekam, als ich dich in diesem Raum sah. Noch bevor ich wusste, wer du bist und was du erlebt hast, wusste ich, dass du etwas Besonderes bist. Dass du mein Leben verändern würdest.«

»Arrow«, flüsterte Morgan.

Aber er sprach weiter, weil er wollte, dass sie genau verstand, was er für sie empfand. »Ich kann die Zukunft nicht vorhersagen, aber ich werde tun, was ich kann, um das zu bewahren, was wir haben. Ich genieße es, mit dir zusammen zu sein. Ich mag die Art, wie du keinen Rückzieher machst. Wie du sagst, was du auf dem Herzen hast, und wie du es irgendwie geschafft hast, mir und meinem Team zu vertrauen, nach allem, was du durchgemacht hast. Das ist eine seltene Sache, und ich möchte das unterstützen. Ich habe es dir schon mal gesagt und ich sage es wieder –

ich mag dich, Morgan. Ich möchte Teil deines Lebens sein. Es macht mir nichts aus, wenn wir die Dinge so langsam angehen lassen, wie es nötig ist. Ich will nicht, dass du dich unter Druck gesetzt fühlst, Dinge zu tun, die du nicht tun willst, wenn du mit mir zusammen bist.«

»Aber wir können uns weiterhin küssen, richtig?«, fragte sie mit einem kleinen Lächeln.

Arrow erwiderte dieses Lächeln. »Oh ja, wir können uns weiterhin küssen.« Und damit zog er sie sanft zu sich heran und küsste sie erneut. Er ließ sich Zeit und übernahm die Führung. Er liebkoste und knabberte an ihrer Unterlippe, bevor er seine Zunge mit ihrer verschlang.

Sie war bei jeder seiner Bewegungen bei ihm. Sie grub ihre Fingernägel in seinen Arm, während sie sich küssten, und machte kleine zufriedene Geräusche in ihrer Kehle, die direkt zu Arrows Schwanz gingen. Alles an ihr erregte ihn zutiefst. Er konnte den Tag kaum erwarten, an dem sie sich auf seinem Bett rekelte, nackt wie an dem Tag, an dem sie geboren wurde, und nur für ihn stöhnte und ihn anflehte, mit ihr zu schlafen.

Aber er würde so lange warten, wie es nötig war, um an diesen Punkt zu gelangen. Er wusste, wann er etwas Gutes sah, und er wollte keinem anderen die Chance geben, sich an dem zu vergreifen, was er als seins betrachtete.

Er streichelte ihre Wange, als er sich zurückzog, und tat sein Bestes, um sich den zufriedenen Blick auf ihrem Gesicht einzuprägen. Er hatte sie in ihrer kurzen Bekanntschaft eine Vielzahl von Emotionen durchlaufen sehen, aber so wollte er sie immer sehen. Entspannt und glücklich.

»Bist du bereit, den Arztbesuch hinter dich zu bringen?«

Sie rümpfte die Nase, nickte aber. »Ich weiß, dass ich mich untersuchen lassen muss, doch der Gedanke gefällt mir nicht.«

»Ja, ich weiß. Aber diese Ärztin ist wirklich gut. Sie wird alle Fragen beantworten, die du vielleicht hast, und nach dem zu urteilen, was die anderen Frauen gesagt haben, macht sie den ganzen Prozess so schmerzlos wie möglich. Du weißt aber schon, dass du heute nicht das Ergebnis des Tests auf Geschlechtskrankheiten bekommen wirst, oder?«

Morgan nickte. »Ich weiß. Ich will es nur endlich hinter mich bringen.«

»Und ich glaube, dass du auch das *The Pit* interessant finden wirst«, sagte er und wechselte das Thema. Er hätte nichts lieber getan, als sie nach ihrem Arzttermin in seine Wohnung zu bringen und sie entspannen zu lassen, aber er wusste, dass das Team mit ihr über ihre Situation reden musste ... und außerdem würde ihre Mutter sie dort treffen.

»Was hat es denn mit diesem *The Pit* auf sich?«, fragte sie. »Das hört sich ja nach einer ziemlichen Spelunke an.«

»Von draußen sieht es *tatsächlich* wie eine Spelunke aus«, erklärte er ihr ehrlich und ließ dabei widerwillig seine Hand von ihrem Nacken sinken, um erneut den Motor anzulassen. Als er vom Park weg und in Richtung Klinik fuhr, entgegnete er: »Aber im Inneren ist es ausgesprochen sauber und Dave sorgt dafür, dass seine Gäste keinen Mumpitz machen.«

»Dave? Und hast du gerade wirklich ... Mumpitz gesagt?«, fragte sie. »Wer benutzt dieses Wort?«

»Ich gerade – wirklich. Und Dave ist der Barkeeper, von dem wir alle annehmen, dass er heimlich unter der Theke wohnt. Wir haben noch nie gesehen, dass er nach Hause gegangen wäre.«

»Gehört ihm die Kneipe?«

Arrow dachte einen Moment lang über die Frage nach, bevor er entgegnete: »Weißt du was? Ich habe keine Ahnung. Ich habe noch nie darüber nachgedacht. Aber es wäre ziemlich logisch. Er ist die ganze Zeit dort und wenn die Gäste irgendetwas kaputt machen oder etwas tun, das ihm nicht gefällt, nimmt er es ausgesprochen persönlich.«

»Und was macht die Kneipe zu so etwas Besonderem ... abgesehen von der Tatsache, dass Dave dort der Barkeeper ist?«, fragte Morgan. »Immerhin ist es nur eine Kneipe, richtig? Und es gibt ein paar Billardtische?«

»Ja und nein.« Arrow zuckte mit den Achseln. »Ich bin mir nicht sicher. Vielleicht liegt es daran, dass ich und der Rest der Jungs uns dort zum ersten Mal getroffen haben. Rex wollte, dass wir uns dort für ein ›Vorstellungsgespräch‹ treffen, und ich glaube, ich habe dir schon erzählt, dass er nie aufgetaucht ist, also haben wir alle Billard gespielt und uns gegenseitig kennengelernt. Wir waren so sauer, dass Rex sich nie die Mühe gemacht hat, zum Vorstellungsgespräch zu erscheinen, und wir dachten, es wäre alles ein Scherz gewesen und er hätte uns umsonst nach Colorado Springs beordert.«

»Es ist wirklich interessant, wie die Mountain Mercenaries ins Leben gerufen wurden«, sagte sie.

»Allerdings.«

»Okay. Also halte ich mich mit einem Urteil zurück, bis ich dieses Paradebeispiel einer Kneipe gesehen habe«, neckte sie ihn.

»Ich weiß es wirklich zu schätzen«, entgegnete Arrow und lächelte ihr zu.

»Ich weiß wirklich nicht, wie du das schaffst«, sagte Morgan nachdenklich.

»Was denn?«

»Dass ich mich in deiner Gegenwart vollkommen normal fühle, obwohl ich mich vor noch nicht mal einer halben Stunde wirklich schrecklich gefühlt habe.«

»Das ist mein Job, meine Schöne«, erklärte Arrow ihr.

»Seit wann das?«

»Seit ich in dieses Zimmer geplatzt bin und gesehen habe, wie du Nina mit diesem verdammt schlechten Messer zu beschützen versucht hast.« Arrow spürte, dass Morgan ihn ansah, doch er hielt die Aufmerksamkeit auf die Straße gerichtet und gab ihr Zeit, seine Worte zu verarbeiten.

Schließlich sagte sie: »Du meinst es ernst, was uns betrifft, nicht wahr?«

»Schön, dass du das langsam verstanden hast«, neckte er sie. Dann sagte er ernst: »Ja, Morgan, ich meine es wirklich verdammt ernst. Ich gebe dir alles, was du brauchst, wenn du es brauchst.«

»Dabei kennen wir uns doch noch gar nicht richtig.«

»Und deswegen gebe ich uns ja auch die Zeit, einander *richtig* kennenzulernen.«

»Aber ich ziehe wahrscheinlich nach New Mexico zu meiner Mutter«, gab sie zu bedenken. »Vielleicht sogar noch heute.«

»Albuquerque ist nicht gerade Jupiter, meine Schöne. So weit weg ist es nun auch wieder nicht, wenn man es genau bedenkt. Und dann gibt es da noch diese Dinger, die man Handy nennt, die heutzutage jeder hat. Und das Internet. Wo ein Wille ist, da ist auch ein Weg.«

»Du gibst dir wirklich große Mühe, Arrow.«

»Nein, tue ich nicht. Das ist alles Teil einer echten Beziehung. So macht man das eben.«

»Nur weil wir in der Hitze des Gefechts etwas gesagt haben, als wir in Santo Domingo waren, heißt das nicht, dass wir es jetzt, wo wir wieder in den Staaten sind, auch durchziehen müssen. Du weißt schon, ich meine das Fest-miteinander-Gehen.«

»Ich habe es nicht in der Hitze des Gefechts gesagt«, erklärte Arrow mittlerweile ein wenig frustriert. »Ich möchte dich weiterhin kennenlernen, mit dir ausgehen. Aber das ist keine einseitige Entscheidung. Ich will ehrlich sein, wenn du dich entschieden hast, dass du nichts mit mir zu tun haben willst, werde ich mein Bestes tun, um deine Meinung zu ändern. Aber wenn du es nicht tust, dann war's das. Ich will nicht mit jemandem zusammen sein, der sich nicht so sehr für die Beziehung einsetzt wie ich. Es ist nur ... du hast etwas an dir, zu dem ich mich hingezogen fühle. Nein, lass es mich anders formulieren. Du bist wie ein Glas Wasser und ich bin ein Mann, der verdurstet.«

Nachdem er das zugegeben hatte, sagte keiner von beiden mehr etwas, bis sie auf den Parkplatz vor der Klinik fuhren.

»Okay«, sagte sie, während er einparkte.

»Okay?«

»Ja. Wir lernen einander kennen. Unterhalten uns am Telefon. Schreiben uns Nachrichten. Besuchen uns gegenseitig. Finden heraus, was es mit dieser Beziehung auf sich hat.«

Arrow lächelte. »Cool.«

»Ja. Obwohl ich dich noch immer für völlig verrückt halte. Ich bin wirklich keine gute Partie, Arrow. Die Dinge, die geschehen sind ... ich ... ich weiß nicht, wann und ob ich überhaupt jemals wieder dazu bereit sein werde, mit jemandem intim zu werden.«

»Ein Schritt nach dem anderen, meine Schöne.«

»Aber das ist dir gegenüber nicht fair.«

Arrow stellte den Motor ab und wandte sich zu ihr um, wobei er darauf achtete, ihr nicht zu nahe zu kommen, um sie nicht unter Druck zu setzen, als er sagte: »Scheiß auf fair. Das Leben ist nicht fair. Mein Schwanz wird schon nicht abfallen, nur weil wir einander nicht lieben. Wir können uns etwas anderes einfallen lassen, wenn du nicht willst, dass ich in dich eindringe. Und ich kann mich natürlich immer selbst befriedigen. Eine Beziehung besteht aus mehr als nur Sex.«

Sie errötete, aber Arrow hoffte, dass seine Worte tatsächlich zu ihr durchdrangen.

»Du magst mich wirklich, was?«

Er konnte einfach nicht anders, also lachte er leise. »Ja, Morgan, ich mag dich wirklich. Und jetzt komm. Bringen wir es hinter uns, damit wir ins *The Pit* fahren können.«

Anderthalb Stunden später parkten sie vor dem *The Pit*. Morgan hatte nicht viel über ihren Besuch beim Arzt erzählt und er drängte sie nicht. Sich auf sexuell übertragbare Krankheiten testen zu lassen war nicht gerade lustig, und er hatte ihr bereits gesagt, dass er für sie da sein würde, egal was passierte. Er wollte nicht weiter darauf herumreiten.

Sie war froh, dass sie das hinter sich gebracht hatte, und Arrow stellte den Motor ab.

Keiner von beiden sagte etwas, aber die Stille war nicht unangenehm. Schließlich sagte Arrow: »Ich bin mir sicher, dass Dave weiß, dass wir hier sind, und sich fragt, warum wir auf dem Parkplatz rumsitzen, statt in die Kneipe zu kommen.«

»Was? Hat er hier draußen Kameras installiert oder so was?«, fragte Morgan.

»Allerdings.«

»Tatsächlich?«, fragte sie überrascht. »Ich habe eigentlich nur Spaß gemacht.«

»Hier gibt es überall Kameras. Macht dir das etwas aus?«

»Nein, sollte es das?«

»Nein, aber ich wollte dich trotzdem vorwarnen. Also fall nicht über mich her und knutsch mich ab, wenn du kein Video davon willst.« Sie lachte leise, wie er es sich gewünscht hatte. »Bleib sitzen. Ich mach dir die Tür auf«, befahl er und stieg aus dem Wagen.

Er nahm ihre Hand, als sie aus seinem Pritschenwagen heraussprang. Er runzelte die Stirn, als ihm zum ersten Mal bewusst wurde, wie hoch sein Wagen war. Er hatte nie darüber nachgedacht, aber als er sah, wie schwer es für Morgan war, ein- und auszusteigen, war es mehr als offensichtlich. Er würde ihr ein paar Stufen besorgen müssen oder Trittbretter. Noch besser wäre es, wenn er seinen Wagen endlich gegen ein neueres Modell eintauschen würde, das bequemer für sie wäre. Seine Mutter und seine Schwester nervten ihn schon seit Jahren, einen neuen Wagen zu kaufen, aber bisher hatte er sie stets abgewimmelt.

Er verschränkte seine Finger mit Morgans und sie gingen zur Eingangstür vom *The Pit*. »Bereit?«, fragte er, als er nach der Klinke griff.

»Geh du voraus, oh mein mächtiger Marinesoldat.«

Arrow wusste, dass sie ihn neckte, aber es gefiel ihm, dass sie ihn als den ihren bezeichnete. Er machte die Tür auf und bedeutete ihr, vor ihm reinzugehen.

Kaum setzten sie einen Fuß in den dunklen Raum, kreischte eine weibliche Stimme: »Oh mein Gott! Mein Baby!«

KAPITEL ELF

Morgan versteifte sich bei dem hysterischen Schrei, entspannte sich aber schnell wieder. Es war schon eine Weile her, aber sie würde die Stimme ihrer Mutter überall erkennen.

Sie ließ Arrows Hand los und lief auf ihre Mutter zu. Die ältere Frau stand stocksteif in der Mitte der Kneipe, wie im Schock erstarrt. Offensichtlich wusste sie, dass Morgan lebend gefunden worden war, wahrscheinlich hatte sie sogar die Pressekonferenz gesehen, denn der Fernseher in der Kneipe war eingeschaltet, aber jemanden sagen zu hören, dass es seiner Tochter gut ginge, und es mit eigenen Augen zu sehen, waren zwei völlig verschiedene Dinge, das wusste Morgan.

Sie schlang die Arme um ihre Mutter und die beiden umarmten sich und weinten zusammen mitten in der Kneipe, ohne sich dafür zu interessieren, wer zusah. Sie vergrub ihren Kopf in den Haaren ihrer Mutter, atmete ein und roch den vertrauten Duft von Kokosnuss. Ihre Mutter benutzte seit Jahren dasselbe Shampoo, und es nach all dem, was sie durchgemacht hatte, wieder zu riechen, war fast zu viel.

»Mein Baby«, sagte Ellie Jernigan und wiegte ihre Tochter im Arm. »Ich hätte nicht gedacht, dass ich dich jemals wiedersehe. Jeder hat mir gesagt, ich solle positiv bleiben, aber ich bin keine Närrin. Ich weiß, wenn jemand verschwindet, ist es normalerweise nur eine Frage der Zeit, bis man die Leiche dieser Person im Wald findet, halb zerfressen von wilden Hunden.«

Morgan lachte leise im Arm ihrer Mutter. Sie hatte schon immer einen ausgesprochenen Hang zum Drama gehabt. Morgan löste sich von ihr und lächelte sie an, hielt ihr den Arm hin und sagte dann: »Es geht mir gut. Siehst du? Niemand hat mich halb zerfressen.«

»Die anderen haben gesagt, du wärst in der Klinik, um dich untersuchen zu lassen. Geht es dir gut? Ich weiß, dass du dir dieses Ding hast einsetzen lassen, also solltest du jedenfalls nicht schwanger sein, aber man weiß ja nie, was die anderen Sachen betrifft.«

Morgan errötete und starrte ihre Mutter beschämt an. Sie konnte nicht glauben, dass sie das erwähnt hatte, das unverhohlen angesprochen hatte, was Morgan durchgemacht haben musste. Morgan war keine Närrin – sie wusste, die Möglichkeit bestand, dass sie sich etwas eingefangen hatte, aber sie wollte auf keinen Fall vor allen darüber sprechen. »Ich bin nicht schwanger«, sagte sie schließlich leise und biss sich vor Scham auf die Unterlippe.

»Wie wäre es, wenn ihr beide rüberkommt und euch hersetzt?«, fragte ein Mann mit Südstaatenakzent und Morgan spürte, wie er sie sanft beim Ellbogen nahm und sie zu ein paar Stühlen führte.

Sie war froh über die Unterbrechung, denn so musste sie ihrer Mutter keine weiteren Details über ihren Arztbesuch berichten, also ließ Morgan sich bereitwillig zu den Stühlen führen.

»Morgan, das ist Dave«, bemerkte Arrow von ihrer anderen Seite.

Sie drehte sich zu dem Mann um, der sie und ihre Mutter unterbrochen hatte, und sah zu ihm auf. Er war nicht nur einen Kopf größer als sie – er war riesig. Sogar seine Muskeln hatten Muskeln. Arrow und seine Freunde waren gut gebaut, aber nicht so wie dieser Mann. Außerdem war er auch noch älter als sie. Hätte sie sein Alter schätzen müssen, hätte sie ihn eher auf das Alter ihrer Mutter als auf ihr eigenes geschätzt. Vielleicht Mitte bis Ende vierzig. Er hatte kurzes Haar mit ein paar grauen Strähnen und einen Bart, der ebenfalls reichlich mit Grau gesprenkelt war.

Er war extrem braun gebrannt, aber es war die große Narbe, die sich seitlich an seinem Hals entlangschlängelte und unter dem Kragen seines T-Shirts verschwand, von der sie den Blick nicht abwenden konnte. Es sah aus, als hätte ihn das, was auch immer passiert war, fast enthauptet oder zumindest seinen Hals aufgeschlitzt.

Ihre Hand hob sich in Richtung der Narbe, bevor sie darüber nachdachte, was sie da tat. Glücklicherweise fing sie sich, bevor sie den Mann tatsächlich berührte. Wieder errötete sie vor Verlegenheit, erstarrte mit ihrer Hand in der Luft und starrte in seine braunen Augen.

»Du musst Morgan sein«, sagte er und seine tiefe Stimme klang wie die von Morgan Freeman ... nur eben mit Südstaatenakzent. Er nahm ihre Hand und schüttelte sie, bevor er sie wieder losließ.

»Die bin ich.«

»Willkommen im *The Pit*«, erklärte er, als hätte sie sich vor ihm nicht gerade völlig lächerlich gemacht, indem sie fast seine Narbe angefasst hätte. »Ich bin Dave. Darf ich dir etwas zu trinken holen? Eine Cola? Wasser? Etwas Stärkeres?«

»Ich habe seit Monaten keinen Alkohol mehr getrunken«, sagte sie leise. »Das ist also wahrscheinlich keine so gute Idee.«

»Das hört sich wunderbar an«, erklärte ihre Mutter neben ihr. »Ich könnte auf jeden Fall einen Mimosa gebrauchen.«

Morgan schluckte schwer und drehte sich um, um ihre Mutter noch einmal anzustarren. Sie musterte sie von oben bis unten und stellte fest, dass sie gut aussah. Sie hatte schon immer auf sich geachtet, aber es schien, als fühlte sich Ellie Jernigan seit dem Zeitpunkt, an dem Morgan verschwunden war, und seit ihrem Umzug aus Atlanta immer wohler in ihrer eigenen Haut.

Sie war schon immer größer gewesen als Morgan, aber die zehn Zentimeter hohen Absätze, die sie jetzt trug, machten sie noch einen halben Kopf größer. Sie trug eine taillierte Bluse, die ihre üppige Brust umschmeichelte, und ihr knielanger Rock war eng. »Hast du abgenommen, Mom?«, platzte Morgan heraus. »Du siehst toll aus.«

Ellie errötete und fuhr sich verlegen mit der Hand über den Oberschenkel. »Als du verschwunden bist, habe ich nicht mehr so viel gegessen. Ich war zu besorgt um dich. Ich wusste, ich musste raus aus Atlanta. Überall, wo ich hinkam, gab es Erinnerungen daran, dass du weg warst. Eine der Frauen im Büro erzählte mir, dass sie eine Freundin hat, die in Albuquerque lebt, und sagte, dass es dort viele offene Stellen für Zahnhygienikerinnen gibt. Also traf ich eines Tages, als ich besonders deprimiert war, eine Entscheidung. Ich habe gekündigt und bin umgezogen. Ich habe dort so viele wunderbare Menschen kennengelernt. Ich bin auch einem Fitnessstudio beigetreten und mache eine Keto-Diät. Ich denke, es macht sich langsam bezahlt.«

Morgan spürte Arrows Hand auf ihrem Rücken. Sie hatten sich noch nicht auf die Stühle gesetzt, die Dave ihnen angeboten hatte.

Einerseits wollte Morgan wütend auf ihre Mutter sein, weil sie mit ihrem Leben weitergemacht hatte. Sie hatte neue Freundinnen gefunden und hatte sich um ihr Aussehen gesorgt ... und das alles, während Morgan missbraucht wurde. Aber es wäre kleinlich, sich aufzuregen. Es gab buchstäblich nichts, was sie hätte tun können, und es war besser, dass sie weitergemacht hatte, anstatt in Verzweiflung zu versinken. »Du siehst jedenfalls toll aus, Mom.«

»Danke, mein Schatz.« Sie hob eine Hand zu Morgans blonden Locken und betastete sie. »Sieh dir nur dein armes Haar an. Ich wünschte, dein Vater hätte dir genügend Zeit gegeben, dir eine neue Frisur zu machen, bevor du im Fernsehen auftrittst.«

»Du hättest es mal sehen sollen, bevor Arrow sich darum gekümmert hat«, scherzte Morgan in dem Versuch, die Anspannung ein wenig zu lösen. Es gefiel ihr nicht, dass ihre Mutter ihrem Vater schon wieder einen Seitenhieb verpasst hatte. Sie war daran gewöhnt gewesen, doch mittlerweile war es ein Jahr her, seit sie die schnippischen Bemerkungen gehört hatte. Sie lächelte zu Arrow hoch, der hinter ihr stand, und sagte: »Ich habe Glück gehabt, dass ich es nicht alles abschneiden lassen musste.«

Ellie war entsetzt. »Es abschneiden? Oh, das wäre ja wirklich schrecklich gewesen. Du hast dein Haar schon immer geliebt.«

Kurzes Haar wäre nicht gerade *schrecklich* gewesen. Zumindest nicht im Vergleich zu dem, was sie durchgemacht hatte. Es wäre die kleinste ihrer Sorgen gewesen. Sie hatte die Hölle durchgestanden und ihre Mutter machte sich Sorgen um ihr Haar?

»Ich halte Ihre Tochter für wunderschön, egal was sie anhat oder wie ihre Haare aussehen«, erklärte Arrow und lehnte sich ein wenig an sie.

Morgan war momentan für seine Unterstützung dankbar. Die Tatsache, dass er das Wort ergriffen hatte, hatte sie davon abgehalten, eine Bemerkung zu machen, die sie später wahrscheinlich bereut hätte.

Ellie konzentrierte sich auf Arrow. »Du warst also derjenige, der meine Tochter gefunden hat? Hast du die Männer getötet, die sie verschleppt haben?«

»Ich war einer von drei Männern, die sie gefunden haben, ja. Und nein. Unser einziges Ziel war es, Nina sicher nach Hause zu bringen. Wir haben den örtlichen Behörden Bescheid gesagt, wo wir sowohl Ihre Tochter als auch das kleine Mädchen gefunden haben, und sie hatten vor, sich um Ninas leiblichen Vater zu kümmern. Wir warten immer noch darauf, dass man uns mitteilt, ob es ihnen gelungen ist, ihn oder die anderen Männer, die damit zu tun hatten, dingfest zu machen.«

»Hmmm.«

Morgan war es peinlich, dass ihre Mutter sich so unhöflich benahm. Sie hätte ihm die Füße küssen und ihm danken müssen, dass er Morgan gefunden und zu ihr nach Hause gebracht hatte. Wenn sie jetzt darüber nachdachte, hatte nicht mal ihr Vater sich richtig bei Arrow und dem Rest des Teams bedankt. Er hatte sich mehr dafür interessiert, welche Nachrichtensender an der Pressekonferenz teilnehmen würden und ob man ihre Geschichte im nationalen Fernsehen oder nur regional ausstrahlen würde.

Sie drehte sich um und sah, wie Meat, Ro und Ball die Kneipe betraten. Sie wusste, dass sie bei der Pressekonferenz zurückgeblieben waren, um Arrow und ihr die Zeit zu verschaffen zu fliehen. Sie lächelte ihnen zaghaft zu und sah, wie Arrow sie mit einem Nicken begrüßte.

»Wer ist das denn?«, fragte Ellie.

»Das sind die anderen Männer aus dem Team, das mich gerettet hat«, erklärte Morgan ihrer Mutter. »Ball war mit in Santo Domingo, aber die anderen waren hier vor Ort und haben Informationen geliefert.«

Anstatt zu bitten, sie kennenlernen zu dürfen, wandte ihre Mutter sich ab, als wären sie völlig unwichtig, und drehte sich zu ihrer Tochter um. »Morgan, du kommst doch mit mir zurück nach Albuquerque, nicht wahr? Du wirst nicht nach Atlanta zurückkehren, oder? Ich bin mir nicht sicher, ob das die beste Idee ist. Wer auch immer dich das erste Mal entführt hat, könnte darauf warten, dass du nach Hause zurückkehrst. Er könnte es wieder tun. Ganz zu schweigen von der Tatsache, dass dein Vater dort ist, und ich weiß, dass er dich zu seinem eigenen Vorteil vor allen Kameras zur Schau stellen will.«

Es war eine indirekte Art, sie zu bitten, bei ihr zu wohnen, aber Morgan konnte nicht wirklich widersprechen. Sie hatte ohnehin keine Lust, nach Atlanta zurückzukehren, und sie wollte auf keinen Fall all den Leuten, die ihr Vater im letzten Jahr kennengelernt und mit denen er gearbeitet hatte, Interviews geben müssen.

Allerdings erinnerte sie sich schnell daran, warum sie auch so froh gewesen war, aus dem Haus ihrer Mutter in Atlanta auszuziehen. Morgan liebte ihre Mutter, aber sie konnte manchmal extrem kleinlich sein.

Mit einem Blick von ihrer Mutter zu Arrow und wieder zurück sagte Morgan: »Ich ... also, wenn das für dich in Ordnung ist, Mom, dann ja.«

»*Natürlich* ist es das!«, rief Ellie, streckte die Hände aus und nahm Morgan erneut in den Arm. »Du bist meine Tochter und ich bin froh, dass du quasi von den Toten wiederauferstanden bist. Ich will auf keinen Fall, dass du woanders hingehst.«

Morgan umarmte ihre Mutter ebenfalls, versteckte ihr Gesicht und versuchte, die Fassung wiederzuerlangen. Nun, da sie wusste, wo sie wohnen würde, wollte sie es sich aus irgendeinem Grund plötzlich noch einmal überlegen. Vielleicht hatte sie nicht gründlich genug darüber nachgedacht. Vielleicht sollte sie sich lieber eine Wohnung hier in Colorado Springs besorgen oder so was.

Dann wich Ellie ein wenig zurück und sagte: »Oh, ich werde sofort Lane anrufen und ihm mitteilen, dass du wieder da bist. Er kann es kaum erwarten, mit dir zu reden.«

Morgan konnte ihre Mutter nur anstarren. Ellie hatte Lane immer sehr gemocht. Sie hatte sie für das perfekte Paar gehalten. Aber Morgan war definitiv nicht dazu bereit, mit ihm zu sprechen. Als sie entführt wurde, hatten sie kurz davor gestanden, miteinander Schluss zu machen, doch davon hatte sie ihrer Mutter nichts erzählt, also wusste sie das nicht.

»Mrs. Jernigan?«, fragte Arrow.

»Es heißt Miss«, korrigierte Ellie ihn. »Was gibt's?«

»Wir müssen Morgan einen Moment lang entführen. Es gibt noch ein paar Dinge in Bezug auf ihre Entführung zu besprechen.«

»Bist du sicher, dass das gerade jetzt nötig ist? Schließlich ist sie nach allem, was passiert ist, noch ziemlich verletzlich. Ich möchte nicht, dass sie etwas noch mal durchleben muss, das ihr Stress verursachen könnte. Vielleicht solltest du besser einen Monat oder so was warten.«

»Es ist wichtig, dass wir mit ihr sprechen, während sie alles noch frisch im Gedächtnis hat«, entgegnete Arrow und warf Morgan einen entschuldigenden Blick zu. »Ich verspreche, dass wir es langsam angehen lassen. Mir und meinem Team ist es das Wichtigste, dass es ihr gut geht.«

»Dann habt ihr sicher nichts dagegen, wenn ich mitkomme«, erklärte Ellie aufgebracht. »Schließlich bin ich ihre Mutter. Wir haben keine Geheimnisse voreinander.«

Das stimmte nicht ganz, aber Morgan widersprach ihr nicht. Sie wusste aus Erfahrung, dass die Frau sich nur noch tiefer verbeißen und noch sturer werden würde, wenn sie sie nicht ablenkte. »Mom, ich könnte deine Hilfe gebrauchen, um mir ein paar Klamotten und so zu besorgen. Vielleicht kannst du ein paar Sachen online für mich bestellen, die zu dir geliefert werden, während ich mit Arrow und seinen Freunden rede? Ich bin mir sicher, dass es nicht zu lange dauern wird.«

»Einkaufen?«, sagte Ellie fröhlich. »Immer gern! Daran hätte ich schon längst denken sollen. Meinst du, jemand hat einen Computer, den ich mir ausleihen kann? Ich könnte mein Telefon benutzen, aber es wäre einfacher auf einem Laptop.«

»Ich bin mir sicher, dass wir das arrangieren können«, entgegnete Arrow und blickte zu Dave hinüber, der das ganze Gespräch schweigend, aber aufmerksam beobachtet hatte und nun belustigt die Augenbrauen hob.

Der Barkeeper verstand den Wink mit dem Zaunpfahl und nickte. »Ich habe einen Computer im Hinterzimmer, den du benutzen kannst, Ellie.«

»Vielen Dank«, sagte Morgans Mutter und blinzelte ihm zu. Als Dave ihr seinen Arm hinhielt, wurde ihr Lächeln sogar noch breiter und sie hakte sich bei ihm unter. »Was für ein Gentleman. Das gefällt mir.«

»Mom?«, fragte Morgan, bevor Ellie davonging.

»Ja?«

»Glaubst du, du könntest mir deine weltberühmte fünflagige Lasagne machen, wenn wir nach Hause kommen? Ich habe schon seit Ewigkeiten keine Hausmannskost mehr gegessen.«

»Oh, mein Schatz ... selbstverständlich. Und ich mache dir auch diese Marshmallow-Kekse, die du so gern magst.«

»Danke.«

»Ich bin froh, dass es dir gut geht. Ich bin vielleicht nicht die weltbeste Mutter, aber ich liebe dich und ich will nur das Beste für dich.«

»Danke, Mom. Ich liebe dich auch.«

Als Ellie und Dave außer Hörweite waren, beugte Arrow sich zu ihr runter und fragte: »Alles in Ordnung?«

»Ja. Wahrscheinlich hätte ich euch bezüglich meiner Mutter warnen sollen. Sie ist manchmal ein wenig ... übertrieben.«

Arrow lachte leise. »Das könnte man so sagen.«

»Sie meint es ja nur gut. Sie ist eben manchmal einfach nur zu offen und denkt nicht immer vorher über das nach, was sie sagt.«

»Sie wusste nicht über Lane und dich Bescheid, nicht wahr?«

»Dass wir vorhatten, Schluss zu machen? Nein. Ich weiß auch nicht, warum ich ihr nicht gesagt habe, dass unsere Beziehung vor dem Aus steht. Vielleicht wollte ich sie nicht enttäuschen oder so was. Aber irgendwie war ich noch nicht dazu gekommen, ihr zu sagen, dass wir die Beziehung bald beenden würden.« Sie blickte zu Arrow hoch. »Ich hätte ihn wahrscheinlich anrufen sollen, was?«

»Komm schon«, sagte Arrow und nahm ihre Hand. »Dieses Gespräch können wir auch mit den Jungs führen. Sie sind sicher daran interessiert zu hören, dass er mit dir reden will.«

»Ich hasse diese Situation«, erklärte Morgan, während sie Arrow brav durch die Tür im hinteren Teil des Raumes folgte, die zu der Billardhalle führte. Er wandte sich nach rechts und führte sie an einen Tisch im hinteren Teil des Raumes. Black, Ball, Ro, Meat und Gray saßen bereits da und gingen ein paar Papiere durch.

»Ich weiß, und ich hasse es, dass du diesen ganzen Mist auch noch mitmachen musst. Aber es ist notwendig. Das weißt du doch, oder? Ich meine, wir müssten diese Unterhaltung nicht führen, wenn wir wüssten, wer dich entführt hat und warum.«

»Ich weiß, Arrow«, versicherte Morgan ihm und legte ihm ihre freie Hand auf den Arm. »Ich behaupte ja auch gar nicht, dass ich es nicht tun *will*, es gefällt mir nur eben nicht sonderlich.«

»Es wird heute sicher zu spät werden, sodass deine Mutter und du heute nicht mehr aufbrechen könnt, wenn wir hier fertig sind«, erklärte Arrow. »Besteht die Möglichkeit, dass ich dich für ein Abendessen in meiner Wohnung begeistern kann? Ich bin nicht der beste Koch der Welt, aber ich bin auch nicht der schlechteste. Ich kann uns ein leckeres Steak zubereiten, mit gegrilltem Spargel und Brötchen als Beilage. Das ist so nahe an der Hausmannskost, wie ich es hinbekomme. Wenn du willst, kannst du deine Mutter einladen. Oder lieber deinen Dad?«

Morgan starrte zu ihm auf und hatte das Gefühl, weinen zu müssen. Er hätte sie bitten können, mit ihm und seinen Freunden essen zu gehen. Er hätte auch Allye und Chloe und die anderen zum Essen einladen können. Noch mehr gefiel ihr, dass er bereit war, sie glücklich zu machen, indem er ihre Eltern zum Essen einlud.

»Ich würde gern ein Steak bei dir essen«, sagte sie leise. »Und ... weil heute mein letzter Abend hier ist ... können wir vielleicht unter uns bleiben? Ich werde sehr viel Zeit mit meiner Mutter verbringen, da ich ja mit ihr nach New Mexico zurückkehre. Und Dad würde wahrscheinlich sowieso nur über das reden wollen, was passiert ist – wenn er und Mom sich nicht gerade streiten –, und ich habe das Gefühl, dass ich heute Abend keine Lust mehr zum Reden haben werde.«

Sie beobachtete, wie Arrow den Blick erst auf ihre Lippen und dann auf ihre Brust wandern ließ, bevor er ihn wieder zu ihren Augen hob. Sie wollte sich unter dem intensiven Blick, den er ihr zuwarf, winden, aber sie widerstand dem Drang. Sie mochte diesen Mann. Vielleicht war ja doch etwas dran an der Liebe auf den ersten Blick. Sie wusste nicht, ob sie ihn liebte, aber alles, was sie bisher über ihn wusste, gefiel ihr sehr.

»Was auch immer du dir wünschst, ich werde mein Bestes geben, damit du es bekommst«, erklärte Arrow ihr.

»Okay. Wenn wir fertig sind, rede ich mit meiner Mutter und erkläre ihr den Plan«, sagte Morgan.

»Das hört sich gut an. Wenn du während unserer Unterhaltung eine Pause brauchst, klopf mir einfach zweimal aufs Knie.«

Ihre Gefühle für ihn wuchsen bei seinen Worten nur noch mehr. »Mach dir um mich keine Sorgen, das ist gar nicht nötig.«

»Ich weiß doch, dass es nicht nötig ist. Aber mein Angebot steht. Du brauchst nicht das Gefühl zu haben, weitermachen zu müssen, wenn es dir alles zu viel wird.«

»Okay.«

»Gut. Bist du bereit?«

»Um über die Menschen in meinem Leben zu sprechen, von denen ich dachte, sie seien Freunde, und um herauszufinden, wer mich genügend hassen könnte, um mich entführen und in einem fremden Land gefangen halten zu lassen? Nein. Aber ich bin bereit, mit meinem Leben weiterzumachen.«

»Ich weiß nicht, ob ich dich in den Arm nehmen oder dich abklatschen soll«, gestand Arrow ihr.

»Kommt schon, ihr beiden«, rief Meat. »Wir müssen Dinge erledigen und ein paar böse Buben schnappen.«

»Wie charmant«, murmelte Arrow, als er Morgan an den Tisch führte.

Er wartete, bis sie sich hingesetzt hatte, bevor er seinen eigenen Stuhl neben ihrem herauszog.

Morgan wusste nicht, ob sie einfach anfangen sollte zu reden oder wie das Ganze funktionieren würde, aber sie hätte sich keine Gedanken zu machen brauchen. Meat preschte einfach vor, wie er es immer tat, wie ihr inzwischen bekannt war, und sagte: »Also, Morgan Byrd, erzähle uns von jedem einzelnen Menschen, mit dem du in Atlanta zu tun hattest.«

KAPITEL ZWÖLF

Arrow konnte sehen, dass Morgan erschöpft war. Sie hatten zwei Stunden lang mit ihr geredet – oder besser gesagt, *sie* hatte zwei Stunden lang mit ihnen geredet.

Meat hatte sie gebeten, ihre Worte überhaupt nicht zu filtern. Wenn sie seltsame Gefühle für jemanden hatte, musste sie es ihm sagen. Er hatte die Führung bei der Befragung übernommen und Morgan unter Druck gesetzt.

Als sie noch in Santo Domingo waren, hatten sie von ihrem inneren Kreis gehört, Lane und Lance Buswell, Karen Garver, Thomas Huntington und Sarah Ellsworth, aber Meat hatte darauf bestanden, die Namen von so vielen ihrer Freunde, Bekannten, Kunden und Lieferanten wie möglich zu bekommen. Er war sogar so weit gegangen, sie nach den Namen der Freunde ihrer Eltern zu fragen. Da ihr Vater Finanzleiter war, durfte man seine Konkurrenten nicht übersehen.

Morgan hatte sich nicht gewehrt. Sie beantwortete jede Frage, die ihr gestellt wurde, und erzählte ihnen so viel wie möglich über jede Person.

Das Ergebnis war, dass sie jetzt eine Liste von etwa

hundert Leuten hatten, und zu diesem Zeitpunkt war *jeder* ein Verdächtiger. Er wusste, dass Morgan immer noch die Hoffnung hegte, dass ihre Entführung zufällig war, aber für Arrow fühlte es sich nicht so an. Und er wusste, dass der Rest des Teams derselben Auffassung war.

Wenn sie von einem Fremden entführt worden wäre, hätte derjenige sich nicht solche Mühe gegeben, sie in der Karibik festzuhalten. Er hätte mit ihr gemacht, was er wollte, und sie dann getötet. Aber sie unter Drogen zu setzen, sie in das kleine Land zu bringen und dann eine Gruppe von Kriminellen zu bezahlen, um sie dort ungesehen festzuhalten, ging weit über eine zufällige Entführung hinaus.

Nein, wer auch immer dahintersteckte, kannte Morgan persönlich. Und hegte zudem einen höllischen Groll gegen sie, was Arrow verblüffte. Zugegeben, er kannte sie noch nicht lange, aber er konnte sich nicht vorstellen, dass sie jemals etwas tun würde, das jemanden dazu bringen würde, sie so zu quälen, wie es geschehen war.

Also fingen sie an, die Liste der Leute, die sie kannte, durchzugehen, angefangen bei ihren Freundinnen, ihrem Ex-Freund und seinem Bruder, und gingen von dort aus weiter. Je besser jemand sie kannte, desto wahrscheinlicher war es, dass er derjenige war, der hinter ihrer Entführung steckte.

»Anscheinend hat Lane eine neue Freundin, und das schon seit fast einem Jahr«, erklärte Meat ihr. Dann blickte er zu Morgan und fügte etwas zu spät hinzu: »Tut mir leid.«

Sie winkte jedoch nur ab. »Ich habe euch doch schon erzählt, dass wir sowieso schon nicht mehr zusammen waren, als wir an jenem letzten Abend miteinander ausgegangen sind. Ist schon in Ordnung.«

»Also, er ist jetzt mit einer Frau zusammen, die Rebecca

Low heißt. Sie hat eine ziemlich lange Liste an Ex-Freunden ... darunter auch ein paar Kriminelle.«

»Und wofür wurden sie festgenommen?«, wollte Black wissen.

»Bewaffneter Raubüberfall, Körperverletzung und häusliche Gewalt.«

»Verdammt. Sieht so aus, als wäre Lane da eine ziemliche Verbesserung, was?«, fragte Ball Morgan.

Sie nickte. »Er fährt nicht mal gern schnell.«

»Ja. Lane Buswell ist wirklich ein Musterknabe«, erklärte Meat und starrte auf den Bildschirm vor sich. »Aber vielleicht wollte die kleine Miss Rebecca Morgan aus dem Weg schaffen, um Lane ganz für sich zu haben. Sie kannte auf jeden Fall die richtigen Leute, um die Drecksarbeit für sie zu erledigen.«

»Lance ist auch nicht viel besser, oder?«, fragte Ro. »Er hat selbst eine Liste von Straftaten.«

»Stimmt. Meistens Bagatelldelikte, wie Trunkenheit in der Öffentlichkeit und Ruhestörung ... oh, aber er hatte eine Anzeige wegen Trunkenheit am Steuer, die noch lief, als Morgan verschwand.«

»Sarah hatte als Barkeeperin mit allen möglichen Leuten zu tun«, warf Gray ein. »Vielleicht hat sie jemanden bezahlt, um Morgan aus dem Klub zu folgen und sie zu entführen.«

»Oh, das ist interessant«, erklärte Meat und hämmerte auf der Tastatur seines Computers herum.

»Was denn?«, fragte Gray.

»Karen Garvers *Bruder* ist Mitglied einer Motorradbande in Miami. Falls sie noch eine Rechnung mit Morgan offen hatte oder sich über den Tisch gezogen fühlte, ist sie vielleicht ausgeflippt und hat ihren Bruder auf den Plan gerufen.«

Arrow hatte sich so sehr auf die Liste der Namen vor ihm und auf die Theorien der anderen konzentriert, dass er Morgan keine Aufmerksamkeit geschenkt hatte. Erst als er ein zaghaftes Klopfen an seinem Knie spürte, sah er zu ihr hinüber.

Sie presste die Lippen vor Erschöpfung zusammen und hatte kaum noch Farbe im Gesicht.

Mist.

Die Teamkameraden arbeiteten am besten, wenn sie jede Information, die sie hatten, in den Raum warfen und ein Brainstorming durchführten. Sie hielten sich dabei auch nicht zurück. Morgan war so hilfsbereit gewesen und hatte so gleichmütig über ihre Freunde und Bekannten gesprochen, dass er fast vergessen hatte, dass sie nicht zu ihnen gehörte. Für sie war es nicht nur ein Fall, den sie besprach – es war ihr Leben.

»Es wird langsam spät, Jungs«, erklärte Arrow nachdrücklich. »Allye und Chloe werden sicher bald hier auftauchen und ich weiß, dass Morgan wahrscheinlich eine Pause braucht, bevor das der Fall ist.«

Sie nickte enthusiastisch neben ihm.

Gray wurde sofort klar, dass sie es übertrieben hatten, und er sagte: »Entschuldige, Morgan. Das hast du großartig gemacht. Wirklich. Ich weiß, wie schwer es für dich sein muss.«

»Ja«, pflichtete sie ihm bei. »Ich hätte nie gedacht, dass ich mir den Postboten als jemanden vorstellen muss, der mich so sehr hasst, dass er mich ein Jahr lang entführen und foltern lässt. Ich schätze, ich sollte meine Katalogbestellungen zurückfahren, was?«

Arrow wollte gerade etwas sagen, um sie zu beruhigen, als ein Tumult am Eingang ihn ablenkte.

»Ich *fasse* es nicht!«, rief Ellie Jernigan.

»Beruhige dich, Ellie«, ertönte eine tiefe Stimme.

Morgan sprang so schnell auf, dass ihr Stuhl umfiel und das Geräusch laut durch den großen Raum hallte. »Oh verdammt«, rief sie.

»Wer ist das?«, fragte Black und sah wachsam und bereit aus, Morgan gegen jeden zu verteidigen, der ins Zimmer kam und versuchte, ihr wehzutun.

Die anderen waren seinem Beispiel gefolgt und hatten Morgan umzingelt, um sich zwischen sie und denjenigen zu stellen, der die Kneipe betreten hatte. Es beruhigte Arrow ... aber er hatte das Gefühl, dass die Person, die beschützt werden musste, nicht Morgan war. »Es ist Carl Byrd«, informierte er seine Teamkameraden.

»Ihr Vater?«, fragte Gray.

»Genau der«, murmelte Morgan und ging auf die Tür zu. »Ich hoffe, ihr Jungs seid dafür bereit. Falls es auf dieser Welt jemals zwei Menschen gab, die sich hassen und nicht gemeinsam in einem Raum sein sollten, dann sind es diese beiden.«

Da er Morgan beschützen wollte und sich selbst darüber ärgerte, dass er sie nicht besser beobachtet hatte, während sie darüber sprachen, wer sie loswerden wollte, ging Arrow etwas vor ihr, als sie sich der Tür näherten.

Carl Byrd stand mitten in der Kneipe und Ellie Jernigan stand vor ihm und schrie ihn an.

»Du kannst dich gleich umdrehen und wieder verschwinden«, rief sie und wedelte mit ihrem Finger vor seinem Gesicht herum. »Morgan will dich nicht sehen. Ist dir denn überhaupt nicht klar, wie schwer der heutige Tag für sie war? Dass es falsch von dir war, sie vor diesen Aasgeiern vorzuführen? Wie kannst du nur so unsensibel sein?«

»Diese ›Aasgeier‹ haben dafür gesorgt, dass Morgans Fall

nicht in Vergessenheit gerät«, entgegnete Carl ruhig. »Hätte ich nicht dafür gesorgt, dass niemand unsere Tochter vergisst, wäre sie wahrscheinlich immer noch in diesem Loch in der Karibik.«

»Das ist doch ein Witz!«, entgegnete Ellie aufgebracht. »Dass sie gefunden wurde, ist nicht *dein* Verdienst. Es war ein Zufall! Wenn der andere Mann seine Tochter nicht dorthin verschleppt hätte, wäre sie noch in den Fängen ihrer Entführer. Also erzähl mir nicht solchen Mist, dass *du* dafür verantwortlich bist, dass sie gesund und munter wieder zu Hause ist.«

»*Du* hast jedenfalls nichts getan, um sie wiederzufinden«, erklärte Carl, der nun ebenfalls langsam aus der Fassung geriet. »Du bist nach ihrem Verschwinden so schnell aus Atlanta abgehauen, dass man hätte meinen können, du hättest etwas zu verbergen.«

Das Geräusch von Ellies Handfläche, die auf Carls Wange klatschte, hallte durch den fast leeren Raum. »Wie kannst du es *wagen*«, kreischte sie. »*Du* warst doch derjenige, der alles getan hat, um den größtmöglichen Gewinn aus ihrer Entführung zu schlagen! Die Aktien für deine ach so tolle Firma sind in die Höhe geschossen, nachdem du im Fernsehen erschienen warst und rumgeheult hattest, wie traurig du bist, dass *deine* arme Tochter entführt wurde, und wie sehr du sie vermisst. Vielleicht hättest du mehr Zeit mit ihr verbringen sollen, als sie noch klein war, anstatt deine Sekretärin zu vögeln!«

»Das reicht!«, brüllte Dave und stolzierte zu den beiden hinüber.

Arrow blinzelte und zog Morgan zur Seite der offenen Tür, um Platz für die anderen zu schaffen, die sich in den Streit einschalteten. Er hatte Dave noch nie so wütend gesehen. Er war der ausgeglichenste Mann, den Arrow je getroffen hatte. Er regte sich nicht auf, wenn Leute in seiner Kneipe betrunken waren und sich ungebührlich verhielten. Er zuckte nicht mit der Wimper, wenn jemand versuchte, einen Streit mit ihm anzufangen. Es schien ihn nicht im Geringsten zu stören, wenn er um ein Trinkgeld betrogen wurde.

Aber im Moment sah er aus, als würde er einen von Morgans Elternteilen ermorden oder sogar beide.

Gray und Ro flankierten den Mann, während Ball an Carls Seite ging und Black an Ellies.

»Wie könnt ihr *beide* es wagen, euch so zu benehmen«, zischte Dave die beiden an. »Es ist ein verdammtes *Wunder*, dass eure Tochter nach Hause zurückgekehrt ist, und ihr steht hier und streitet euch wie zwei Fünfjährige. Es interessiert mich nicht, was ihr in eurer Vergangenheit erlebt habt, in einer Zeit wie dieser solltet ihr zumindest höflich miteinander umgehen.«

»Du hast recht«, entgegnete Ellie, diesmal ohne Bitterkeit in ihrem Ton, und ließ die Schultern hängen. »Die Tatsache, dass Morgan zurückgekehrt ist, ist tatsächlich ein Wunder und ich bin überglücklich, dass sie hier ist. Ich war nur in letzter Zeit so besorgt und gestresst. Aber nichts ist so wichtig, wie meine Tochter endlich wieder zu Hause zu haben.«

»Außer vielleicht die Tatsache, dass du deine fünfzehn Minuten im Rampenlicht verpasst hast, weil du nicht zur Pressekonferenz eingeladen warst«, sagte Morgans Vater zwar leise, aber trotzdem noch laut genug, sodass jeder es mitbekam.

»Das reicht!«, donnerte Dave erneut. »Verdammt noch mal! Ihr beide seid wirklich das perfekte Beispiel dafür, was in unserer Welt schiefgeht. Raus. Verschwindet.«

»Aber ich will mit Morgan reden«, beschwerte sich Carl.

»Du hattest deine Chance«, entgegnete Ellie. »Sie kommt heute noch mit mir zurück nach Albuquerque. Und ich werde dafür sorgen, dass sie keine Sekunde allein ist. Ich werde dafür sorgen, dass sie in Sicherheit ist.«

Carl blickte daraufhin Morgan an. »Im Ernst? Du musst mit mir zurück nach Atlanta kommen, mein Schatz. Ich bringe dich in einer Wohnung in meinem Gebäude unter. Dort gibt es einen Pförtner und alles. Dort bist du in Sicherheit.«

»Vielleicht sollte ich zu keinem von euch beiden ziehen«, erklärte Morgan nüchtern. »Ich bin es wirklich leid, dass ihr beide euch wie Kleinkinder benehmt. Eure Scheidung liegt nun schon Jahrzehnte zurück. Ihr müsst langsam mal anfangen, euch wie Erwachsene zu benehmen, und aufhören, mich wie einen Zankapfel zu behandeln.«

Dave nickte und Black und Ball gingen zum Ausgang der Kneipe. Er machte die Tür auf und die anderen beiden Männer packten Morgans Eltern am Arm.

»Hey, lass mich los!«, protestierte Carl.

Ellie drehte sich zu ihrer Tochter um, während sie zur Tür eskortiert wurde. »Es tut mir leid, mein Schatz. Ich werde mich bessern, das verspreche ich dir. Es ist nur ... ich habe dich so sehr vermisst und ich will sicherstellen, dass es dir gut geht. Bitte überleg dir noch mal, ob du nicht doch mit mir mitkommen möchtest. Ich werde auch nichts über deinen Vater sagen, das schwöre ich.«

»Morgan wird sich bei dir melden«, erklärte Dave Ellie. »Sie bleibt die Nacht über hier in Colorado Springs und ihr beide könnt morgen von hier verschwinden. Ich würde euch empfehlen, euch ein wenig zu entspannen und zum ersten Mal in eurem Leben daran zu denken, was das Beste für Morgan ist. Falls sie sich dazu entschließt hierzubleiben, könnt ihr sicher sein, dass sie all den Schutz hat, den sie benötigt. Falls sie sich dazu entschließt, mit dir nach New Mexico zu gehen, Ellie – wovon ich im Moment eher nicht ausgehe –, solltest du besser zu hundert Prozent darauf vorbereitet sein. Ich würde empfehlen, dass ihr darüber nachdenkt, was eure Tochter durchgemacht hat und wie ihr *ihr* am besten helfen könnt, anstatt daran zu denken, was für euch am besten wäre.«

Und damit gaben Black und Ball den beiden Älteren einen sanften Schubs zur Tür hinaus, und Dave machte sie ihnen vor der Nase zu. Er drehte sich um und ging direkt auf Morgan zu.

Sie stand mit großen Augen und einem verlegenen Gesichtsausdruck neben Arrow.

Dave kam auf sie zu und zog sie ohne ein Wort in seine Arme. Arrow sah keine Angst vor dem älteren Mann oder irgendetwas, das zeigte, dass sie Daves Umarmung nicht wollte. Sie schloss die Augen und legte ihre Wange an seine Brust.

»Tut mir wirklich leid, Liebes«, erklärte Dave.

Morgan zuckte in seinen Armen mit den Achseln. »Ist schon okay. Es ist nicht das erste Mal, dass ich sie streiten sehe, und es wird auch nicht das letzte Mal sein.«

»Eigentlich sollten sie für dich da sein«, protestierte Dave, der die Sache noch nicht auf sich beruhen lassen wollte.

Morgan löste sich ein wenig und sah zu dem älteren Mann hinauf. »Das geht schon mein ganzes Leben lang so mit den beiden. Und je mehr Zeit seit der Scheidung vergeht, umso schlimmer wird es. Es ist fast so, als würden sie sich weigern, die aufgestaute Wut aufeinander loszulassen. Ich verstehe es nicht, aber ich habe gelernt, damit umzugehen. Außerdem sind sie nicht immer so. Meine Mutter hängt normalerweise ziemlich an mir. Sobald mein

Vater wieder weg ist, wird sie wieder sie selbst und behandelt mich liebevoll.«

»Trotzdem«, seufzte Dave, »es tut mir wirklich leid. Und du *bist* ein echtes Wunder. Du musst die Hölle durchlebt haben, doch jetzt bist du hier. Und du kannst alles verarbeiten, was mit dir geschehen ist, weil du noch am Leben bist. Denk immer daran.« Dann wandte er sich an Arrow. »Seid ihr fertig?«

»Ja, vorläufig schon.«

»Gut. Morgan braucht jetzt dringend etwas zu trinken«, verkündete Dave. Dann schob er Morgan in Arrows Arme, drehte sich um und ging zur Theke.

»Er übertreibt ein wenig«, bemerkte Morgan leise, nachdem er einige Schritte weggegangen war.

»Nein, eigentlich nicht«, entgegnete Arrow. »Normalerweise ist er ein ziemlich ruhiger Typ.«

»Keine Ahnung, was ich davon halten soll«, gab sie zu.

»Du solltest dich für etwas Besonderes halten«, erwiderte Arrow. »Und jetzt ... geht es dir gut? Es tut mir leid, was vorgefallen ist.« Und er zeigte mit einem Nicken in Richtung Billardhalle. »Mir hätte früher auffallen müssen, dass es nicht gerade toll war, so über deine Freunde zu reden.«

Sie schüttelte sofort den Kopf. »Nein, ist schon okay. Es ist nur ... ich war einfach einen Moment lang überfordert. Es ist ja schließlich nicht so, als hätte ich nicht genügend Zeit gehabt, über all die Dinge nachzudenken, die ihr auch angesprochen habt. Ich hatte ein Jahr Zeit, über die Entführung nachzudenken und mich zu fragen: ›Warum ausgerechnet ich?‹ Aber ich hätte nie damit gerechnet, dass jemand die Männer bezahlt, um mich als Geisel zu halten.«

»Äh ... wisst ihr übrigens, dass draußen auf dem Parkplatz ein Mann und eine Frau streiten?«, fragte Allye, die gerade gemeinsam mit Chloe die Billardhalle betrat.

»Ja, wissen wir«, entgegnete Gray, ging auf sie zu und legte ihr einen Arm um die Schultern.

»Und wollt ihr nichts dagegen unternehmen?«, fragte Chloe.

Ro ging zu seiner Freundin und gab ihr einen langen Kuss, bevor er zurückwich und sagte: »Das haben wir schon. Was glaubst du, weshalb sie dort draußen auf dem Parkplatz sind und nicht hier drinnen?«

»Hi«, sagte Morgan verlegen und versuchte, sich von Arrow zu lösen. Doch er ließ sie nicht los.

»Hey«, entgegnete Allye.

»Bereit für eine Runde Billard?«, fragte Chloe.

»Ja, ich glaube schon«, erklärte Morgan ihr.

»Hier«, sagte Dave und drückte Chloe und Allye jeweils eine Flasche Wasser in die Hand. Dann brachte er Morgan einen knallblauen Drink. »Und das hier ist für dich.«

»Und was ist das? Und will ich es überhaupt wissen?«

»Dieser Cocktail nennt sich AMF. Er besteht aus Wodka, Rum, Tequila, Blue Curaçao, Süßsauer-Mix, aufgefüllt mit 7UP.«

Morgan starrte ihn ungläubig an. »Dave, ich habe seit über einem Jahr keinen Alkohol mehr getrunken.«

»Dann hast du ja jetzt umso mehr Grund dazu.«

»Äh ... okay«, stammelte sie. Dave nickte zufrieden, machte auf dem Absatz kehrt und ging ohne ein weiteres Wort wieder hinter die Theke.

Morgan sah hoch zu Arrow. »Irgendwie habe ich Angst davor, das zu trinken«, gab sie zu.

Arrow lächelte sie an. »Das brauchst du nicht. Dave ist der beste Barkeeper, den ich je kennengelernt habe. Außerdem gibt er besonders gut auf die Damen acht. Wenn er der Meinung ist, dass du das jetzt brauchst, ist es wahrscheinlich auch so.«

»Und wofür steht AMF?«, fragte Morgan und nippte an ihrem blauen Getränk.

»Adios, Motherfucker«, rief Dave von der anderen Seite der Kneipe.

Morgan verschluckte sich und starrte ihn einen Moment lang an, bevor sie Arrow fragte: »Hat er mich wirklich von dort hinten gehört?«

»Habe ich dir gar nicht gesagt, dass Dave wie eine Fledermaus hört?«, entgegnete Arrow und lächelte erneut.

»Äh ... ja.« Dann hob sie die Stimme und fragte Dave: »Und zu wem sagst du Adios? Zu mir oder meinen Eltern? Oder willst du mir damit vielleicht sagen, dass ich mich von meinem Erinnerungsvermögen verabschieden kann, nachdem ich das hier getrunken habe?«

»Ja, das alles«, rief der Barkeeper zurück und wandte die Aufmerksamkeit dann mit einem kleinen Lächeln wieder dem Abwischen des ohnehin schon sauberen Tresens zu.

»*Mir* hat er noch nie einen Drink gemacht«, flüsterte Allye, die auf sie zukam.

Chloe kam ebenfalls auf sie zu und öffnete ihre Wasserflasche. »Mir auch nicht. Wir bekommen von ihm immer nur Wasser. In einer Flasche natürlich.«

Die beiden Frauen lachten und Morgan runzelte fragend die Stirn.

»Er weigert sich, Frauen Wasser in Gläsern zu servieren, da er davon überzeugt ist, dass man ihnen dann viel zu leicht etwas ins Getränk mischen kann«, erklärte Arrow ihr.

»Im Ernst?«

»Ja, obwohl man dazu sagen muss, dass es ziemlich unwahrscheinlich ist, dass jemand versucht, so etwas hier abzuziehen, allerdings möchte Dave das Schicksal nicht herausfordern.«

»Seid ihr Jungs mit ihr fertig?«, fragte Allye. »Können wir sie entführen und eine Runde Billard mit ihr spielen?«

»Wir sind doch nicht zu früh aufgetaucht, oder?«, fügte Chloe hinzu.

»Nein, tatsächlich war euer Timing perfekt«, erwiderte Arrow und sagte dann an Morgan gewandt: »Möchtest du hierbleiben ... oder sollen wir früh zu Abend essen?« Ein Teil von ihm wünschte sich, dass sie am liebsten sofort mit ihm nach Hause gefahren wäre, doch er wollte auch, dass sie ein wenig Spaß mit den Mädchen hatte. Allye und Chloe waren fantastische Frauen und wenn jemand Morgan dazu bringen konnte, sich besser zu fühlen, dann sie.

»Ich würde gern bleiben und ein paar Runden Billard spielen ... wenn es dir nichts ausmacht.«

»Natürlich macht es mir nichts aus«, versicherte Arrow ihr sofort. »Nimm dir Zeit. Die Jungs und ich setzen unser vorheriges Gespräch einfach fort.«

Sie sah bei seinen Worten erleichtert aus. »Okay.«

»Okay.« Und dann, ohne dabei auch nur mit der Wimper zu zucken, beugte Arrow sich vor und gab Morgan einen kleinen Kuss auf die Lippen. »Viel Spaß.«

Dann ging er davon, aber nicht bevor er Allye sagen hörte: »Verdammt. Habe ich das richtig gesehen und Archer Kane hat dich gerade geküsst?«

Morgan grinste und ging Arm in Arm mit Allye davon, Chloe im Schlepptau, und sagte: »Jup.«

»Großartig!«, rief Allye und die drei Mädchen lachten und verschwanden in der Billardhalle.

Arrow spürte, wie die anderen fünf Männer des Teams der Mountain Mercenaries auf ihn zukamen, aber seine

Aufmerksamkeit galt der Tür, durch die Morgan verschwunden war.

»Das ist eine ziemlich lange Liste mit Namen, denen wir nachgehen müssen«, bemerkte Black.

»Ja«, stimmte Arrow ihm zu.

»Und es gibt ziemlich viele Verbrecher in ihrer Umgebung, die für die Entführung infrage kämen«, fügte Meat hinzu.

»Allerdings«, sagte Arrow.

»Es wird eine Weile dauern, bis wir sie alle überprüft haben«, bemerkte Ball.

»Ganz bestimmt.«

»Vielleicht hat sie sich *selbst* entführt, um ein Jahr lang Urlaub zu machen«, bemerkte Ro trocken.

»Vielleicht«, murmelte Arrow.

Gray schlug Arrow auf den Hinterkopf. Er zuckte zusammen und sah seinen Freund böse an. »Wofür zum Teufel war das denn?«

»Ich versuche nur, dich dazu zu bringen aufzupassen«, erwiderte sein Kollege. »Komm schon. Bei Allye und Chloe wird ihr schon nichts passieren. Dave wird sie im Auge behalten. Es gibt einiges, was wir besprechen müssen, wenn wir die Liste der Verdächtigen eingrenzen wollen, und dazu solltest du dich konzentrieren.«

»Das hättest du auch einfach sagen können«, beschwerte sich Arrow und rieb sich den Kopf.

»Auch wenn es keine Rolle spielt ... sie gefällt uns«, erklärte Meat. »Sie hat nicht den Kopf verloren und war sich ziemlich bewusst, wer sie nicht mögen könnte und aus welchem Grund. Sie hat uns damit wirklich einen großen Vorteil verschafft.«

»Sie ist allerdings erstaunlich«, stimmte Arrow ihm zu. Er folgte seinen Freunden ins Hinterzimmer und konnte sich nicht verkneifen, nach Morgan Ausschau zu halten. Sie lachte über etwas, das eine der anderen Frauen gesagt hatte, und er atmete scharf ein. Er hatte sie schon vorher für wunderschön gehalten, aber sie in diesem Moment zu sehen, entspannt und glücklich, machte ihm klar, dass er noch nicht einmal angefangen hatte, all die verschiedenen Facetten von ihr kennenzulernen.

Er wünschte, sie könnte hier in Colorado Springs bleiben, aber er würde verdammt sein, wenn er sich durch ein paar hundert Kilometer von dem, was er wollte, abhalten ließe – und was er wollte, war Morgan.

KAPITEL DREIZEHN

Morgan lag Stunden später auf Arrows Sofa, zu satt, um sich zu bewegen, und es war zu bequem, um überhaupt daran zu denken, aufzustehen und ins Bett zu gehen. Arrow saß am anderen Ende des Sofas, ihre Füße auf seinem Schoß, und gab ihr die beste Fußmassage, die sie je bekommen hatte.

Er sah fern, während er ihre Füße massierte, und schien ihr keinerlei Aufmerksamkeit zu schenken. Aber Morgan wusste, dass er genauso auf sie eingestimmt war wie sie auf ihn. Wenn sie sich bewegte, fragte er sofort, ob sie es bequem hatte und ob sie ein weiteres Kissen brauchte. Wenn sie für eine Sekunde die Augen schloss und das Gefühl seiner Hände auf ihren mit Socken bekleideten Füßen genoss, fragte er, ob sie müde sei und ins Bett gehen wolle.

Seine Wohnung war blitzsauber. Er hatte sie gewarnt, dass er ein kleiner Sauberkeitsfanatiker war, aber sie war nicht darauf vorbereitet gewesen, wie makellos die Wohnung war. Morgan nahm an, dass es eine Folge davon war, ein Marinesoldat zu sein, aber in extremer Form. Die Gläser in seinen Schränken waren präzise aufgereiht, die

Speisekammer war so geordnet, als wäre ein professioneller Organisator gekommen, nachdem er einkaufen gegangen war, und es gab nicht viele persönliche Dinge im Raum, die nur Staubfänger wären.

Es gab nur zwei Bilder in seinen Bücherregalen: eines von ihm und zwei Frauen, von denen sie annahm, dass es sich um seine Mutter und seine Schwester handelte, und eines von Arrow, wie er mit den anderen fünf Männern der Mountain Mercenaries dastand. Sie waren alle schmuddelig und dreckig, aber jeder Einzelne hatte ein breites Lächeln auf den Lippen.

So sauber und ordentlich, wie der Ort war, fühlte Morgan sich dort sofort wohl. Sie war kein Ordnungsfanatiker, nicht einmal annähernd, aber nach dem letzten Jahr, in dem sie im Dreck gelebt hatte, fühlte es sich irgendwie befreiend an, in Arrows sauberem Zimmer zu sein. Beruhigend.

»Hat dir das Abendessen geschmeckt?«, fragte Arrow leise.

»Sehr sogar«, erwiderte Morgan. »Keine Ahnung, wie du es geschafft hast, das Fleisch so zu würzen, aber es hat wirklich fantastisch geschmeckt.«

»War es nicht zu durch?«

»Auf keinen Fall. Es war perfekt.«

»Das freut mich.«

»Arrow?«

»Ja, meine Schöne?«

»Vielen Dank.«

»Wofür?«

»Für heute. Dafür, dass du an meiner Seite bleibst. Dafür, dass du auf mich aufgepasst hast. Ich war nervös wegen der Pressekonferenz, aber du hast mich beruhigt und abgelenkt, als ich es am meisten brauchte. Ich weiß, dass ihr so viele Informationen wie möglich über meine Freunde und Bekannten haben wolltet, aber als es zu viel wurde, hast du mich eine Pause machen lassen. Danke, dass ich mit Allye und Chloe Billard spielen durfte. Ich mag sie sehr und sie helfen mir, mich normal zu fühlen. Und das ist etwas Großes, denn ich habe mich schon sehr lange nicht mehr normal gefühlt. Danke, dass du nicht ausgeflippt bist, als meine Eltern ihr Drama veranstalteten. Und schließlich möchte ich mich für den heutigen Abend bedanken. Ich brauchte ein ruhiges Abendessen, weg von den erdrückenden Blicken der Öffentlichkeit. Ich bin ... ich werde dich vermissen.«

Ohne ein Wort zu sagen, bewegte sich Arrow, bis er sie aufgerichtet hatte, drehte sie in seiner Umarmung und legte sich zurück, ihren Rücken an ihn gelehnt. Er hatte seine Arme locker um ihre Taille geschlungen und sie konnte seinen Atem seitlich an ihrem Gesicht und ihren Haaren spüren, als sie an ihm lag.

»Du weißt, dass du auch hierbleiben kannst«, erklärte er nach einer Weile.

Morgan seufzte. »Ich weiß. Ich weiß das Angebot mehr zu schätzen, als du dir vorstellen kannst. Aber du hast meine Mutter nicht gerade von der besten Seite erlebt. Normalerweise ist sie nicht so. Meistens ist sie fast erdrückend liebevoll. Sie ist ständig um mich herum. Ich glaube ... ich glaube, dass ich das jetzt brauche. Du hast auch deinen Beruf und so, und ... ich will einfach ein wenig Zeit mit meiner Mutter verbringen.«

»Das kann ich verstehen«, entgegnete Arrow und legte seine Arme fester um sie. »Aber denk dran, dass du hier immer willkommen bist. Wenn die Dinge für dich in Albuquerque nicht so laufen wie geplant, brauchst du nur anzurufen und ich komme und hole dich ab.«

»Das weiß ich wirklich zu schätzen.«

»Und du solltest wissen, dass ich dich auch vermissen werde«, erklärte er ihr. »Du bist erst seit zwei Tagen hier und hast schon deine Spuren in meiner Wohnung hinterlassen, und nun werde ich nicht mehr leben können, ohne ständig an dich denken zu müssen.«

»Du meinst, ich bin eine Chaotin und habe deine Küche dreckig gemacht, meine Schuhe mitten auf dem Boden liegen lassen und dich gezwungen, eine Decke zu holen, damit ich mich auf das Sofa kuscheln kann«, scherzte sie.

»Nein. Durch deine bloße Gegenwart hast du diese Wohnung zu einem Zuhause gemacht. Seit ich hier eingezogen bin, habe ich mich nicht so heimisch gefühlt wie jetzt, du hast die Wohnung mit deiner positiven Energie und Güte aufgeladen.«

»Arrow«, protestierte Morgan. Sie wusste, dass er übertrieb, doch es gefiel ihr trotzdem, dass er es sagte.

»Ich meine es ernst. Und wenn du zurückkommst, solltest du wissen, dass du keine Zumutung bist. Keine Störung. Wie du sehen kannst, habe ich die Marines nicht ganz hinter mir gelassen, wenn es darum geht, ordentlich zu sein. Das wurde uns vom ersten Tag des Trainingslagers an eingebläut. Aber der Gedanke, dass du hier bist, dass du meinen Bereich mit mir teilst, macht mir nicht im Geringsten Angst. Ich könnte mich daran gewöhnen, eine zerknitterte Decke auf dem Sofa und Schuhe auf dem Boden zu sehen, wenn ich wüsste, dass sie dir gehören.«

»Wie ist das nur passiert?«, fragte Morgan.

»Was meinst du?«

»Na, das. Uns. Vor nicht mal einer Woche war ich schon so gut wie tot und dachte, dass ich in dieser verdammten Bruchbude wirklich sterben würde. Aber jetzt ... sind wir ... also, ich weiß auch nicht genau, was wir sind.«

»Das ist Schicksal«, erklärte Arrow im Brustton der Überzeugung. »In der Welt passieren Dinge, die wir nicht erklären können. Kinder, die viel zu jung dazu sind, stellen plötzlich fest, dass sie Klavier spielen können, als hätten sie das ihr ganzes Leben lang getan. Haustiere, die vor Jahren davongelaufen sind, tauchen plötzlich wieder auf und sind mit ihren Familien wieder vereint. Menschen, die glauben, dass sie ganz allein auf der Welt sind, finden plötzlich heraus, dass sie eine riesige Familie haben, von der sie nichts wussten.«

Morgan drehte sich zu Arrow um und sah, dass er ein ernstes Gesicht machte. Er schmeichelte ihr nicht nur. Er glaubte wirklich an das, was er da sagte.

»Ich weiß«, seufzte er. »Du hältst mich für verrückt. Aber ich habe Dinge gesehen, die sich jeglicher Logik entziehen. Menschen, die überlebt haben, obwohl ein Sprengsatz direkt in ihrem Haus losgegangen ist, und nicht nur das, sie hatten auch keinen Kratzer. Soldaten, die an ihren Verletzungen hätten sterben müssen, es aber nicht getan haben. Liebende, die sich nach fünfzig Jahren getrennt voneinander wiedergefunden haben. Ich stelle diese Dinge nicht mehr infrage. Und manchmal passen zwei Menschen eben einfach zusammen. Vielleicht kannten sie einander aus einem früheren Leben, sodass es ihre Seelen in diesem Leben zueinander zieht. Ich weiß es nicht, aber von dem Moment an, in dem ich dich zum ersten Mal gesehen habe, wusste ich, dass du *mein* Leben für immer verändern würdest. Auf welche Art, muss ich noch herausfinden, aber ich weiß, dass all meine Gefühle echt sind.«

Morgan schluckte schwer. Seine Worte kamen unerwartet. Sie hatte nicht viel über Wiedergeburt oder Seelen nachgedacht, doch was er sagte, hinterließ einen bleibenden Eindruck bei ihr. »Das würde ich gern glauben ... aber ich weiß nicht, ob ich es kann.«

»Das ist okay«, erklärte er. »Dann glaube ich eben für uns beide daran. Du musst nur wissen, dass ich für dich da sein werde, wenn du mich brauchst. Ich bewundere dich, Morgan. Und darüber hinaus glaube ich an dich. Ich weiß nicht, was das Leben noch für dich bereithält, aber wenn du mich als Teil deines Lebens haben willst, bin ich da. Und jetzt ... lehn dich zurück und mach die Augen zu. Bald ist wieder Morgen.«

»Ich bin nervös, weil ich nicht weiß, was ich mit dem Rest meines Lebens anstellen soll. Soll ich erneut versuchen, meine Imkerei zum Laufen zu bringen? Soll ich mir eine Wohnung suchen? Werden die Leute auf der Straße mich wiedererkennen und mit mir über meine Qualen reden wollen? Im Moment ist einfach alles so ungewiss.«

»Gehe es einfach langsam an, meine Schöne«, erklärte Arrow. »Ich habe keine Antworten für dich, aber wenn dir alles zu viel wird, ruf mich an. Oder schreib mir eine Nachricht. Ich werde immer für dich da sein.«

»Danke«, flüsterte sie.

Sie spürte, wie Arrow ihr sanft die Schläfe küsste. Er löste sich lange nicht von ihr.

Erst als sie im Begriff war einzuschlafen, hörte sie Arrow flüstern: »Ich zähle jetzt schon die Stunden, bis ich dich wiedersehen kann, meine Schöne.«

Am nächsten Morgen wich Arrow von Ellie Jernigans Subaru Forester zurück und fixierte Morgan mit seinen Augen. Er war auf seinem Sofa aufgewacht, sie immer noch in seinen Armen. Er war steif von der ungünstigen Schlafposition, aber er hätte es um nichts in der Welt anders gewollt. Morgan war nicht viel später aufgewacht und war überrascht gewesen, dass sie die Nacht ohne Albträume durchgeschlafen hatte.

Er hasste es, dass sie welche hatte, aber es überraschte ihn nicht. Sie war durch die Hölle gegangen und es würde eine Weile dauern, bis sie sich davon erholt hatte. Er hatte Rex eine Nachricht geschickt, während sie duschte, und ihn um ein paar Empfehlungen für Leute gebeten, mit denen Morgan in Albuquerque reden konnte. Je schneller sie anfing, über ihr Erlebnis zu sprechen, desto schneller würde sie es verarbeiten und sich davon erholen können.

Ro war vor einer Stunde aufgetaucht und hatte auch ein neues Telefon für Morgan vorbeigebracht. Er war nicht lange geblieben, gerade lange genug, um ihr Hallo und Auf Wiedersehen zu sagen, bevor er sich wieder auf den Weg machte. Sie hatte versucht, das Telefon zurückzuweisen, aber Ro hatte schließlich gesagt: »Es gehört dir. Komm damit klar«, bevor er zu seinem Wagen ging und ihr keine andere Wahl ließ, als es anzunehmen.

Sie hatte die Augen verdreht, aber das hochwertige Handy behalten. Arrow hatte seine eigene Nummer eingespeichert, sowie die von Rex und den anderen Jungs aus dem Team. Die von Allye und Chloe kamen auch noch dazu.

Sie hatte nicht viel zu packen, da sie noch nicht dazu gekommen war, viele Klamotten zu kaufen … und dann war es Zeit für sie zu gehen. Ihre Mutter rief Arrow an – er hatte sie kontaktiert, um ihr mitzuteilen, wo er wohnte und wann Morgan fertig wäre – und nun würde sie gehen.

Arrow behielt Morgans Gesicht so lange wie möglich im Blick, bevor der Geländewagen rückwärts aus der Parklücke fuhr und weg war.

Wie lange er dastand und zusah, wie der Wagen verschwand, wusste Arrow nicht, aber schließlich zog er sein Telefon heraus und tippte eine kurze Nachricht.

Arrow: Du bist noch keine fünf Minuten weg und es fühlt sich schon wie eine Ewigkeit an.

Ihre Antwort kam prompt.

Morgan: Mir geht es auch so. Erinnere mich noch mal daran, warum ich überhaupt fahre!

Arrow hämmerte auf die Tastatur ein, als er zu seiner Tür zurückging. Er nickte Rupert, dem Pförtner, kurz zu und ging dann weiter in Richtung Aufzug, der ihn in den zweiten Stock bringen würde. Normalerweise nahm er die Treppe, aber diesmal wollte er sich auf das Schreiben der Nachricht konzentrieren.

Arrow: Weil du stark bist. Weil deine Mutter ein wenig Zeit mit dir verbringen muss, um zu verstehen, dass du tatsächlich zu Hause und in Sicherheit bist. Weil du eine brave Tochter bist. Und weil du außerdem herausfinden musst, dass du auf eigenen Füßen stehen kannst, ohne dass ich mich um dich kümmern muss. Und weil du weißt, dass es immer einen Platz für dich gibt, wenn es dort unten nicht so gut für dich läuft. Und dieser Platz ist hier bei mir.

Er schloss seine Tür auf und ging in seine Wohnung. Er musste sich fertig machen, um zurück ins *The Pit* zu gehen und Morgans Fall weiter zu besprechen. Meat hatte einige Nachforschungen an seinem Computer angestellt und wollte besprechen, was er herausgefunden hatte. Arrow wollte auf sein Handy starren, bis Morgan antwortete, aber er zwang sich, es wegzulegen und duschen zu gehen.

Zehn Minuten später war er wieder in der Küche und sah, dass eine Nachricht auf ihn wartete.

Morgan: Und jedes Mal, wenn ich denke, dass du nicht besser werden kannst ... beweist du mir das Gegenteil.

Arrow lächelte und steckte sein Handy in die Tasche. Er wollte ihr zurückschreiben. Wollte sie anrufen und ihre Stimme hören. Aber das Beste, was er im Moment für sie tun konnte, war, ihr Raum zu geben. Sie die sein zu lassen, die sie sein sollte. In der Zwischenzeit würde er herausfinden, wer zum Teufel hinter ihrer Entführung steckte, und dafür sorgen, dass sie sich nie wieder Sorgen machen musste.

KAPITEL VIERZEHN

Morgan lächelte, als sie eine Nachricht an Arrow schrieb. Seit sie vor einer Woche seine Wohnung verlassen hatte, hatten sie einander fast ununterbrochen Nachrichten geschrieben.

Morgan: Findest du es merkwürdig, dass die Matratze im Gästezimmer meiner Mutter mir zu weich vorkommt?

Arrow: Nein. Du könntest dir ein paar Bretter besorgen und sie darunterlegen, um sie härter zu machen.

Morgan: Ich glaube nicht, dass das viel helfen würde. Ich habe so lange auf der harten Erde geschlafen, dass ich mich auf der weichen Matratze nicht mehr wohlfühle.

Arrow: Du hast auf dem Bett im Hotel und auf dem Sofa in meinen Armen perfekt geschlafen. Du brauchst nur Zeit, um dich umzugewöhnen.

Morgan: Das stimmt, nicht wahr? :)

Arrow: Allerdings.

Morgan: Was hast du heute vor?

Arrow: Lebensmittel einkaufen, dann treffe ich mich mit Meat, dann Fitnessstudio.

Morgan: Hast du dazu überhaupt genügend Zeit? Ich

meine, es dauert doch sicher stundenlang, deine Vorrats-kammer zu organisieren, nachdem du eingekauft hast.

Arrow: Machst du dich über mich lustig?

Morgan: Kann schon sein. :)

Arrow: Was ist mit dir? Was hast du heute vor?

Morgan: Also, eigentlich wollte ich heute zu Hause blei-ben, weil ich Kopfschmerzen habe und mir der Bauch wehtut, aber ich muss dringend etwas erledigen.

Arrow: Es tut mir leid, dass es dir nicht gut geht. Und was musst du erledigen?

Morgan: Die Frauenklinik in der Stadt besuchen.

Arrow: Warum? Bist du krank? Geht es dir schlechter, als du zugibst? Soll ich einen Arzttermin für dich vereinbaren?

Arrow: Warum hast du mir nicht gesagt, dass du einen Arzt brauchst? Verdammt, meine Schöne ...

Morgan: Es geht mir gut.

Morgan: Ernsthaft. Hör auf, dich verrückt zu machen.

Arrow: Ich kann nicht. Nicht wenn du mir sagst, dass du einen Arzt aufsuchst und deine Mutter nicht bei dir ist. Soll ich zu dir kommen?

Morgan: Wenn ich Ja sage, würdest du dann kommen?

Arrow: Ohne mit der Wimper zu zucken. Ich würde sogar Rex fragen, ob ich mir das Flugzeug leihen darf. Dann wäre ich in zwei Stunden da.

Morgan: Wow. So verführerisch das auch ist, es handelt sich da um etwas, das ich alleine tun muss.

Arrow: Ruf mich an.

Morgan: Nein. Ich kann mit dir nicht darüber reden.

Arrow: Ich meine es ernst, ruf mich an, Morgan.

Morgan: Nein.

Arrow: Ich ärgere mich über dich. Das solltest du wissen.

Morgan: Warum bringt mich das zum Lächeln?

Arrow: Weil du weißt, dass es bedeutet, dass du mir nicht

egal bist. Und jetzt sag mir, was los ist, sonst tauche ich auf und finde dich.

Morgan: Ich weiß, dass ich getestet wurde, als ich zurückgekommen bin, und alle Tests negativ ausgefallen sind, und ich bin sicher, dass die Ärztin, bei der ich war, gut war, aber ich werde das Gefühl nicht los, dass sie vielleicht etwas übersehen hat. Ich weiß nicht was, aber weil ich mich in letzter Zeit so mies fühlte, dachte ich, vielleicht sollte ich hier in die Frauenklinik gehen und mich erneut testen lassen … nur damit ich mich besser fühle und um sicherzugehen, dass ich gesund bin.

Morgan: Arrow? Bist du noch da?

Arrow: Ich bin noch da. Obwohl ich darüber nachdenke, nach Santo Domingo zurückzufliegen und die Mistkerle, die dich festgehalten haben, langsam zu Tode zu quälen.

Arrow: Ich kann nicht schnell genug tippen, um dir alles zu sagen, was mir am Herzen liegt, doch da du mich ja nicht anrufen willst …

Arrow: Ich halte es für eine gute Idee, noch mal zum Arzt zu gehen.

Arrow: Aber es gefällt mir nicht, dass ich nicht bei dir sein kann.

Arrow: Ich bin kein Arzt, aber ich glaube nicht, dass deine Symptome wirklich auf eine Geschlechtskrankheit schließen lassen. Aber egal, was der Arzt heute sagt, oder irgendein Arzt in der Zukunft sagt, es ändert nichts daran, dass ich dich will.

Arrow: Ich habe es schon einmal gesagt und ich werde es wieder sagen. Wenn du entscheidest, dass du das, was zwischen uns ist, ausprobieren willst, bin ich der glücklichste Mensch der Welt. Ich bin mir der Tatsache völlig bewusst, dass ich nicht der beste Fang bin.

Arrow: Ich habe eine Zwangsneurose, wenn es um Ordnung geht.

Arrow: Ich habe einen Beruf, bei dem ich oft weg bin.

Arrow: Und wenn ich mal nicht auf einem Einsatz bin, beschäftige ich mich normalerweise mit Elektronik.

Arrow: Ich bin ein wenig klaustrophobisch und vielleicht ein bisschen zu besorgt um all diejenigen, die ich liebe.

Arrow: Rufst du mich dann später an?

Morgan schluckte, bevor sie antwortete.

Morgan: Wie findest du eigentlich immer die richtigen Worte, damit ich mich besser fühle?

Arrow: So ist das eben. Also, rufst du mich später an?

Morgan: Wie herrisch von dir. Ja, mache ich.

Arrow: Gut. Hast du in letzter Zeit mal mit deinem Vater gesprochen?

Morgan: Was für ein Themenwechsel. Und ja, er hat gestern angerufen.

Arrow: Und?

Morgan: Er versucht weiterhin, mich dazu zu bringen, Einzelinterviews zu geben.

Arrow: Du solltest nur das tun, was du möchtest, meine Schöne.

Morgan: Danke. Ich habe ihm gesagt, dass ich darüber nachdenken würde. Arrow?

Arrow: Ja?

Morgan: Ich vermisse dich.

Arrow: Aber sicher nicht so sehr, wie ich dich vermisse.

Morgan: Dabei ist es erst eine Woche.

Arrow: Na und?

Morgan: Meine Mutter meint, es läge daran, dass du mich gerettet hast. Dass es so eine Art Rettersyndrom ist.

Dass ich mich auf dich einschieße, weil du gekommen bist und mich gerettet hast.

Arrow: Und was sagt die Therapeutin?

Morgan: Dass es möglich wäre.

Arrow: Auch darüber werden wir uns heute Abend unterhalten.

Morgan: Wieder so dominant.

Arrow: :)

Morgan: Okay, ich muss jetzt los. Mein Termin ist in einer Stunde und ich muss mir ein Taxi rufen.

Arrow: Pass auf dich auf.

Morgan: Das werde ich.

Arrow: Bitte melde dich, wenn du nach Hause kommst, damit ich weiß, dass es dir gut geht.

Morgan: Okay. Viel Spaß im Lebensmittelladen.

Arrow: Ich muss nur einkaufen. Das macht keinen Spaß.

Morgan: Du warst eben noch nicht mit mir einkaufen. :)

Arrow: Das ist nur eins von vielen Dingen, auf die ich mich freue, wenn wir zusammen sind, meine Schöne. Genieß deinen Tag und versuch, dir keine Sorgen zu machen. Denk daran, du bist eine starke Frau, die noch ihr ganzes Leben vor sich hat.

Morgan: Ich melde mich später bei dir.

Arrow: Ja, das wirst du.

Morgan starrte einen langen Moment auf ihr Telefon, bevor sie es zur Seite legte. Sie musste wirklich los, wenn sie es rechtzeitig zu ihrem Termin schaffen wollte, aber sie konnte nicht widerstehen, noch ein paar Minuten über Arrow nachzudenken ... und darüber, wie sehr sie ihn bereits mochte.

Er war während der letzten Woche ihr Rettungsanker gewesen. Ihre Mutter freute sich, sie zu Hause zu haben, aber ihre Überfürsorglichkeit, die schon immer ein bisschen übertrieben war, war jetzt fast erdrückend. Sie hatte sich die ersten paar Tage von der Arbeit freigenommen und dann hatte sie vereinbart, in absehbarer Zeit nur noch halbtags zu arbeiten. Morgan fühlte sich schrecklich, weil sie bereits Abstand von ihrer Mutter brauchte, aber sie konnte nur eine gewisse Menge ertragen.

Ellie fragte ständig, wie es ihr ginge und ob sie darüber reden wolle, was passiert war. Sie sagte Morgan immer wieder, dass es nicht gesund sei, alles für sich zu behalten, dass sie reden müsse. Und Morgan *hatte* geredet ... mit einer Therapeutin. Sie hatte nicht die Energie, alles mit ihrer Mutter aufzuarbeiten, denn sie fühlte sich definitiv nicht wohl dabei, ihr von einigen der schrecklichen Dinge zu erzählen, die sie durchgemacht hatte. Sie arbeitete daran, das vergangene Jahr hinter sich zu lassen und mit ihrem Leben weiterzumachen, aber das war schwierig, wenn ihre Mutter ständig fragte, ob es ihr gut ginge und ob sie etwas bräuchte.

Morgan hatte keine Freundinnen in Albuquerque, mit denen sie reden oder sich treffen konnte, und sie vermisste Arrow sogar mehr, als sie zugeben wollte. Ihre Konversationen per SMS und die Abende, an denen sie ihn angerufen hatte, waren die Höhepunkte ihrer Woche gewesen. Sie wollte fragen, ob sie zurück nach Colorado Springs kommen könne, fand aber, dass das ihrer Mutter gegenüber nicht fair wäre.

Ellie war eine erwachsene Frau mit ihrem eigenen Leben. Das Zusammenleben mit ihrer erwachsenen Tochter, die mit einigen ziemlich ernsten Problemen zu kämpfen hatte, hatte sich als etwas schwieriger herausgestellt, als es sich eine von ihnen vorgestellt hatte. Morgan war keine Närrin; sie wusste, dass ihre Probleme nicht auf magische Weise verschwinden würden, wenn sie näher bei Arrow war, aber sie hatte ehrlich gesagt das Gefühl, dass er aufgrund seiner Erfahrung mit Entführungsopfern besser gerüstet war, mit ihnen umzugehen.

Seufzend zwang sie sich aufzustehen. Sie rief eine App auf ihrem Handy auf und bestellte eine Fahrt in die Innenstadt. Sie fürchtete sich vor dem Termin, aber solange sie sich nicht vergewissert hatte, dass keiner der Männer ihr eine Geschlechtskrankheit übertragen hatte, würde sie sich nicht wirklich entspannen können.

Arrow schritt in seiner Wohnung umher und fuhr sich zum zehnten Mal mit der Hand über sein kurz geschorenes Haar. Er versuchte, geduldig zu sein und darauf zu warten, dass Morgan ihn anrief, aber er hatte immer wieder sein Telefon in der Hand. Es war klar, dass sie nicht glücklich darüber war, bei ihrer Mutter zu wohnen. Es klang, als würde die Frau es gut meinen, aber es war offensichtlich, dass sie ihre Tochter erdrückte.

Er hatte geplant, Morgan zu bitten, zurück nach Colorado Springs zu kommen, noch bevor er sich mit Meat und dem Rest des Teams getroffen hatte, aber nach dem Anruf, den Rex heute erhalten hatte, hatte er noch mehr Grund herauszufinden, ob Morgan es in Betracht ziehen würde.

In der Sekunde, in der sein Telefon klingelte, drückte Arrow auf den Anrufannahmeknopf, ohne es ein zweites Mal klingeln zu lassen.

»Morgan?«

»Hey, Arrow.«

»Wie war dein Arztbesuch? Was hat der Arzt gesagt?«

»Wow, direkt zum Kern der Sache, was? Willst du mich

nicht erst fragen, wie es mir geht oder dass ich meine Mutter grüßen soll?«

»Morgan ...«, drohte Arrow. »Sag es mir einfach.«

»Der Arzt hat die alten Ergebnisse durchgesehen und gesagt, dass es in Bezug auf meine Blutwerte nichts gibt, was ihn beunruhigt. Aber er führte trotzdem erneut Tests für Herpes, HIV, Hepatitis, Chlamydien, Tripper und Syphilis aus. Morgen Nachmittag bekomme ich frühestens die Ergebnisse des neuen Tests, aber er hat mir gesagt, dass ich keine körperlichen Symptome zeige, also ist er ziemlich sicher, dass ich gesund bin. Der Arzt meinte, dass die Bauchschmerzen und Kopfschmerzen höchstwahrscheinlich eine Folge des Stresses sind, unter dem ich stehe. Er sagte, wenn sie nicht besser werden, soll ich wiederkommen und er würde weitere Tests machen.«

»Gott sei Dank, verdammt noch mal«, seufzte Arrow. »Es tut mir leid, dass du noch immer krank bist, und es wäre mir auch egal, wenn der Arzt gesagt hätte, dass du *all* diese Sachen hast. Es hätte an meinen Gefühlen für dich nichts geändert. Aber ich freue mich für dich, dass alles in Ordnung ist.«

»Ich freue mich auch«, flüsterte Morgan.

»Da wir das jetzt hinter uns gebracht haben ... wie geht es deiner Mutter?«, wollte Arrow wissen.

»Gut, würde ich sagen. Wir haben heute Abend ferngesehen und es kam eine Werbung für Oreo-Kekse. Ich machte eine Bemerkung, dass ich sie schon ewig nicht mehr gegessen hatte, und sofort hatte meine Mutter ihren Schlüssel in der Hand und war auf dem Weg zur Tür, um mir welche zu holen.«

»Dann ist sie wohl immer noch etwas überfürsorglich und hat sich nicht beruhigt, was?«, fragte Arrow.

»Nein, nicht im Geringsten. Ich schwöre dir, ich kann

nicht mal ins Bad gehen, ohne dass sie mich fragt, wohin ich gehe, ob ich in Ordnung bin und ob ich etwas brauche. Ich sollte mich ja eigentlich darüber freuen, dass sie sich solche Gedanken um mich macht, aber es nervt. Und dann habe ich ein schlechtes Gewissen, weil ich genervt bin.«

Arrow hasste es, dass sie so widersprüchliche Gefühle gegenüber ihrer Mutter hatte. Er war sich selbst nicht sicher, was er von Ellie hielt. Sie hatte sich nicht gerade von ihrer besten Seite gezeigt, als sie sich das erste Mal trafen, aber er versuchte, ihr eine zweite Chance zu geben. Er wechselte das Thema und sagte: »Also, ich muss dir etwas sagen und dir eine Frage stellen.«

»Oh, verdammt.«

»Es ist nichts Schlimmes ... also, zumindest nicht sehr.«

»Okay.«

»Vertraue mir, Morgan. Ich würde nie etwas tun oder sagen, um dich unter Druck zu setzen, außer es ist absolut notwendig«, versicherte Arrow ihr.

»Das weiß ich doch. Es ist nur ... ich hatte heute einen harten Tag. Und ich habe keine Freundinnen, mit denen ich reden kann. Und meine Mutter bringt mich durcheinander. Du weißt ja, dass ich mich gestern mit meinem Vater unterhalten habe, und auch das setzt mich unter Druck. Es war einfach ein anstrengender Tag.«

»Es tut mir leid, dass ich nicht da bin, um dir dabei zu helfen, ihn besser zu machen«, entgegnete Arrow.

»Mir auch. Obwohl du ja irgendwie *schon* da bist und mir dabei hilfst, dass mein Tag besser wird«, erwiderte sie.

»Das ist lieb von dir.«

»Aber es stimmt. Ich bin eine verdammt mutige Überlebende, die sich von nichts und niemandem mehr unterkriegen lässt«, entgegnete sie.

»Allerdings bist du das«, pflichtete Arrow ihr bei. »Und

nichts finde ich so heiß wie eine starke Frau, die weiß, wer sie ist und was sie will.«

»In Bezug auf diese letzten beiden Dinge bin ich mir nicht so sicher, aber ich versuche, stärker zu sein ... zumindest äußerlich.«

»Glaub mir, du bist stark, meine Schöne. Innerlich und äußerlich.«

»Du findest wirklich immer die richtigen Worte.«

»Ich gebe mir Mühe. Und wie fühlst du dich momentan? Heute Morgen hattest du Bauchschmerzen. Und hast du immer noch Kopfschmerzen?«

»Ja. Meinem Bauch geht es ein bisschen besser. Ich habe mir vorhin etwas Suppe gemacht und versuche, viel Orangensaft zu trinken. Mom kauft ihn literweise für mich. Es ist ewig her, dass ich ihn getrunken habe. Ich hatte vergessen, wie sehr ich Orangensaft liebe, auch wenn er fast zu süß für mich ist. Ich habe ihn mit Wasser verdünnt, das macht ihn angenehmer.«

»Es tut mir leid, dass du krank bist, meine Schöne«, erklärte Arrow.

»Es ist okay. Ich schätze, das ist der Stress der Anpassung an das normale Leben. Und das ist traurig, denn es ist nicht so, dass ich wirklich viel rauskomme, aber ich hatte in letzter Zeit mit mehr Leuten zu tun als in den letzten zwölf Monaten zusammen. Nun ... was wolltest du mir sagen und wie lautet die Frage?«

»Ninas Mutter hat heute mit Rex gesprochen. Es geht ihr nicht gut.«

»Es geht ihr nicht gut? Inwiefern? Was ist denn los?«, fragte Morgan.

»Sie schläft nachts schlecht und hat Albträume.«

»Das kenne ich«, murmelte Morgan.

Arrow hasste das, doch er sprach weiter. »Sie wacht

mitten in der Nacht auf und ruft deinen Namen. Sie ist davon überzeugt, dass die bösen Männer – das sind ihre Worte – dich gefunden und wieder weggeschleppt haben. Sie ist davon überzeugt, dass es ihre Schuld ist, und egal wie oft ihre Mutter ihr versichert, dass du in Sicherheit bist, dass die bösen Männer dich nicht haben, sie weigert sich einfach, es zu glauben.«

»Oh Mist«, bemerkte Morgan. »Ich muss mich mit ihr treffen. Wenn ich heute noch losfahre, kann ich morgen früh bei ihr sein. Ich muss mir einen Wagen mieten, aber …«

»Morgan«, unterbrach Arrow sie, »atme mal tief durch.«

Er hörte, wie sie einatmete und dann sagte: »Es tut mir leid. Ich finde es nur so schlimm … sie mir so vorzustellen. Sie war so verängstigt, als sie mit mir in diesen Raum geworfen wurde. Jedes Mal wenn einer der Männer an die Tür kam, drohte er damit, sie mitzunehmen, wenn ich nicht tat, was er wollte. Sie lernten ziemlich schnell, dass ich besonders gefügig war, wenn sie Nina bedrohten. Ich dachte nicht, dass sie wirklich verstand, was vor sich ging, aber ich schätze, das hätte ich tun sollen. Sie ist schlauer, als ich ihr zugetraut habe.«

»Meine Frage war, ob du in Betracht ziehen würdest, für eine Weile hierher zurückzukommen und vielleicht mit Nina zur Therapie zu gehen. Ich denke, wenn sie dich regelmäßig sieht und ihr gemeinsam darüber redet, was passiert ist, könnte sie sich beruhigen und schneller darüber hinwegkommen«, sagte Arrow. »Aber wie ich sehe, brauche ich dir diese Frage gar nicht zu stellen.«

»Allerdings nicht.« Sie senkte ihre Stimme zu einem Flüstern, als hätte sie Angst davor, dass ihre Mutter sie hören könnte, wenn sie zu laut sprach. »Ich bin hier nicht glücklich. Ich liebe meine Mutter, aber du fehlst mir. Und außerdem möchte ich Allye und Chloe besser kennenlernen.«

»Ich könnte dich morgen abholen«, erklärte Arrow, dem vor Erleichterung ein Stein vom Herzen fiel. Er war nicht davon ausgegangen, dass sie sich weigern würde, aber als sie zustimmte, verschwand all der Stress, der auf ihm gelastet hatte.

»Fantastisch«, sagte Morgan leise.

»Ich würde mich freuen, wenn du bei mir übernachtest, aber ich habe auch mit Allye und Gray gesprochen und sie sagten, du wärst mehr als willkommen, bei ihnen zu übernachten. Ich bin sicher, Ro und Chloe wären auch froh, wenn du bei ihnen wohnst. Ich will damit nur sagen, dass du die Wahl hast, meine Schöne.«

»Wäre es dir lieber, wenn ich bei Allye oder Chloe übernachte?«, fragte sie und die Unsicherheit war ihr leicht anzuhören.

»Natürlich nicht«, entgegnete Arrow. »Der Abend, an dem ich mit dir in meinen Armen auf dem Sofa eingeschlafen bin, war eine der besten Nächte in den letzten Monaten, einfach nur, weil ich in deiner Nähe war. Ich möchte dich hierhaben, aber ich will nicht, dass du dich auf irgendeine Weise unter Druck gesetzt fühlst. Du weißt, was ich für dich empfinde, was ich von unserer Beziehung erwarte ... das habe ich dir nicht verheimlicht. Aber ich möchte auf keinen Fall, dass du irgendetwas zustimmst, womit du dich nicht wohlfühlst. Wenn ich dir sage, dass du dich nicht unter Druck gesetzt fühlen sollst, meine ich das auch so. Falls du lieber bei Allye übernachten möchtest, ist mir das recht, auch wenn ich annehme, dass Gray irgendwann die Schnauze voll hat, wenn ich ständig dort auftauche. Das Gleiche gilt für Ro, falls du dich entscheiden solltest, dort zu wohnen.«

Er entspannte sich ein wenig, als er sie leise lachen hörte. »Aber wenn du meiner überdrüssig wirst, sagst du es mir, ja?«, bat sie ihn.

»Morgan, der Tag, an dem ich deiner Gegenwart überdrüssig werde, ist der Tag, an dem Rex mich in die Psychiatrie einweisen muss, weil ich den Verstand verloren habe.«

»Also, wenn du nichts dagegen hast, würde ich gern bei dir bleiben, Arrow«, erwiderte Morgan.

»Fantastisch. Ich frage gleich mal Chloe, ob sie für mich einkaufen gehen könnte, während ich morgen zu dir fahre, damit wir Orangensaft im Haus haben.«

Morgan lachte erneut. »Das hört sich gut an.«

»Hat deine Mutter nichts dagegen, dass du gleich wieder abhaust, obwohl du noch nicht so lange da bist?«, fragte Arrow.

»Ich werde dafür jeden Tag mit ihr reden, damit sie sich nicht so schlecht fühlt. Es wird ihr nicht gefallen, aber immerhin bin ich siebenundzwanzig. Ich muss über das, was mit mir passiert ist, hinwegkommen und mein eigenes Leben leben. Ich kann nicht für immer bei ihr bleiben, so sehr sie das vielleicht auch möchte. Ich habe da keine Bedenken.«

»Ruf mich an, falls es nicht in Ordnung ist«, befahl Arrow ihr.

»Das werde ich. Aber meine Mutter wird schon über die Enttäuschung und ihre Sorgen hinwegkommen«, entgegnete Morgan mit Nachdruck. »Wann wirst du morgen ungefähr da sein?«

»Noch vor zehn. Ich werde hier so um vier, halb fünf losfahren. Am liebsten würde ich sofort losfahren, aber ich habe letzte Nacht nicht genügend geschlafen und möchte es nicht riskieren, am Steuer einzuschlafen.«

»Bitte fahr vorsichtig, Arrow. Ich wüsste nicht, was ich tun soll, wenn dir meinetwegen etwas passiert.«

»Falls mir etwas passieren sollte, ist es nicht deine Schuld, meine Schöne. Und jetzt trink ein bisschen Orangensaft – das wird dir guttun. Schlaf ein wenig, pack deine Sachen. Und bevor du dichs versiehst, bin ich bei dir.«

»Vielen Dank.«

»Nein, ich danke *dir*«, erklärte Arrow ihr. »Es gibt nicht viele Menschen, die dazu bereit wären, alles für ein Kind stehen und liegen zu lassen, das sie noch nicht einmal wirklich kennen.«

»Ich kenne sie vielleicht noch nicht lange, aber selbst diese eine Woche, die wir unter diesen schrecklichen Umständen miteinander verbracht haben, hat ein Band zwischen uns geschmiedet, das nicht zerbrochen werden kann.«

»Und das Gleiche hat auch ein einziger Tag vollbracht, den wir zusammen unter einem Haufen alter Kartons verbracht haben«, entgegnete Arrow trocken. »Bis bald, meine Schöne.«

»Tschüss, Arrow.«

»Tschüss.«

Arrow musste sich bewusst verkneifen, Morgan zu sagen, dass er sie liebte, bevor er auflegte. Er schüttelte den Kopf über sich selbst, weil er sich so albern vorkam, und zwang sich, Rex' Nummer zu wählen und ihn wissen zu lassen, dass Morgan zugestimmt hatte, nach Colorado Springs zurückzukommen, um Nina zu helfen. Nachdem das erledigt war, rief er Chloe an und fragte sie, ob sie morgen für ihn im Laden vorbeischauen würde, und er gab ihr eine Liste mit Dingen, die sie kaufen sollte, damit Morgan sich hoffentlich in seiner Wohnung wohler fühlte.

Gerade als er es sich im Bett gemütlich gemacht hatte, klingelte sein Telefon. Es war Meat.

»Hey. Was ist los?«

»Ich rufe dich nur an, um dich vorzuwarnen, dass Ball und Black sich morgen auf den Weg nach Atlanta machen.«

»Und warum?«

»Um sich mal mit Lance und Lane Buswell zu unterhalten.«

»Was habt ihr über sie herausgefunden?«, fragte Arrow und richtete sich im Bett auf.

»Nichts, was du nicht schon wusstest, aber wir waren uns alle einig, dass es besser wäre, mit ihnen persönlich zu sprechen, um ihre Reaktionen auf bestimmte Fragen und Einsichten darüber zu sehen, was Morgan durchgemacht hat. Sie haben vor, auch mit Sarah und Karen zu sprechen. Ein Ausflug zu dem Nachtklub, aus dem sie verschwunden ist, steht auch auf ihrem Programm. Im Grunde wollen sie sich nur einen Überblick verschaffen und sehen, ob ihnen etwas auffällt.«

»Hältst du mich auf dem Laufenden?«, bat Arrow.

»Selbstverständlich.«

»Ich fahre morgen nach Albuquerque, hole Morgan ab und bringe sie wieder her.«

»Das wird langsam auch mal Zeit«, erklärte Meat.

»Sie ist doch erst seit einer Woche weg«, entgegnete Arrow.

»Wie schon gesagt, es wird langsam mal Zeit«, entgegnete Meat. »Bis später.«

Arrow schüttelte verärgert den Kopf über seinen Freund. Meat war mit Sicherheit der Außergewöhnlichste in ihrem Haufen. Er baute unglaubliche Möbel und kannte sich definitiv mit Computern aus, aber er war auch derjenige, der manchmal am unverblümtesten war. Wenn Arrow raten müsste, würde er sagen, dass der Mann eine Art Aufmerksamkeitsdefizitstörung hatte. Etwas, das es ihm schwer machte, still zu sitzen, und dafür sorgte, dass seine Hände immer beschäftigt sein mussten. Etwas, das dazu führte, dass er alles herausposaunte, was ihm in den Sinn kam, ob es nun angemessen war oder nicht.

Aber Arrow und der Rest des Teams kannten ihn gut genug, um das nicht als lästig, sondern als liebenswert zu empfinden. Meat war einfach ... Meat.

Arrow legte sich zurück und zwang sich, die Augen zu schließen. Er musste etwas schlafen, wenn er am nächsten Tag zehn Stunden hin- und zurückfahren wollte. Er wollte Morgan auf keinen Fall in Gefahr bringen.

Es war schwer, denn er wünschte sich nichts sehnlicher, als sie wieder in seiner Nähe zu haben, aber schließlich fiel er in einen leichten Schlaf.

KAPITEL FÜNFZEHN

»Hi, Nina. Wie geht es dir denn?«, fragte Morgan und umarmte das kleine Mädchen fest.

Während der letzten Woche, seit sie wieder nach Colorado Springs zurückgekehrt war, hatte sie sich jeden Tag mit Nina in der Therapiestunde getroffen. Die Stunden waren schwierig, aber notwendig. Sie hatte Stunden mit Nina, alleine, mit Nina und ihrer Mutter und sogar ein paar mit Arrow.

Es war ihr nicht leichtgefallen, Arrow zu zeigen, wie verletzlich sie war. Sie wollte die starke Frau sein, die er sah, wenn er sie betrachtete, doch die Therapeutin hatte ihr gezeigt, dass sie durchaus mit dem kämpfen konnte, was sie durchgemacht hatte, und trotzdem eine starke Frau war.

»Hi, Morgan«, zwitscherte Nina. »Es geht mir gut. Und dir?«

»Ich bin gestern Abend um acht Uhr eingeschlafen und erst heute Morgen um sechs Uhr aufgewacht, weil ich zur Toilette musste. Und du?«

Nina strahlte. »Ich auch! Also, ich bin aufgestanden, als es noch dunkel war, und habe nachgesehen, ob Mommy noch da ist, aber dann bin ich sofort wieder ins Bett gegangen und eingeschlafen.«

»Das ist toll«, lobte Morgan sie. Es gefiel ihr zwar nicht, dass die Kleine immer noch aufwachte, um sich zu versichern, dass sie nicht allein war, aber das war immerhin besser, als von Albträumen zu Tode erschrocken und hysterisch weinend aufzuwachen. Heute war ihre letzte gemeinsame Stunde – zumindest hoffte sie das. Wenn Nina später noch etwas mit ihr zu besprechen hatte, würde Morgan natürlich jederzeit für sie da sein.

»Hi, Arrow«, sagte Nina mit einem kleinen Lächeln, als sie einen Schritt von Morgan zurücktrat.

»Hey, Kleine. Du hast deine Haare schön.«

Nina strahlte. »Danke! Ich habe Mommy gebeten, mir einen Zopf zu flechten, wie der von Merida.«

»Das Mädchen aus dem Film *Merida – Legende der Highlands*. Du weißt schon, die Bogenschützin«, flüsterte Morgan hinter vorgehaltener Hand, während sie so tat, als würde sie sich im Gesicht kratzen.

»Ah, die Bogenschützin«, entgegnete Arrow und legte Morgan einen Arm um die Taille. »Morgan und ich haben den Film neulich gesehen. Sie ist der helle Wahnsinn, was?«

Nina nickte zustimmend und begann, ihre Lieblingsszenen aus dem Film zu beschreiben.

»Danke, dass du mich gerettet hast«, sagte Arrow leise, während das Mädchen gar nicht mehr aufhörte zu erzählen. Er lehnte sich an sie und vergrub seine Nase in Morgans Haar.

»Gern geschehen«, erklärte Morgan und lehnte sich an ihn. Je mehr Zeit sie mit Arrow verbrachte, desto mehr verliebte sie sich in ihn. Er war bei Weitem nicht perfekt. Er hatte die Tendenz, saubere Wäsche im Trockner zu vergessen, und er folgte ihr, um einige Dinge, die sie bereits getan hatte, noch einmal zu überprüfen, wie zum Beispiel, ob sie die Tür abgeschlossen hatte. Er räumte auch Dinge im Schrank auf, die sie gerade weggeräumt hatte. Aber all die wunderbaren Dinge, die er für sie tat, machten die kleinen Macken mehr als wett. Wenn das ihr größtes Problem war, konnte sie definitiv damit leben.

»Wie geht es deinem Bauch heute?«, fragte er, als Nina endlich aufhörte zu reden und davonlief, um ihrer Mutter etwas zu erzählen.

»Gut. Anscheinend war es nur ein Unwohlsein für einen Tag oder so was«, erklärte Morgan ihm.

»Du hattest weitaus länger als vierundzwanzig Stunden lang Bauchschmerzen, meine Schöne«, rief Arrow ihr ins Gedächtnis.

»Ich weiß. Wie dem auch sei, ich fühle mich jetzt schon viel besser. Das muss an all dem Orangensaft liegen, den zu trinken du mich zwingst«, neckte sie ihn.

»Ich hab dich gezwungen?«, fragte Arrow, vergrub seine Finger in ihren Seiten und kitzelte sie.

Morgan unterdrückte ein Kreischen und versuchte, sich von ihm zu befreien. »Hör auf!«, befahl sie ihm.

Das tat er sofort, aber er packte ihre Hüften fester, während er sie an sich drückte. Morgan verschränkte ihre Finger auf seinem Rücken und lehnte sich gegen ihn. Sie hatte es immer gehasst, kleiner zu sein als alle anderen, aber bei Arrow liebte sie es. Sie liebte es, wie sie sich perfekt an ihn schmiegte. Sie liebte es, wie er sie mit seiner Stärke auszufüllen schien.

»Hast du heute eine Einzelstunde oder nur eine Therapiestunde gemeinsam mit Nina?«, wollte Arrow wissen.

»Heute nur die gemeinsame mit Nina und ihrer Mutter.«

»Ich weiß, ich stelle dir zu viele Fragen, aber geht es dir hier wirklich besser?«, fragte er. »Und bitte lüg mich nicht an, nur weil du denkst, dass ich das hören will. Mir hat es wahnsinnig gefallen, dich in der letzten Woche um mich zu haben. Ich liebe es, mit dir auf dem Sofa einzuschlafen. Aber falls du irgendwelche Zweifel haben solltest oder ein bisschen mehr Freiraum benötigst, werde ich mich nicht aufregen, wenn du mir sagst, dass du eine eigene Wohnung mieten oder nach Albuquerque zurückkehren willst.«

»Willst *du* das denn?«, fragte Morgan, ohne seine Frage zu beantworten.

»Auf gar keinen Fall, verdammt«, erklärte Arrow mit Nachdruck.

»Was, wenn ich dir sagen würde, dass ich es leid bin, auf dem Sofa zu schlafen?«, wollte Morgan wissen.

»Ich habe draußen auf dem Sofa geschlafen, weil du mir gesagt hast, dass du alleine nicht gut schlafen kannst. Falls du aber lieber im Gästezimmer schlafen möchtest, kein Problem. Du musst es mir nur sagen.«

»Ich möchte nicht im Gästezimmer schlafen«, erklärte Morgan und versuchte, ihre Stimme so überzeugt klingen zu lassen, wie sie sich innerlich fühlte. »Und jetzt habe ich mich daran gewöhnt, mit dir zusammen zu schlafen ...«

Sie sah, wie Arrow die Augen zumachte. Und als er sie wieder öffnete, sah sie dort verschiedene Gefühle. »Heute Abend können wir in meinem Bett schlafen und sehen, wie es läuft.«

Morgan lächelte. »Gut.«

»Ich möchte, dass du noch etwas anderes in Betracht ziehst«, erklärte Arrow.

»Und das wäre?«

»Deine Mutter heute Abend nicht anzurufen.« Er hielt eine Hand hoch, als sie den Mund öffnete, um zu protestieren. »Ich weiß, ich weiß. Sie macht sich Sorgen um dich und es fällt ihr schwer, damit umzugehen, dass du wieder hierhergezogen bist. Aber sie setzt dich unter Druck. Ich möchte nur, dass du ein bisschen weniger mit ihr redest, und nicht, dass du sie ganz aus deinem Leben streichst oder so was.«

Morgan wusste, dass er recht hatte. Ihre Mutter stresste sie nur noch. Sie war ausgeflippt, als Morgan ihr gesagt hatte, dass sie zurück nach Colorado Springs ziehen würde. Selbst als Morgan ihr versprochen hatte, sie jeden Tag anzurufen und ihr mitzuteilen, wie es ihr ging, drängte Ellie sie immer noch, zu bleiben. Morgan verstand das. Sie war Ellies Baby und war ein Jahr lang vermisst worden. Es war also verständlich, dass ihre Mutter Bedenken hatte, was ihren Auszug betraf. Aber das allabendliche Jammern und Betteln, dass sie nach Albuquerque zurückkommen solle, begann, seinen Tribut zu fordern.

»Okay«, erklärte sie Arrow. »Mein Vater will immer noch, dass ich mit Diane Sawyer rede. Er ruft mich heute Abend an, um erneut über das Interview zu reden.«

»Hast du noch mal darüber nachgedacht?«, fragte Arrow.

Morgan nickte. »Ja. Ich denke, ich werde es machen. Ich habe ihr Interview mit Jaycee Dugard gesehen und sie hat sich ausgesprochen respektvoll verhalten und keine ungebührlichen Fragen gestellt. Mein Vater hat recht, ich sollte wirklich ein paar Interviews hinter mich bringen, damit die Journalisten mich endlich in Ruhe lassen, aber ich bin wohl einfach etwas ängstlich.«

»Du weißt, dass ich hinter dir stehe, egal wie du dich entscheidest, richtig?«, fragte Arrow sie.

Morgan nickte sofort. »Ja, ich weiß. Und ich weiß es zu schätzen. Es ist nur so, dass ich es leid bin, zwischen meinen Eltern zu stehen. Mein Dad ist von etwas überzeugt und automatisch ist meine Mom anderer Meinung. Und wenn Mom etwas für mich tun will, entscheidet Dad, dass es nicht gesund ist, und versucht, mich mit Geld zu überschütten, damit ich tue, was er will. Es ist so anstrengend.«

»Da wir gerade von Eltern reden ... ich muss dich nach Michigan schaffen, damit du meine Mutter und Schwester kennenlernst.«

»Äh ... was?«, krächzte Morgan.

»Was denn, was?«, fragte Arrow.

»Ich kann doch nicht deine Mutter und deine Schwester kennenlernen!«

»Und warum nicht?«

»Darum«, platzte Morgan heraus.

»Das ist keine Antwort.«

»Es ist nur ... das ist deine Familie. Die einzige Familie, die du noch hast.«

»Und ich liebe sie sehr, deswegen möchte ich auch, dass sie die Frau kennenlernen, mit der ich den Rest meines Lebens verbringen möchte«, entgegnete Arrow. »Was ist daran falsch?«

Morgan konnte ihn nur schockiert ansehen.

Arrow schüttelte sie leicht. »Morgan, es sollte keine Überraschung für dich sein, dass ich mit dir zusammen sein will. Verdammt, das habe ich dir praktisch am ersten Tag gesagt, an dem wir uns kennengelernt haben. Und ich werde meine Meinung nicht ändern. Außerdem habe ich *deine* Familie bereits kennengelernt, warum solltest du dann also nicht meine kennenlernen?«

Morgan schlug ihn auf den Arm. »Verdammt, eines Tages verpasst du mir noch einen Herzinfarkt«, beschwerte sie sich.

»Was habe ich denn gemacht?«

»Die Eltern eines Freundes kennenzulernen ist eine große Sache, Arrow. Damit kannst du mich nicht einfach so überrumpeln.« Sie wusste eigentlich nicht, warum sie sich beschwerte. Sie wusste, was Arrow für sie empfand. Sie wusste, dass er der geduldigste Mann war, den sie je getroffen hatte, und sie wollte das Recht, ihn den Ihren zu nennen, mehr als alles andere. Okay, nicht mehr, als sie ihren Entführern entkommen wollte, aber fast so viel.

Sie fragte sich immer noch, was er in ihr sah, aber durch jede seiner Handlungen und jedes seiner Worte überzeugte er sie, dass er es ernst meinte. Er mochte sie. Er mochte sie wirklich. Auch wenn sie immer noch mit den psychologischen Aspekten der Entführung zu kämpfen hatte. Er sagte ihr immer wieder, sie solle sich etwas Zeit lassen, dass es wahrscheinlich Jahre dauern würde, über das Geschehene hinwegzukommen – wenn sie überhaupt jemals ganz darüber hinwegkäme. Sie wollte nicht daran denken, dass sie in ein paar Jahren immer noch Flashbacks und Albträume haben würde, aber als Arrow ihr sagte, dass er für sie da sein würde, egal was passierte, fühlte sie sich besser.

Er beugte sich hinunter und küsste sie auf die Stirn. »Sie warten auf dich«, sagte er und nickte in Richtung der offenen Tür, die zu den Büroräumen führte, wo die Therapeuten ihre Stunden abhielten. »Ich bin stolz auf dich, meine Schöne«, erklärte er ihr. »In einer Stunde hole ich dich ab. Ich fahre bei einem Freund vorbei und sehe mir die Steckdose an, die nicht richtig funktioniert. Ruf mich einfach an, falls ich vorher zurück sein soll.«

Dann trat er einen Schritt zurück und ließ widerwillig die Hand von ihrer Hüfte sinken.

»Danke, Arrow.«

»Gern geschehen, meine Schöne. Gern geschehen.« Und damit war er verschwunden.

»Hey, Morgan«, sagte Allye, die durch die Tür des Empfangsbereiches von Morgans Therapeutin kam. Zwei Stunden waren vergangen, seit Morgan sich von Arrow verabschiedet hatte, und als er noch nicht da gewesen war, als sie fertig war, hatte sie sich Sorgen gemacht. Aber dann erinnerte sie sich im Nachhinein daran, dass sie ihr Handy für die Sitzung ausgeschaltet hatte, wie es die Regeln vorschrieben.

Sie hatte eine Nachricht von ihm verpasst, in der stand, dass er sie nicht abholen konnte und dass Allye so schnell wie möglich nach ihrem Tanzkurs da sein würde.

»Hi«, sagte Morgan. »Weißt du, wo Arrow steckt?«

Allye runzelte die Stirn. »Hat er es dir nicht erzählt?«

»Mir was erzählt? Geht es ihm gut?«

Die andere Frau winkte ab. »Ja, es geht ihm gut. Aber jemand hat ihm die Reifen zerstochen. Alle vier. Er musste einen Abschleppwagen rufen und seinen Wagen zu Ros Reparaturwerkstatt bringen lassen.«

»Die Reifen zerstochen? Im Ernst? Wie gemein«, rief Morgan.

»Er war auch alles andere als erfreut«, entgegnete Allye. »Besonders da er der Einzige war, dem auf dem ganzen Parkplatz vor dem Wohnhaus seines Freundes die Reifen zerstochen wurden. Bist du bereit zu gehen?«

Morgan nickte und dachte über Arrows zerstochene Reifen nach, während sie Allye zu ihrem Wagen folgte.

»Arrow hat mich gebeten, dich zu Ro zu bringen. Der ist Mechaniker, falls du das nicht wusstest, und er ist gerade dabei, die Reifen an Arrows Wagen zu wechseln. Ich hoffe, das ist in Ordnung.«

»Natürlich«, erwiderte Morgan. »Hat er dir gesagt, wen er unter Verdacht hat?«

Allye zog die Nase kraus. »Nein, mir hat er es sicher

nicht gesagt. Gray und die anderen Jungs denken immer noch, dass ich vor jeder Kleinigkeit beschützt werden muss. Ich habe Gray versichert, dass mich das, was ich über Entführungen und Einbrüche höre, nicht aus der Bahn wirft, aber er behandelt mich immer noch besonders vorsichtig, wenn es darum geht, über seinen Job oder andere schlimme Dinge zu sprechen, die in der Welt passieren.«

»Darf ich dich etwas fragen?«

»Natürlich, alles, was du willst«, entgegnete Allye.

»Arrow hat mir erzählt, dass du und Gray ziemlich schnell zusammengekommen seid … woher wusstest du, dass er der Richtige für dich ist?«

»Am Anfang habe ich mich dagegen gewehrt. Ich meine, ich hätte nie gedacht, dass ein Mann wie Gray tatsächlich mit mir zusammen sein will. Erstens war ich nur ein Einsatz für ihn. Zweitens … tja … ich dachte eben, er würde glücklicher mit jemandem werden, der eher so ist wie er. Jemand, der den Adrenalinkick braucht und Gewichte stemmen, trainieren und generell ziemlich cool sein will.«

Morgan lachte leise. »Willst du damit etwa behaupten, dass du das nicht bist?«

Allye musste ebenfalls lachen. »Also, ich liebe es zu tanzen, und das könnte man durchaus als Training zählen, aber ich schwöre, wenn ich keine Tänzerin wäre, wäre ich zwanzig Kilo schwerer, weil ich so gern zu Hause vor dem Fernseher rumsitze oder mich mit meinen Freundinnen unterhalte.«

»Also, woher hast du es gewusst?«

»Ehrlich? Ich glaube, es wurde mir klar, als ich mir nicht mehr vorstellen konnte, *ohne* Gray zu sein. Nachdem ich gerettet worden war – das zweite Mal –, hätte ich in San Francisco bleiben und mein Leben dort weiterleben können. Aber obwohl ich erst so kurz mit Gray zusammen war, konnte ich es kaum ertragen, ihn morgens und abends nicht zu sehen. Ich liebte es, mich mit ihm über seinen Tag zu unterhalten und ihm dabei zuzusehen, wie er an seinem Schreibtisch saß und sich um die Steuern von jemand anderem kümmerte. Ich weiß, es ist albern, aber ich habe mich noch nie bei jemandem so wohlgefühlt wie bei Gray.«

»Genauso fühle ich mich auch«, erklärte Morgan. »Aber das ist doch verrückt ... nicht wahr?«

»Nein. Hör zu, Männer wie die Mountain Mercenaries leben ihr Leben auf Vollgas. Sie mögen, was sie mögen, sie hassen, was sie hassen, und sie lieben, wen sie lieben. Punkt. Sie verteidigen ihre Freunde und Familie bis zum Tod, und wenn nötig, würden sie das Gleiche für jeden tun, den sie retten und/oder beschützen sollen.«

»Das ist es, wovor ich Angst habe. Dass er, wenn er merkt, dass ich keinen Schutz mehr brauche, zur Vernunft kommt und sich fragt, was zum Teufel er mit mir macht«, entgegnete Morgan.

»Ich kann dir nicht sagen, dass du nicht so fühlen sollst, denn ehrlich gesagt fühle ich mich immer noch ein bisschen so. Aber mir ist klar geworden, dass Gray bei den Hunderten von Menschen, die er vor mir gerettet hat, nicht so empfunden hat. Er hat *sie* nicht gefragt, ob sie bei ihm einziehen wollen. Er hat *sie* nicht geküsst, als könnte er nicht genug bekommen, und er hat sicher nicht mit ihnen geschlafen. Ich kann dir nicht sagen, warum er sich zu mir hingezogen fühlte oder was ihn dazu brachte, den Rest seines Lebens mit mir zu verbringen anstatt mit jeder anderen Frau, die er je getroffen hat. Aber am Ende ist es egal. Er hat mich gewählt. Ich bin es, mit der er jede Nacht schlafen will. Ich bringe seine Augen zum Leuchten, wenn er mich sieht, und ich bringe seine Pupillen dazu, sich zu erweitern, wenn er mich nackt sieht.

Und ich frage mich nicht mehr warum. Ich akzeptiere es als das, was es ist, und ich kämpfe mit allen Mitteln, um das zu behalten. Um *ihn* zu behalten. Ich verdiene ihn. Ich verdiene es, einen Mann zu haben, der mich wie das Wertvollste in seinem Leben behandelt. Wenn er mich beschützen will, indem er mich keine Nachrichten sehen lässt und sein Bestes tut, um nicht über die Einsätze zu sprechen, die er mit seinen Freunden unternimmt, ist das für mich in Ordnung, weil es bedeutet, dass er mich liebt. Und diese Liebe ist das Wertvollste in meinem Leben. Ergibt das einen Sinn?«

Morgan nickte und versuchte, die Tränen in ihren Augen wegzublinzeln. Zum ersten Mal, seit sie Arrow kennengelernt hatte, hörte sie auf, darüber nachzudenken, warum er sie anscheinend so sehr mochte, und versuchte, in die andere Richtung zu denken. Warum sollte er sie *nicht* mögen? Sie war ein guter Mensch. Sie hatte nicht nur überlebt, was ihr widerfahren war, sondern war nicht daran zerbrochen – zumindest nicht unheilbar. Sie verdiente einen Mann wie Arrow. Sie hatte ihn verdient, in gewisser Weise.

Allye hatte recht. Es war nicht so, als würde Arrow in einer Blase leben. Sie hatte mehr als eine Frau gesehen, die ihm kokette Blicke zuwarf. Sie hatte neben ihm gesessen, als eine Kellnerin ihm ihre Telefonnummer zusteckte. Aber er war nicht an ihnen interessiert gewesen. Er hatte *sie* weiterhin behandelt, als wäre sie der wichtigste Mensch in seinem Leben.

Sie war der Liebe genauso würdig wie jeder andere Mensch, und warum sollte sie nicht zugreifen und einer Beziehung mit Arrow eine Chance geben?

Sie konnte das Lächeln nicht unterdrücken, das ihre Lippen umspielte.

»Ich kann an deinem Lächeln sehen, dass du eine Entscheidung getroffen hast, stimmt's?«, fragte Allye.

»Ja. Ich habe mir das Gleiche gesagt wie *du*: dass ich zu verkorkst bin. Dass das, was mir passiert ist, mich irgendwie weniger würdig macht. Aber ich denke, ich sollte anders über die ganze Situation denken. Ich brauche einen Mann, der mir hilft, mich aufzurappeln und abzustauben, nicht jemanden, bei dem ich versuchen muss, mich einzuschleimen, oder das Gefühl habe, immer gut aussehen zu müssen. Verdammt, Arrow hat eine Stunde damit verbracht, Verfilzungen aus meinen Haaren zu entfernen, und kein einziges Mal hat er die Nase über mein Aussehen gerümpft. Warum sollte ich *nicht* einen Mann wie Arrow bekommen? Ich würde sagen, dass ich ihn mehr verdiene als die Durchschnittsfrau.«

»Genau«, pflichtete Allye ihr bei. »Du hast vollkommen recht. Wir haben nicht um das gebeten, was uns widerfahren ist. Und jetzt haben wir Männer kennengelernt, die uns als der Mensch zu schätzen wissen, der wir sind, und für das, was wir durchgemacht haben. Sie halten uns nicht klein und sie halten uns nicht auf – ganz im Gegenteil, sie päppeln uns auf und helfen uns, wenn es schwer wird.«

»Ich mache mir immer noch Gedanken darüber, dass wir es zu schnell angehen lassen«, gestand Morgan.

»Das brauchst du nicht. Wie gesagt, diese Männer wissen genau, was sie wollen. Und wenn Arrow beschlossen hat, dass er dich will, dann war's das. *Du* bist die Richtige für ihn. Kämpfe nicht dagegen an. Lass dich einfach treiben. Vertraue mir, wenn ich dir sage, dass es das Beste ist, was dir jemals widerfahren ist.«

»Okay.«

»Okay«, stimmte Allye ihr zu, als sie die lange Einfahrt mit den Kiefern entlangfuhren, die das Gelände umgaben.

»Hier ist es so unglaublich schön«, bemerkte Morgan staunend. »Ich hätte nichts dagegen, jeden Morgen zu diesem Anblick aufzuwachen.«

»Sag das nicht vor Arrow«, warnte Allye sie.

»Warum?«

»Wenn er nämlich wie Gray ist, kauft er ein Stück Land und fängt an, das Haus zu entwerfen, bevor du blinzeln kannst.«

»Oh, verdammt, du hast recht«, entgegnete Morgan.

»Ich weiß«, erklärte Allye und stellte den Motor ab. »Andere Frauen würden es ausnutzen, Männer zu haben, die ihnen jeden Wunsch von den Augen ablesen, aber wir nicht.«

»Nein«, pflichtete Morgan ihr bei, »wir nicht. Vielen Dank, Allye. Ich ... es hilft mir wirklich, mit jemandem zu reden, der dasselbe durchgemacht hat wie ich.«

»Jederzeit gern«, sagte sie. »Und das meine ich auch so. Unsere Männer ähneln einander sehr. Anfangs sind sie vielleicht nicht so leicht einzuschätzen. Ich bin jedenfalls hier, wenn du reden willst.«

»Das weiß ich wirklich zu schätzen.«

Morgan erschrak, als die Tür neben ihr aufging, doch sie entspannte sich, als sie sah, dass es Arrow war, der dort stand. Er hielt ihr die Hand hin und Morgan ergriff sie und ließ es zu, dass er ihr auf und aus Allyes Wagen half.

»Alles okay?«

»Natürlich. Ist bei *dir* alles okay?«, lautete ihre Gegenfrage.

Daraufhin legte er den Kopf schief und kniff die Augen zu Schlitzen zusammen, während er sie ansah. »Irgendetwas ist anders«, erklärte er.

»Was?«

»An dir. Irgendetwas ist anders an dir. Ich gehe davon aus, dass das Gespräch mit der Therapeutin gut gelaufen ist?«, fragte er.

Morgan sah hinüber zu Allye, die damit beschäftigt war, Gray zu küssen, und lächelte. »Das könnte man so sagen«, lautete ihre ominöse Antwort. »Aber mal im Ernst, was ist mit deinen Reifen?«

Arrow zuckte mit den Achseln. »Irgendein Idiot hatte wahrscheinlich Langeweile«, erwiderte er. »Komm schon. Ro ist fast fertig, dann können wir gehen.«

Morgan lächelte Allye zu, als sie an ihr und Gray vorbeigingen, und nahm Arrows Hand fester, als er sie zu Ros Werkstatt führte.

»Hey, Ro«, sagte sie, als sie eintrat, da sie sich nach ihrem Gespräch mit Allye sicherer fühlte.

Arrows Wagen stand auf einer Hebebühne und Ro stand bei einem Reifen, als sie ihren Gruß rief. Er sah zu ihr hinüber und zog eine Augenbraue hoch. »Hey«, entgegnete er. »Anscheinend ist die Therapiestunde mit Nina heute ausgesprochen gut gelaufen.«

Morgan nickte. »Das ist sie. Ich glaube, sie kommt langsam über den Berg. Sie ist nicht hundertprozentig über das Geschehene hinweg, aber ich habe das Gefühl, dass sie nicht mehr schreiend aufwachen wird ... zumindest hoffe ich das.«

»Und was ist mit dir?«, fragte Ro und wischte sich die Hände an einem Lappen ab. »Geht es dir auch gut?«

»Ich mache langsam, aber sicher Fortschritte«, erklärte Morgan ihm ehrlich. »Ich habe gute und schlechte Tage, aber ich bin dankbar, dass ich noch lebe. Ich habe nicht um das gebeten, was mir passiert ist, und ich habe noch so viel Leben vor mir, dass ich es mir nicht leisten kann, für den Rest der Zeit in Selbstmitleid zu versinken.«

Arrow legte von hinten die Arme um sie und hielt sie an sich gedrückt. Seine Lippen streiften ihre Schläfe, als er sagte: »Ich bin so wahnsinnig stolz auf dich.«

Morgan zuckte mit den Achseln. »Um ehrlich zu sein, bin ich auch stolz auf mich.«

»Braves Mädchen«, murmelte Ro und wandte dann die Aufmerksamkeit wieder dem Reifen vor sich zu. »Ich bin fast fertig, Arrow«, sagte er.

»Danke.«

Ro winkte ab. »Konnte Meat anhand der Aufnahmen der Überwachungskameras herausfinden, wer das deinem Wagen angetan hat?«

Arrow schüttelte den Kopf. »Nein. Es gab auf dem Parkplatz zwar Überwachungskameras, doch die zeigten alle in die entgegengesetzte Richtung.«

»Ich nehme an, dass du die Verantwortlichen über die korrekte Verwendung von Überwachungskameras aufgeklärt hast und sie nun die Positionierung der Kameras geändert haben?«

»Das hat Meat übernommen«, erklärte Arrow. »Nachdem er ihnen ordentlich in den Hintern getreten und mit einer Klage gedroht hatte, weil ihre verdammten Kameras auf den Eingang des Gebäudes und nicht auf die geparkten Wagen gerichtet waren.«

»Die blöden Vollpfosten«, entgegnete Ro leise.

Morgan hätte am liebsten gekichert, hielt sich jedoch zurück. Sie liebte es, Ro sprechen zu hören. Sein leichter englischer Akzent war ausgesprochen sexy und manchmal verwendete er Redewendungen, die so anders waren als die einheimischen, dass sie manchmal am liebsten vor Genugtuung geseufzt hätte, wenn sie sie hörte.

»Hey, schau meinen Freund nicht so verliebt an«, schalt Arrow sie.

Diesmal kicherte Morgan *tatsächlich* und drehte sich in seinen Armen um. »Vielleicht sollte ich mir einen netten Engländer suchen. Oder vielleicht einen Schotten. Irgendetwas am schottischen Akzent macht mich wahnsinnig an. Bevor ich entführt wurde, habe ich mir immer *Outlander* angesehen.«

»Wenn du jemanden mit einem schottischen Akzent möchtest, kann ich den gern für dich imitieren«, erklärte Arrow im exakt gleichen Tonfall wie Jamie Fraser in *Outlander*. »Vielleicht möchtest du auch noch, dass ich dich mir über die Schulter werfe und dich zu meiner Burg entführe, wo ich mit dir anstelle, was ich will?«

Morgan brach in lautes Gelächter aus und schlang ihre Arme um Arrows Hals. »Ich wusste gar nicht, dass du so reden kannst.«

Arrow erwiderte das Lächeln und entgegnete mit normaler Stimme: »Es gibt vieles, was du nicht über mich weißt, meine Schöne.«

Sie wurde ernst. »Das ist mir klar. Aber ich möchte jedes einzelne Detail über dich erfahren.«

Der Blick aus seinen Augen war so heiß, dass es sich so anfühlte, als würde er sie an Ort und Stelle vernaschen wollen. Zum ersten Mal wurde ihr klar, wie sehr sie sich Arrow gegenüber zurückgehalten hatte. Sie hatte ihm nicht gesagt, wie viel es ihr bedeutete, Zeit mit ihm zu verbringen. Wie sehr sie ihn mochte. Sie hatte immer noch Angst, dass er seine Meinung über sie ändern würde, wenn sie es laut zugab.

Aber nach ihrem Gespräch mit Allye wurde ihr klar, dass alles, was die Frau sagte, zutraf. Arrow war nicht der Typ Mann, der mit jemandem spielt. Er war nicht mit ihr zusammen, weil er Sex wollte. Sie war so ziemlich die schlechteste Partie, die er eingehen konnte, was das anging. Er war mit ihr zusammen, weil er sie mochte, und sie wäre eine Närrin, wenn sie ihn sich durch die Lappen gehen ließe.

Der Zeitpunkt war etwas ungünstig, denn sie war sich nicht sicher, ob sie für einen Freund und alles, was dazugehörte, bereit war, aber Arrow hatte ihr versprochen, es langsam anzugehen ... und sie vertraute ihm.

Es waren dieser tiefe Glaube, dass er nie schneller oder weiter gehen würde, als sie es wollte, sowie ihr Gespräch mit Allye, die ihr erlaubten, einige ihrer Ängste loszulassen, was Arrow betraf.

»Sollen wir nach Hause fahren?«, fragte er.

»Zu dir nach Hause? Ja«, erklärte Morgan ihm und zum ersten Mal wandte sie den Blick nicht ab, sondern sah ihm in die Augen, als sie das sagte.

»Du bist *wirklich* anders«, murmelte er.

»Allye und ich hatten ein gutes Gespräch«, gestand Morgan ihm.

»Erinnere mich bitte daran, dass ich mich später bei ihr bedanke.«

Morgan lächelte ihn an.

»Hoffentlich war das Ganze nur ein dummer Zufall«, erklärte Ro und warf Arrow seinen Autoschlüssel zu, der ihn mit einer Hand auffing. »Aber halte trotzdem die Augen offen, nur für den Fall. Es wäre nicht gut, wenn jemand versucht, dich aus dem Weg zu räumen, um zu Morgan zu gelangen.«

Der andere Mann sagte die Worte leichthin, als würde er nicht wirklich daran glauben, was er da von sich gab, doch sie hinterließen einen bleibenden Eindruck auf Morgan.

Sie erstarrte und wandte sich mit besorgtem Blick an Ro.

»Ro ...«, warnte Arrow ihn leider zu spät.

»Verdammt«, fluchte Ro leise.

Morgan wandte sich an Arrow. »Glaubst du, dass das der Fall ist? Glaubst du, dass derjenige, der mich verschwinden lassen wollte, hier in Colorado Springs ist? Werde ich beobachtet? Wird derjenige versuchen, dich zu töten, um an mich zu gelangen?«

»Pssst«, machte Arrow beruhigend. »Nein, wir glauben nicht, dass das der Fall ist.«

»Was dann? Ich meine, es ist doch nicht normal, dass jemand dir alle vier Reifen aufsticht. Bei einem, okay, da hat sich vielleicht jemand einen Scherz erlaubt. Aber alle vier? Das bedeutet, du bist eine Zielperson. Woher weiß der Täter, wo du bist? Verfolgt er uns? Oh mein Gott, vielleicht sollte ich besser verschwinden!«

»Morgan«, sagte Arrow streng, griff sie bei den Schultern und hielt sie fest. »Sieh mich an.«

Sie schaute ihm in die Augen und versuchte, ihre Atmung unter Kontrolle zu bringen. Sie wollte auf keinen Fall in Ros Werkstatt in Ohnmacht fallen, weil sie hyperventilierte.

»Es geht mir gut. Mir wird nichts passieren. Du bist in Sicherheit, verstanden?«

Sie nickte, obwohl sie nicht davon überzeugt war.

»Ich glaube nicht, dass jemand hinter mir her ist. Wir haben deinen Ex-Freund und die anderen in Atlanta im Auge behalten. Sie sind immer noch alle dort. Niemand ist hier nach Colorado gekommen und hat versucht, mich zu töten.«

»Vielleicht hat der Verantwortliche jemanden beauftragt«, flüsterte Morgan.

»Das könnte natürlich sein. Aber so nervig das auch war,

es sind nur Reifen. Es waren wahrscheinlich irgendwelche Jugendlichen. Wir werden deshalb alle etwas wachsamer sein, aber niemand denkt, dass du in Gefahr bist. Das ist es, was wir tun. Wir denken uns mögliche Szenarien aus und beweisen oder widerlegen sie. So arbeiten wir. Ro hat lediglich die Möglichkeit in den Raum geworfen. Er hat es nicht als Tatsache hingestellt.«

»Aber niemand kommt in deine Wohnung rein, richtig?«, fragte Morgan und sah voller Angst zu ihm auf. »Ich meine, dort sind wir in Sicherheit, richtig?«

»Auf jeden Fall«, entgegnete Arrow. »Es gibt einen Pförtner und wir sind im zweiten Stock. Überall im Gebäude befinden sich Kameras. In der Eingangshalle, im Treppenhaus, auf dem Parkplatz, in den Aufzügen. Bei mir bist du in Sicherheit.«

Morgan wusste, dass sie ausflippte, aber sie konnte nicht anders. Es war lange her, dass sie sich sicher gefühlt hatte, und es war, als hätte ihr jemand noch einmal den Teppich unter den Füßen weggezogen. Sie wollte nicht noch einmal entführt werden, aber sie wollte auch nicht, dass Arrow oder einer seiner Freunde verletzt wurde, während er sie beschützte.

Ihr kam noch etwas in den Sinn. »Und was ist mit meinen Eltern? Befinden sie sich in Sicherheit? Sollten wir ihnen Bescheid sagen, wachsam zu sein?«

Arrow legte ihr eine Hand an die Wange und senkte seine Stirn auf ihre. »Ich sorge dafür, dass Meat sie anruft. Aber es besteht wirklich kein Grund zu der Annahme, irgendjemand sei in Gefahr, meine Schöne. Ich schwöre dir, wenn wir denken, dass sich das geändert hat, werden wir uns um deine Eltern kümmern. Besorgen ihnen Leibwächter oder so. Du bist in Sicherheit. Wir sind sicher. Deine Familie ist sicher.«

»Warum passiert das?«, flüsterte sie.

»Wir wissen noch gar nicht, ob überhaupt *irgendetwas* passiert«, entgegnete Arrow.

»Aber jemand hat dir die Reifen zerstochen«, widersprach sie.

»Das stimmt. Das heißt aber noch längst nicht, dass deine Entführer vorhaben, dich erneut zu verschleppen, und jetzt atme tief durch.«

Das tat sie.

»Und noch mal. Gut. Und jetzt sieh mich an.«

Morgan lehnte sich so weit zurück, dass sie Arrow in die Augen blicken konnte.

»Vertraust du mir?«

Sie nickte, ohne überhaupt über die Frage nachdenken zu müssen.

»Dann solltest du darauf vertrauen, dass ich niemals etwas tun würde, was dich oder Menschen, die du liebst, in Gefahr bringen könnte.«

»Okay.«

Arrow beugte sich vor und küsste sie, bevor er ihr einen Arm um die Taille legte. Ro hatte ihnen ein wenig Privatsphäre gelassen, doch nun, da er sah, dass sie bereit waren zu gehen, hielt er auf sie zu.

»Es tut mir wirklich leid, Morgan. Ich hätte das nicht sagen sollen.«

»Doch«, entgegnete sie mit Nachdruck, »das hättest du tun sollen. Ich bin keine hilflose Fünfjährige wie Nina. Ich muss wissen, was vor sich geht. Verheimliche mir nicht alles. Ich brauche Informationen, wenn ich mich schützen will. Wie würdest du dich fühlen, wenn du wüsstest, dass ich wieder eine Zielscheibe bin, und es mir nicht sagst, und ich eines Tages alleine in den Laden gehe, weil ich denke, dass alles in Ordnung ist, und ich wieder entführt werde?

Ihr würdet euch schuldig fühlen und ich wäre so sauer auf euch alle. Also verheimlicht mir *niemals*, was los ist, um mich zu schützen.«

Interessanterweise lächelte Ro daraufhin, was sie ärgerte.

»Lach mich nicht aus«, zischte sie.

Sofort wurde er ernst. »Ich lache dich doch nicht aus, Liebes«, entgegnete Ro. »Ich freue mich ausgesprochen darüber, dass du so leidenschaftlich bist. Das gefällt mir.«

»Also ... dann ist es ja gut«, entgegnete Morgan, der nichts Besseres einfiel.

»Komm, fahren wir nach Hause«, sagte Arrow und zog sie nach vorn.

»Ich habe mich noch gar nicht von Allye oder Chloe verabschiedet«, bemerkte Morgan.

»Ich werde ihr sagen, sie soll dich später anrufen«, versicherte Ro ihr, während Arrow ihr beim Einsteigen auf der Beifahrerseite seines Pritschenwagens half.

Kaum hatte er die Tür zugemacht, sagte Morgan: »Ich will nicht, dass dir meinetwegen etwas passiert.«

Ohne äußerlich zu reagieren, startete Arrow seinen Wagen und fuhr rückwärts, bevor er den Gang einlegte und Ros Einfahrt entlangfuhr. »Also pass auf«, erklärte Arrow ernst, »ich habe fast mein ganzes Leben als Erwachsener damit zugebracht, für andere Menschen zu kämpfen. Als ich bei der Marine war, habe ich generell für alle Amerikaner gekämpft. Ich habe für die Unterdrückten und Armen gekämpft. Und als ich dort gegangen bin und bei den Mountain Mercenaries angefangen habe, habe ich für Frauen und Kinder gekämpft, die gerettet werden mussten.«

Er sah sie daraufhin an und Morgan atmete bei dem Ausdruck in seinen Augen scharf ein.

»Aber zum allerersten Mal in meinem Leben ist der

Kampf persönlich. Ich kämpfe für *dich*. Für *uns*. An diesem Punkt ist es mir ehrlich gesagt egal, wer hinter deiner Entführung steckt oder warum derjenige es getan hat. Mich interessiert nur, dass dieser Mensch keine Gelegenheit bekommt, es noch einmal zu tun. Ich habe noch nie in meinem Leben so leidenschaftlich über etwas empfunden wie darüber, dich zu beschützen. Wenn also jemand hinter *mir* her sein will anstatt hinter dir? Ich sage, nur zu, denn er wird einen Fehler machen. Das machen diese Mistkerle immer. Und wenn es so weit ist, werde ich bereit sein, sie fertigzumachen.

Aber du musst mich meinen Job machen lassen, Morgan. Ich wurde schon mal verletzt und werde wahrscheinlich wieder verletzt werden, aber bis mein Herz aufhört, in meiner Brust zu schlagen, werde ich weiterkämpfen. Ich kann mit Schmerz umgehen. Ich kann allerdings nicht damit umgehen, *dich* mit Schmerzen zu sehen. Also musst du dich einfach damit abfinden, meine Schöne.«

»Ich ... ich weiß nicht, was ich dazu sagen soll«, gestand Morgan. »Einerseits finde ich es sexistisch und etwas naiv von dir, mir zu sagen, dass es für dich okay ist, verletzt zu werden, aber nicht für mich. Und du bist nicht Superman. Wenn dir etwas zustößt und du verblutest, kannst du nicht einfach aufspringen und es mit einem Angreifer aufnehmen. Aber andererseits, was du gesagt hast, bringt mich zum Weinen. Ich hatte noch nie jemanden, der mich so in den Mittelpunkt gestellt hat. Niemals.«

»Aber jetzt schon«, erklärte Arrow und legte ihr eine Hand aufs Knie.

Während der Fahrt zurück zu seinem Haus sagte Morgan nichts weiter, aber er tat es auch nicht. Sie war verängstigt, aber irgendwie ließ Arrow alles weniger beängstigend erscheinen.

Als sie bei seinem Wohngebäude ankamen, hatte sie sich beruhigt. Ja, dass seine Reifen aufgeschlitzt worden waren, war ärgerlich, aber das bedeutete nicht, dass ihr Entführer in den Startlöchern stand, um sie zu schnappen. Vielleicht hatte sie überreagiert.

Sie lächelte Arrow an, als er den Motor abstellte, und fragte: »Und was ist für den Rest des Tages geplant?«

»Lebensmittel einkaufen, Abendessen und sich vor dem Fernseher entspannen«, entgegnete er.

»Das hört sich toll an. Obwohl ich irgendwann mal damit anfangen sollte, mir zu überlegen, was ich mit dem Rest meines Lebens anstellen soll«, bemerkte Morgan nachdenklich. »Schließlich kann ich mich nicht ewig von dir oder meiner Mutter aushalten lassen.«

»Warum nicht?«

»Darum«, erklärte Morgan mit Nachdruck. »So bin ich nicht. Ich muss arbeiten. Ich arbeite gern.«

»Okay, okay«, entgegnete Arrow und hielt beschwichtigend die Hände hoch. »Aber nicht heute Abend.«

»Nein, nicht heute Abend«, stimmte sie ihm zu.

Als sie zur Tür des Hauses gingen, konnte Morgan nicht umhin, sich immer wieder heimlich umzuschauen. Sie sah nichts Ungewöhnliches. Robert, der Pförtner, begrüßte sie herzlich, als sie eintraten und zum Aufzug gingen.

Überzeugt davon, dass sie überreagiert hatte, lehnte Morgan sich entspannt an Arrow. Sie war in Sicherheit. Arrow war in Sicherheit. Ihre Familie war in Sicherheit. Alles war in bester Ordnung.

KAPITEL SECHZEHN

Die nächsten paar Tage verliefen ereignislos, was neue Informationen über Morgans Entführung anging. Arrow machte Ro die Hölle heiß, als Morgan nicht in der Nähe war. Er wollte sie nicht beunruhigen, aber Morgans beiläufige Bemerkung, er solle auf sich aufpassen, hatte ihn aus der Fassung gebracht. Sie hatte versucht, ihn davon zu überzeugen, dass es ihr gut ginge und dass sie lieber von seinem Verdacht wüsste, als im Dunkeln zu tappen, aber es missfiel ihm, sie so nervös zu sehen.

Es war nicht so, dass er ihr Informationen über ihre Entführung vorenthalten wollte, aber er wollte ihr erst einmal Zeit geben, sich wirklich zu erholen.

Ihre Eltern waren keine große Hilfe in dieser Situation. Ihr Vater drängte sie, mit der Presse zu reden. So sehr er ihr bei ihrem Verschwinden geholfen hatte, indem er ihren Fall in der Öffentlichkeit nicht in Vergessenheit geraten ließ, so sehr war er jetzt eine Belastung, denn Morgan musste mit ihrem Leben weitermachen.

Carl machte immer noch die Runde in den Morgenshows und redete über Morgan, als wäre er derjenige, der für ihre Genesung verantwortlich war. Er hatte in mehreren Interviews glatt gelogen und behauptet, er stünde an Morgans Seite, während sie sich wieder in die Gesellschaft integrierte.

Und ihre Mutter war auch nicht viel besser. Während sie zwar die Presse mied, bedrängte Ellie Morgan jedoch, nach Albuquerque zurückzukehren. Sie bestand darauf, dass ihre Tochter im Moment zu zerbrechlich für eine Beziehung sei und dass sie bei ihrer Familie sein müsse, damit sie richtig gesund werden könne. Sie schrieb Tag und Nacht Nachrichten und brauchte ständig die Bestätigung, dass es Morgan gut ging. Das machte Arrow verrückt. Er war froh, dass Ellie ihre Tochter aufrichtig zu lieben schien und sich Sorgen um sie machte, aber die emotionale Belastung, die das für Morgan bedeutete, war der Tropfen, der das Fass zum Überlaufen brachte.

Sie hatten sich darüber gestritten, wie oft Morgan mit ihrer Mutter sprach, und am Ende hatte Morgan zugestimmt, nur noch zweimal die Woche mit Ellie zu telefonieren, und er hatte sich bereit erklärt, sich nicht über die Frau zu beschweren.

Morgan recherchierte, was nötig wäre, um ihr Bienen- und Honiggeschäft in Colorado zu gründen, und Arrow hatte damit begonnen, nach einem Haus und einem Grundstück zu suchen, damit sie die Bienen haben konnte, die sie so sehr liebte. Ihr Vermieter in Atlanta hatte ihr Haus an jemand anderen vermietet, als sie nach mehreren Monaten nicht zurückgekehrt war. Ihr Vater hatte ihre Sachen zusammengepackt und in ein Lager gebracht.

Arrow hatte ihr nicht gesagt, dass er begonnen hatte, nach einem Stück Land zu suchen, das für ihr Geschäft geeignet war, da er der Meinung war, dass sich die Dinge erst einmal beruhigen mussten. Sobald sie herausgefunden hatte, was sie tun musste, um ihr Geschäft wieder zum Laufen zu bringen, würde er mit ihr über die Wohnsituation sprechen.

Sie hatten jede Nacht in seinem Bett geschlafen, seit seine Reifen aufgeschlitzt worden waren. Am Anfang war es für beide seltsam gewesen. Für Arrow, weil er noch nie eine Frau die ganze Nacht in seinem Bett gehabt hatte, und für Morgan wegen ihrer Entführung.

Aber nach dieser ersten Nacht schien alles irgendwie ... richtig zu sein. Arrow trug eine Baumwoll-Schlafhose im Bett und sie trug ein Trägerhemd und Jungen-Shorts. Sie sah absolut umwerfend aus, jetzt, da sie langsam und an den richtigen Stellen an Gewicht zunahm. Arrow ging jeden Abend mit einem Ständer ins Bett und wachte jeden Morgen mit einem Ständer auf. Aber er würde eine Million Ständer erdulden, bevor er einen Schritt machte, für den sie noch nicht bereit war.

Und sie war definitiv nicht bereit, etwas in diese Richtung zu tun.

Das war für Arrow so selbstverständlich wie das Amen in der Kirche.

Es war fünf Uhr dreißig am sechsten Morgen, an dem sie zusammen in einem Bett geschlafen hatten. Als Arrow erwachte, spürte er, dass Morgan sich an ihn schmiegte. Sie klammerte sich immer an ihn, von der Sekunde an, in der sie ins Bett ging, bis zu dem Zeitpunkt, an dem sie aufwachte. Sie hielt sich an ihm fest, als würde er verschwinden, wenn sie es nicht täte.

Er liebte es, sie in seiner Nähe zu haben, aber es war auch eine Qual. Ihr Bein war über seinem Schoß angewinkelt und drückte gegen seinen Schwanz. Ihre Atemzüge waren langsam und gleichmäßig, und jedes Mal, wenn sie ausatmete, spürte er, wie ihr warmer Atem über seine Brust wehte. Seine Brustwarzen hatten sich zusammengezogen. Wenn sie den Kopf nur ein wenig bewegte, könnte sie eine dieser Brustwarzen in den Mund nehmen.

Der Gedanke war berauschend und er konnte nicht anders, als die Augen zu schließen und sich vorzustellen, wie sie sich über ihn bewegte. Über seine Brust bis zu seiner Hose glitt, die sie über seinen geschwollenen Schwanz herunterzog, und ihn in den Mund nahm. Sie würde ihn schüchtern ansehen, während sie lutschte und saugte.

Er kam in die Realität zurück, als er spürte, wie Morgan sich versteifte.

Er öffnete seine Augen, sah in ihre und bemerkte, dass sie ihn ängstlich anstarrte. Sie lag steif wie ein Brett an ihm, als hätte sie Angst, einen Muskel zu bewegen.

»Guten Morgen«, sagte er leichthin.

»Guten Morgen«, erwiderte sie vorsichtig.

Arrow hätte in seinem Frust am liebsten jemanden geschlagen. Sie hatte einen wirklich langen Weg der Genesung vor sich. Er wusste, dass sie nie wieder dieselbe sein würde wie vor ihrer Entführung, aber er hasste es zu sehen, dass sie Angst vor *ihm* hatte.

»Bei mir bist du in Sicherheit«, sagte er leise. »Ich würde nie etwas tun, das dir wehtut.«

Bei seinen Worten entspannte sie sich sofort wieder. »Das weiß ich«, murmelte sie und senkte den Blick. »Es ist nur ... ich bin aufgewacht und habe deinen ... *dich* an meinem Bein gespürt und plötzlich war ich wieder bei meinen Entführern.«

»Das habe ich mir schon gedacht. Ist schon in Ordnung.«

»Nein, ist es *nicht*«, erwiderte sie aufgebracht. »Ich hasse es, dir nicht zeigen zu können, wie sehr ich es genieße, hier bei dir zu sein. Ich hasse es, dass ich mich dir gegenüber nicht normal verhalten kann.«

»Was ist überhaupt normal?«, bemerkte Arrow unbeschwert. »Normal ist das, was wir dazu machen.«

»Ich möchte in der Lage sein, aufzuwachen und nicht sofort zu erstarren und zu denken, dass ich wieder *dort* bin, und ohne mich zu fragen, ob heute der Tag ist, an dem sie mich umbringen werden, nachdem sie sich genommen haben, was sie wollen. Ich möchte in der Lage sein aufzuwachen, während mein Freund meinen Körper küsst, und nicht darüber nachzudenken, was sie sich so oft unerlaubt von mir genommen haben. Ich will in der Lage sein, mich in deiner Berührung zu verlieren, nicht zusammenzuzucken, weil es mich an *sie* erinnert.«

»Das wirst du«, erklärte Arrow, der all seine Selbstbeherrschung aufbringen musste, damit sie ihm nicht die Wut an der Stimme anhörte.

»Aber wann? Wenn ich endlich nicht mehr ständig daran denke, wirst du es leid sein, auf mich zu warten, fürchte ich. Ich habe Angst, dich zu verlieren, bevor ich dich überhaupt richtig gehabt habe.«

Arrow konnte sich nicht davon abhalten, sie auf sich zu ziehen, wobei er darauf achtete, sie so hochzuziehen, dass sie auf seinem Bauch statt auf seinem Schoß saß. Sein Schwanz, der gegen ihre Muschi drückte, war das Letzte, was sie brauchte.

»Du wirst mich *niemals* verlieren«, erklärte er ihr mit Nachdruck. »Ich werde es nicht leid, auf dich zu warten. Es gibt keinen Zeitplan für die Genesung von einer Vergewaltigung. Das weißt du. Wie ich dir sagte, als wir mit deiner Therapeutin sprachen, ich bin auf Dauer bei der Sache. Ich werde dich niemals zwingen, meine Schöne. Was immer du mir geben willst, wann immer du es willst, liegt an dir. Ich werde jeden Tag damit verbringen, dass du dich wieder sicher fühlst. In dieser Wohnung, in diesem Bett und sogar draußen in der realen Welt. Dein sicherer Ort wird genau hier sein, in meinen Armen. Was auch immer da draußen passiert, hat keinen Einfluss auf meine Gefühle für dich. Ich liebe dich, Morgan. Du bist die *Richtige* für mich.«

Tränen liefen ihr über die Wangen, während sie ihn ansah.

Er wischte sie ihr mit dem Daumen weg, bevor er sie nach unten zog, sodass sie auf seiner Brust ruhte. Er sagte nichts weiter und fühlte sich hilflos, als sie schluchzte. Er konnte sie nur festhalten und ihren Rücken streicheln. Er sagte ihr nicht, dass sie nicht weinen sollte. Er sagte ihr nicht, dass alles in Ordnung kommen würde. Er hielt sie einfach nur fest und versuchte, ihr ohne Worte zu sagen, dass er für sie da war und es immer sein würde.

Schließlich ließ ihr Schluchzen nach und sie schniefte noch ein wenig.

»Besser?«, fragte er leise.

Sie nickte.

»Gut. Möchtest du aufstehen und duschen oder noch ein bisschen hier liegen bleiben?«

»Hier liegen bleiben«, entgegnete sie leise.

»Okay, meine Schöne. Ich werde aufstehen, duschen und das Frühstück vorbereiten. Du kannst noch ein bisschen dösen. Ich wecke dich, wenn dein Omelett fertig ist.«

»Du bist wirklich viel zu gut für mich.«

Arrow lachte. »Wohl kaum. Ich warte immer noch darauf, dass du zur Besinnung kommst und dir klar wird, dass du jemanden haben könntest, der viel besser ist als ich.« Dann glitt er unter ihr hervor und deckte sie mit der Decke zu. Er küsste sie auf die Schläfe und machte sich auf den Weg ins Bad.

Er stand in der Dusche mit dem Rücken zur Tür, als er etwas hinter sich hörte.

Arrow schaute über seine Schulter und konnte nur ungläubig starren, als eine nackte Morgan in die kleine Kabine trat und die Tür hinter sich schloss.

»Was ...«

Er vergaß, was er fragen wollte, als sie ihre Arme von hinten um ihn schlang und mit den Händen nach seinem halbharten Schwanz griff. In der Sekunde, in der sie ihn berührte, floss alles Blut in seinem Körper zu seinem Schwanz und er wurde in ihren Händen größer.

Er packte ihre Handgelenke und hielt sie fest, wobei er den Kopf drehte und fragte: »Morgan? Was machst du da?«

»Ich würde meinen, das ist offensichtlich«, erwiderte sie, versuchte aber nicht, sich aus seinem Griff zu befreien. »Es ist nur ... ich bin es leid, mich hilflos zu fühlen. Ich bin noch nicht dazu bereit, dass wir ... du weißt schon. Aber das hier würde ich gern für dich tun.«

»Bist du dir sicher? Ich liebe es, deine Hände auf meinem Körper zu spüren, aber ich erwarte so was nicht von dir, bevor du nicht zu hundert Prozent dazu bereit bist.«

»Ich bin noch nicht so weit, dir zu sagen, dass ich dich ebenfalls liebe«, erklärte Morgan ihm. »Aber du musst wissen, dass ich noch nie für jemanden das empfunden habe, was ich für dich empfinde. Ich kann den Gedanken nicht ertragen, dass du leidest und ich etwas dagegen tun kann. Ich will dich anfassen, Arrow. Ich will diejenige sein, die dich glücklich macht.«

»Aber du machst mich schon glücklich, wenn du einfach nur bei mir bist«, versicherte er ihr. »Sobald du plötzlich von Erinnerungen übermannt wirst, musst du aufhören. Es würde *mich* nämlich verletzen, wenn du leidest, nur um mich zu befriedigen.«

»Arrow, du kannst mir glauben, dass hier ist *kein bisschen* wie die Dinge, die mir zugestoßen sind. Nicht einmal annähernd. Ich gebe dir das aus freien Stücken. Ich möchte, dass du zum Orgasmus kommst, während ich es dir freiwillig besorge.«

Er lachte leise und ließ ihre Handgelenke los, damit sie tun konnte, was sie wollte. »Meine Schöne, wenn du in der Nähe bist, kommt es mir so vor, als stünde ich ständig kurz vor dem Orgasmus. Und du musst mich nicht mal anfassen, damit mein Schwanz hart wird.«

»Dreh dich um und leg deine Hände an die Wand«, befahl sie ihm.

Arrow war kein Mann, der Befehle befolgte, wenn es um Sex ging, aber für sie würde er alles tun, was sie wollte oder brauchte. Er war Wachs in ihren Händen. Er drehte sich so, dass das Wasser seine Seite traf, und er stöhnte auf, als Morgan neben ihm in die Hocke ging, eine Hand auf seine Hüfte gelegt, um sich abzustützen.

Er schaute nach unten und sah, dass ihre Brüste vor Wasser trieften. Ihr Haar hing feucht um ihre Schultern. Ihr Blick war auf seinen Schwanz fixiert. Sie leckte sich über die Lippen und sein Schwanz zuckte als Antwort.

Stöhnend riss Arrow den Blick von ihr los, warf den Kopf in den Nacken und starrte an die Decke.

Er spürte, wie sie ihre Hand bewegte, sie von seiner Hüfte zu seinem Bauch schob und die Muskeln dort nachzeichnete, bevor sie sie hinuntergleiten ließ und wieder seinen Schwanz umschloss.

»Oh verdammt«, hauchte er und drückte die Knie durch.

Sie begann, es ihm mit der Hand zu besorgen, während sie sich mit der anderen Hand an seinem Oberschenkel festhielt, um nicht das Gleichgewicht zu verlieren.

»Es wird nicht lange dauern«, warnte Arrow sie und

senkte den Kopf, um sie anzustarren. So gern er das Ganze auch hinausgezögert hätte, wusste er, dass es ihm diesmal nicht gelingen würde, seine normalerweise unbeugsame Selbstbeherrschung über seine Lust beizubehalten.

Er hatte wochenlang von diesem Moment geträumt und überhaupt nicht damit gerechnet, dass er schon so schnell eintreffen würde. Sie war ein Wunder. Sein *persönliches* Wunder. Sie war stärker als jeder, den er zuvor kennengelernt hatte.

»Sag mir, ob ich das richtig mache«, murmelte sie und biss sich vor Konzentration auf die Unterlippe, während sie ihn streichelte.

»Du berührst mich, also machst du es richtig«, presste Arrow hervor. Er beobachtete, wie die Spitze seines Schwanzes aus ihrer Faust hervorlugte, wenn sie nach hinten fuhr und dann wieder verschwand, wenn ihre Hand nach oben fuhr. Er wollte sie berühren, ihre Haare in seiner Faust halten, während sie ihn befriedigte, aber er zwang sich, beide Hände an der Wand zu halten. »Schneller, meine Süße«, sagte er voller Verlangen.

Sofort wurde sie schneller und umfasste mit einer Hand seine Hoden. Und damit war es um ihn geschehen.

»Oh verdammt, ich komme«, stieß er leise hervor. Und kurz darauf spritzte er stoßweise Sperma an die Wand und auf ihre Hand. Er stöhnte und stieß seine Hüften nach vorn, als sie langsamer wurde und ihn jetzt sanft streichelte.

Als er es wagte, die Augen wieder zu öffnen, sah sie zu ihm auf und lächelte verwundert, als hätte sie gerade die härteste Prüfung ihres Lebens bestanden ... und er vermutete, dass es sich in gewisser Weise wirklich so für sie anfühlte.

»Darf ich dich in den Arm nehmen?«, fragte er und wollte nichts lieber, als die Arme um sie zu schlingen und sie fest an sich zu drücken, aber er war sich nicht sicher, wie es ihr mental ging, und wollte auf keinen Fall etwas tun, das ihre Psyche angriff.

»Das wäre schön«, entgegnete sie leise.

Sofort beugte er sich herunter, half ihr aufzustehen und zog sie so schnell in seine Umarmung, dass ihre Körper ein schmatzendes Geräusch machten, als ihre Haut aneinander klatschte.

Und wenn Arrow dachte, dass Morgan sich an ihm gut anfühlte, als sie vollständig bekleidet waren, war das *nichts* im Vergleich dazu, sie Haut an Haut festzuhalten. Ihre Brustwarzen waren fest gegen seinen Oberkörper gepresst und obwohl sie noch etwas an Gewicht zulegen musste, reichte das Gefühl ihres weichen Körpers gegen seinen harten aus, um seinen Schwanz bereits erneut zum Zucken zu bringen.

»Ich weiß nicht, ob ich jemals dazu in der Lage sein werde, dir einen zu blasen«, murmelte Morgan an seine Brust gedrückt.

Bei ihren Worten erschlaffte Arrows Schwanz sofort. Daran schuld war allerdings nicht der Gedanke, dass er nie ihren Mund an seinem Schwanz spüren würde, sondern der Grund, *warum* sie es nicht konnte.

»Das ist mir egal.«

»Das ist keinem Mann egal. Alle möchten, dass man ihnen einen bläst«, widersprach Morgan.

Arrow legte ihr eine Hand unter das Kinn und hob ihren Kopf an, sodass sie ihn ansehen musste, während er sprach. »Mir ist es egal«, entgegnete er nachdrücklich. »Meine Schöne, ich habe gerade meine Ladung verschossen, nachdem du mich für etwa zweieinhalb Sekunden angefasst hattest. Es ist mir egal, *welcher* Teil von dir mich berührt, solange du es tust. Ich bin nicht *alle Männer*. Wenn wir so zusammen sind, gibt es nur dich und mich hier. Niemanden sonst. Was wir zusammen machen, geht niemanden außer uns etwas an. Dich hier in meiner Dusche zu haben ist wie ein wahr gewordener Traum. Die Intimität zwischen uns ist das, was wir daraus machen. Scheiß auf alle anderen und scheiß darauf, was *alle Männer* wollen.«

Morgan nickte und senkte den Blick erneut. Arrow hielt sie fest im Arm und drehte sich so, dass sie unter der warmen Dusche stand und ihr nicht kalt wurde. So blieben sie eine ganze Weile stehen, bis er sie schließlich fragte: »Möchtest du, dass ich dir die Haare wasche?«

Er spürte, wie sie tief durchatmete, und dann sah sie zu ihm hoch. »Nein. Ich habe Hunger. Ich will, dass du mit meinem Omelett anfängst.«

Arrow konnte nichts gegen das alberne Grinsen tun, das sich bei ihren Worten auf seinem Gesicht ausbreitete. »Alles klar, meine Schöne. Vielen Dank für das, was du gemacht hast. Du weißt gar nicht, wie viel mir das bedeutet.«

»Mir auch«, entgegnete sie schüchtern. »Danke, dass du mich nicht zu mehr gezwungen hast.«

»Dafür musst du mir nicht danken«, schalt er sie. »Ich werde nie etwas von dir fordern, das du mir nicht bereitwillig gibst.« Dann beugte Arrow sich langsam nach vorn und küsste sie sanft auf die Lippen. Sie zerrte ihn wieder nach unten, als er sich aufrichten wollte, und vertiefte den Kuss.

Als er aus der Dusche kam, hatte er wieder einen Steifen, aber das war ihm egal. Er hatte das Gefühl, dass er die meiste Zeit in ihrer Nähe mit einem steifen Schwanz verbringen würde ... und er würde jede Sekunde davon genießen.

Morgan zog sich langsam an und versuchte, nicht zu erröten, als sie daran dachte, was sie mit Arrow gemacht hatte. Sie hatte es nicht geplant, aber als sie auf seinem Bett lag und ihm beim Duschen zuhörte, war sie wütend geworden. Wütend auf sich selbst. Wütend auf ihre Entführer. Wütend auf die Männer, die sich genommen hatten, was sie nicht geben wollte. Also beschloss sie, sozusagen den Stier bei den Hörnern zu packen, und auf einmal war sie nackt mit Arrow in der Dusche.

Zuerst war sie nervös gewesen, weil sie Angst hatte, dass er ihr Kommen falsch auffassen würde, aber sie hätte es besser wissen müssen. Er hatte sie nicht unter Druck gesetzt. Er hatte sie nicht einmal berührt, während sie ihn befriedigte. Es war sehr ermutigend gewesen. Sie hatte das Bedürfnis gehabt, ihn zu warnen, dass sie nicht glaubte, sich jemals wohl dabei zu fühlen, es ihm mit dem Mund zu besorgen, nicht nach dem, wozu die Männer in Santo Domingo sie gezwungen hatten, aber sie hatte sich sicher gefühlt, es ihm zu sagen, weil sie wusste, dass er genauso antworten würde, wie er es getan hatte.

Zum ersten Mal, seit sie mit Arrow zusammengezogen war, dachte sie, dass sie vielleicht irgendwann an einen Punkt kommen würde, an dem sie mit ihm schlafen konnte, ohne auszuflippen.

Heute war nicht dieser Tag, aber sie konnte sich vorstellen, ihm ihr Vertrauen zu schenken. Er würde ihr nicht wehtun. Er würde sie nicht drängen und alles in seiner Macht Stehende tun, damit sie sich sicher fühlte.

Es war ihr nicht entgangen, dass er sie auf sich gezogen hatte, als sie geweint hatte, anstatt sich umzudrehen und sie unter sich zu legen. Er war vorsichtig und immer darauf bedacht, was in ihrem Kopf los sein könnte, wenn er sich mit ihr in einer intimen Situation befand. Dadurch liebte sie ihn nur umso mehr.

Moment mal ... was?

Liebe?

Liebte sie ihn?

Morgan wollte es leugnen, aber sie konnte es nicht.

Selbst als sie mit Lane zusammen gewesen war, hatte sie nicht so empfunden wie bei Arrow. Ihr war schwindelig vor Aufregung, ja, aber es war mehr als das. Es war die tiefe Erkenntnis, dass sie ihm ihre dunkelsten Geheimnisse anvertraute und dass er alles geben würde, um sie zu beschützen.

Er wusste von ihrer alles andere als perfekten Familie und trotzdem hatte er sich nicht vertreiben lassen.

Es war ihm egal, dass sie vielleicht nie mehr der gleiche Mensch sein würde wie früher.

Lächelnd machte Morgan sich schnell fertig, ohne sich die Mühe zu machen, ihr Haar zu trocknen, und eilte in die Küche, um Arrow zu sehen. Ihr Magen knurrte, als sie das köstliche Omelett roch, das er für sie zubereitet hatte.

»Guten Morgen, meine Schöne«, sagte er, als sie zu ihm ging.

Sie kuschelte sich unter seinen Arm und lächelte schüchtern. »Hi.«

Er lachte leise. »Ich hätte niemals gedacht, dass du der schüchterne Typ bist«, entgegnete er grinsend.

Morgan schlug ihm kopfschüttelnd auf den Arm. »Was für ein Blödsinn. Gib mir sofort den Teller, Junge, bevor ich ihn dir über dem Kopf umdrehe.«

»Du würdest es nie wagen, ein leckeres Omelett auf diese Weise zu verschwenden«, erwiderte er und reichte ihr den Teller.

»Das stimmt auch wieder«, gab sie zu. »Vielen Dank, dass du es für mich gemacht hast.«

»Gern geschehen.«

Sie nahm den Teller und setzte sich auf einen der Barhocker vor der Kücheninsel. Das Omelett war perfekt, wie immer. Er kam zu ihr und stellte ein großes Glas Orangensaft vor ihr hin, dann widmete er sich seinen Spiegeleiern.

Als sie gerade mit dem Essen fertig waren, klingelte Arrows Handy. Er zog es hervor und nahm ab.

»Hallo? Oh hi, Robert ... wie bitte? Nein, habe ich nicht ... auf keinen Fall ... bitte halte sie bei dir fest. Ich komme sofort runter.«

Morgan runzelte die Stirn. »Worum ging es da?«

»Ich muss eben mal nach unten.« Er stand von der Kücheninsel auf und ging ins Schlafzimmer, wo er seine Schuhe hatte.

»Warte, was ist denn los?«

Morgan sah, wie er zögerte, bevor er sich wieder zu ihr umdrehte. »Das war der Pförtner. Er sagte, dass unten eine ... eine Frau wartet, die behauptet, ich hätte sie gerufen. Er wollte wissen, ob er sie nach oben lassen soll.«

»Eine Frau? Wer ist sie?«, fragte Morgan.

»Ich weiß es nicht, aber Robert ist der Auffassung, sie sei eine Begleitdame.«

Morgan blinzelte. »Eine *was*?«

»Eine Prostituierte.«

»Im Ernst? Du würdest doch nie eine Prostituierte rufen.«

»Natürlich nicht«, entgegnete Arrow im Brustton der Überzeugung. »Ich nehme an, dass sich da jemand einen Scherz mit mir erlaubt.«

»Einer deiner Freunde vielleicht?«, fragte Morgan hoffnungsvoll.

Und daraufhin machte er die paar Schritte zurück zu ihr. Sie waren fast gleich auf, da sie noch immer auf dem hohen Barhocker saß. »Nein, meine Schöne, so etwas würden sie mir nie antun, besonders weil sie wissen, dass du hier bist.«

Als ihr klar wurde, was das bedeutete, wurde Morgan ganz flau im Magen. »Dann wollte jemand, dass ich mich aufrege.«

»Das nehme ich an«, erklärte Arrow ernst. »Aber derjenige hat dich unterschätzt. Er hat unterschätzt, wie sehr wir einander mögen und vertrauen ... richtig?«

Sofort nickte Morgan und legte ihm die Hände auf die Hüften. »Ich vertraue dir, Arrow. Ich weiß, dass du so etwas nie tun würdest. Aber ... was hast du jetzt vor?«

»Ich gehe nach unten und rede mit der Frau. Finde heraus, wer sie angeheuert hat und wer ihr meine Adresse gegeben hat. Das Ganze hat auch etwas Gutes, Morgan.«

»Tatsächlich? Inwiefern?«

»Weil bei jeder dieser Aktionen die Verantwortlichen Spuren hinterlassen. Wir müssen nur die einzelnen Brotkrummen aufsammeln und irgendwann werden sie uns direkt zu ihnen führen.«

»Das hoffe ich.«

»Ich bin davon überzeugt. Und jetzt muss ich meine Schuhe anziehen und nach unten gehen. Ist es für dich in Ordnung, allein hier oben zu bleiben? Mach *niemandem* die Tür auf und geh nicht an dein Handy. Ich bin so schnell wie möglich wieder da.«

»Soll ich Gray oder jemand anderen anrufen?«

Arrow schüttelte den Kopf. »Nein, ich will zuerst mit dieser Frau reden. Dann werde ich Rex und Meat benachrichtigen und sie auf den Fall ansetzen. Und anschließend informiere ich die anderen.«

»Okay.«

Arrow sah sie noch einen Moment lang an und lächelte dann. »Ich liebe dich. Danke, dass du nicht ausgeflippt bist und mir stattdessen vertraust.«

»Das ist doch klar.«

Er gab ihr schnell einen Kuss und neckte sie, indem er seine Zunge über ihre Unterlippe gleiten ließ, dann war er weg und ging ins Schlafzimmer, um seine Schuhe zu holen. Innerhalb kürzester Zeit war er wieder da und marschierte zur Haustür. »Denk daran, niemandem die Tür zu öffnen.«

»Das werde ich nicht.«

Und dann war er weg.

Morgan sprang vom Hocker und sammelte die Teller ein. Sie hatte keinen Hunger mehr und wusste, wenn sie versuchte, das köstliche Omelett aufzuessen, könnte es auf unappetitliche Weise wieder hochkommen, also warf sie es in den Müll und stellte das Geschirr in die Spüle. Sie füllte ihr Glas mit Orangensaft auf – es war seltsam, wie sehr sie das Zeug jetzt noch mehr liebte – und ging ins Wohnzimmer, um sich hinzusetzen und auf Arrows Rückkehr zu warten.

Es dauerte eine Stunde, bis er endlich wiederauftauchte. Er sah nicht im Geringsten wütend oder verärgert aus.

»Was ist passiert?«, wollte Morgan wissen.

Er zog sich die Schuhe aus, kam zum Sofa, setzte sich neben sie und zog sie in seine Umarmung. »Nichts.«

»Was meinst du mit *nichts*?«

»Ich meine genau das, nichts. Die Frau war sauer, dass sie reingelegt wurde und sie umsonst hergekommen war. Ihre Dienste sind nicht gerade billig, falls du weißt, was ich meine. Ich vergewisserte mich, dass sie aus freien Stücken arbeitete, dass sie nicht gezwungen war, sich mit mir zu treffen. Ich informierte sie darüber, dass das, was sie tat, illegal war, und fragte dann höflich, ob ich mich erkundigen dürfe, was sie über die Person wisse, die sie angeheuert hatte.«

Bei seiner Erklärung musste Morgan kichern. »Und was hat sie gesagt?«

»Nichts, was uns irgendwie weiterhilft. Sie arbeitet mit einer Gruppe von anderen Frauen zusammen und sie haben Anzeigen auf verschiedenen Seiten im Internet. Sie wechseln sich beim Beantworten und Annehmen der verschiedenen Jobs ab. Dieser kam gestern Abend spät über eine gewöhnliche Gmail-Adresse herein. Anscheinend ist das nicht ungewöhnlich, da die meisten Leute, die sie einstellen, nicht identifiziert werden wollen. In den Anweisungen stand, dass sie heute Morgen gleich um sieben Uhr auftauchen und wenn möglich den Pförtner umgehen sollte. Sie hatte meine Wohnungsnummer und meinen Namen und wurde sogar darüber informiert, dass die ›Dame des Hauses‹ bereit wäre, an einem Dreier teilzunehmen, wenn sich die Gelegenheit dazu ergäbe.«

Morgan rümpfte bei dem Gedanken die Nase.

»Nicht wahr? Aber Robert hatte Dienst und ließ sie nicht durch. Stattdessen hat er mich angerufen und damit hatte sich der Fall erledigt.«

»Kannst du nachverfolgen, wer sie angeheuert hat?«

»Wenn sie im Voraus bezahlt worden wäre, vielleicht. Doch der Dame wurde gesagt, dass *ich* für ihre Dienste bezahlen würde, mit zusätzlich zwanzig Prozent Trinkgeld. Die E-Mail ist wahrscheinlich eine Sackgasse, aber ich habe Meat schon darauf angesetzt. Zumindest kann er die IP-Adresse ermitteln, die uns den allgemeinen Standort des Absenders verrät. Wir können von dort aus starten.«

»Und hat die Überprüfung von Lane oder Lance weitere Ergebnisse gebracht?«, fragte Morgan.

»Nein. Aber beide scheinen vorerst in Ordnung zu sein. Meat hat es schwerer, die Spur der Männer zu verfolgen, mit denen Sarah zu tun hatte. Motorrad-Banden sind notorisch gut darin, ihren Mund zu halten, und es ist lange her, seit du aus diesem Parkhaus entführt wurdest.«

»Ich weiß«, erklärte Morgan traurig. »Ich hatte mir nur Hoffnungen gemacht. So sehr es mir auch missfallen würde, wenn einer meiner Freunde hinter der Entführung steckte, so ist es schlimmer, nicht zu wissen, wer dahintersteckt.«

Arrow wusste nicht, was er darauf sagen sollte, damit sie sich besser fühlte, und das frustrierte ihn. Schließlich sagte er einfach: »Geht es dir gut?«

Sie machte ein böses Gesicht und schüttelte den Kopf. »Nein. Es geht mir nicht gut. Ich bin stinkwütend.« Morgan sprang auf die Füße und begann, vor Arrow auf und ab zu gehen. »Es ist wirklich schlimm, dass jemand versucht, dich unter Druck zu setzen. Und wenn jemand versucht, dich unter Druck zu setzen, bedeutet das, dass er *mich* unter Druck setzen will. Und das nervt! Ich meine, hat derjenige mir nicht schon genug angetan? Der Mensch, der dahintersteckt, ist wirklich verrückt und krank. Es ist ihm egal, dass er mir wehgetan hat. Er will mir auch *weiterhin* wehtun. Wie kann es sein, dass jemand denkt, das sei in Ordnung? Was kommt als Nächstes? Wird er meine Wohnung in Brand stecken? Vielleicht eine Bombe in deinem Wagen verstecken und uns hochgehen lassen? Vielleicht lauert er uns im Lebensmittelladen auf. Oder was noch schlimmer wäre, er entführt Allye oder Chloe und droht damit, ihnen das Gleiche anzutun, was er mir angetan hat. Wann wird das alles ein Ende haben? Was habe ich Schreckliches getan, um all das verdient zu haben?«

»Nichts«, entgegnete Arrow neben ihr. »Du hast nichts falsch gemacht.«

»Es fällt mir immer schwerer, das zu glauben«, erwiderte Morgan, der klar war, dass sie kurz davor stand durchzudrehen, aber es war ihr egal. »Ich bin diejenige, die ein Jahr lang gequält wurde. Ich bin diejenige, die immer noch zu leiden hat. Das ergibt doch keinen Sinn! Ich bin nur eine Bienenfrau. Ich habe nie jemanden verletzt, soweit ich weiß. Aber ich muss *jemandem* etwas angetan haben, damit er so wütend auf mich ist. Ich verstehe es einfach nicht!«

»Morgan ...«

»Nein. Ich bin durch. Das Ganze ist doch verrückt. Mit wem muss ich reden, um dem Ganzen ein Ende zu bereiten? Der Polizei? Dem FBI? Diesem Rex? Mit wem?«

»Morgan ...«, versuchte Arrow es erneut.

Doch sie war gerade so richtig in Fahrt. »Vielleicht finde ich ja jemanden von der Mafia. Oder vielleicht finde ich einen Motorradklub, dessen Mitgliedern es nichts ausmacht, Leute umzulegen. Wen kennst du, mit dem ich reden könnte? Ooh, ich weiß, ich finde einen dieser mexikanischen Drogenbarone und setze ihn auf den Fall an. Der wird es herausfinden und – *peng!*«

Arrow schnitt ihr mitten im Satz das Wort ab, indem er eine Schulter unter ihren Bauch legte. Bevor sie zu Ende reden konnte, hatte er sie sich über die Schulter geworfen.

»Was machst du denn da? Arrow! Lass mich sofort runter!«

»Nein«, sagte er ruhig, während er auf die Haustür zuging.

Morgan kämpfte einen Moment lang, hielt dann aber still, als sie spürte, wie er ihrem Hintern mit der Hand einen Schlag verpasste. »Beruhige dich, meine Schöne«, entgegnete er.

Schockiert hielt sie den Mund ... und als sie beim Aufzug ankamen, kicherte sie bereits. Vielleicht wurde sie ja *wirklich* verrückt. »Arrow, ich habe nicht mal Schuhe an«, protestierte sie.

»Du brauchst keine Schuhe«, erklärte er ihr, als er sie vor dem Aufzug absetzte.

»Ich habe meine Tasche nicht und mein Haar ist auch ganz durcheinander.«

»Ist mir egal. Was du brauchst, ist Therapie in der Natur.«

»Und was ist das?«

»Du wirst schon sehen«, erklärte Arrow. Dann wurde er ernst und sagte: »Ich werde mich für dich darum kümmern, meine Schöne. Das Ganze ist nicht dein Leben, also gewöhn dich nicht dran.«

»Ich soll mich nicht daran gewöhnen, meine Meinung zu sagen, auszuflippen und mich von meinem umwerfenden Freund über die Schulter werfen zu lassen, um mich von besagtem Ausrasten abzuhalten, und mich von ihm an einen Ort bringen zu lassen, von dem ich weiß, dass er großartig und schön sein wird?«

»*Daran* solltest du dich allerdings ruhig gewöhnen«, sagte er mit einem kleinen Lächeln. »Aber nicht daran auszuflippen. Das Ganze wird bald ein Ende haben. Und dann bist du in Sicherheit und kannst tun, was du willst, mit wem du willst.«

»Die letzten beiden Sachen weiß ich schon, aber an Ersterem muss ich noch arbeiten«, erklärte Morgan verlegen und wurde mit einem strahlenden Lächeln belohnt, das plötzlich auf seinem Gesicht erschien.

Der Fahrstuhl klingelte und die Türen gingen auf. Morgan stellte fest: »Ich sollte wirklich umkehren und mir meine Schuhe holen.«

»Nein«, erklärte Arrow und zog sie in den Aufzug. »Ich werde dich tragen.«

»Du wirst es bald leid sein, mich herumzuschleppen.«

»Auf keinen Fall«, sagte Arrow.

Und das fühlte sich gut an. »Und ich habe mein Kampfgewicht noch nicht erreicht.« Morgan schlug sich auf den Bauch. »Aber ich arbeite dran.«

»Kann ich dir dabei helfen?«

»Ich sollte meine Mutter anrufen und mir ihr Plätzchenrezept geben lassen. Sie macht diese unglaublich leckeren, sündhaften S'Mores-Plätzchen, von denen ich nicht genug bekommen kann.«

»Du kannst sie darum bitten, wenn du sie in drei Tagen anrufst«, erklärte Arrow mit Nachdruck.

Morgan wusste, dass sie noch ein paar Tage warten musste, bis sie ihre Mutter erneut anrufen durfte, und sie hatte im Prinzip nichts dagegen, nicht so oft mit ihr zu sprechen, aber in Zeiten wie diesen vermisste sie ihre Mutter wirklich.

»Ich bin mir sicher, dass es ihr leidtut, mich so unter Druck zu setzen«, erklärte Morgan versöhnlich.

»Du hast es versprochen«, rief Arrow ihr ins Gedächtnis.

Morgan seufzte. Sie hatte *tatsächlich* versprochen, dass sie ihrer Mutter Zeit geben würde, sich zu beruhigen. Sie hatte ihr ganz genau gesagt, warum sie nicht mehr so oft mit ihr telefonieren würde, und obwohl Ellie alles andere als glücklich darüber gewesen war, hatte sie zugestimmt, weniger nachdrücklich darauf zu plädieren, dass Morgan zurück zu ihr nach Albuquerque zieht.

»Von mir aus. Aber es wird dir noch leidtun, wenn du erst diese Plätzchen probiert hast, die sind nämlich wirklich unglaublich lecker.«

»Zu viel Zucker ist sowieso nicht gut für dich«, lautete Arrows Antwort.

Morgan verdrehte die Augen. »Schon klar.«

Auf dem Weg nach draußen blieb Arrow stehen und sagte etwas zu Robert, der lächelte und nickte. Arrow hob Morgan auf, diesmal im Brautstil, mit einem Arm unter ihren Knien und dem anderen um ihren Rücken, und trug sie zu seinem Wagen. Er setzte sie ab und stieg neben ihr ein.

Er ließ den Motor nicht sofort an und gerade, als sie ihn fragen wollte warum, eilte Robert aus dem Gebäude und brachte ein Paar Flipflops für sie.

Arrow gab Robert ein Trinkgeld, bedankte sich bei ihm und reichte Morgan die Schuhe.

»Hast du nicht gesagt, du würdest mich überall hintragen?«, neckte sie ihn.

Arrow zuckte nur mit den Achseln. »Das hatte ich auch vor, aber dann hielt ich das für ein wenig unpraktisch. Außerdem kann ich dich nicht verteidigen, wenn ich dich auf dem Arm habe.«

Morgans Lächeln erstarb.

»Verdammt, meine Schöne. Ich hatte nicht vor, dir die Laune zu vermiesen.«

»Nein, ist schon in Ordnung. Ich meine, ich hatte nicht mal daran gedacht. Ich möchte dir nicht zur Last fallen.«

»Du fällst mir *nie* zur Last«, knurrte Arrow. »Sag das nie wieder und *denke* es nicht einmal.«

Morgan konnte nicht anders, sie musste lächeln. »Okay, okay. Es tut mir leid.«

»Warum lächelst du?«, erklärte er eingeschnappt und ließ endlich den Motor an.

»Weil es sich so gut anfühlt.«

»Was fühlt sich gut an?«, fragte Arrow, als er vom Parkplatz fuhr.

»Geliebt zu werden«, erwiderte Morgan leise. Sie wusste, dass sie rot wurde, konnte aber nichts dagegen tun.

Als Antwort nahm Arrow ihre Hand und küsste die Handfläche, bevor er seine Finger mit ihren verschränkte und ihre Hand auf seinem Oberschenkel ablegte.

Sie hatte keine Ahnung, wohin sie fuhren oder was sie vorhatten, aber letztendlich war es ihr egal. Sie war mit Arrow zusammen, und das war alles, was zählte.

KAPITEL SIEBZEHN

Arrow hatte nicht wirklich ein Ziel vor Augen. Er musste einfach nur aus der Wohnung raus, genauso wie Morgan. Er war sauer auf die Prostituierte, die sich nicht darum zu kümmern schien, dass sie benutzt wurde, um Morgan zu schaden. Sie wollte nur für ihre Zeit bezahlt werden.

Er war sauer auf denjenigen, der ihm und den Mountain Mercenaries einen Schritt voraus zu sein schien. Sie mussten das klären, damit Morgan sich beruhigen konnte. Sie hatte schon genug durchgemacht.

Er wollte mit Morgan irgendwohin gehen, wo sie einfach nur zusammen sein konnten. Der Morgen hatte so gut angefangen und jetzt war es ...

Er war sich nicht sicher, was es war. Aber er war entschlossen, ihnen beiden wieder das Gefühl zu vermitteln, das sie in der Dusche gehabt hatten. Das Gefühl, verbunden zu sein. Geliebt zu werden.

Er wusste, dass sie ihn liebte. Er spürte es tief in seinen Knochen. Aber es würde eine Weile dauern, bis sie es ihm sagte. Das verstand er. In der Zwischenzeit würde er sich anstrengen, damit sie es oft von ihm hörte und noch öfter spürte.

Sein ganzes Leben lang hatte sein Job Vorrang gehabt. Erst die Marines, dann die Mountain Mercenaries. Aber jetzt nicht mehr. Morgan kam von jetzt an zuerst. Punkt.

Sie verbrachten den Rest des Vormittags damit, im Memorial Park spazieren zu gehen und sich an den Vergnügungen der Hunde, Kinder und Paare zu erfreuen, die dort das schöne Wetter in Colorado genossen. Sie aßen in einem italienischen Restaurant zu Mittag und waren auf dem Weg zu Grays Haus, um ihn und Allye zu besuchen, als Arrow einen Anruf erhielt.

»Hallo?«, sagte Arrow, als er den Anruf annahm, und die Stimme des Anrufers drang aus den Lautsprechern des Wagens.

»Ich bin's, Gray. Es gab einen Vorfall.«

»Morgan ist im Wagen mit mir«, warnte Arrow seinen Freund. Dann fragte er: »Was ist denn los?«

»Dave wurde angegriffen.«

»*Dave?*«, fragte Arrow. Damit hatte er überhaupt nicht gerechnet.

»Ja. Er hatte gerade seine Schicht beendet und wurde auf dem Parkplatz angegriffen.«

»Verdammt. Geht es ihm gut?«

»Ja. Mehr als alles andere ist er wütend. Er ist gerade in der Notaufnahme und lässt eine Platzwunde nähen.«

»Sag mir bitte, dass wir es auf Kamera haben«, befahl Arrow.

»Wir haben es auf Kamera«, erklärte Gray pflichtbewusst.

»Gott sei Dank, verdammt. Wo steckst du?«

»Im *The Pit*.«

Arrow fuhr schnell auf den Parkplatz eines Lebensmittelladens und wendete. »Wir sind unterwegs.«

»Bis gleich«, entgegnete Gray und legte dann auf.

»Sollten wir ins Krankenhaus fahren und sehen, wie es Dave geht?«, fragte Morgan besorgt.

»Nein. Er geht davon aus, dass wir uns umgehend um den Mistkerl kümmern, der ihn angegriffen hat. Wenn Gray sagt, dass es ihm gut geht, geht es ihm gut.«

»Glaubst du, das Ganze hat etwas mit mir zu tun?«

»Ich weiß es nicht, meine Schöne. Und es spielt auch keine Rolle. Wir werden den Täter finden und herausfinden, warum derjenige es getan hat.«

Den Rest der Fahrt verbrachten sie schweigend. Arrow konnte sich des Gedankens nicht erwehren, dass dieser Vorfall wahrscheinlich mit Morgan zu tun hatte und mit demjenigen, der ihn belästigte. Das *The Pit* lag nicht gerade im besten Teil der Stadt, aber auch nicht im schlechtesten. Sie hatten noch nie Probleme auf dem Parkplatz gehabt und schon gar nicht mitten am Tag. Er wusste, dass er abwarten und sich die Aufnahme selbst ansehen musste, bevor er irgendwelche Schlüsse zog, aber er konnte nicht anders, als ein ungutes Gefühl bei der ganzen Situation zu haben.

Er war froh, dass er dafür gesorgt hatte, dass Morgan Schuhe trug, und führte sie zwanzig Minuten später ins *The Pit*. Er ging geradewegs zum hinteren Büro, wo er, wie er wusste, seine Teamkameraden finden würde, die über den Überwachungsbändern grübelten.

Er nickte Noah Ganter zu, dem anderen Barkeeper, der im *The Pit* arbeitete, sowohl mit Dave als auch, wenn dieser freihatte, aber Arrow machte sich nicht die Mühe, anzuhalten und Morgan vorzustellen. Er ging in den hinteren Flur und durch die Bürotür und hielt erst an, als er vor einem der bequemen Sessel stand, die Dave vor ein paar Jahren hier angeschleppt hatte.

»Setz dich hin, meine Schöne, und hör auf, dir Gedanken zu machen«, befahl er.

»Das kann ich nicht«, entgegnete sie.

Arrow küsste sie auf die Stirn und wandte sich seinen Freunden zu. »Sagt mir, dass der Täter auf dem Band ist.«

»Er ist auf jeden Fall auf dem Band«, erwiderte Meat, ohne von der Aufnahme aufzusehen, die er mit fast Furcht einflößender Intensität beobachtete. »Wir haben Aufnahmen aus verschiedenen Richtungen. Es sieht so aus, als wäre er nicht mit dem Wagen gekommen, sondern hätte auf Dave gewartet.«

»Sind wir sicher, dass er auf *ihn* gewartet hat, oder ist Dave einfach im falschen Moment aufgetaucht?«, wollte Arrow wissen.

Gray und Black drehten sich gleichzeitig zu ihm um.

»Möchtest du uns vielleicht irgendetwas sagen?«, fragte Gray.

Arrow seufzte und erzählte seinen Freunden von der Prostituierten an jenem Morgen.

»Also wurdest du zum Ziel erklärt«, stellte Gray fest. »Derjenige, der das getan hat, hat vielleicht auf *dich* gewartet.«

»Aber ich hatte nicht vor, heute ins *The Pit* zu gehen«, erklärte Arrow. »Ich war seit Tagen nicht mehr dort.«

»Aber derjenige, der Dave verprügelt hat, wusste das nicht«, bemerkte Black. »Und als Dave auftauchte, beschloss er, ihn zu verfolgen, weil er dich kennt. Dave war damit beschäftigt, sich eine Einkaufstüte zu schnappen. Du weißt doch, wie gern er frisches Obst für seine Cocktails holt«, erklärte Gray.

»Zeigt mir die Aufnahmen«, befahl Arrow. »Vielleicht erkenne ich ihn.«

»Ich will das Band auch sehen«, bemerkte Morgan und

stand auf.

»Nein«, erwiderte Arrow augenblicklich. Als er den verärgerten Ausdruck auf ihrem Gesicht sah, sprach er sanfter weiter. »Ich sehe es mir zuerst an, meine Schöne. Ich will nicht, dass du dir noch mehr Gewalt antun musst.«

»Ich will auch helfen«, sagte sie in fast flehendem Ton.

»Das weiß ich doch. Und wenn wir deine Hilfe brauchen, werde ich dich darum bitten, okay?« Er starrte sie an und hoffte, dass sie verstand, dass er versuchte, sie zu beschützen. Doch er wollte nicht, dass sie die gewalttätigen Ausschreitungen gegen jemanden, den sie kannte, mit ansah.

»Okay«, stimmte sie nach ein paar ausgesprochen angespannten Momenten zu.

»Vielen Dank«, entgegnete Arrow und wandte sich dann wieder dem Bildschirm zu. Er nickte Meat zu, es erneut abzuspielen, und kniff die Augen zusammen, um einen besseren Blick auf den Täter zu bekommen.

Der Täter trug eine Art Overall. Braun. Mit einer tief über die Stirn gezogenen Mütze. Er war weder groß noch dick – so viel war offensichtlich, als er sich hinter Dave schlich, der sich gerade bückte, um eine Tasche vom Rücksitz seines Wagens zu holen. Er benutzte eine Art von Brechstange, um Dave zu überwältigen. Als der größere Mann am Boden lag, schlug der Mistkerl noch zweimal auf ihn ein. Einmal auf den Oberschenkel und einmal in die Rippen. Dave hatte das Klügste getan und sofort seinen Kopf mit den Armen bedeckt, aber das hatte den Rest von ihm verwundbar gemacht.

Der Typ drehte sich um und lief weg, kaum dass Dave sich zum Aufstehen wälzte. Der Täter drehte sich kein einziges Mal zu den Kameras um, sondern hielt ihnen die ganze Zeit den Rücken zu. Er sah nie auf, als wüsste er genau, wo sie waren und wie er sein Gesicht vor den Kameras verbergen konnte.

Arrow schaute Meat frustriert an. »Das war's? Mehr haben wir nicht?«

»Nein. Aber wir haben noch nicht mit Dave gesprochen.«

»Der Täter trug Handschuhe«, erklärte Black.

»Und wir wissen, wie groß er ist«, fügte Gray hinzu.

»Spiel es noch mal ab«, bat Arrow Meat.

Der andere Mann nickte und spielte das Video noch einmal ab. Arrow sah sich das Video noch mal von Anfang bis Ende an. Er konnte gerade noch sehen, wie sich der Mann in den Bäumen versteckte, als Dave auf den Parkplatz fuhr. In der Sekunde, in der er ihm den Rücken zudrehte, sprang der Täter in Aktion und ging ruhig, aber schnell auf ihn zu.

Irgendetwas an dem Täter kam Arrow vage bekannt vor, aber er konnte nicht genau sagen was.

»Was ist los?«, fragte Gray, als er sah, wie frustriert Arrow war.

»Ich weiß auch nicht. Ich habe das Gefühl, den Täter schon einmal gesehen zu haben. Irgendetwas an seinen Bewegungen kommt mir bekannt vor.«

»Vielleicht von einem anderen Einsatz?«, fragte Black.

»Vielleicht«, stimmte Arrow zu.

»Vielleicht ist es jemand, der ein Hühnchen mit den Mountain Mercenaries zu rupfen hat«, gab Gray zu bedenken.

»Ja«, erwiderte Arrow.

»Aber du glaubst es nicht«, stellte Meat fest.

Arrow schüttelte den Kopf. »Wäre das der Fall, warum ist der Täter nicht geblieben und hat dafür gesorgt, dass Dave nicht mehr aufsteht? Ich meine, ja, er wurde verletzt, aber viel ist nicht passiert. Wenn jemand uns wirklich schaden wollte, hätte derjenige doch wahrscheinlich auf ihn geschossen oder ein Messer mitgebracht oder so was. Ein Brecheisen sieht irgendwie ... improvisiert aus. Und verzweifelt.«

»Könnte das Ganze vielleicht mit Chloes Bruder im Zusammenhang stehen?«, fragte Gray. »Ich bin davon ausgegangen, dass wir die Angelegenheit im Keim erstickt haben, aber vielleicht ist da jemand nachtragend.«

»Das bezweifle ich«, erklärte Meat. »Es gibt niemanden mehr, der Leon Harris gegenüber besonders loyal ist.«

»Vielleicht haben wir jemanden übersehen«, gab Gray zu bedenken.

»Nein, das glaube ich nicht. Er hätte schon vorher etwas versucht.« Arrow wandte sich an Meat. »Überprüfe die Buswells. Stell sicher, dass sie noch in Atlanta sind. Lane hat ungefähr die Größe des Täters.«

»Glaubst du, dass Lane hier ist? Dass er Dave angegriffen hat?«, fragte Morgan von der anderen Seite des Zimmers.

Arrow begab sich zu ihr und ging vor ihrem Sessel in die Hocke. »Im Moment wissen wir gar nichts«, beruhigte er sie. »Aber wir können niemanden ausschließen. Sie machen jetzt ernst. Reifen zu zerstechen und eine Prostituierte zu meiner Wohnung zu schicken sind Kindereien, aber jemanden anzugreifen ist etwas völlig anderes. Es sollte uns ziemlich leicht fallen, Lane als Täter auszuschließen. Schließlich ist er entweder in Atlanta oder eben nicht.«

»Lance ist ungefähr genauso groß wie sein Bruder«, informierte Morgan sie. »Natürlich kommt mir jeder groß vor, aber Thomas ist größer als sie beide.«

»Carl hat die richtige Größe«, murmelte Meat, der auf seinem Laptop herumtippte.

Arrow hielt inne, als Morgan erstarrte.

»Mein Vater? Ihr glaubt, mein *Vater* hat Dave verletzt? Warum? Warum sollte er so was tun?«

»Er will immer verzweifelter, dass du mit den Medien sprichst«, erklärte Arrow sanft. »Du hast ja letztes Mal selbst gesagt, dass du nicht verstehen kannst, warum es ihm so wichtig ist, dass du im Fernsehen auftrittst.«

»Aber ... er ist doch mein Vater«, entgegnete sie.

Arrow gefiel der Ausdruck des Schmerzes und der Verwirrung in ihren Augen überhaupt nicht.

»Vielleicht hat er das Ganze von langer Hand geplant, um Aufmerksamkeit zu erregen, damit die Leute Mitleid mit ihm haben oder um seine Karriere zu fördern«, erklärte Gray.

»Und er hatte im letzten Jahr *tatsächlich* großen Erfolg ... und dafür war teilweise seine verschollene Tochter verantwortlich«, fügte Black hinzu.

Morgan schüttelte den Kopf. »Das würde er mir niemals antun«, widersprach sie.

»Aber wir müssen zugeben, dass er die nötigen Verbindungen hat«, erklärte Arrow, so sanft er konnte. »Wegen seines Jobs als Finanzleiter ist er viel international unterwegs und ich glaube, es gibt sogar eine Niederlassung der Organisation in Puerto Rico. Das ist nicht allzu weit von der Dominikanischen Republik entfernt.«

»Mein *Vater*?«, fragte Morgan und ihre Augen füllten sich mit Tränen. »Doch nicht mein Vater.«

»Sieh selbst«, entgegnete Meat und drehte den Computer zu Morgan um. »Ich stimme Arrow zu, dass du nicht das ganze Video sehen solltest, aber ich habe es ganz bis zum Anfang zurückgespult, damit du nachsehen kannst, ob du die Person vielleicht erkennst.«

Morgan stand auf und ging zum Schreibtisch hinüber.

Sie lehnte sich über den Laptop und konzentrierte sich auf die Gestalt auf dem Band. Meat ließ das Video laufen, bis kurz bevor der mysteriöse Mann begann, Dave zu schlagen.

»Kannst du es noch mal abspielen?«, bat Morgan.

Meat sagte nichts, sondern klickte einfach auf den Zeitbalken und ließ es noch einmal laufen.

Als das Video am Ende war, seufzte Morgan und richtete sich auf. »Ich erkenne den Täter nicht. Man kann sein Gesicht einfach nicht gut genug sehen. Es tut mir so leid.«

»Es gibt nichts, was dir leidtun müsste«, erklärte Arrow ihr und legte ihr einen Arm um die Schulter.

»Allerdings bin ich mir ziemlich sicher, dass es sich nicht um meinen Vater handelt«, fügte sie hinzu. »Er bewegt sich mit mehr ... *Entschlossenheit* oder so was. Ich weiß es nicht.«

»Nein, das hast du gut bemerkt«, erklärte Meat. »Und ich stimme dir zu.«

»Wir fahren jetzt nach Hause«, erklärte Arrow sowohl Morgan als auch den anderen. »Falls noch etwas ist, wisst ihr, wo ihr mich finden könnt.«

»Ich bleibe jedenfalls an der Sache dran«, versicherte Meat ihm und sah dann Morgan voller Mitgefühl an.

»Wir werden alles in unserer Macht Stehende tun, um der Sache auf den Grund zu gehen«, versicherte Gray ihr.

»Versuch, dir keine Gedanken zu machen«, warf Black ein.

Arrow wusste, dass Letzteres unmöglich war, aber er wusste es zu schätzen, dass seine Freunde taten, was sie konnten, um Morgan zu beruhigen.

Er führte sie an der Bar vorbei. Noah fragte, ob sie Wasser für den Weg wollten, was sie beide ablehnten. Arrow machte sich eine mentale Notiz, Gray so schnell wie möglich eine Nachricht zu schicken und vorzuschlagen, dass sie sich auch den anderen Barkeeper ansehen sollten. Es bestand die Möglichkeit, dass der Angriff auf Dave gar nichts mit Morgan zu tun hatte. Vielleicht war es eine Eifersuchtssache. Sie konnten zu diesem Zeitpunkt niemanden ausschließen.

Morgan hatte nicht viel gesagt, seit sie den Täter nicht identifizieren konnte, und Arrow war besorgt, dass dies der Auslöser für einen Rückfall sein könnte. Es ging ihr so gut, seit sie nach Colorado Springs zurückgekehrt war. Sie aß gut, sah gesünder aus und schlief die ganze Nacht durch. Er wollte auf keinen Fall, dass ihre Albträume zurückkamen oder dass sie sich von ihm distanzierte, weil sie ihn beschützen wollte oder so einen Blödsinn.

Da er sich hilflos fühlte und gleichzeitig jemanden umbringen wollte, hielt Arrow ihre Hand auf dem gesamten Weg zurück zu seinem Apartmentgebäude in seiner. Er begrüßte Robert ernst und hielt sie an sich gedrückt, während sie schweigend im Aufzug hinauffuhren.

Als sie sicher in seiner Wohnung waren, fragte er: »Was kann ich tun, damit es dir besser geht, meine Schöne?«

»Mich im Arm halten?«, bat sie.

»Es ist mir ein Vergnügen.« Arrow brachte sie in sein Schlafzimmer und ließ sie sich aufs Bett setzen. Sanft zog er ihr die Schuhe aus und griff langsam nach dem Saum ihres T-Shirts. »Arme hoch«, befahl er ihr sanft.

Sie hob ihre Arme ohne Protest über den Kopf und ließ sich von ihm das Hemd ausziehen. Er ging zur Kommode und holte ein Trägerhemd heraus, da er wusste, dass sie gern darin schlief. Er zog es ihr über den Kopf, dann griff er darunter, um ihren BH zu öffnen. Er hatte oft genug gesehen, wie sie ihn unter ihrem Hemd ausgezogen hatte, um zu wissen, wie es gemacht wurde. In Sekundenschnelle lag er auf dem Boden.

»Leg dich hin.«

Sie tat es und er knöpfte ihre Jeans auf und zog sie ihr die Beine hinunter, wobei er nicht einmal bemerkte, welche Farbe der Slip hatte, den sie trug. Seine Gedanken waren nicht beim Sex. Es ging darum, sie so entspannt wie möglich zu machen, bevor er sie tröstete.

Er ging zurück zur Schublade und holte Sweatshorts heraus. Er zog diese über ihre Beine und half ihr, ihre Hüften anzuheben, damit er sie ihr hochziehen konnte. Dann zog er sein eigenes Hemd aus, kletterte hinter ihr ins Bett und nahm sie in die Arme.

Sie weinte nicht, sondern hielt sich so fest an ihm, dass er wusste, er würde noch stundenlang Abdrücke von ihren Fingern haben. Er wusste nicht, was er sagen sollte, um die Situation für sie besser zu machen, also sagte er nichts, sondern versuchte einfach, ihr durch seine Handlungen zu zeigen, wie sehr er sie liebte.

Eine Stunde später, als er dachte, dass sie fest schlief, sagte sie leise: »Ich weiß, dass sie sich nicht gerade von ihrer besten Seite gezeigt hat und nervig war, aber ... ich will meine Mom.«

»Dann sollst du sie auch bekommen«, erwiderte Arrow und küsste ihr Haar.

Sie schmiegte sich mehr an ihn, als hätte sie Angst gehabt, ihm zu sagen, was sie wollte, wahrscheinlich weil sie wusste, dass er nicht viel für Ellie übrig hatte. Arrow schalt sich einen Narren. Jedes kleine Mädchen brauchte seine Mutter, wenn es sich schlecht fühlte. Morgan war da nicht anders. Er würde gleich aufstehen und sie anrufen. Er hoffte, dass sie sich etwas freinehmen und ihn besuchen konnte. Für ihre Tochter würde sie das sicher arrangieren können.

Ellie Jernigan starrte mit Hass in ihrem Herzen auf die Wohnung im dritten Stock.

Vor vielen Jahren war sie glücklich gewesen, ein kleines Mädchen zu haben, das sie formen und gestalten konnte. Aber weil die Gerichte darauf bestanden, dass Carl die gleiche Zeit mit seiner Tochter verbringen sollte, hatte sie zu viele seiner Gewohnheiten und Überzeugungen übernommen. Jetzt wurde sie jedes Mal, wenn sie Morgan ansah, an ihren größten Fehler erinnert – Carl Byrd zu heiraten.

Wenn sie nur an seinen Namen dachte, musste sie sich übergeben. Ellie hatte versucht, ihrem Ex eine Lektion zu erteilen ... indem sie Morgan verschwinden ließ. Und es hatte geklappt.

Carl war ein Wrack gewesen. Er war am Verschwinden seiner Tochter zerbrochen, genau wie Ellie es gewollt hatte. Aber sie hatte die ganze Zeit gewusst, wo Morgan war. Jedes Mal wenn sie einen Artikel oder eine Fernsehsendung über die vermisste Frau aus Atlanta sah, fühlte sie sich innerlich ganz hibbelig. Es machte Spaß, etwas zu wissen, was sonst niemand wusste. Sie hatte dafür gesorgt, dass Morgan am Leben geblieben war. *Ellie* hatte die Kontrolle. Sie zog die Fäden und ließ Carl nach ihrer Pfeife tanzen.

Aber dann musste Arrow alles ruinieren. Sie wusste, dass es ein Zufall war, dass er Morgan gefunden hatte, ein verdammt *glücklicher* Zufall, aber es machte sie trotzdem wütend, dass die Männer, die sie in der Dominikanischen Republik bezahlt hatte, so inkompetent waren, dass sie nicht verhindern konnten, dass ihre Tochter das Land verließ.

Jetzt war Morgan zurück – und Carl verschlang diesen Mist! Er war unerträglicher als je zuvor. Jedes Mal wenn sie ihn im Fernsehen sah, wollte sie ihn erwürgen. Er saugte das Rampenlicht in sich auf und liebte es, die ganze Aufmerksamkeit auf sich zu ziehen. Sie wusste, dass er mit Morgans Verschwinden Geld verdiente. Das musste er wohl. Ihr ganzer Plan war nach hinten losgegangen!

Ja, Carl war am Boden zerstört gewesen, als sie verschwunden war, aber die Tatsache, dass er tatsächlich von den Folgen *profitierte* und sie genoss, war zu viel.

Es war an der Zeit, Carl zu zeigen, was es *wirklich* bedeutete, alles zu verlieren. Er war verärgert, als Morgan verschwunden war, aber das wäre nichts im Vergleich dazu, wie er sich fühlen würde, wenn sie *tot* wäre.

Außer, dass Arrow ihr immer wieder in die Quere kam. Sie hatte geplant, Morgan zu vergiften. Es war eigentlich perfekt gewesen. Das Ethylenglykol war nicht nachweisbar in dem Orangensaft, den ihre Tochter so sehr liebte. Sie würde kränker und kränker werden, und kein Arzt hätte es herausfinden können, bis es zu spät gewesen und Morgan bereits der mysteriösen Tropenkrankheit erlegen wäre, die sie sich in der Gefangenschaft zugezogen hatte.

Jeder wäre über ihren Tod erschüttert gewesen – aber Carl wäre am Boden zerstört gewesen. Er hatte seine Tochter gefunden, die er praktisch ignoriert hatte, als sie klein war, nur damit sie ihm erneut durch die Finger glitt.

Aber dann musste Arrow sie überreden, zu ihm nach Colorado Springs zu ziehen, und Ellie hatte die Oberhand verloren. Sie hatte Morgan extrem langsam vergiftet, um keinen Verdacht zu erregen, und war davon ausgegangen, sie hätte alle Zeit der Welt. Aber es war *zu* langsam gewesen. Nachdem sie abgereist war, ging es ihr offensichtlich besser.

Also musste Arrow jetzt auch sterben.

Es hatte Spaß gemacht, sich mit ihm anzulegen, aber sie war bereit für die große Vorstellung. Tagelang hatte sie in der blöden Kneipe rumgehangen, in der Arrow und seine Freunde verkehrten, aber als er nicht auftauchte, wurde sie immer wütender. Als der Mistkerl von Barkeeper auftauchte, nutzte sie die Gelegenheit, um sich auch an *ihm* zu rächen. Es fühlte sich gut an, ihn ein bisschen zu verprügeln, sie fühlte sich dadurch mächtig ... besonders, nachdem er versucht hatte, ihr ein schlechtes Gewissen wegen ihrer eigenen Tochter zu machen, und dann Ellie aus der Kneipe geworfen hatte. Sie schlug ein paarmal auf ihn ein, sie liebte den Rausch, jemanden, der so viel größer war, ihrer Gnade ausgeliefert zu sehen. Sie achtete darauf, ihr Gesicht von den Kameras fernzuhalten – Männer hielten sich für so schlau –, und verschwand dann.

Ellie griff nach dem Ethylenglykol, das sie von einem Freund eines Freundes eines Freundes bekommen hatte, und überlegte, was ihr nächster Schritt sein sollte. Sie wusste, dass Arrow und seine Freunde jetzt wahrscheinlich noch wachsamer sein würden.

Sie musste es schaffen, zu Morgan zu gelangen. Carl musste dafür bezahlen, dass er ein beschissener Ehemann, ein beschissener Vater und generell ein beschissener Mensch war.

Ihr Handy klingelte mit einer unbekannten Nummer und Ellie schaute sich um, um sich davon zu überzeugen, dass niemand sie in ihrem Wagen auf dem hinteren Teil des Parkplatzes des Apartmentgebäudes sitzen sah, dann ging sie zaghaft ran.

»Hallo?«

»Hi. Ellie? Ich bin es, Archer Kane. Arrow. Bitte entschuldige, dass ich so spät noch anrufe.«

»Was willst du?«, fragte Ellie barsch. Sie hatte gerade darüber fantasiert, wie es wäre, den Mann umzubringen, und jetzt sollte sie plötzlich nett zu ihm sein?

»Morgan braucht dich.«

Ellie richtete sich in ihrem Sitz auf. »Was?«

»Sie hat ein paar harte Tage hinter sich und braucht ihre Mutter. Ich rufe an, um zu fragen, ob du dir ein paar Tage freinehmen kannst, um herzukommen und ein wenig Zeit mit ihr zu verbringen.«

Ellie hätte vor Freude fast gekichert. Sie hätte nie gedacht, dass Morgan so schwach wäre, dass sie nach ihrer Mutter verlangen würde, doch sie freute sich darüber, dass sie dadurch einen Vorteil gewann. »Oh nein! Meine arme Kleine«, sagte sie hoffentlich in überzeugendem Ton. »Geht es ihr gut? Was ist passiert?«, fragte sie und stellte sich dumm.

»Sie hat einfach ein paar harte Tage hinter sich. Kannst du kommen?«

»Ich werde sehen, was ich machen kann«, erklärte sie ihm. Sie dürfte auch nicht zu überschwänglich klingen, besonders da Morgan sie in letzter Zeit immer wieder hatte abblitzen lassen. Die verdammte *Schlampe*. Sie ähnelte ihrem Vater wirklich viel zu sehr.

»Ich weiß, dass sie sich sehr darüber freuen wird, das zu hören. Oh, und sie hat irgendetwas von S'Mores Plätzchen erzählt, die anscheinend unglaublich lecker sind. Kann ich dich eventuell dazu überreden, welche zu machen und mitzubringen?«

Daraufhin lächelte Ellie. Ein breites, bösartiges Lächeln, bei dem sich selbst bei dem härtesten Kriminellen die Nackenhaare aufgerichtet hätten, wenn er es gesehen hätte. »Selbstverständlich. Meine Morgan hat ihre Süßigkeiten schon immer geliebt.«

»Vielen Dank«, sagte Arrow, ganz offensichtlich erleichtert. »Ich weiß, dass die Dinge zwischen euch in letzter Zeit nicht rundgelaufen sind. Aber sie liebt dich sehr, und das ist genau das, was sie jetzt braucht, um sich besser zu fühlen.«

»Ich habe ja die ganze Zeit versucht, ihr beizubringen, dass sie nach Hause zu ihrer Mutter gehört«, erklärte Ellie, weil sie sich nicht beherrschen konnte. »Ich war überrascht, dass sie nach allem, was mit ihr passiert ist, ihre Hormone entscheiden ließ und nicht ihren Kopf.«

»Vorsicht, Ellie«, erklärte Arrow in eiskaltem Ton. »Das war wirklich völlig unnötig. Ich habe dich vielleicht eingeladen, doch diese Einladung kann ich genauso schnell wieder rückgängig machen.«

»Es tut mir leid«, entgegnete Ellie augenblicklich und versuchte, reumütig zu klingen. »Du hast recht. Ich mache mir eben solche Sorgen um sie. Morgen Nachmittag bin ich da. Ist das okay?«

»Ja, das sollte in Ordnung sein. Ich werde mal nachfragen, ob ihre Therapeutin ihr morgen so um eins einen Termin geben kann. Ich denke, sie sollte so schnell wie möglich mit ihr reden. Die Sitzungen dauern normalerweise nur etwa eine Stunde.«

»Vielleicht solltest du ihr gar nicht sagen, dass ich komme«, sagte Ellie. »Wenn du jemand anderen finden kannst, der sie nach Hause bringt, kann ich so um halb zwei da sein und dann direkt auf sie warten. Wäre das nicht eine tolle Überraschung?«

»Ich könnte sie von Allye oder Chloe abholen lassen«, erklärte Arrow nachdenklich. »Die haben das auch schon vorher gemacht.«

»Perfekt!«, rief Ellie. »Sie wird so überrascht sein, mich zu sehen.«

»Danke«, sagte Arrow. »Bis morgen. Sag mir bitte Bescheid, falls etwas dazwischenkommt.«

»Das werde ich«, versicherte sie ihm und legte dann auf.

In der Sekunde, in der die Verbindung endete, warf sie den Kopf zurück und lachte lauthals. Sie lachte, bis ihr der Bauch wehtat und sie die Flasche mit dem Gift abstellen musste, um sie nicht fallen zu lassen. Sie hatte sich noch einmal mit den Leuten getroffen, die sie damit versorgt hatten, bevor Morgan New Mexico verlassen und damit ihre Pläne zunichtegemacht hatte.

Wenn ihre Tochter getan hätte, worum sie sie gebeten hatte, wenn sie sich geweigert hätte, irgendetwas mit ihrem Vater zu tun zu haben, wäre das alles nicht passiert. Aber das hatte sie nicht. Und jetzt war Morgan völlig neben der Spur. Wahrscheinlich sprach sie jeden verdammten Tag mit Carl, während sie ihre *Mutter* aus ihrem Leben ausschloss.

Ellie würde das nicht zulassen.

Sowohl ihre Tochter als auch Arrow würden sterben. Kein langsames und behutsames Vorgehen mehr. Sie könnte nach Santo Domingo fahren, nachdem das erledigt war, und mit den neuen Freunden abhängen, die sie im letzten Jahr kennengelernt hatte.

Aber zuerst musste sie noch Plätzchen backen ... und vergiften. Sie musste ihre Karten richtig ausspielen, um den Wachhund ihrer Tochter – Arrow – auszuschalten. Sobald sie Arrow vergiftet und außer Gefecht gesetzt hatte, konnte sie dafür sorgen, dass Morgan genau verstand, was passieren würde und warum. Die verwöhnte Schlampe würde genau wissen, was sie getan hatte, um *all* das zu verdienen, was ihr widerfahren war.

Immer noch lächelnd startete Ellie Jernigan den Motor und fuhr vom Parkplatz. Sie musste ein Hotel mit einer voll ausgestatteten Küche finden, dann würde sie die nötigen Lebensmittel einkaufen. Die liebe Mutter musste eine besondere Ladung Plätzchen für ihre geliebte Tochter und deren Freund backen.

KAPITEL ACHTZEHN

»Danke, dass du mich hergebracht hast«, sagte Morgan zu Arrow. »Du hast doch sicher Besseres zu tun. Hattest du nicht einen Termin mit diesem Typen, der sein Haus verkaufen möchte, und du sollst herausfinden, warum die Steckdosen auf der einen Seite des Hauses nicht funktionieren?«

»Ja, aber den Termin habe ich bereits verschoben. Du bist wichtiger.«

Morgan lächelte ihn an. Arrow sorgte immer dafür, dass sie sich geliebt fühlte. Er war wirklich gut darin, sie bei jeder Gelegenheit zu umsorgen, und wenn das nicht möglich war, gelang es ihm trotzdem irgendwie, sich um sie zu kümmern.

»Chloe holt dich nach der Therapiesitzung ab. Ich muss mich schnell mit den Jungs treffen und wir sehen uns dann zu Hause. Ich habe eine Überraschung für dich, wenn du nach Hause kommst.«

»Tatsächlich? Was denn für eine Überraschung?«, wollte Morgan wissen.

»Wenn ich es dir sage, wäre es ja keine Überraschung

mehr. Aber es wird dir gefallen«, erklärte Arrow ihr zuversichtlich.

»Wenn du die Überraschung besorgt hast, bin ich mir sicher, dass sie mir gefallen wird«, entgegnete sie lächelnd. Dann biss sie sich auf die Unterlippe und sagte: »Es tut mir leid, dass ich gestern so ausgeflippt bin. Ich kann mir eben nur nicht vorstellen, dass mein Vater etwas mit der Entführung zu tun hat. Dann müsste er ja ein richtiger Sadist sein, um so etwas zu tun.«

»Du musst dich nicht entschuldigen«, erklärte Arrow ihr. »Du hast ein Recht auf deine Gefühle und es ist auch noch nicht lange her, dass du gerettet wurdest. Du hast bereits große Schritte gemacht, was deine Genesung angeht; sei ein bisschen nachgiebiger mit dir selbst. Schließlich bist du nicht Superwoman.«

»Ich weiß ... und ich nehme an, dass meine Therapeutin heute das Gleiche sagen wird. Aber ich bin eben einfach ... enttäuscht von mir.«

»Du hast überhaupt keinen Grund, enttäuscht zu sein«, entgegnete Arrow streng. »Ich mache heute Abend Käse-Hühnchen. Ist das für dich in Ordnung?«

Morgan lächelte ihm zu. Er hatte erneut das Thema gewechselt, doch sie wusste das zu schätzen. »Das hört sich großartig an.«

Arrow fuhr vor der Praxis der Therapeutin auf den Parkplatz und wandte sich an Morgan. »Ich bin stolz auf dich, meine Schöne, aber ich mache mir auch Sorgen. Aber ich will, dass du selbst auf dich aufpasst. Ich habe dich gerade erst gefunden und möchte nicht, dass dir etwas zustößt. Ich liebe dich und möchte den Rest meines Lebens mit dir verbringen ... also musst du tun, was die Therapeutin empfiehlt, und nett zu dir selbst sein, okay?«

Morgans Lächeln wurde breiter. Es schien ihm nichts

auszumachen, dass sie seine Liebeserklärung noch nicht erwidert hatte. Sie wollte es allerdings erst tun, wenn sie nicht mehr so verletzlich war. Wenn sie stärker war. »Okay.«

»Gut. Und jetzt komm. Ich bring dich noch rein.«

»Das brauchst du nicht«, protestierte Morgan.

»Solange wir nicht herausgefunden haben, wer hinter der Entführung steckt, mache ich es aber«, entgegnete Arrow. »Und jetzt bleib sitzen, während ich um den Wagen komme.«

Morgan verdrehte die Augen, tat aber, worum er sie bat. Schließlich war der Sitz in seinem Pritschenwagen ziemlich hoch und sie liebte es, wie er sich jedes Mal große Mühe gab, ihr zu helfen. Sie gingen Hand in Hand zum Eingang des Gebäudes und Arrow hielt ihr die Tür auf. Er weigerte sich, sie einfach dort abzusetzen, und bestand darauf, mit ihr in den dritten Stock zum Besprechungszimmer ihrer Therapeutin zu fahren.

»Denk daran, dass Chloe dich abholt, und verlasse die Praxis nicht, bis sie da ist.«

»Das werde ich nicht.« Und das würde sie auch tatsächlich nicht. Schließlich war Morgan nicht dumm. Sie wollte auf keinen Fall eine dieser Protagonistinnen in den Liebesfilmen sein, die sie vor einem Jahr immer geschaut hatte, denn diese benahmen sich wirklich zu dumm, um am Leben zu bleiben.

»Ich liebe dich«, erklärte Arrow ihr, beugte sich vor und küsste sie.

Sie war zwar nicht bereit, die Worte zu erwidern, aber das bedeutete nicht, dass sie Arrow nicht zeigen konnte, wie sehr sie ihn mochte. Sie legte ihre Hand in seinen Nacken und drückte ihn an sich, während sie ihre Zunge in seinen Mund steckte. Er erwiderte den Kuss sofort. Sie knutschten einen Moment lang vor der Tür ihrer Therapeutin, bis

Arrow sich schließlich zurückzog. Er leckte sich über die Lippen, und selbst das war sexy.

»Bis später«, sagte sie leise.

»Ja, bis später«, entgegnete Arrow. »Mein Gott, du bist so wunderschön«, sagte er hingebungsvoll, bevor er sich zusammenriss und von ihr zurückwich. »Bis dann.«

Morgan stand vor der Tür und sah dabei zu, wie Arrow den Flur entlangging und im Treppenhaus verschwand, bevor sie sich umdrehte und die Tür zur Praxis ihrer Therapeutin öffnete.

»Ich habe mir die Aufnahme bis zum Umfallen angesehen und mir fällt nichts Neues auf«, beschwerte sich Meat.

Sie waren alle im *The Pit* und Noah arbeitete an der Bar. Dave war mit einigen Prellungen, ein paar Stichen und einer gebrochenen Rippe aus dem Krankenhaus entlassen worden. Er hatte großes Glück gehabt, dass derjenige, der ihn angegriffen hatte, so schnell aufgegeben hatte. Sogar der erste Schlag, den er abbekommen hatte, hatte nicht viel mehr getan, als ihn zu betäuben. Dave war sauer, dass ihm befohlen worden war, eine Woche lang nicht aufzustehen. Er wollte zurückkommen und in »seiner« Kneipe arbeiten, aber Meat hatte Vergeltung der elektronischen Art versprochen, sollte er es wagen, sich auch nur eine Minute vor der Freigabe durch seinen Arzt blicken zu lassen. Was das bedeutete, wusste niemand, aber Dave war nicht so dumm, es drauf anzulegen.

»Der Täter war intelligent genug, um die ganze Zeit über kein einziges Mal in die Kamera zu blicken, als wüsste er genau, wo diese sich befinden«, sprach Meat weiter.

»Wahrscheinlich wusste er das auch«, stimmte Gray zu.

»Ich meine, wenn er so schlau war, hätte er die Kneipe vor seinem Angriff ausgekundschaftet.«

»Aber wenn er so schlau ist, warum hat er dann überhaupt Dave angegriffen? Wir sind alle einer Meinung, dass er wahrscheinlich nicht das Hauptziel war. Es ergibt einfach keinen Sinn«, fügte Black hinzu.

Arrow ging neben dem Tisch auf und ab, zu nervös, um sich hinzusetzen und alles in Ruhe zu besprechen.

»Also, es ist keiner der beiden Buswells«, bemerkte Ball. »Ihr Alibi hat standgehalten und wir haben gestern Videomaterial gesehen, wie sie zur Arbeit gehen und Feierabend machen.«

»Und was ist mit Carl?«, wollte Arrow wissen.

»Er war es auch nicht«, meldete Ro sich nun zum ersten Mal zu Wort. »Ich habe gestern mit der Personalchefin gesprochen und sie dazu überredet, höchstpersönlich in sein Büro zu gehen und sich mit eigenen Augen davon zu überzeugen, dass er da ist. Das war er. Er hätte auf keinen Fall in so kurzer Zeit von Georgia nach Colorado und zurück gelangen können.«

»Vielleicht hat er jemanden eingestellt, der die Drecksarbeit für ihn erledigt«, gab Gray zu bedenken.

»Das könnte schon sein, aber ehrlich gesagt glaube ich nicht, dass er dahintersteckt«, erwiderte Arrow.

Ro nickte. »Ich stimme zu. Arrow ist vielleicht nicht ganz objektiv, weil es sich um den Vater seiner Frau handelt, aber ich habe mir ein paar der alten Nachrichtensendungen mit dem Mann angeschaut, in denen er die Entführer anfleht, seine Tochter wohlbehalten zurückzubringen. Und dort ist er anscheinend ehrlich besorgt.«

»Vielleicht ist er einfach nur ein guter Schauspieler«, erwiderte Ball und spielte des Teufels Advokat.

»Vielleicht«, gestand Ro ihm zu, »aber ich glaube es nicht. Man kann ihm seine Gefühle ganz offen am Gesicht ablesen. Du hast ja gesehen, wie er aussah, als seine Ex-Frau da war. Er wollte sich nicht mal im gleichen Raum mit ihr aufhalten.«

»Das Gleiche könnte man allerdings auch von ihrer Mutter behaupten«, warf Arrow in den Raum.

»Das stimmt, wenn wir davon ausgehen, dass ihr Vater vielleicht jemanden angeheuert hat, könnte dasselbe auch für ihre Mutter gelten«, bemerkte Black nachdenklich.

»Aber von allen Beteiligten macht ihre Mutter sich am meisten Gedanken über sie«, erwiderte Ball.

»Das stimmt, wobei das natürlich auch Schauspielerei sein könnte«, sagte Arrow.

»Ich bezweifle stark, dass eine Mutter an etwas so Schrecklichem wie der Entführung ihrer eigenen Tochter beteiligt ist. Und aus welchem Grund sollte sie das tun? Das ergibt doch überhaupt keinen Sinn«, bemerkte Meat. »Aber ich weiß, was du meinst, Arrow. Ich werde mal sehen, was ich über sie herausfinden kann.«

Arrow nickte und fragte: »Gab es irgendwelche Anhaltspunkte bei Sarahs und Karens Verbindungen?«

»Keinen einzigen«, erklärte Meat. »Ich meine, ich habe sie natürlich überprüft, aber diese Motorradfahrer haben größeres Interesse daran, sich zu bekiffen und so viele Frauen wie möglich flachzulegen, als an langfristigen Entführungen.«

»Verdammt«, fluchte Arrow.

»Wir überwachen Morgan jetzt noch mehr, nur um auf Nummer sicher zu gehen.« erklärte Meat dem Team. »Wir müssen alle wachsam bleiben, besonders du, Arrow. Das hat vielleicht gar nichts mit deiner Freundin zu tun, sondern mit den Mountain Mercenaries. Ich weiß, dass die Häuser von Gray und Ro bewacht werden, aber der Rest von uns muss auch in Alarmbereitschaft sein. Einen Hinterhalt kann keiner von uns gebrauchen.«

Da waren sich alle einig und nickten. Derjenige, der Dave angegriffen hatte, hatte wie ein Amateur gewirkt, aber selbst Arschlöcher hatten manchmal Glück ... eine Annahme, die von der Tatsache untermauert wurde, dass das Team den Täter immer noch nicht gefunden hatte.

»Hat schon jemand mit Rex gesprochen?«, wollte Arrow wissen. »Was hält er von dem Ganzen?«

»Er ist stinkwütend«, erklärte Black. »Ich habe gestern Abend mit ihm telefoniert. Er bereitete eine Mission für das Team vor, aber nach dem, was mit Dave passiert ist, wollte er das für den Moment auf Eis legen. Er ist auch besorgt, Morgan ungeschützt zu lassen. Wenn wir alle auf eine Mission gehen, könnte sie leichte Beute für denjenigen sein, der sie ursprünglich entführt hat.«

Arrow ballte die Hände zu Fäusten. Nur der *Gedanke* daran, dass Morgan erneut entführt werden könnte, sorgte dafür, dass er am liebsten jemanden umgebracht hätte. Er wusste, dass er sie eines Tages alleine lassen müsste, aber heute war nicht dieser Tag. »Da wir gerade von Morgan sprechen, ich muss los«, erklärte er seinen Freunden.

»Wie geht es ihr denn?«, fragte Ball.

»Sie ist nervös und frustriert. Sie glaubt, sie hätte Daves Angreifer erkannt. Bevor ich hergekommen bin, habe ich sie bei ihrer Therapeutin abgesetzt. Anschließend kehre ich in meine Wohnung zurück und treffe mich mit ihrer Mutter.«

»Ellie? Sie ist hier?«, fragte Black und zog überrascht die Augenbrauen hoch.

»Sie wird zumindest bald hier sein. Ich habe sie gestern

Abend angerufen. Ich habe euch ja erzählt, dass es Morgan nicht so gut geht. Sie sagte, sie würde ihre Mutter vermissen und sie brauchen.« Er zuckte mit den Achseln. »Also habe ich sie für sie hergeholt.«

Black, Ball und Meat verdrehten die Augen, aber Gray und Ro nickten nur. Sie verstanden das. Arrow wusste, dass sie ebenfalls alles für Allye und Chloe tun würden. Die anderen würden auch noch dahinterkommen ... eines Tages, wenn sie die Frauen trafen, die das Schicksal für sie vorherbestimmt hatte.

»Jedenfalls ist Ellie jetzt von New Mexico auf dem Weg hierher und ich treffe mich später mit ihr in meiner Wohnung. Ich will Morgan damit überraschen.«

»Chloe holt sie nach ihrer Therapiesitzung ab, richtig?«, fragte Ro.

Arrow nickte. »Ja. Ich habe sie heute Morgen angerufen und sie hatte nichts dagegen, es zu tun.«

»Ich war dabei«, erklärte Ro lächelnd. »Du solltest wissen, dass wir keine Ahnung hatten, dass Ellie in der Stadt sein würde, als wir unsere Pläne gemacht haben, aber Chloe wird Morgan fragen, ob ihr heute Abend zum Essen rüberkommen wollt.« Er zuckte mit den Achseln. »Wir können es allerdings auch auf ein anderes Mal verschieben.«

»Das weiß ich wirklich zu schätzen. Sehen wir mal, wie die Dinge stehen. Morgan liebt ihre Mutter, fühlt sich aber in letzter Zeit auch ein wenig von ihr erdrückt. Vielleicht tut uns eine kleine Pause gut.«

»Ihre Mutter kann gern auch kommen«, bot Ro an.

»Daran erkennt man einen wahren Freund. Schließlich hat sie bei ihrem letzten Besuch hier keinen besonders guten Eindruck gemacht, nicht wahr?«, fragte Arrow.

»Hat sie nicht. Aber ich versuche, niemanden zu verurteilen, bevor ich mich nicht in ihn hineinversetzt habe«, entgegnete Ro diplomatisch.

»Falls jemand irgendeine Erleuchtung hat, ruft mich bitte an«, erklärte Meat. »Ich weiß, dass ich irgendetwas übersehe, und das wird an mir nagen, bis ich herausfinde, was es ist.«

Alle stimmten zu und brachen dann auf.

Doch bevor Arrow gehen konnte, rief Meat seinen Namen.

»Ja?«

»Bleib wachsam«, erklärte er ernst. »Ich weiß nicht warum, aber irgendwas will mir einfach nicht aus dem Kopf gehen und irgendetwas sagt *mir*, dass schon bald etwas Schlimmes passieren wird.«

»Ich weiß nicht, ob ich erleichtert darüber sein soll, dass nicht nur ich mich so fühle, oder ob ich sauer bin«, erklärte Arrow seinem Freund.

»Wir gehen dieser Sache auf den Grund«, entgegnete Meat.

»Lieber früher als später, hoffe ich«, bemerkte Arrow.

»Ich auch. Bis später.«

»Bis später.« Und damit verließ Arrow das *The Pit* und nickte Noah auf seinem Weg nach draußen zu. Er war sich nicht sicher, wie lange Ellie bleiben würde, aber wenn Morgan wollte, dass sie die Nacht in seiner Wohnung verbrachte, musste er einige Lebensmittel besorgen, um seine Vorräte aufzustocken, ganz zu schweigen von den Zutaten für das Käse-Hühnchen, das zu kochen er versprochen hatte.

Er liebte es, Morgan in seiner Wohnung zu haben. Er liebte es, für sie zu kochen. Er liebte es, von ihren Plänen zu hören, ihr Imkergeschäft wieder zum Laufen zu bringen. Er liebte es, mit jemandem über seinen eigenen Job reden zu können, auch wenn Elektriker zu sein nicht annähernd so aufregend war wie Bienen. Im Grunde liebte er alles daran, seinen Bereich mit ihr zu teilen. Seine Wohnung war nicht mehr so ordentlich – sein alter Drill-Sergeant wäre entsetzt gewesen –, aber Arrow liebte es, ihre schmutzigen Klamotten mit seinen vermischt zu sehen. Er liebte es, ihre Schuhe mitten auf dem Boden zu sehen. Selbst die Decke und das Kissen auf dem Sofa störten ihn nicht ... weil er wusste, dass sie ihr gehörten.

Da er nichts Ungewöhnliches sah, stieg Arrow in seinen Wagen und fuhr zum Supermarkt.

Um ein Uhr klingelte Robert in Arrows Wohnung und teilte ihm mit, dass eine Ellie Jernigan da sei und um Erlaubnis bat, hochkommen zu dürfen. Arrow versicherte Robert, dass sie in Ordnung sei, und holte tief Luft.

Er kannte Morgans Mutter nicht besonders gut, aber wenn man bedachte, wie sehr sie ihre Tochter dazu gedrängt hatte, zurück nach New Mexico zu gehen, fiel es ihm schwer, sie zu mögen. Er beschloss, dass er ihr eine faire Chance geben musste, knackte seinen Nacken und wartete auf ihre Ankunft.

Ein Klopfen machte ihn darauf aufmerksam, dass Ellie da war, und er öffnete die Tür. Morgans Mutter war immer noch gut in Form. Er wusste, dass sie um die fünfzig Jahre alt war, aber sie konnte wahrscheinlich als jemand in den späten Dreißigern durchgehen. Sie war schlank und trainierte offensichtlich, um sich fit zu halten. Sie hatte die gleichen blonden Haare und grünen Augen wie ihre Tochter, aber ein paar mehr Falten im Gesicht.

Sie trug eine abgetragene und bequem aussehende Jeans und eine langärmelige schwarze Bluse. An einem Ellbogen hing eine große schwarze Handtasche und ihr Haar war im Nacken zu einem lockeren Pferdeschwanz gebunden. Sie lächelte ihn an und hielt einen mit Alufolie bedeckten Teller hoch, als er die Tür öffnete.

»Ich komme mit Plätzchen!«, erklärte sie freudig.

Arrow öffnete die Tür weit und bedeutete ihr mit einer Geste hereinzukommen. Die niedrigen Schuhe, die sie trug, klackten auf dem Boden, als sie seine Wohnung betrat. Er schloss und verriegelte die Tür hinter ihr und folgte ihr in die Küche. Sie stellte den Teller auf die Kücheninsel und entfernte die Folie.

»Die sehen lecker aus«, erklärte Arrow ihr.

Der Teller war übervoll mit Plätzchen. Er konnte die Marshmallows sehen, die aus der Mitte jedes Kekses quollen, und jeder war mit Schokolade überzogen. Es gab Stücke von etwas, von dem er annahm, dass es Graham Cracker waren, was die Plätzchen ungleichmäßig und noch köstlicher aussehen ließ.

»Nimm dir ein Plätzchen«, erklärte Ellie und hielt ihm den Teller hin.

Arrow schüttelte den Kopf und hob abwehrend die Hand. »Nein, vielen Dank.«

Morgans Mutter machte einen Schmollmund. »Willst du sie nicht probieren?«

Nein, wollte er nicht, aber um höflich zu sein, entgegnete Arrow: »Okay, vielleicht eins.«

Bei seinen Worten verschwand wie auf magische Weise der traurige Ausdruck auf Ellies Gesicht. »Juhu! Hier, nimm das«, befahl sie und zeigte auf das größte Plätzchen auf dem ganzen Teller. Arrow war kein großer Fan von Zucker, besonders nicht in dieser Form, aber er nahm das Plätzchen und lächelte trotzdem.

»Möchtest du dich vielleicht setzen, während du auf Morgan wartest?«

»Ja, das können wir ruhig machen«, entgegnete Ellie, ohne den Blick von dem Keks in seiner Hand abzuwenden.

Mit einem Stirnrunzeln fragte er: »Isst du denn kein Plätzchen?«

Schnell hob sie den Blick zu ihm auf. »Oh nein! Ich muss schließlich auf mein Gewicht achten.« Sie tätschelte ihren flachen Bauch. »Aber du siehst so aus, als könntest du problemlos mehr als eines essen.« Und damit streckte sie die Hand aus, legte ein weiteres Plätzchen auf eine Serviette und trug es rüber zum Sofa. Sie legte es auf den Wohnzimmertisch und lächelte Arrow an.

Innerlich seufzend und in der Hoffnung, dass es nicht lange dauern würde, bis Morgan von ihrem Termin zurückkam, nahm Arrow einen Bissen von dem übermäßig süßen Gebäck in seiner Hand und machte sich auf den Weg zum Sofa neben Ellie.

Er hatte noch keine Gelegenheit gehabt, Morgan seiner Mutter vorzustellen, aber er war sich ziemlich sicher, dass sie mit seiner Mutter besser zurechtkommen würde als er mit *ihrer*. Da er den Keks so schnell wie möglich aufessen wollte, nahm er einen weiteren großen Bissen und schluckte ihn, fast ohne zu kauen, herunter.

Ellie sah so glücklich über seinen scheinbaren Genuss der süßen Leckerei aus, dass er es nicht bereuen konnte, ihn gegessen zu haben, auch wenn er ihn eigentlich gar nicht gewollt hatte.

»Also ... erzähl mir von dir«, sagte Ellie, während sie sich mit dem Rücken gegen das Sofa lehnte, ihre Handtasche zu ihren Füßen auf dem Boden. »Ich will alles über den Mann wissen, für den meine Tochter ihre Mutter sitzen gelassen hat.«

Es war nicht der beste Start für ihr Gespräch, aber Arrow war fest entschlossen, alles zu tun, damit der Besuch erfolgreich war. Denn wenn er den Rest seines Lebens mit Morgan verbringen wollte, musste er Ellie noch verdammt lange ertragen.

»Vielen Dank, dass du mich abgeholt hast«, erklärte Morgan Chloe, als sie den Flur entlang zum Aufzug gingen.

»Gern geschehen. Wie ist es gelaufen?«

»Gut. Im Grunde genommen muss ich mir selbst gegenüber nachsichtig sein und aufhören, so zu tun, als wäre mir nichts passiert. Ich werde wahrscheinlich noch eine ganze Weile Trigger haben, Dinge, die mich daran erinnern, was passiert ist. Und solange ich mit jemandem darüber spreche und nicht zulasse, dass der Stress sich in mir aufstaut, ist es okay, ab und zu auszuflippen.«

»Hört sich nach einer guten Therapeutin an«, bemerkte Chloe.

Morgan lachte leise. »Das sollte man meinen.«

Als sie im Aufzug waren, sagte Chloe: »Ich hatte eigentlich vor, dich und Arrow heute zum Abendessen zu uns einzuladen.«

»Und jetzt hast du das nicht *mehr* vor?«

Sie lächelte. »Nein. Ihr habt jetzt andere Pläne.«

»Haben wir die?«

»Ja.«

»Das hört sich aber wahnsinnig mysteriös an«, beschwerte sich Morgan aus Spaß. »Arrow hat gesagt, er hätte eine Überraschung für mich. Ich hasse Überraschungen.«

»Willst du es wissen?«

Morgan wandte sich ihrer Freundin zu. »Ja!«

»Tja, dumm gelaufen«, erklärte Chloe grinsend. »Ich werde es dir nämlich nicht verraten.«

»Du bist doof«, beschwerte sich Morgan schmollend.

Chloe lachte erneut und hakte sich bei Morgan unter. »Ich weiß. Komm schon, fahren wir dich nach Hause.«

»Weißt du, dass ich das jedes Mal wieder gern höre?«

»Was?«

»Nach Hause. In Bezug auf Arrows Wohnung«, erklärte Morgan.

»Ich weiß, was du meinst. Ich habe früher in einer Villa gelebt, aber es fühlte sich für mich nie wie ein Zuhause an. Aber in der Sekunde, in der ich Ros Haus betreten habe, fühlte ich mich wohl. Obwohl ich mit ihm in einer Höhle leben könnte und es immer noch ein Zuhause wäre.«

Morgan nickte. »Ich habe das Gefühl, dass Arrow sich schlecht fühlt, weil er nur eine Wohnung hat, während Allye und du in Häusern wohnen, aber ehrlich gesagt ist mir das egal. Mir ist nur wichtig, dass ich bei ihm bin.«

»Hast du ihm das auch schon gesagt?«, fragte Chloe, als sie in ihren Wagen stiegen.

»Nicht so richtig. Er hat mir allerdings gesagt, dass er mich liebt«, gab Morgan zu.

»Cool«, seufzte Chloe.

»Ich habe schon mit Allye darüber gesprochen, aber findest du nicht, dass das alles ein bisschen zu schnell geht?«

»Nein, ich bin dafür, dass die Jungs die wahre Liebe finden. Arrow ist ein toller Kerl. Manchmal vielleicht ein wenig zu gradlinig, aber ich habe das Gefühl, dass du ihm dabei helfen kannst, ein wenig lockerer zu werden.«

»Die Konservendosen in seiner Vorratskammer waren alphabetisch geordnet«, erklärte Morgan.

»Im Ernst?«, rief Chloe.

»Ja. Und die Handtücher in seinem Schrank waren nach Farben sortiert.«

Chloe kicherte. »Tatsächlich überrascht mich das nicht, wenn ich darüber nachdenke.«

»Ich glaube, es liegt daran, dass er früher bei der Marine war«, erklärte Morgan. »Manchmal habe ich das Gefühl, wie ein Wirbelwind zu sein, der in seine Welt eingedrungen ist und alles durcheinanderbringt.«

»Mach dir bloß keine Vorwürfe. Würde es ihm nicht gefallen, würde er es dir schon sagen. Hat er etwas gesagt?«

»Nein.«

»Dann ist es ihm egal.«

Morgan seufzte. »Ich bin so glücklich, aber ich habe große Angst, dass plötzlich alles in Rauch aufgeht.«

»Und was hat deine Therapeutin dazu gesagt?«, fragte Chloe mit beeindruckender Hellsichtigkeit.

»Dass ich glücklich sein darf. Dass ich einen Tag nach dem anderen nehmen sollte, was zufällig das Gleiche ist, was Arrow mir immer sagt.«

»Na bitte«, sagte Chloe.

»Willst du mit hochkommen?«, fragte Morgan, als sie auf dem Parkplatz angekommen waren.

»Natürlich komme ich mit hoch. Aber nur weil Arrow mir befohlen hat, dafür zu sorgen, dass du sicher bis zur Haustür begleitet wirst.«

Morgan verdrehte die Augen. »Wenn du möchtest, kannst du auch noch mit reinkommen.«

»Und dir deine Überraschung verderben? Wohl eher

nicht. Komm schon«, befahl Chloe und zeigte auf die Eingangshalle.

Die beiden Frauen betraten das Gebäude und begrüßten Robert, dann stiegen sie in den Aufzug. Sie unterhielten sich bis kurz vor Arrows Wohnungstür. Dann zog Morgan den Haustürschlüssel hervor, den er ihr gegeben hatte, und steckte ihn ins Schloss.

»Danke noch mal dafür, dass du mich abgeholt hast. Ich werde mir demnächst einen neuen Führerschein besorgen und mein eigenes Fahrzeug.«

»Wenn du meinst. Es macht mir nichts aus, dir in der Zwischenzeit zu helfen«, erwiderte Chloe. »Ruf mich morgen an und wir suchen uns ein neues Datum zum Abendessen raus.«

»Okay, wann hast du ...« Der Satz wurde abgeschnitten, als die Tür aufgerissen wurde.

Morgan starrte schockiert die Person an, die sie geöffnet hatte.

»Mom! Was machst du denn hier?«

»Hi, mein Schatz! Überraschung!«

»Überraschung«, flüsterte Chloe neben ihr.

Morgan konnte ihre Mutter nur ungläubig anstarren. Wenn das die Überraschung von Arrow war, dann war es nicht unbedingt eine gute. Sie hatte vielleicht am Abend zuvor gesagt, dass sie ihre Mutter wolle, aber das war nur ein schwacher Moment gewesen. Kaum hatten die Worte ihren Mund verlassen, war ihr klar geworden, dass nicht ihre Mutter die Person war, die sie aufmuntern konnte, sondern der Mann, in dessen Armen sie in diesem Moment gelegen hatte. Ihm nahe zu sein gab ihr Kraft. Gab ihr das Gefühl, geerdet zu sein.

Aber Arrow war ein Mann, der zu seinem Wort stand, und da sie gesagt hatte, dass sie ihre Mutter wollte, hatte

Arrow sie geholt. Morgan atmete tief durch und beschloss, das Beste aus der Situation zu machen. Arrow hatte das Ganze für sie arrangiert und sie wollte nicht, dass er sich schlecht fühlte.

»Ich rufe dich später an«, erklärte sie Chloe mit einem Lächeln und wandte sich dann um, um die Wohnung zu betreten.

KAPITEL NEUNZEHN

Arrow fühlte sich ganz und gar nicht gut. Er hatte rasende Kopfschmerzen und außerdem Magenschmerzen. Ihm war schlecht und er fühlte sich schrecklich. Er hätte es besser wissen müssen, als einen von Ellies Keksen zu essen, wenn er nicht an so viel Zucker gewöhnt war, und er hatte nicht nur einen, sondern auch die Hälfte eines zweiten gegessen.

Ellie hatte allerdings so erfreut ausgesehen, als er sich die Mühe gemacht hatte, und er wollte wirklich einen guten Eindruck bei der Frau hinterlassen. Sie sollte eines Tages seine Schwiegermutter werden – hoffentlich.

Aber jetzt war ihm so schlecht, dass er kurz davor war, sich zu entschuldigen, um auf die Toilette zu gehen und sich zu übergeben. Vielleicht würde es ihm dann besser gehen.

Er hörte Morgan an der Tür zur gleichen Zeit wie Ellie.

»Du brauchst nicht aufzustehen, ich gehe schon«, sagte sie.

Arrow nickte, denn er glaubte nicht, dass er aufstehen konnte, ohne sich zu krümmen. Er beobachtete, wie Ellie sich ihren Weg durch den Raum in Richtung Haustür bahnte.

Und obwohl er sich so elend fühlte wie noch nie zuvor, machte es in seinem Gehirn klick.

Er hatte diesen Gang schon einmal gesehen. Vor Kurzem, um genau zu sein.

Auf dem Video, das er sich mehrmals angesehen hatte.

Kein Wunder, dass ihm die Person auf dem Band bekannt vorkam – es war Morgans Mutter!

Sie hatten nach einem Mann gesucht, obwohl sie hätten erkennen müssen, dass der Täter eine Frau war.

Ihre Hüften schwangen beim Gehen und sie hielt den Kopf gesenkt, fast wie selbstverständlich.

Er sah, wie sie Morgan die Tür öffnete, und er wollte schreien, Morgan sagen, sie solle weglaufen, aber er hatte keine Ahnung, was die Frau ihrer Tochter antun würde, wenn er das tat. Er verstand nicht, aus welchem Grund Ellie Dave angegriffen hatte – es fiel ihm schwer, klar zu denken –, aber er wusste, dass er die Dinge so cool wie möglich angehen musste.

Er tat das Einzige, was ihm in diesem Moment einfiel, und rief: »Chloe?«

Die andere Frau steckte ihren Kopf durch die Tür und fragte: »Ja?« Sie starrte ihn mit merkwürdigem Ausdruck auf dem Gesicht an und er konnte ihr keinen Vorwurf daraus machen. Er stand normalerweise nämlich immer auf, wenn eine Frau zugegen war. Seine Mutter hatte ihm gute Manieren beigebracht, aber er konnte einfach nicht aufstehen. Er konnte sich kaum bewegen.

»Kannst du Ro bitte sagen, dass ich Probleme mit meinem Sicherungskasten habe? Ich wüsste seine umgehende Hilfe zu schätzen.«

»Äh ... okay. Ich werde es ihm ausrichten.«

»Danke«, murmelte Arrow, dann krümmte er sich auf dem Sofa und hielt sich den Bauch.

Er hörte, wie die Tür geschlossen wurde, und weibliche Stimmen, doch er konnte nicht aufstehen, um nachzusehen, was los war.

»Arrow?«

Er spürte, wie sich das Kissen neben ihm senkte, und dann spürte er Morgans Hand auf seinem Knie, hob jedoch den Blick immer noch nicht. »Ich fühle mich nicht so gut.« Er hörte selbst, dass er die Worte lallte, konnte aber einfach nicht anders.

»Was zum Teufel ist denn los? Mom? Wie lange geht das schon so?«

»Vielleicht ist er betrunken? Er hat angefangen zu trinken, als ich hergekommen bin.«

»Arrow trinkt nicht«, erklärte Morgan schockiert.

»Also, heute anscheinend schon«, entgegnete Ellie trocken.

»Das ergibt überhaupt keinen Sinn«, bemerkte Morgan. »Ich sehe nirgendwo Flaschen.«

»Er hat sie bereits weggeschmissen. Er wollte nicht, dass du sie siehst«, erklärte ihre Mutter ihr.

»Arrow? Bist du betrunken?«, fragte Morgan leise. Sie hatte ihre Hand nicht von seinem Knie genommen und er wollte sie einerseits festhalten, auf der anderen Seite wollte er sie dazu bringen, aus der Wohnung zu fliehen.

»Nein«, presste er hervor. »Bauchschmerzen.«

»Ich rufe einen Krankenwagen«, erklärte Morgan und stand auf.

»Das denke ich nicht.«

Arrow drehte den Kopf und sah, dass Ellie neben ihrer Tochter stand …

… und ihr eine Waffe an die Schläfe hielt.

Er stöhnte und versuchte aufzustehen, erstarrte allerdings, als Ellie sagte: »Falls du dich bewegst, erschieße ich sie.«

Sofort rührte er sich nicht mehr. Er wusste, dass er etwas tun musste, aber jetzt hatte er Krämpfe im Bauch und er spürte, dass er sabberte. Er wusste nicht, womit sie ihn vergiftet hatte, doch anscheinend war das Zeug ausgesprochen effektiv. Arrow wollte Morgan beschützen, konnte aber seine Muskeln nicht dazu bringen, sich zu bewegen.

»Mom, was um alles in der Welt machst du da?«, fragte Morgan.

»Setz dich«, erklärte Ellie freundlich. »Wir werden uns hinsetzen und uns miteinander unterhalten.«

»Er hat Schmerzen, Mom«, erklärte Morgan leise. »Ich muss dafür sorgen, dass er Hilfe bekommt.«

»Nein! Ich habe gesagt, du sollst dich hinsetzen.«

Langsam setzte Morgan sich wieder auf das Sofa neben Arrow und er stöhnte, als sich bei der Bewegung sein Magen umdrehte. Er drehte den Kopf und übergab sich. Genau dort, auf seinem Wohnzimmerboden, vor der Frau, die er mehr liebte als das Leben selbst. Aber es war ihm nicht im Geringsten peinlich. Im Gegenteil, er wollte es wieder und wieder tun. Sein Körper wollte loswerden, was immer in ihm war und ihm Übelkeit verursachte.

»Warum nimmst du dir nicht ein Plätzchen, Liebling?«, fragte Ellie ihre Tochter und zeigte mit einem Kopfnicken auf das Plätzchen, das Arrow nicht ganz gegessen hatte und das noch immer auf dem Wohnzimmertisch lag.

»Ich habe keinen Hunger«, entgegnete Morgan.

»Iss. Es«, befahl sie.

Morgan nahm ganz langsam das Plätzchen und begann, daran zu knabbern. Dann fragte sie: »Warum tust du das?«

»Weil ich es kann«, entgegnete Ellie. »Und jetzt iss weiter.«

Plötzlich wurde Arrow klar, was für ein Idiot er war. »Nein. Tu das nicht!«, erklärte er Morgan.

»Du hältst jetzt den Mund!«, kreischte Ellie. Innerhalb von einer Sekunde hatte sie ihre ruhige Fassade abgelegt und war dabei, die Fassung zu verlieren. »Und *du*«, sagte sie und lenkte ihre Wut auf Morgan, »iss jetzt den Keks!« Sie stürzte nach vorn und versuchte, ihrer Tochter das Plätzchen in den Mund zu schieben, sodass Schokolade und Marshmallow über ihr Kinn und ihre Wangen verteilt wurden.

Morgan kämpfte mit ihrer Mutter und Arrow hatte sich noch nie so hilflos gefühlt. Es fühlte sich an, als würden seine Eingeweide mit einem Löffel ausgekratzt werden. Er hatte gedacht, er sei zäh, aber was immer Ellie in die Plätzchen getan hatte, fühlte sich an, als würde es ihn von innen heraus auffressen.

Er musste Morgan helfen. Musste sie beschützen, aber er war zu schwach, um sich zu bewegen. Zu schwach, um irgendeine Art von Bedrohung für ihre Mutter zu sein.

Während die Frau, die er liebte, gegen ihre eigene Mutter kämpfte, schloss er die Augen und betete, dass Chloe seine Nachricht eher früher als später an Ro weitergeben würde.

Morgan drehte ihr Gesicht zur Seite, während sie mit ihrer Mutter kämpfte. Sie hatte keine Ahnung, was los war, aber was auch immer es war, es war schlimm. Arrow hatte sich nicht von seiner zusammengekauerten Position auf dem Sofa bewegt und sie konnte das Stöhnen hören, das aus seiner Kehle kam. Dass er sich übergeben hatte, hatte sie erschreckt und verängstigt, aber dass ihre Mutter sich wie eine Psychopathin verhielt, war noch erschreckender.

»Mom! Hör auf!«, befahl sie, doch es brachte nichts. Ellie versuchte auch weiterhin, Morgan ein Plätzchen in den Mund zu stecken.

»Ich soll aufhören? Hast du etwa aufgehört, deinen Vater, den verdammten Ehebrecher, zu besuchen, als ich dich darum gebeten habe? Nein! Hast du auf mich gehört, als ich dir gesagt habe, dass er dich nur dazu benutzt, um sich an mir zu rächen? *Nein!* Hast du nicht! Er hätte aufhören sollen, dich zu besuchen. Er hat mich abserviert wie ein Stück nutzlosen Abfall und ich hatte ihn gewarnt, dass er dafür bezahlen müsse, aber *er* hat auch nicht auf mich gehört. Also habe ich ihn leiden lassen! Ich wette, dass es ihm jetzt leidtut!«

»Wem tut es leid? Dad?«

»Hör auf, ihn so zu nennen!«, kreischte Ellie, dann richtete sie sich abrupt auf und eilte in die Küche.

»Verschwinde von hier«, murmelte Arrow neben ihr. »Sie hat irgendetwas in die Plätzchen gemischt. Ich habe nur eineinhalb davon gegessen. Und ich kann mich nicht mehr bewegen. Flieh jetzt sofort.«

»Ich kann dich nicht allein lassen«, sagte Morgan aufgelöst. Es fühlte sich fast so an, als wäre sie in die Twilight Zone geraten.

»Verschwinde!«, befahl Arrow, seine Stimme leise und unstet.

»Niemand verschwindet hier«, schalt Ellie sie. Sie stand mit dem Teller voller Plätzchen, die sie aus der Küche geholt hatte, vor ihnen. »Ich sollte eher sagen, dass noch mehr Plätzchen angebracht sind. Sieh nur, es ist deine Lieblingssorte, Morgan. S'Mores. Ich habe sie nur für dich und deinen Freund gemacht.«

»Mom, wie hast du dich an Dad gerächt?«, fragte Morgan. Sie achtete nicht darauf, wie Arrow sich in ihren Oberschenkel krallte. Sie wusste, er wollte, dass sie floh, doch sie würde ihn hier nicht mit ihrer offensichtlich völlig durchgeknallten Mutter alleine lassen. Er hatte sie in Santo Domingo nicht allein gelassen, also würde sie ihn auch auf keinen Fall jetzt allein lassen. Sie wusste zwar, dass das nicht das Gleiche war, doch es war ihr egal.

»Ich nahm ihm das Einzige, was er jemals von mir gewollt hat.«

Morgan starrte ihre Mutter entsetzt an, da ihr klar war, was sie sagen wollte, noch bevor sie es aussprach.

»Seine Tochter. Ich habe dich ihm weggenommen und fröhlich dabei zugesehen, wie er litt. Und das war wirklich *wunderbar*.«

»Mom«, wimmerte Morgan. »Du steckst dahinter? *Du* hast mich entführen lassen?«

»Ja. Und das hat deinen Vater völlig aus der Bahn geworfen. Er hat jeden vollgeheult, der ihm zuhörte. Ich habe dich verschleppt und es gab nichts, was *er* dagegen hätte tun können!«

»Ich wurde vergewaltigt«, flüsterte Morgan. »Geschlagen. Ausgehungert.«

»Umso besser, dann fühlt er sich noch schuldiger!«, krähte Ellie.

»Macht es dir denn *gar nichts* aus?«, fragte Morgan ungläubig.

»Dass er sich schlecht gefühlt hat? Nein, auf keinen Fall!«

»Nein, Mom, was mit *mir* geschehen ist!«, rief Morgan. »Ich war in der Hölle und du hast mich dorthin verfrachtet, nur um dich an *Dad* zu rächen?«

»Ja, und es hat auch ganz fantastisch geklappt«, erklärte

sie stolz. »Bis dieser Idiot hier aufgetaucht ist und dich gerettet hat. Dein Vater hatte die große Wiedervereinigung, für die er ein ganzes Jahr lang gebetet hatte. Er hatte dich zurück, und das war nicht Teil meines Plans. Er wurde im Fernsehen gezeigt. Sein Name ist jetzt im ganzen Land bekannt und er wurde dadurch noch reicher als vorher. Die Aktien seiner blöden Firma stiegen in die Höhe! Das hätte nicht passieren sollen. Er hatte nicht genügend gelitten!«

»Und was ist mit *mir*? Hatte *ich* auch nicht genügend gelitten?«

Ellie winkte ab, als wären die Worte ihrer Tochter völlig unbedeutend. »Aber ich beschloss, es ihm zu zeigen. Seine kostbare Tochter würde krank werden. So richtig krank. Niemand wäre in der Lage herauszufinden, woran sie litt. Irgendeine tropische Krankheit. Aber dann musstest du das auch noch ruinieren, indem du abgehauen und wieder hergekommen bist! Ich hatte das alles geplant. Du würdest langsam krank werden, wenn du meine Spezialmischung aus Orangensaft trinkst. Aber du hattest schon immer zu viel von deinem Vater in dir. Der hat auch immer alles ruiniert.«

»Deswegen hat mein Bauch wehgetan und ich hatte Kopfschmerzen?«, fragte Morgan kopfschüttelnd. »Du hast mich langsam vergiftet? Und womit?«

»Meine Freunde haben mir etwas Ethylenglykol besorgt. Ich hätte einfach Frostschutzmittel aus dem Laden holen können, aber es hat eine komische grüne Farbe. Das hättest du vielleicht bemerkt. Ich wollte das reine Zeug. Ich war skeptisch, dass es funktionieren würde, aber sieh dir deinen Freund an – ich würde sagen, es funktioniert ganz gut«, entgegnete Ellie lachend.

Morgan wandte sich zu Arrow um. Er sah schrecklich

aus. Und nur, weil ihre eigene Mutter ihn vergiftet hatte. Sie konnte kaum verstehen, was geschah.

»Warum Arrow?«, wollte Morgan wissen. »Er hat dir doch *überhaupt nichts* getan.«

»Oh doch, hat er!«, erwiderte ihre Mutter. »Zuerst mal hat er dich gefunden. Zweitens ist es ihm gelungen, dich aus der Dominikanischen Republik zu schaffen, ohne von meinen Freunden erwischt zu werden. Drittens hat er dich davon überzeugt, wieder hierherzukommen. Und viertens ... ich mag ihn und seine verdammten Freunde einfach nicht.«

Morgan ballte die Hand, mit der sie sich nicht an Arrow festhielt, zur Faust. Sie traute ihren Ohren nicht. Sie hatte gewusst, dass ihre Mutter oft beim Arzt war, als Morgan klein war, aber sie hatte keine Ahnung weshalb. Jetzt wurde ihr klar, dass es eine Art Persönlichkeitsstörung sein musste. Es war unmöglich, dass ihre Mutter ihr ganzes Leben lang so psychotisch gewesen war und niemand es bemerkt hatte.

»Mom ... ich wusste doch nicht, dass du so empfindest. Ich mag Dad nicht. Ich habe ihn immer nur besucht, weil ich dachte, *du* wolltest das«, versuchte Morgan, ihre Mutter zu besänftigen. Wenn sie dachte, sie stünde auf ihrer Seite, hätte sie vielleicht eine Chance, hier lebend rauszukommen und Arrow zu einem Arzt zu bringen.

»Lügnerin«, entgegnete Ellie ruhig. Und wie sie es sagte, ließ das Ganze nur umso unheimlicher erscheinen. »Ich weiß, was du vorhast. Du versuchst, mich dazu zu bringen, meine Deckung fallen zu lassen. Aber es wird nicht klappen. Verstehst du es denn nicht, mein Liebling? Du *musst* sterben, damit dein Vater versteht, dass er mich nicht für dumm verkaufen kann. Er kann nicht einfach direkt vor meiner Nase mit seiner Sekretärin schlafen und ungestraft davonkommen!«

»Aber ich hatte doch nichts damit zu tun«, erklärte Morgan leise, noch immer in dem Versuch, ihrer Mutter Vernunft einzuhauchen.

Aber es war unmöglich, zu Ellie Jernigan durchzudringen. Sie hatte sich in der Illusion verloren, die ihr eigener Verstand erschaffen hatte. »Du musst jetzt diese Plätzchen essen, mein Schatz«, sagte sie sanft. »Es sind deine Lieblingsplätzchen. Du wirst das Gift nicht einmal schmecken.«

»Nein«, entgegnete Morgan, »ich muss die Polizei rufen und dafür sorgen, dass Arrow Hilfe bekommt.«

»Ich befürchte, das kann ich nicht zulassen«, erklärte Ellie seufzend. Dann stellte sie den Teller mit den Keksen auf dem Tisch ab und griff nach ihrer Handtasche auf dem Boden. Sie wühlte gerade darin herum, als Morgan zu Arrow schaute, um zu sehen, ob er irgendwelche glänzenden Ideen hatte, was sie tun sollte. Sie sah, dass seine ganze Aufmerksamkeit auf ihre Mutter gerichtet war.

Seine Augen weiteten sich – und das genügte Morgan, um wieder zu ihrer Mutter zu schauen, gerade rechtzeitig, um zu sehen, wie sie sich in ihre Richtung stürzte.

Überrascht stieß Morgan einen Schrei aus, aber sie lag schon auf dem Boden, mit ihrer Mutter auf ihr drauf. Ellie hielt ihr eine Spritze an die Kehle und starrte sie an. Sie musste sie aus ihrer Handtasche gezogen haben, als Morgan abgelenkt gewesen war.

Morgan sah keine andere Emotion als Hass in den glasigen Augen ihrer Mutter.

»Steh auf«, befahl Ellie.

Zitternd stand Morgan auf, immer die Nadel in der Nähe ihrer Kehle vor Augen. Sie hatte keine Ahnung, wo die Waffe geblieben war, die Ellie vorhin in der Hand gehalten hatte. Vielleicht hatte sie sie in der Küche liegen lassen, als sie die Kekse geholt hatte. Morgan versuchte verzweifelt, sich zu überlegen, was sie tun konnte. Wie sie ihre Mutter ablenken könnte.

»Denk nicht mal darüber nach, etwas Dummes zu tun«, warnte Ellie sie. »Sobald ich dich mit dieser Nadel steche, bist du tot. Da ist unverdünntes Ethylenglykol drin. Deine Nieren werden sofort anfangen zu versagen, du wirst Krampfanfälle bekommen und du wirst deine Eingeweide auskotzen. Aber es wird nicht helfen.«

»Mom, tu es nicht«, flehte Morgan ihre Mutter an und zum ersten Mal liefen ihr Tränen über die Wangen.

»Weinen nützt dir da auch nichts. Vielleicht tut es deinem Vater *jetzt* leid, was er mir angetan hat. Er muss dafür büßen! Und er *wird* büßen. Dafür *sorge* ich!«

Gerade als Morgan entschlossen war, irgendetwas zu unternehmen, um mit ihrer Mutter um die Nadel zu kämpfen, sprang die Tür zu Arrows Wohnung auf und die Mountain Mercenaries stürmten mit gezogenen Waffen herein.

Arrow blinzelte, aber seine Augen tränten so sehr, dass er nicht mehr klar sehen konnte. Sein Magen krampfte sich weiter zusammen, aber er versuchte, es zu ignorieren und sich auf das zu konzentrieren, was um ihn herum geschah.

Ellie Jernigan war offensichtlich völlig verrückt ... oder nahm wahrscheinlich nicht mehr regelmäßig ihre Medikamente. Er wusste nicht, ob sie bipolar war und ihre Medizin nicht genommen hatte, oder ob sie wirklich einfach nur verrückt war. Zu diesem Zeitpunkt spielte das keine Rolle. Es ging nur darum, dafür zu sorgen, dass Morgan in Sicherheit war.

Er hatte allerdings keine Ahnung, wie er das bewerkstelligen sollte. Ellie mochte verrückt sein, aber sie war nicht dumm. Sie hatte es gut geplant, ihn zu vergiften und auszuschalten, bevor Morgan nach Hause kam.

Und er hatte sie nicht als große Bedrohung empfunden, bis es zu spät war. Arrow fragte sich, ob es etwas in ihrer Vergangenheit gab, das auf diese Möglichkeit hinwies. Während sie Morgans Mutter untersuchten, hatten sie offensichtlich nicht gründlich genug nachgeforscht.

Sie hatte ihr ganzes Erwachsenenleben lang einen Groll gegen ihren Ex gehegt, diesen schwelen und wachsen lassen, bis er sie völlig verzehrte und ihre Tochter mit in die Hölle hinabzog.

Arrow wusste, dass er in Schwierigkeiten steckte. Das Ethylenglykol bahnte sich seinen Weg durch seinen Körper, schädigte seine Nieren und richtete mit beängstigender Geschwindigkeit verheerenden Schaden an. Sie hatte offensichtlich eine Menge von dem Zeug in die Kekse getan und er hatte dummerweise eineinhalb von den verdammten Dingern gegessen.

Er zuckte zusammen, als Ellie ihre Tochter anpackte und sie zu seinen Füßen landeten, nur Zentimeter vom Inhalt seines Magens entfernt, den er zuvor erbrochen hatte, aber keine der beiden Frauen schien es auch nur zu bemerken.

Arrow konzentrierte sich auf die Spritze, die Ellie ihrer Tochter an die Kehle hielt. Wenn er nicht außer Gefecht wäre, könnte er sie ohne jede Anstrengung wegschlagen, aber er konnte seine Hände nicht kontrollieren – sie zitterten heftig – und er glaubte nicht, dass er überhaupt aufstehen konnte.

Es fühlte sich an, als hätte er Messer in seinem Unterleib, die ihn von innen nach außen stachen. Er sah zu, wie Ellie Morgan zum Stehen zwang und sie mit dieser verdammten Nadel an ihrer Kehle verhöhnte.

Der Gedanke, dass Morgan auch nur ein Zehntel von dem fühlte, was er gerade fühlte, ließ Adrenalin durch seinen Körper fließen. Auf keinen Fall wollte er ihr solche Schmerzen zumuten. Sie hatte schon genug durchgemacht. Mehr als genug.

Arrow hatte keinen Plan vor Augen. Er konnte seine Gedanken nicht genügend ordnen, um einen Plan zu machen. Er wusste nur, dass er die Nadel von der Frau, die er liebte, wegbringen musste. Sie war zu nahe an ihrer Kehle.

In der Sekunde, in der Arrow das Krachen seiner Tür hörte, die beim Aufspringen gegen die Wand schlug, setzte er sich in Bewegung.

Schmerzvoll stieß er sich von seiner zusammengekauerten Position auf dem Sofa ab und zielte auf Morgans Torso. Er hatte in der Schule nie Football gespielt, aber jeder Trainer wäre stolz auf die Art gewesen, wie er sie zu Fall gebracht hatte. Er hörte, wie ein Atemzug ihren Körper verließ, als er sie packte, aber anstatt seinen Griff zu lockern, zog er sie fester an sich.

Sein Inneres schrie vor Schmerz, aber er drehte seinen Körper und landete auf dem Rücken auf dem Boden, Morgan auf ihm.

Um ihn herum wurde geschrien, aber Arrow ging es nur darum, Morgan zu schützen. Mit seinem letzten bisschen Energie rollte er sich auf den Rücken und bedeckte schützend so viel von ihrem Körper, wie er konnte. Wenn Ellie jemanden mit ihrer verdammten Giftnadel stechen würde, dann ihn. Nicht ihre Tochter. Nicht die Frau, die er mehr liebte als das Leben selbst.

Dann hörte er nur noch, wie Ellie schrie: »*Nein!*«

Und dann den typischen Knall eines Schusses, der abgefeuert wurde.

Morgan versuchte, tief durchzuatmen, aber Arrow war auf ihr schlaff geworden. Er war extrem schwer und es kostete sie all ihre Kraft, sich unter ihm hervorzuwinden. Das Adrenalin in ihrem Körper stieg ins Unermessliche und sie warf nicht einmal einen Blick auf ihre Mutter, die regungslos neben dem Sofa auf dem Boden lag.

Sie hatte den Schuss gehört, war aber nicht einmal zusammengezuckt, sondern eher um Arrow besorgt.

»Helft mir!«, rief sie und ihre Stimme bebte, als sie versuchte, ihn auf den Rücken zu legen.

Dann waren da plötzlich mehrere Hände, die ihr halfen. Arrow lag auf dem Rücken und seine Brust hob und senkte sich kaum. »Sie hat ihn vergiftet!«, rief sie, ohne aufzusehen. »Mit Ethylenglykol. Es war in den Plätzchen! Er hat mindestens eins davon gegessen. Vielleicht mehr.«

»Geh mal ein Stück zurück«, erklärte Ro ihr und legte eine Hand auf ihren Arm.

Widerstrebend tat Morgan, wie geheißen, ohne dabei Arrows Brustkorb aus den Augen zu lassen. Solange sein Brustkorb sich bewegte, lebte er noch.

»Die Sanitäter sind auf dem Weg«, erklärte Ball.

»Und die Polizei folgt auch direkt«, fügte Meat hinzu.

Aber trotzdem wandte Morgan den Blick immer noch nicht von Arrow ab. Er war bleich und obwohl man von außen keine Verletzung erkennen konnte, wusste sie, dass es nicht gut um ihn stand.

»Ist bei dir alles in Ordnung?«, fragte Ro, kniete sich neben sie hin und versuchte, sie zu sich umzudrehen.

Sie widerstand ihm und nickte schnell. »Es geht mir gut.«

»Du hast keine Plätzchen gegessen?«

Sie schüttelte den Kopf.

»Aber du hast Schokolade im Gesicht«, erklärte Ro sanft und drehte ihren Kopf so weit, dass sie ihn ansehen musste.

»Ich habe einen winzigen Bissen von einem Plätzchen genommen. Dann hat sie versucht, mir eins in den Mund zu stopfen, aber ich habe die Lippen fest zusammengepresst. Es geht mir gut«, wiederholte sie. »Aber Arrow nicht.«

»Black musste deine Mutter erschießen.«

»Das ist mir egal. Sie steckt dahinter. Hinter *allem*.«

»Das wissen wir mittlerweile«, erklärte Ro ihr.

»Woher wusstet ihr, dass ihr herkommen müsst?«, fragte sie und versuchte, ihre rasenden Gedanken auf etwas anderes zu richten als Arrows bewegungslosen Körper.

»Durch Arrow. Er ist der beste Elektriker, den wir kennen. Er würde mich niemals darum bitten, herzukommen und nach seinem Sicherungskasten zu sehen. Chloe hat noch vom Parkplatz aus angerufen und die Nachricht überbracht, sodass wir sofort wussten, dass etwas nicht stimmt. Wir sind sofort hergekommen ... und du weißt ja, was dann passiert ist.«

»Meine Mutter war der Täter«, flüsterte Morgan mit bebender Stimme. »Es war ihr egal, dass ich verletzt wurde. Sie wollte nur, dass mein Vater leidet.«

»Komm mal her«, sagte Ro und nahm sie in den Arm.

Morgan ließ es gern zu, da sie die moralische Unterstützung brauchte. Sie wandte den Kopf so, dass sie Arrow sehen konnte, obwohl Ro mit ihr auf dem Boden kniete. Er sorgte dafür, dass sie so positioniert war, dass sie den Mann am Boden sehen konnte, den sie liebte, und nicht ihre Mutter.

»Er kommt wieder in Ordnung, ja?«, fragte sie flüsternd, als die Sanitäter in den Raum stürmten.

»Natürlich«, erklärte Ro, ohne mit der Wimper zu zucken. »Er ist ein harter Marinesoldat. Der überlebt das.«

»Ich liebe ihn«, erklärte Morgan leise. »Ich habe es ihm nie gesagt, aber ich liebe ihn so sehr.«

»Das weiß er, glaub mir.«

Ro half Morgan auf die Beine, während die Sanitäter sich um Arrow kümmerten. Sie konnte nur zusehen, wie die Liebe ihres Lebens schnell auf eine Trage gehievt und aus dem Raum gebracht wurde. Sie wollte mit ihm gehen, aber Ro hielt sie zurück. »Er ist in guten Händen. Sie werden ihn ins Krankenhaus bringen und die Behandlung mit dem Gegengift beginnen. Wir bringen dich so schnell wie möglich hin.«

Morgan wollte protestieren. Wollte verlangen, mit Arrow zu fahren, aber sie holte tief Luft und nickte. Jemand würde seine Mutter und seine Schwester anrufen müssen. Die Polizei betrat gerade die Wohnung, während die zweite Gruppe von Sanitätern sich um ihre Mutter kümmerte. Aber mit einem Blick wusste Morgan, dass es für sie zu spät war.

Black war ein verdammt guter Schütze – und das Loch in der Mitte von Ellies Stirn sprach eine deutliche Sprache.

Morgan wollte sich schlecht fühlen. Wollte um ihre Mutter trauern, aber nach allem, was sie durchgemacht und in der letzten halben Stunde erfahren hatte, war das unmöglich.

Die Frau, die auf dem Boden lag, war nicht ihre Mutter. Sie war ein Monster, das Morgan nie gekannt hatte. Ihre Mutter war offenbar schon vor langer Zeit gestorben.

Sie straffte die Schultern, nickte Ro zu und erlaubte ihm, sie zu einem Stuhl an Arrows Esszimmertisch zu führen. Er legte ihr eine Decke um die Schultern und ging, um seinen Teamkameraden zu helfen.

Ein freundlich aussehender Polizist zog einen Stuhl neben ihr hervor und bat: »Können Sie mir sagen, was passiert ist?«

Morgan wusste, dass es länger als ein paar Minuten dauern würde, die Ereignisse zu erklären, die dazu geführt hatten, dass ihre Mutter tot auf dem Boden lag, aber sie holte tief Luft und begann zu sprechen. Je schneller sie damit fertig war, desto schneller konnte sie zu Arrow.

KAPITEL ZWANZIG

Eine Woche später saß Morgan in dem orangefarbenen Sessel, den eine Krankenschwester für sie von irgendwo im Krankenhaus aufgetrieben hatte. Sie war nicht von Arrows Seite gewichen, außer zum Duschen oder wenn einer seiner Freunde sie zwang, sich in der Cafeteria etwas zu essen zu holen.

Die ersten zwei Tage waren sehr kritisch gewesen. Arrow lag auf der Intensivstation, während die Ärzte alles taten, was sie konnten, um dem Ethylenglykol entgegenzuwirken, das durch seinen Körper geflossen war. Er war intubiert worden und hatte regungslos dagelegen, ohne zu merken, was um ihn herum geschah.

Nachdem er entgiftet worden war, galt es nun zu verhindern, dass das Gift in seinem Körper weiter verarbeitet wurde. Neben der Verabreichung des Gegengifts hatten die Ärzte ihn an eine Dialysemaschine angeschlossen, um seinen Körper bei der Selbstreinigung zu unterstützen.

Es war ein langer und anstrengender Prozess, aber als Arrow zum ersten Mal seine Augen geöffnet und ihren Namen gesagt hatte, hatte Morgan geweint.

Arrow war schwach und schlief immer noch viel, aber er war nicht mehr intubiert und sie konnte sehen, dass er mit jedem Tag stärker wurde.

Als sie jemanden an der Tür hörte, drehte Morgan sich um und sah, dass es Black war. Sie hatte ihn nicht mehr gesehen, seit er und seine Teamkameraden wie ein Rudel Superhelden die Wohnung von Arrow gestürmt hatten.

»Hi«, sagte sie leise, da sie Arrow nicht wecken wollte.

»Ich kann später noch mal kommen«, entgegnete Black, ohne ihr in die Augen zu sehen.

Morgan wusste, dass er sie mied, wollte das aber nicht länger zulassen. »Komm mal her«, sagte sie so streng wie möglich.

Wie ein zum Tode Verurteilter seufzte Black und schlurfte zu ihr hinüber. Er setzte sich auf den Rand einer der anderen Stühle im Raum.

Morgan beschloss, dass es besser war, das Thema direkt anzusprechen. »Danke, dass du uns das Leben gerettet hast.«

Black schnaubte, sagte aber sonst nichts.

»Ich meine es ernst«, erklärte Morgan nachdrücklich. »Die Polizisten sagten, dass meine Mutter gerade nach der Waffe griff, die sie in ihrem Hosenbund versteckt hatte, als ihr reinkamt. Sie war fest entschlossen, mich zu töten. Sie hätte mich erschossen, und da Arrow auf mir lag, um mich zu beschützen, hätte sie ihn mit Sicherheit ebenfalls umgebracht. Er hätte auf keinen Fall die Vergiftung und den Schuss überlebt.«

»Ich habe deine *Mutter* getötet«, entgegnete Black leise.

»Ich weiß. Vielen Dank.«

Und daraufhin hob er den Blick und Morgan sah sowohl die Überraschung als auch die Selbstvorwürfe in seinen Augen. Sie streckte die Hand aus und legte sie ihm aufs

Knie. »Es tut mir leid, dass du überhaupt schießen musstest, aber nicht, dass du es getan hast. Black ... die Frau, die du erschossen hast, war *nicht* meine Mutter. Ich weiß nicht, was mit ihr geschehen ist oder warum sie so geworden ist, aber sie war wirklich verrückt. Du musstest es tun.«

Black fuhr sich mit der Hand über den Kopf, bevor er entgegnete: »Als Navy SEAL habe ich ziemlich viele böse Jungs erledigt. Selbst auf meinen Einsätzen für die Mountain Mercenaries tue ich, was getan werden muss ... aber ich habe die letzten Jahre damit verbracht, Frauen zu beschützen und zu retten ... und nicht, sie zu erschießen.«

»Sie hatte es verdient«, erklärte Morgan, wobei ihr nur einmal kurz die Stimme stockte. Sie wusste, dass sie noch mehr Sitzungen mit ihrer Therapeutin brauchen würde, um alles, was passiert war, hinter sich zu lassen, aber im Moment war sie mehr damit beschäftigt, dafür zu sorgen, dass der erstaunliche Mann, der *vor* ihr stand, sich nicht weiter damit quälte, was er getan hatte.

»Ich habe nicht mal darüber nachgedacht«, erklärte Black, den Blick ins Leere gerichtet. »Ich habe einfach nur reagiert. Sie hat hinter sich gegriffen und ich habe die Waffe gesehen und nicht einmal darüber nachgedacht.«

»Und das war auch gut so«, erklärte Morgan mit Nachdruck.

Jetzt war es ihr doch gelungen, seine Aufmerksamkeit zu erregen. Black drehte sich zu ihr um und sah sie ungläubig an.

»Ich liebe Arrow. Mehr als ich jemals für möglich gehalten hätte, jemanden zu lieben. Und zu wissen, dass er auf zukünftigen Missionen an deiner Seite ist, beruhigt mich. Ich will jemanden, der handeln kann, ohne zu denken, wenn die Kacke am Dampfen ist. Ich möchte, dass jemand wie du ihm den Rücken deckt. Black, ich weiß nicht, was du in deiner Vergangenheit getan und gesehen hast, aber du bist gut in dem, was du tust. Sie hatte vor, mich umzubringen. Sie hatte bereits versucht, mir und Arrow das Leben zu nehmen. Du hast getan, was du tun musstest. Wenn das ein Mann gewesen wäre, würdest du dir dann solche Vorwürfe machen? Wenn es ein Fremder gewesen wäre? Nein, würdest du nicht. Bösewichte sind nicht immer Fremde und sie tragen nicht Schwarz und lachen bösartig, um dich wissen zu lassen, dass sie die Bösen sind.«

»Trotzdem tut es mir leid«, erwiderte er.

»Mir auch«, pflichtete Morgan ihm bei. »Aber es muss dir nicht leidtun, dass du sie getötet hast. Es sollte dir leidtun, dass sie nicht die Hilfe bekommen hat, die sie brauchte. Es sollte dir leidtun, dass sie nie erfahren hat, wie großartig ihr hoffentlich zukünftiger Schwiegersohn ist. Es sollte dir leidtun, dass ihre Enkelkinder ihre Großmutter nie kennenlernen werden. Aber es muss dir nicht leidtun, dass du mein Leben gerettet hast. Es muss dir nicht leidtun, dass du dafür gesorgt hast, dass ich mein Leben hier beginnen konnte, ohne mir ständig Sorgen darüber machen zu müssen und mich zu fragen, ob derjenige, der mich entführt hat, es wieder tun wird.«

Black sah sie an und schenkte ihr ein kleines Lächeln. Es war kein richtiges Grinsen, aber er sah jetzt ein wenig entspannter aus als bei seiner Ankunft.

Ohne nachzudenken, stand Morgan auf und streckte die Arme aus. »Ich könnte eine Umarmung gebrauchen.«

Black bewegte sich so schnell, dass er sie bereits in die Arme geschlossen hatte, bevor sie den Satz ganz beendet hatte. Bei ihm fühlte Morgan sich winzig, aber nicht so sehr wie bei ein paar der anderen Teammitglieder.

»Vielen Dank«, flüsterte er.

»Nein ... ich danke *dir*«, erwiderte sie nachdrücklich.

»Finger weg von meiner Frau«, erklärte Arrow mit schwacher Stimme aus dem Krankenhausbett neben ihnen.

Morgan lachte, als Black sie fester packte und sich zu seinem Freund umdrehte. »Wer schläft, verliert«, scherzte er.

Arrow knurrte und Morgans Lächeln wurde nur noch breiter. Sie drückte sich von Black weg. »Geh und hol dir eine eigene Frau«, scherzte sie und freute sich darüber, dass die Dinge zwischen ihr und Arrows Freund jetzt wieder in Ordnung waren. Sie fand es schlimm, dass er sich Selbstvorwürfe machte, weil er ihre Mutter erschossen hatte.

Morgan zog ihren Stuhl näher ans Bett, setzte sich hin und nahm Arrows Hand. »Wie fühlst du dich?«

»Nicht schlecht«, erwiderte Arrow.

Morgan hätte am liebsten die Augen verdreht. Sie hatte in der Zwischenzeit verstanden, dass Arrow die Tendenz hatte, seine Gefühle herunterzuspielen.

Er streckte seine andere Hand nach Black aus, die dieser ergriff.

»Danke, dass du nicht nur mir das Leben gerettet hast, sondern auch Morgan«, erklärte Arrow ihm.

Black schüttelte seine Hand, sagte aber: »Vergiss es. Du hättest dasselbe für mich gemacht, wenn du nicht ein Nickerchen auf dem Boden gehalten hättest.«

Arrow lachte leise und zuckte bei der Bewegung augenblicklich vor Schmerz zusammen. »Ich weiß, dass ich bewusstlos war, aber ich habe nur Bruchstücke von dem gehört, was passiert ist. Kannst du mir erklären, was genau geschehen ist?«, bat er.

Black nickte und setzte sich wieder auf den Stuhl neben seinem Bett. Morgan umklammerte Arrows Hand fester und hörte zu. Sie hatte die ganze Geschichte gehört, also würde nichts, was Black sagte, sie schockieren, aber jedes Mal, wenn sie hörte, wie schrecklich ihre Mutter tatsächlich war, konnte sie nicht verstehen, wie sie in ihrem Leben an diesen Punkt gekommen war.

»Ellie Jernigan hatte die Männer angeheuert, die Morgan unter Drogen gesetzt und entführt haben. Sie folgten ihr an diesem Abend in den Nachtklub und warteten auf ihre Gelegenheit, sie zu entführen«, sagte Black.

»Und als ich früher gegangen bin, habe ich es ihnen ziemlich leicht gemacht«, erklärte Morgan kopfschüttelnd.

»Sie hätten dich sowieso entführt«, beruhigte Black sie. »Jedenfalls hatte sie Kontakte in der Dominikanischen Republik geknüpft und ihre Tochter dorthin bringen lassen. Der Plan war, dass sie sie einfach bis auf Weiteres festhalten sollten.«

»Anfangs haben sie mir nichts getan«, fügte Morgan hinzu. »Rex und die anderen vermuteten, dass es wahrscheinlich daran lag, dass sie nicht riskieren wollten, dass meine Mutter sie nicht bezahlt. Aber als sie weiterhin Monat für Monat das Geld bekamen und keinen Nachweis schicken mussten, dass es mir gut ging oder so, beschlossen sie, die Situation auszunutzen und sich zu nehmen, was sie wollten.«

Morgan spürte, wie Arrow ihre Hand fester drückte, aber unterbrach sie nicht.

»Und wie du wahrscheinlich schon erraten hast, handelte es sich bei der Person auf dem Video ebenfalls um Ellie«, sagte Black. »Sie hatte wahrscheinlich auf dich gewartet, als Dave auftauchte. Sie hatte nicht gerade viel Geduld und wir glauben, dass sie einfach die Beherrschung verloren hat. Aber sie behielt genügend Kontrolle, um ihr Gesicht von den Kameras fernzuhalten und aufzuhören, sobald Dave am Boden lag.«

»Wie geht es Dave?«, fragte Arrow.

»Es geht ihm gut. Er arbeitet wieder und scheucht im *The Pit* alle durch die Gegend«, erklärte Black ihm.

»Gut. Und ja, als Ellie in meiner Wohnung aufstand, um die Tür für Morgan und Chloe zu öffnen, erkannte ich ihren Gang als den vom Video«, erklärte Arrow. »Deswegen kam mir die Person auch so bekannt vor. Aber zu dem Zeitpunkt war ich schon außer Gefecht gesetzt. Ich habe getan, was ich konnte, um euch zu warnen.«

»Unglaublich, dass ich sie nicht erkannt habe. Meine eigene Mutter«, entgegnete Morgan kopfschüttelnd.

»Du dachtest eben genau wie wir, dass es sich um einen Mann handelt«, erklärte Black. »Und du hättest ganz sicher nicht vermutet, dass deine Mutter dahintersteckt.«

Arrow hob Morgans Hand und küsste ihren Handrücken, wobei er ihr schweigend Trost und Kraft spendete, wie er es immer tat.

»Und Arrow, deine Nachricht an uns hat perfekt funktioniert. Ellie hatte keine Ahnung, dass das, was du gesagt hattest, ein Hinweis war. Chloe war verwirrt und rief sofort Ro an, als sie zu ihrem Auto zurückkehrte, um deine seltsame Nachricht weiterzugeben. Er wusste sofort, dass etwas nicht stimmte, und wir sind alle in deiner Wohnung aufgetaucht.«

»Gott sei Dank«, warf Morgan ein. »Ich hatte keine Ahnung, bis es zu spät war.«

»Jedenfalls hat Meat Ellies Handy verfolgt und herausgefunden, dass sie bereits seit ein paar Tagen in der Stadt war. Wahrscheinlich war sie auch diejenige, die die Prostituierte bestellt und deine Reifen zerstochen hat.«

»Das habe ich mir schon gedacht«, erwiderte Arrow.

»Richtig, als du also anriefst und fragtest, ob sie Morgan besuchen kann, war sie bereits in der Stadt. Sie checkte in ein Hotel mit Küche ein und bereitete die Plätzchen zu. Anscheinend hatte sie das Ethylenglykol mitgebracht in der Hoffnung, es irgendwie in ihre Tochter zu bekommen.«

»Ihr Plan war es, mich langsam zu vergiften, als ich bei ihr lebte«, erklärte Morgan Arrow. »Sie wollte es so aussehen lassen, als hätte ich eine Krankheit, die ich mir während der Entführung eingefangen hatte. Deshalb taten mir Magen und Kopf weh, als ich das erste Mal nach Colorado Springs zurückkam. Die Dosis war so gering, dass mein Körper sie verarbeiten konnte. Aber mit der Zeit hätte es sich so angesammelt, dass ich es nicht mehr hätte abwehren können.«

Arrow knirschte mit den Zähnen, sagte aber nichts.

»Sie hat genügend Ethylenglykol in diese Kekse getan, um jemanden innerhalb von ein paar Stunden zu töten«, erwiderte Black.

»Und ich habe es wirklich überhaupt nicht geschmeckt«, bemerkte Arrow nachdenklich. »Ich esse ja normalerweise überhaupt nichts Süßes, aber ich wollte höflich sein. Wir hatten uns nicht auf Anhieb verstanden und ich fühlte mich schlecht deswegen. Hast du dich schon mit deinem Vater getroffen?«, wechselte Arrow das Thema.

»Natürlich. Sobald er es erfahren hat, ist er hergekommen. Und wie nicht anders zu erwarten, war er fantastisch darin, mit der Presse umzugehen. Die Journalisten sind natürlich völlig durchgedreht, als sie gehört haben, was passiert ist. Ich weiß nicht, was ich ohne ihn getan hätte.«

»Es tut mir leid, dass wir ihn verdächtigt haben«, erklärte Arrow ihr.

Morgan winkte bei seiner Entschuldigung ab. »Er ist auch nicht gerade ein Heiliger und ich bin mir nicht sicher, ob wir jemals beste Freunde oder so was werden, aber es gibt mir ein gutes Gefühl, dass seine Sorge um mich echt war und er mich wirklich finden wollte, als ich verschwunden war.«

»Lane und Lance Buswell waren ebenfalls völlig unschuldig«, bemerkte Black. »Genau wie all deine anderen Freunde.«

»Also bist du jetzt wirklich frei«, stellte Arrow fest und ließ Morgan dabei nicht aus den Augen.

»Sieht so aus.«

»Und das ist wohl mein Stichwort zu gehen«, sagte Black und stand auf. »Ach, und deine Mutter und Schwester sind hier«, bemerkte er an Arrow gewandt.

Dessen Augen wurden groß. »Tatsächlich?«

»Natürlich«, rief Morgan. »Schließlich wärst du fast *gestorben*. Ich habe sie sofort angerufen, als ich die Möglichkeit dazu hatte. Sie sind in einem Hotel in der Nähe untergekommen. Ich mag Kandi wirklich. Sie ist witzig und hat mir schon sehr viele Geschichten aus eurer Kindheit erzählt.«

Arrow stöhnte. »Das sieht ihr ähnlich. Allerdings besteht die Hälfte ihrer Geschichten aus Lügen. Glaub ihr nicht.«

»Sie hat mir gesagt, dass du das behaupten würdest«, neckte Morgan ihn.

Black machte sich auf den Weg zur Tür und lachte leise. Im letzten Moment wandte er sich noch einmal um und sagte zu Morgan: »Vielen Dank, dass du so verständnisvoll bist.«

Sie verdrehte die Augen. »Als hätte ich eine Wahl.«

»Du wärst überrascht, wie nachtragend manche Leute sind«, bemerkte Black und dann war er verschwunden.

»Komm mal her«, bat Arrow sie und zog an ihrer Hand.

»Ich bin doch da«, entgegnete Morgan.

»*Hierher*«, sagte Arrow mit Nachdruck.

Morgan stand auf und setzte sich auf die Bettkante, sodass ihre Hüfte Arrows berührte.

»Du liebst mich also?«, fragte er, als sie sich hingesetzt hatte.

Morgan wusste, dass sie errötete, doch sie wandte den Blick nicht ab. »Das hast du wohl gehört, was?«

»Ja. Und das sollte auf jeden Fall wiederholt werden. Du weißt, dass ich dich liebe. Es hätte mich fast umgebracht, dass ich dich nicht beschützen konnte, als deine Mutter durchgedreht ist. Ich hatte noch nie solche Schmerzen wie in dem Moment, in dem ich gekrümmt auf dem Sofa saß. Aber was mich *wirklich* fertiggemacht hat, war die Tatsache, dass deine Mutter dich angegriffen hat ... und ich nichts tun konnte.«

»Aber du hast mich doch beschützt«, widersprach Morgan. »Als ich es am meisten brauchte, warst du für mich da. Ich war erstarrt vor Furcht ... und Verwirrung. Ich meine, schließlich handelte es sich um meine *Mom,* die hinter meiner Entführung steckte. Ich konnte es einfach nicht verstehen und schon gar nicht reagieren, als sie mich geschnappt hat und mir eine Nadel in den Hals stechen wollte.«

»Ich liebe dich, Morgan Byrd. Und ich werde den Rest meines Lebens damit verbringen, mein Bestes zu geben, um dich zu beschützen.«

»Und ich hoffe, dass die Zeiten, in denen ich deinen Schutz brauchte, vorüber sind«, bemerkte Morgan trocken.

»Ich liebe dich«, erklärte Arrow erneut und zog erwartungsvoll die Augenbrauen hoch.

Morgan grinste. »Ich weiß.«

»Und? Möchtest du mir vielleicht auch etwas sagen?«

»Äh ... vielen Dank?«

»Meine Schöne ...«, sagte Arrow in dem bedrohlichsten

Ton, den er aufbringen konnte – der nicht sehr Furcht einflößend war, wenn man bedachte, dass er in einem Krankenhausbett am Tropf lag und an verschiedene Maschinen angeschlossen war.

Morgan beugte sich vor und nahm sein Gesicht in ihre Hände. »Ich liebe dich, Archer Kane. Mehr als ich es je für möglich gehalten hätte. Und ich möchte dich nie wieder sehen wie an dem Tag, an dem du am Boden gelegen hast. Du hast mir wirklich unglaublich große Angst gemacht.«

»Das wird nie wieder vorkommen«, versprach er ihr.

»Das kannst du nicht versprechen«, widersprach Morgan.

Er legte ihr eine Hand in den Nacken und die andere auf den Rücken. Sie lagen aneinandergekuschelt da und ihre Stirnen berührten sich fast, als er flüsterte: »Ich lege dir die ganze Welt zu Füßen, meine Schöne. Glück, Lachen, Freundschaft und Babys. Viele, viele Babys.«

Morgan stockte der Atem und sie starrte ihn an.

»Willst du meine Frau werden? Ich verspreche, dass ich dich für den Rest meines Lebens lieben und ehren werde. Ich verspreche, dass ich dein Freund und dein Geliebter sein werde. Ich werde alles geben, um dich zum Lachen und nie zum Weinen zu bringen, außer es handelt sich um Tränen des Glücks. Wir können leben, wo du willst, und wir werden ein großes Haus mit ein wenig Land kaufen, damit du so viele Bienen züchten kannst, wie du möchtest. Wir werden zusammen in Urlaub fahren ... vielleicht nicht unbedingt in die Karibik. Ich liebe meinen Beruf, aber wenn es für dich wichtig ist, weil du dich dadurch sicherer fühlst, werde ich ihn noch heute aufgeben und stattdessen als Elektriker arbeiten. Ich werde alles tun, damit du Ja sagst.«

»Ich ... ich will dich auch heiraten ... aber ich habe Angst davor, dass ich im Schlafzimmer nie die Frau sein kann, die du brauchst«, gab sie zu. »Ich möchte Kinder haben, aber ich habe Angst davor, dass ich mich nie dazu durchringen kann, diese mit dir zu machen.«

»Ich habe es dir schon mal gesagt und ich werde es so oft sagen, wie du es hören musst, um es zu glauben. Ich liebe *dich*, Morgan. Selbst wenn wir nie miteinander schlafen werden, sondern nur kuscheln und zusammen masturbieren, will ich dich genau so, wie du bist.«

»Arrow«, sagte Morgan mit erstickter Stimme.

»Aber ich muss sagen, dass ich glaube, dass du, sobald du alles verarbeitet hast, in der Lage sein wirst, alles zu tun, was du tun willst ... einschließlich mit deinem Mann zu schlafen und ihm die Seele aus dem Leib vögeln. Ich werde dich nie unter Druck setzen, du wirst im Schlafzimmer die volle Kontrolle haben. Ich werde für den Rest meines Lebens unten liegen, wenn es das ist, was du willst.«

Morgan hatte Tränen in den Augen, lachte aber trotzdem. »Du willst mein Sexsklave werden?«

»Ja, verdammt. Und wenn du denkst, dass das etwas Negatives ist, dann lass ich dich das einfach weiter denken. Dich über mir zu haben, wie du mich reitest, wie du einen Orgasmus bekommst, während ich jeden einzelnen Ausdruck in deinem Gesicht sehe und deine Titten direkt vor mir habe, während du mich nimmst? Ja ... das wäre wirklich seeeeehr schlimm, meine Schöne.«

Diesmal war das Lachen, das aus ihrer Kehle drang, echt und kam von Herzen. »Dann ja. Ich will dich heiraten.«

Arrow hob den Kopf ein wenig an und presste seine Lippen auf ihre. Sie waren trocken und spröde, doch sie hatte in ihrem ganzen Leben noch nie etwas Besseres gespürt.

EPILOG

Vier Wochen später saß Arrow in ihrer neuen Wohnung auf dem Sofa und schaute einen Film. Er war so wahnsinnig stolz auf Morgan. Die Wahrheit hinter ihrer Entführung herauszufinden war wie ein Befreiungsschlag gewesen. Sie war eine Woche lang jeden Tag bei ihrem Therapeuten gewesen, nachdem er aus dem Krankenhaus entlassen worden war, und hatte die Besuche langsam auslaufen lassen.

Sie schlief nachts durch und sie hatten seitdem sogar ein paarmal heftig miteinander geknutscht.

Arrow hatte sie nicht zu mehr gedrängt, als sie bereit war zu geben. Es hatte Spaß gemacht, sie kennenzulernen, ohne dass ihr die Angst im Nacken saß.

Er hatte ein perfektes Stück Land in Black Forest gefunden, in der Nähe von Ro und Chloe, auf dem er ein Haus bauen wollte. Es sollte der ideale Ort sein, um nicht nur eine Familie zu gründen, sondern auch, damit Morgan ein oder zwei Bienenstöcke aufstellen konnte. Sie hatte beschlossen, nicht wieder in großem Stil zu züchten, sondern nur genügend Honig für sie und ihre Freunde zu ernten.

Sie überlegte, was sie mit dem Rest ihres Lebens anfangen wollte, aber im Moment waren sie zufrieden damit, dass sie lebten und es ihnen gut ging.

»Arrow?«, fragte sie, während sie ihre Finger an seinem Arm, der um ihre Brust geschlungen war, entlanggleiten ließ. Sie lag mit dem Rücken zu ihm. Sie hatte ein Trägerhemd an, denn das war immer noch ihr Lieblingsteil zum Schlafen, und eine kurze Schlafhose. Er trug eine Jogginghose aus Baumwolle. Er hatte angefangen, nur in seinen Boxershorts zu schlafen, und liebte das Gefühl, ihre Beine mit seinen zu verschlingen, während sie sich Nacht für Nacht an ihn kuschelte.

»Ja?«, entgegnete er.

Sie sah zu ihm hoch. »Würdest du mit mir schlafen?«

Er verschluckte sich fast.

Er hatte an einer Sitzung mit ihrer Therapeutin teilgenommen und sie hatten über den Prozess der sexuellen Heilung gesprochen. Arrow wollte nichts tun, was bei Morgan Flashbacks auslösen oder ihre Psyche weiter verletzen würde, und die Therapeutin hatte ihm gesagt, er solle Morgan die Führung überlassen, was er ja bereits tat.

Es sah so aus, als würde Morgan im Moment definitiv die Führung übernehmen.

Arrow blickte der Frau, die er liebte, tief in die Augen und sagte: »Wir können alles tun, was du tun willst. Aber du weißt, was deine Therapeutin gesagt hat – wenn es zu viel wird, musst du es nur sagen, und wir hören auf oder machen langsamer oder machen was anderes, okay?«

Sie nickte sofort. »Ich vertraue dir.«

Und sofort zog sich Arrows Magen zusammen. Er würde

es nie müde werden, diese Worte von ihr zu hören. Das gefiel ihm fast besser, als wenn sie ihm sagte, dass sie ihn liebte. Aber nur fast.

»Ich habe vor ein paar Tagen Kondome gekauft. Sie sind oben im Nachttisch.«

»Ich verhüte und ich habe keine Krankheiten«, erwiderte sie.

Arrow hätte sie so unglaublich gern ganz gespürt, ohne dass irgendetwas zwischen ihnen stand. »Ich habe noch nie ohne Kondom mit einer Frau geschlafen«, erklärte er ihr.

»Ich wäre gern die erste«, erklärte Morgan, ohne den Blick abzuwenden.

Bei ihren Worten wurde sein Puls schneller und sein Schwanz richtete sich auf. Ohne verbal zu antworten, half Arrow ihr auf und ging mit ihr Hand in Hand zum Schlafzimmer. Er machte die Tür zu und zeigte zum Badezimmer. »Mach dich ruhig frisch. Ich warte hier auf dich.«

Morgan nickte, stellte sich auf die Zehenspitzen und küsste ihn kurz auf die Lippen, bevor sie ins Bad ging.

Arrow zog seine Hose aus, behielt aber seine Boxershorts an und kletterte unter die Decke. Er war nervös, als er auf Morgan wartete, jetzt noch nervöser als damals, als er seine Jungfräulichkeit verloren hatte.

Sie betrat das Zimmer dreißig Sekunden später und Arrow betrachtete ihr Gesicht genau, als sie sich auf den Weg zum Bett machte. Er hatte vermutet, sie könnte nervös sein, so wie er es war, aber alles, was er in ihrem Gesicht sah, waren Verlangen und Vorfreude.

Sie lächelte und anstatt neben ihm unter die Decke zu schlüpfen, kam sie an seine Seite und kletterte auf das Bett. Sie zog die Decke herunter, setzte sich auf seinen Bauch und stützte sich auf seiner Brust ab. »Ist es so in Ordnung?«

»Verdammt, ja«, erklärte er lächelnd. »Also übernimmst du die Führung?«

»Du hast gesagt, dass ich das darf«, erinnerte sie ihn.

»Und das habe ich auch so gemeint.«

»Gut«, schnurrte Morgan, richtete sich dann auf und zog sich mit einer schnellen Bewegung ihr Oberteil über den Kopf.

»Mein Gott«, erklärte Arrow und bei dem Anblick, der sich ihm bot, wurde sein Schwanz sofort steif. Morgan hatte viel von dem Gewicht zurückgewonnen, das sie in der Gefangenschaft verloren hatte, und sie war absolut umwerfend. Sie hatte kleine Brüste, die perfekt zu ihrer schlanken Figur passten.

Ohne nachzudenken, ließ er die Hände zu ihr wandern, um sie zu berühren – und fast hätte er ihr leichtes Zusammenzucken nicht bemerkt. Sofort legte er die Hände über den Kopf und krallte sich am Laken fest.

»Es tut mir leid«, sagte sie und das Verlangen in ihrem Blick verblasste ein wenig.

»Nein. Es muss dir nicht leidtun. Sag mir, was ich tun soll, damit ich nicht aus Versehen irgendwelche schlimmen Erinnerungen bei dir auslöse.«

»Könntest du bitte ... deine Hände dort lassen«, sagte sie und was als Frage begonnen hatte, endete als Befehl.

Arrow nickte. Es war die reinste Folter, sie nicht zu berühren, sie nicht zu ihm herunterzuziehen, damit er an ihren kleinen, harten Brustwarzen saugen konnte, aber er schaffte es.

Morgan schob sich nach hinten, bis sie auf seinen Oberschenkeln saß, und sie bewegte sich zielstrebig, als sie seine Boxershorts packte und sie vorsichtig, aber stetig über seine Hüften herunterzog. Sie bewegte sich gerade so weit weg, dass er sie ausziehen konnte, dann ließ sie sich wieder dort nieder, wo sie vorher gewesen war.

Arrow fühlte sich verletzlich und ein wenig verlegen, als sie auf seinen steinharten Schwanz starrte, aber er war auch noch nie in seinem Leben so erregt gewesen. Er war noch nicht mit so vielen Frauen zusammen gewesen, aber er war immer derjenige, der die Kontrolle übernahm, der den Verlauf der Dinge lenkte. Aber es hatte etwas sehr Erregendes, Morgan diktieren zu lassen, was in ihrem Bett geschah.

Sie streckte zaghaft die Hand aus und griff nach seinem Schwanz, und Arrow konnte das tiefe Einatmen bei ihrer Berührung nicht unterdrücken. Ihre Hand war sanft und warm und fühlte sich an wie der Himmel auf Erden.

Sie begann, langsam auf und ab zu streicheln, und Arrow stöhnte. »Mein Gott, das fühlt sich so gut an«, feuerte er sie an, während sie ihn weiter streichelte. Ihm gefiel das kleine Lächeln, das auf ihrem Gesicht erschien, und die Tatsache, dass ihr Selbstbewusstsein bei jeder Berührung zu wachsen schien.

Arrow drückte den Rücken durch und stieß seine Hüften nach oben gegen sie, während er sie anflehte: »Fester. Drück ein wenig fester zu, meine Schöne.«

Morgan packte sofort heftiger zu und Arrow schwor, dass seine Augen in seinem Kopf nach hinten rollten. Er spürte, wie ein Lusttröpfchen aus seiner Schwanzspitze austrat, und als Morgan ihn damit einschmierte, fühlte sich der Handjob, den sie ihm gab, noch besser an, wenn das überhaupt möglich war.

»Ich will dir auch Lust bereiten«, sagte er. »Sag mir, was ich tun soll. Darf ich dich berühren?«

Morgan biss sich auf die Lippe und brauchte für seinen Geschmack ein bisschen zu lange, um zu antworten, sagte aber schließlich: »Ja. Aber bitte sei sanft. Sie ... waren es nämlich nicht.«

Arrow verstand. Jetzt war nicht die Zeit für Wut auf die Männer, die ihr Gewalt angetan hatten, auch wenn er sie bis tief in seine Knochen spürte. Langsam hob er eine Hand, hielt die andere über seinem Kopf und berührte ihre kleine Brust. Die Brustwarze zog sich sofort zusammen, als erwartete sie seine Berührung. Sein Mund kribbelte vor Verlangen, an ihr zu saugen, aber er zwang sich, nur seine Hand zu benutzen, um ihre Brust zu streicheln und zu necken.

Als Morgan die Augen schloss und den Kopf zurückwarf, sagte er: »Nein, lass die Augen auf und sieh mich an, meine Schöne. Schau, wer da unter dir liegt. Wer dir all diese schönen Gefühle gibt.«

Sofort blickte sie ihn an und das Verlangen sprach aus ihren grünen Augen.

»So ist es richtig, meine Schöne. Dir ist schon das Blut in den Kopf gestiegen und du bist ganz rot.« Er zwickte ihr in die Brustwarze und wurde mit einem kleinen Stöhnen belohnt. Außerdem lehnte sie sich gegen seine Hand. Die Hand, mit der sie seinen Schwanz umklammerte, bewegte sich nicht mehr und hielt ihn jetzt einfach nur fest, aber er konnte sich nicht beschweren. Nicht wenn sie ihm erlaubte, sie so zu berühren, wie er es jetzt tat.

»Verdammt, du bist perfekt«, sagte er leise.

Seine Worte schienen wie eine Art Trigger zu wirken, denn sie ließ die Schultern sinken und zog sich von seiner Berührung zurück.

»Mist, es tut mir leid.« Arrow entschuldigte sich sofort, ließ sie los und hob seine Hand wieder über seinen Kopf.

Er beobachtete, wie Morgan tief einatmete und dann von seinen Schenkeln rutschte.

Arrow verfluchte sich selbst dafür, dass er seine große

Klappe aufgemacht hatte, und war bereit, die Erinnerungen, die er in ihr hervorgerufen hatte, zu vertreiben. Aber er war überrascht, als sie ihre Schlafshorts auszog und zurück auf seinen Schoß kletterte, nackt, wie Gott sie geschaffen hatte.

»Morgan«, wollte er sagen, doch sie schüttelte den Kopf und unterbrach ihn.

»Ich will das. Ich will dich«, sagte sie hitzig. »Ich bin nicht perfekt. Ganz und gar nicht. Ich habe Angst, aber ich weiß, dass *du* es bist, der unter mir liegt. Sie haben mich nie so genommen. Sie waren nie sanft. Ich weiß, mit wem ich zusammen bin, aber ich bin mir nicht sicher, wie das Ganze laufen wird.« Sie sprach so schnell, dass ihre Worte undeutlich herauskamen, als müsste sie sich dazu zwingen, den Mut nicht zu verlieren, alles auszusprechen.

»Genau, du bist mit mir zusammen – und ich liebe dich«, erklärte Arrow. »Ich würde mir niemals etwas nehmen, was du mir nicht freiwillig gibst. Und jetzt hast du die Kontrolle. Tu das, was sich gut für dich anfühlt.«

Sie lächelte auf ihn herab und er war so stolz auf sie, weil sie so mutig war. Er hatte sich nie erlaubt, über die Nachwirkungen nachzudenken, die die Frauen durchmachten, die die Mountain Mercenaries gerettet hatten. Wie schwer es sein musste, ihr normales Leben wieder aufzunehmen. Aber jetzt tat er es, und er hatte dadurch mehr Respekt vor ihnen.

Sie bewegte sich nach oben, bis sie über seinem Schwanz schwebte. Er war etwas weicher geworden, als sie von ihm abgestiegen war, aber sobald sie nach unten griff und ihn wieder streichelte, war er genauso steif wie vorher.

Sie drückte die Spitze seines Schwanzes an ihre Öffnung, drückte ihn herunter – und erstarrte.

Arrow biss die Zähne zusammen und blieb stocksteif unter ihr. Er konnte spüren, wie sich ihre Muskeln fest

anspannten und versuchten, ihn aus ihrem Körper heraus-
zuhalten.

»Atme tief durch, meine Schöne«, flüsterte er.

Sie ließ den Atemzug los, den sie zurückgehalten hatte,
und es hörte sich fast wie ein Schluchzen an.

»Ich ... ich kann nicht.«

»Dann tu es auch nicht«, erklärte Arrow sofort. »Steh
auf.«

Das tat sie auch sofort und er hätte am liebsten geweint,
weil er ihre Wärme verloren hatte, doch er ließ sich den
Schmerz, sie zu verlieren, nicht ansehen.

»Ich will dich so sehr, aber ... ich *kann* einfach nicht«,
sagte sie verzweifelt.

»Vertraust du mir?«, fragte Arrow.

»Ja.«

Ihre sofortige Antwort besänftigte seinen Schmerz und
machte ihn umso entschlossener, ihr diese Sache angenehm
und lustvoll zu machen. Sie war extrem mutig gewesen und
er wollte ihren Mut nicht unbelohnt lassen.

Langsam senkte er die Hände und legte sie auf ihre
Hüften. »Okay?«

Sie nickte, aber er konnte sehen, dass sie immer noch
nervös war.

Arrow drängte sie, sich wieder nach unten sinken zu
lassen, aber dieses Mal öffneten sich ihre Schamlippen und
ruhten auf seinem Schwanz. Er bewegte eine Hand und
schmierte etwas von seinem Lusttropfen auf seinen Schaft,
um ihn gleitfähiger zu machen. Dann schob er sie langsam
nach vorn, dann zurück. Dann wieder nach vorn. »Genau
so«, erklärte er ihr.

Morgan schniefte einmal, dann nickte sie und bewegte
ihre Hüften.

»Genau so. So ist es richtig«, ermutigte Arrow sie.

»Das ... fühlt sich gut an«, sagte sie und lächelte schüchtern.

»Das soll es auch«, erklärte er ihr. »Für mich fühlt es sich auch toll an.« Dann bewegte er seinen Daumen langsam zu ihrer Klitoris. Er rieb das kleine Nervenbündel langsam, während sie sich an seinem Schwanz rieb.

Je länger sie sich bewegte, desto besser fühlte es sich an. Sein Schwanz sonderte jetzt ständig etwas Sperma ab, sodass ihre Bewegungen flüssiger und angenehmer wurden.

»Es gefällt mir«, keuchte sie überrascht.

Er lächelte zu ihr hoch und hielt diesmal den Mund. Er wollte auf keinen Fall wieder sein großes Maul aufreißen.

Je länger sie sich an ihm rieb, desto feuchter wurde sie. Sie ritt jetzt auf seinem Schwanz, als wäre er in ihr drin. Sie wippte mit den Hüften auf ihm und streichelte so die empfindliche Haut an der Unterseite seines Schwanzes. Er konnte ihre Erregung riechen und sie an ihm spüren. Er streichelte weiter ihre Klitoris, während sie sich an ihm rieb.

Zu sehen, wie ihre Brust sich rötete und ihre Brustwarzen sich aufrichteten, war verdammt heiß ... ganz zu schweigen davon, wie sie ihre Hüften immer hektischer bewegte. »Ich bin kurz davor, zum Orgasmus zu kommen«, warnte er sie.

»Okay«, hauchte sie.

»Ist das in Ordnung? Ich will nichts tun, das dich erschrickt.«

»Oh ja«, sagte sie und ließ den Blick zwischen ihre Schenkel sinken.

Er konnte sich kaum vorstellen, was sie sah, als sie auf ihre Körper hinunterblickte. Sie griff mit ihrer Hand, die auf seiner Brust geruht hatte, zwischen sie, hob seinen Schwanz an und drückte ihn fester zwischen ihre Schamlippen. Er drang immer noch nicht in sie ein, aber er konnte jetzt ihre Schamlippen auf beiden Seiten seines Schafts spüren.

»Verdammt«, fluchte er und fasste ihre Hüften fester.

»Spritz auf mich drauf«, befahl Morgan. »Ich will es sehen.«

Als wären ihre Worte das Einzige, worauf er gewartet hatte, spürte Arrow, wie sich sein Orgasmus von seinen Hoden seinen Schaft hinaufbewegte, bis er über seinen Bauch, ihre Hand und ihre Schamlippen spritzte.

Er wollte, dass sie mit ihm kam, und rieb fest und schnell ihre Klitoris. Morgan presste sich auf ihn, um seinen Orgasmus zu verlängern, während sie selbst vor Lust explodierte.

Sie zuckte und schüttelte sich über ihm, ihre Flüssigkeit vermischte sich mit seiner eigenen. Als sie beide von ihrem orgastischen Hochgefühl herunterkamen, waren sie ein einziges Chaos. Arrow war vom Bauch bis zu den Hoden durchnässt und wusste, dass Morgan genauso nass war.

Aber er konnte sich nicht dazu bringen, sich darüber Gedanken zu machen.

Sie ließ sich auf ihn herab und ließ ihre Beine über seinem Schritt gespreizt.

»Es tut mir leid«, flüsterte sie in sein Ohr.

Er konnte kaum glauben, was er da hörte. Es tat ihr leid? »Was tut dir leid?«, fragte er ungläubig.

»Dass ich es nicht durchziehen konnte. Dass ich nicht dazu in der Lage war, Liebe mit dir zu machen.«

Arrow konnte einfach nicht anders und lachte.

Er spürte, wie sie auf ihm erstarrte, konnte aber trotzdem sein Lachen nicht unterdrücken. Als er sich endlich wieder im Griff hatte, bemerkte er: »Ich habe noch nie etwas getan, was *so* intim war wie das hier«, erklärte er ihr. »Wir haben *auf jeden Fall* Liebe gemacht.«

»Aber du hast nicht ... ich konnte nicht ...« Sie brachte ihren Gedanken nicht zu Ende.

Aber das musste sie auch nicht. Arrow wusste, worauf sie hinauswollte. Er zog sie hoch, bis sie ihm in die Augen blicken konnte. »Es war perfekt. Jede Sekunde dessen, was wir gerade getan haben, hat mir den Verstand geraubt. Es hat nur eins gefehlt.«

Sie biss sich auf die Lippe und er konnte sehen, wie besorgt sie war. »Was denn?«

»Ich habe dich noch nicht geküsst.«

Sie atmete erleichtert auf. »Das kann ich ändern.«

»Das hatte ich gehofft.«

Morgan beugte sich hinunter und presste ihre Lippen in einem keuschen Kuss auf seine. Aber fast sofort verwandelte sie ihn in einen leidenschaftlicheren Kuss, ihre Zunge drückte gegen seine Lippen, verlangte Einlass und glitt über seine, kaum dass er sich für sie geöffnet hatte.

Sie lagen zusammen, nackt, verschwitzt, schmutzig und gesättigt, und knutschten. Sie küssten sich, als hätten sie sich noch nie in ihrem Leben geküsst.

Als Morgan schließlich ihre Lippen von seinen nahm und ihren Kopf auf seiner Schulter ruhte, sagte Arrow: »Wir sollten aufstehen und duschen.«

»Mmmmm.«

»Und uns unsere Schlafsachen anziehen.«

»Mm-hmm.«

Arrow lächelte und hielt den Mund. Er war klebrig von ihren gemeinsamen Säften und wusste, dass er die Bettwäsche wechseln musste, aber wenn seine Frau auf ihm liegen und schlafen wollte, dann sollte sie das auch tun.

Er machte sich keine Sorgen darüber, was die Zukunft für sie bereithielt. Sie war so schnell so weit gekommen, dass er wusste, dass sie ihre Dämonen irgendwann zur

Strecke bringen würde. Es spielte keine Rolle, ob es ein Jahr oder zehn Jahre dauerte – sie war mehr als alles, was er sich jemals erträumt hatte.

Black stand im hinteren Teil des Raumes und beobachtete die Frauen und Kinder mit einem Lächeln im Gesicht. Die Männer in seinem Team kamen abwechselnd ins Frauenhaus und verbrachten Zeit mit den Bewohnerinnen, um ihnen zu zeigen, dass sie nicht vor allen Männern Angst haben mussten. Viele von ihnen waren dort, weil sie obdachlos waren und versuchten, wieder auf die Beine zu kommen, aber die große Mehrheit hatte in schwierigen Situationen gelebt, in denen sie missbraucht worden war. Häusliche Gewalt schien auf dem Vormarsch zu sein und das Frauenhaus war ein sicherer Ort für Frauen aus allen Lebensbereichen.

Ins Frauenhaus zu kommen war eine harte Aufgabe, besonders wenn die Kinder beim ersten Anblick weinten und die Frauen sich wegduckten. Aber am Ende des Abends konnte er normalerweise selbst die ängstlichsten Kinder und ihre Mütter für sich gewinnen.

Heute Abend hatte er mit der Gruppe Bilder gemalt. Dann, nachdem die Kinder in die Küche geschickt worden waren, um an einer Art Kochkurs mit der neu eingestellten Köchin teilzunehmen, gab er den Frauen einen kurzen Selbstverteidigungskurs.

Die Kinder waren nun wieder zurück und alle bewunderten die Kekse, die sie während der letzten fünfundvierzig Minuten gebacken hatten.

»Entschuldige, aber du bist doch Lowell Lockard, richtig?«

Black drehte sich überrascht um, um zu sehen, wer es geschafft hatte, sich ihm zu nähern, ohne dass er es gemerkt hatte.

Die Frau war genauso groß wie er, etwa ein Meter fünfundsiebzig, und hatte blondes Haar mit hellviolett gefärbten Spitzen. Sie hatte dunkelblaue Augen, die ihn an einen stürmischen Ozean erinnerten. Sie war vollschlank und hatte die Art von Hüften, für die er sterben würde, wenn er sie anfassen dürfte.

Der Gedanke erschreckte ihn, er fühlte sich sogar ein wenig unwohl. Er war nicht die Art von Mann, die intensive Gefühle für Frauen hegte, die er gerade erst kennengelernt hatte. Er räusperte sich, bevor er sagte: »Ja, der bin ich. Kenne ich dich?«

»Wahrscheinlich erinnerst du dich nicht an mich«, sagte sie, ihre Stimme leise und rau. »Ich bin Harlow. Harlow Reese. Wir sind zusammen zur Highschool gegangen. Also, du warst ein Jahr älter als ich, aber wir waren beide auf der Roosevelt High.«

Black blinzelte. »Harlow?«

Sie lachte leise. »Ich weiß, ich weiß, ich sehe jetzt anders aus als vor sechzehn Jahren.«

Jetzt, da er wusste, wer sie war, erkannte Black sie. Sie hatte recht – sie hatte sich sehr verändert, seit er achtzehn gewesen war, aber er konnte immer noch die Teenagerin, die er gekannt hatte, in ihrem Gesicht erkennen. Damals waren sie beide im Jahrbuch-Klub gewesen. Er war nur beigetreten, um etwas anderes in seinem Lebenslauf zu haben, damit er für die Personalchefs gut dastand, aber sie hatte es gemacht, weil sie es liebte. Sie hatte ständig Fotos gemacht. Sie hatte ein großartiges Auge für diese Art von Dingen.

»Harlow Reese. Unglaublich«, sagte Black langsam.

»Dein Haar ist länger ... und auch farbiger, aber natürlich kenne ich dich.«

Sie errötete – und das war's.

Black war fasziniert.

Es war lange her, dass er sich so unmittelbar zu einer Frau hingezogen gefühlt hatte wie in diesem Moment. Zu lange. Als er ein SEAL geworden war, hatte er mit einer ganzen Reihe von Frauen geschlafen, die in den Nachtklubs nach Navy-Typen zum Abschleppen gesucht hatten, aber diese emotionslosen Begegnungen waren ihm schnell langweilig geworden und er war viel wählerischer geworden. Seit er den Mountain Mercenaries beigetreten war, war sein Sexleben fast zum Erliegen gekommen. Aber da war etwas an der Frau vor ihm, das sein Interesse weckte.

»Was machst du hier?«, fragte er. »Steckst du in Schwierigkeiten?« Der Gedanke, dass ein Mann sie missbrauchen oder stalken könnte, war ihm unerträglich.

Sie hielt ihre Hände hoch und schüttelte den Kopf. »Nein, nichts in der Art. Ich bin die neue Köchin. Ich wurde vor rund zwei Wochen eingestellt.«

Black entspannte sich ein wenig. »In Hinsicht auf die Plätzchen würde ich sagen, dass sie die richtige Person dafür eingestellt haben.«

Sie lächelte ihn an. »Danke, aber Plätzchen sind ganz einfach. Kinder dazu zu bringen, ihr Gemüse zu essen, ist um einiges schwieriger. Darf ich dich etwas fragen?«

Black nickte sofort. »Natürlich.«

Harlow sah sich um, als wollte sie sich davon überzeugen, dass sie nicht belauscht wurden, bevor sie fragte: »Du arbeitest doch auf einem Schießstand, richtig?«

»Ich arbeite nicht nur dort, er gehört mir«, erklärte Black ihr.

»Oh. Also ... äh ... ich habe mich gefragt, ob du irgendwelche Anfängerkurse zum Thema Waffensicherheit anbietest.«

Black kniff die Augen zu Schlitzen zusammen und schenkte der Frau vor sich nun seine volle Aufmerksamkeit. Sie sah ihm nun auch nicht mehr in die Augen und hatte die Arme defensiv vor der Brust verschränkt.

»Steckst du in Schwierigkeiten, Harl?«, fragte Black und nannte sie bei dem Spitznamen, den sie in der Highschool hatte.

Sie schüttelte den Kopf. »Nein, ich glaube nicht. Ich möchte mich nur ein bisschen kundiger machen in Bezug auf Waffen und ihre Funktionsweise. Du weißt schon ... zu meinem eigenen Schutz.«

Wieder gefiel Black nicht, wie sich das anhörte. Er nahm sanft ihren Ellbogen in die Hand und hob das Kinn zur Leiterin des Frauenhauses. Loretta Royster war Mitte sechzig und leitete nicht nur die gemeinnützige Organisation, sondern war auch die Eigentümerin des Gebäudes. Sie winkte ihm zu und wandte ihre Aufmerksamkeit wieder einigen Kindern zu, die vor ihr standen.

Black lenkte Harlow in den Flur und wieder zurück in Richtung Küche, von der sie vermutlich gekommen war. Die Geräte waren so alt wie das Gebäude, aber anscheinend spielte das keine Rolle, denn das Plätzchen, das er vorhin gegessen hatte, war köstlich gewesen.

Harlow löste sich aus seinem Griff und begann abwesend, den bereits sauberen Tresen abzuwischen, wobei sie offensichtlich versuchte, ihn nicht anzusehen, während sie sich unterhielten.

»Harlow«, sagte Black streng, »sieh mich an.«

Sie seufzte, dann begegnete sie seinem Blick.

Jetzt trennte sie ein Tisch, aber Black konnte immer noch die Anziehung spüren, die sich zwischen ihnen aufbaute. »Um deine Frage zu beantworten, ja, es gibt mehrere Anfängerkurse für Waffensicherheit, die auf meinem Schießstand angeboten werden, aber wenn du in Schwierigkeiten bist, kannst du es mir sagen. Ich kann helfen.«

Sie sah ihn lange an, bevor sie sagte: »Ich bin ein großes Mädchen, Lowell. Ich kann auf mich selbst aufpassen.«

»Das bezweifle ich nicht«, erwiderte er, »aber wenn du in Schwierigkeiten steckst, könnte es möglicherweise Auswirkungen auf die Frauen und Kinder hier haben. Es ist schon lange her, seit ich dich das letzte Mal gesehen habe, aber du hast dich sicher nicht so sehr verändert, dass dir das nichts ausmacht.«

»Natürlich macht mir das was aus«, erwiderte sie aufgebracht. »Die Menschen, die hier wohnen, sind der Hauptgrund, aus dem ich dich frage. Ich will *sie* schützen.«

Kaum hatte sie die Worte ausgesprochen, biss sie sich auf die Lippe und senkte den Blick zur Küchentheke vor ihr.

Blacks Gedanken rasten bei den ganzen möglichen Gründen, die Harlow dazu gebracht haben könnten, ihn anzusprechen. »Sag es mir«, bat er sie sanft.

Harlow seufzte. »Ich habe bemerkt, dass hier einige seltsame Dinge passieren. Loretta versucht, so zu tun, als wären sie keine große Sache, ich denke, damit sie die Bewohner nicht verängstigt. Du weißt so gut wie ich, wie die meisten Frauen hierhergekommen sind, dass ein Großteil von ihnen nicht die beste Vergangenheit hat, was Männer betrifft. Es gab schon ein paar Typen, die mich belästigt haben, wenn ich morgens zur Arbeit kam. Es ist nichts, womit ich nicht umgehen kann, aber ich will nicht, dass sie das Gleiche mit den Frauen und Kindern machen, die hier wohnen, wenn sie von mir nicht die gewünschte Reaktion bekommen.«

»Sind sie die Ex-Freunde von ein paar der Frauen hier?«, wollte Black wissen.

»Loretta glaubt nicht, ist sich aber nicht sicher.«

»Sie sollte die Polizei einschalten. Sie anzeigen.«

»Das hat sie getan. Und ich bin mir auch sicher, dass sie sich darum kümmern, aber in der Zwischenzeit hätte ich gern eine Alternative, um mich selbst zu beschützen.«

Black traf eine spontane Entscheidung. Er nahm seine Brieftasche und zog eine Visitenkarte heraus. Er schnappte sich einen Stift vom Tisch, schrieb seine Handynummer auf die Rückseite und reichte die Visitenkarte dann Harlow. »Das ist meine Nummer. Du kannst mich jederzeit anrufen, Tag und Nacht, und ich schreibe dich für einen der Anfängerkurse ein. Aber darüber hinaus, falls du dich jemals bedroht oder unwohl fühlst, sag mir Bescheid und ich komme her und sehe mir die Lage der Dinge an.«

Sie griff nach der Karte und starrte einen Moment lang darauf, bevor sie ihm wieder in die Augen sah. »Okay ... äh, danke.«

»Ich meine es ernst«, entgegnete Black. »Ruf mich an.«

Harlow nahm mit einer Hand ihr Haar zurück, seufzte dann und lehnte sich auf die Küchentheke. »Gibst du jedem deine Nummer, der den Umgang mit Waffen lernen will?«

»Nein«, entgegnete er mit Nachdruck.

»Warum gibst du sie dann mir?«, wollte Harlow wissen.

Black legte seine Hände auf die Arbeitsplatte zwischen ihnen und lehnte sich zu ihr. Sie wich nicht zurück und dadurch beschleunigte sich sein Puls vor Erregung. »Weil mir dein Haar gefällt.«

»Du hast mir deine Nummer gegeben, weil dir mein *Haar* gefällt?«, fragte sie skeptisch.

»Das, und weil jemand, der sich mehr Sorgen macht um die Leute, die hier wohnen, als um seine eigene Sicherheit, auf jeden Fall jemand ist, den ich kennenlernen möchte. Außerdem waren wir früher befreundet, richtig?«, fragte er.

»Ich würde nicht unbedingt behaupten, wir wären Freunde gewesen«, erwiderte Harlow und grinste.

»Natürlich waren wir das. Wir haben ein Jahr gemeinsam im Jahrbuch-Klub überlebt, nicht wahr?«

Sie nickte. »Das stimmt. Wenn du es ernst meinst, dann rufe ich dich an.«

»Ich meine es ernst«, erwiderte Black und wollte, dass sie zwischen den Zeilen las, was er sagte. Er war an Harlow Reese interessiert. Sie hatte etwas an sich, das ihn faszinierte. Wenn er seinen Job als Ausrede benutzen musste, damit sie ihn anrief, würde er das tun. Er würde ihr Waffensicherheit und das Schießen beibringen, aber er hoffte, dass er sie dabei auch zu einer Verabredung überreden konnte, um ihn besser kennenzulernen.

Er beschloss, mit Rex über die Situation im Heim zu sprechen, nur für den Fall, und lächelte Harlow an. »Abgemacht.«

Sie errötete erneut, nickte aber.

Black richtete sich auf und lächelte ihr zu. »Warte nicht zu lange mit dem Anruf, Harl. Ich freue mich schon darauf.« Und damit zwinkerte er ihr zu und verließ die Küche. Plötzlich war er mehr als froh, dass er heute Abend mit der Freiwilligenarbeit im Frauenhaus an der Reihe gewesen war.

Er würde ein paar Tage warten, bis sie anrief, aber wenn sie es nicht tat, wollte er das nicht auf sich beruhen lassen. Er wusste, wo sie arbeitete – er würde sich einfach eine Ausrede einfallen lassen, um zurück ins Frauenhaus zu kommen, sodass er sie wiedersehen konnte. Es war lange her, dass er von einer Frau so fasziniert war wie jetzt in diesem Augenblick.

Obwohl er Harlow gekannt hatte, als sie noch Jugendliche gewesen waren, wusste er nichts über die Frau, die aus ihr geworden war. Aber er hatte das Gefühl, dass sie sein Leben verändern könnte, wenn er sie kennenlernte.

Buch 4 in Die Mountain Mercenaries, *Die Befreiung von Harlow*, erscheint in Kürze!

BÜCHER VON SUSAN STOKER

Mountain Mercenaries:

Die Befreiung von Allye
Die Befreiung von Chloe
Die Befreiung von Morgan
Die Befreiung von Harlow
Die Befreiung von Everly
Die Befreiung von Zara
Die Befreiung von Raven

Ace Security Reihe:

Anspruch auf Grace
Anspruch auf Alexis
Anspruch auf Bailey
Anspruch auf Felicity
Anspruch auf Sarah

Die Delta Force Heroes:

Die Rettung von Rayne
Die Rettung von Emily
Die Rettung von Harley

Die Hochzeit von Emily
Die Rettung von Kassie
Die Rettung von Bryn
Die Rettung von Casey
Die Rettung von Wendy
Die Rettung von Sadie
Die Rettung von Mary
Die Rettung von Macie
Die Rettung von Annie (Feb 2022)

SEALs of Protection:
Schutz für Caroline
Schutz für Alabama
Schutz für Fiona
Die Hochzeit von Caroline
Schutz für Summer
Schutz für Cheyenne
Schutz für Jessyka
Schutz für Julie
Schutz für Melody
Schutz für die Zukunft
Schutz für Kiera
Schutz für Alabamas Kinder
Schutz für Dakota

Die SEALs von Hawaii:
Die Suche nach Elodie
Die Suche nach Lexie (10 Aug 2021)
Die Suche nach Kenna (19. Oktober 2021)
Die Suche nach Monica
Die Suche nach Carly
Die Suche nach Ashlyn
Die Suche nach Jodelle

Hier ist außerdem eine Liste mit Susans englischen Büchern:

Mountain Mercenaries Series
Defending Allye
Defending Chloe
Defending Morgan
Defending Harlow
Defending Everly
Defending Zara
Defending Raven

Ace Security Series
Claiming Grace
Claiming Alexis
Claiming Bailey
Claiming Felicity
Claiming Sarah

Eagle Point Search & Rescue
Searching for Lilly (Mar 2022)
Searching for Bristol (Jun 2022)
Searching for Elsie (Nov 2022)
Searching for Caryn (TBA)
Searching for Finley (TBA)
Searching for Heather (TBA)
Searching for Khloe (TBA)

Delta Force Heroes Series
Rescuing Rayne
Rescuing Aimee (novella)
Rescuing Emily
Rescuing Harley

Marrying Emily (novella)
Rescuing Kassie
Rescuing Bryn
Rescuing Casey
Rescuing Sadie (novella)
Rescuing Wendy
Rescuing Mary
Rescuing Macie (novella)
Rescuing Annie (Feb 2022)

Delta Team Two Series
Shielding Gillian
Shielding Kinley
Shielding Aspen
Shielding Jayme (novella)
Shielding Riley
Shielding Devyn
Shielding Ember (Sep 2021)
Shielding Sierra (Jan 2022)

SEAL of Protection Series
Protecting Caroline
Protecting Alabama
Protecting Fiona
Marrying Caroline (novella)
Protecting Summer
Protecting Cheyenne
Protecting Jessyka
Protecting Julie (novella)
Protecting Melody
Protecting the Future
Protecting Kiera (novella)
Protecting Alabama's Kids (novella)

Protecting Dakota

SEAL of Protection: Legacy Series
Securing Caite
Securing Brenae (novella)
Securing Sidney
Securing Piper
Securing Zoey
Securing Avery
Securing Kalee
Securing Jane

SEAL Team Hawaii Series
Finding Elodie
Finding Lexie (Aug 2021)
Finding Kenna (Oct 2021)
Finding Monica (May 2022)
Finding Carly (TBA)
Finding Ashlyn (TBA)
Finding Jodelle (TBA)

Badge of Honor: Texas Heroes Series
Justice for Mackenzie
Justice for Mickie
Justice for Corrie
Justice for Laine (novella)
Shelter for Elizabeth
Justice for Boone
Shelter for Adeline
Shelter for Sophie
Justice for Erin
Justice for Milena
Shelter for Blythe

Justice for Hope
Shelter for Quinn
Shelter for Koren
Shelter for Penelope

Silverstone Series
Trusting Skylar
Trusting Taylor
Trusting Molly
Trusting Cassidy (Nov 2021)

BIOGRAFIE

Susan Stoker ist die New York Times, USA Today und Wall Street Journal Bestsellerautorin der Buchreihen »Badge of Honor: Texas Heroes«, »SEAL of Protection«, »Die Delta Force Heroes« und einigen mehr. Stoker ist mit einem pensionierten Unteroffizier der US-Armee verheiratet und hat in ihrem Leben schon überall in den Vereinigten Staaten gelebt – von Missouri über Kalifornien bis hin zu Colorado. Zurzeit nennt sie die Region unter dem großen Himmel von Tennessee ihr Zuhause. Sie glaubt ganz und gar an Happy Ends und hat großen Spaß daran, Geschichten zu schreiben, in denen Romantik zu Liebe wird.

Besuchen Sie Susan im Netz!
www.stokeraces.com
facebook.com/authorsusanstoker
twitter.com/Susan_Stoker
bookbub.com/authors/susan-stoker

instagram.com/authorsusanstoker
Email: Susan@StokerAces.com